Castelos em seus Ossos

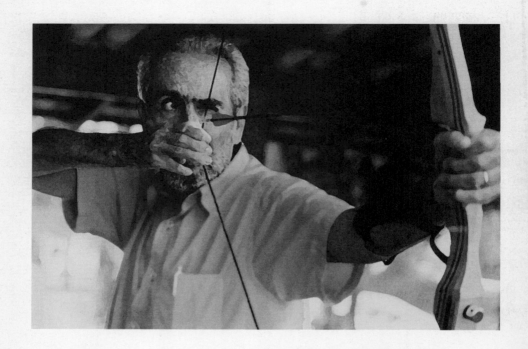

O Arqueiro

GERALDO JORDÃO PEREIRA (1938-2008) começou sua carreira aos 17 anos, quando foi trabalhar com seu pai, o célebre editor José Olympio, publicando obras marcantes como *O menino do dedo verde*, de Maurice Druon, e *Minha vida*, de Charles Chaplin.

Em 1976, fundou a Editora Salamandra com o propósito de formar uma nova geração de leitores e acabou criando um dos catálogos infantis mais premiados do Brasil. Em 1992, fugindo de sua linha editorial, lançou *Muitas vidas, muitos mestres*, de Brian Weiss, livro que deu origem à Editora Sextante.

Fã de histórias de suspense, Geraldo descobriu *O Código Da Vinci* antes mesmo de ele ser lançado nos Estados Unidos. A aposta em ficção, que não era o foco da Sextante, foi certeira: o título se transformou em um dos maiores fenômenos editoriais de todos os tempos.

Mas não foi só aos livros que se dedicou. Com seu desejo de ajudar o próximo, Geraldo desenvolveu diversos projetos sociais que se tornaram sua grande paixão.

Com a missão de publicar histórias empolgantes, tornar os livros cada vez mais acessíveis e despertar o amor pela leitura, a Editora Arqueiro é uma homenagem a esta figura extraordinária, capaz de enxergar mais além, mirar nas coisas verdadeiramente importantes e não perder o idealismo e a esperança diante dos desafios e contratempos da vida.

CASTELOS
EM SEUS
OSSOS

LAURA SEBASTIAN

ARQUEIRO

Título original: *Castles in Their Bones*

Copyright © 2022 por Laura Sebastian
Copyright da tradução © 2023 por Editora Arqueiro Ltda.

Publicado mediante acordo com Folio Literary Management, LLC e Agência Riff.

Todos os direitos reservados. Nenhuma parte deste livro pode ser utilizada ou reproduzida sob quaisquer meios existentes sem autorização por escrito dos editores.

tradução: Raquel Zampil
preparo de originais: Natália Klussmann
revisão: Ana Grillo e Midori Hatai
diagramação: Valéria Teixeira
capa: Larsson McSwain e Neil Swaab
imagem de capa: Lillian Liu
adaptação de capa: Ana Paula Daudt Brandão
impressão e acabamento: Lis Gráfica e Editora Ltda.

CIP-BRASIL. CATALOGAÇÃO NA PUBLICAÇÃO
SINDICATO NACIONAL DOS EDITORES DE LIVROS, RJ

S449c

  Sebastian, Laura, 1990-
    Castelos em seus ossos / Laura Sebastian ; tradução Raquel Zampil. - 1. ed. - São Paulo : Arqueiro, 2023.
    400 p. ; 23 cm.

    Tradução de: Castles in their bones
    ISBN 978-65-5565-440-0

    Ficção americana. I. Zampil, Raquel. II. Título.

22-81698
CDD: 813
CDU: 82-3(73)

Gabriela Faray Ferreira Lopes - Bibliotecária - CRB-7/6643

Todos os direitos reservados, no Brasil, por
Editora Arqueiro Ltda.
Rua Funchal, 538 – conjuntos 52 e 54 – Vila Olímpia
04551-060 – São Paulo – SP
Tel.: (11) 3868-4492 – Fax: (11) 3862-5818
E-mail: atendimento@editoraarqueiro.com.br
www.editoraarqueiro.com.br

*Para meu irmão, Jerry.
Porque, mesmo quando brigávamos,
éramos sempre nós contra o mundo.*

MONTANHAS DE CRISK
MONTANHAS DE TACK
GO ESTER
LAGO NOTCH
RIO TACK
LAGO OLVEEN
RIO NOTCH
FLORESTA DE TREVAIL
RIO TENAL
ELDEVALE
BESSEMIA
LAGO DALCINE
ASTERIA
HAPANTOILE
Mar de Whistall
FLORESTA DE NEMARIA
RIO CARINO
FLORESTA DE KELLIAN
LAGO SULIMO
FLORESTA DE PUREEN
RIO AZINA
CELLARIA
VALLON
FLORESTA DE VULIA

As famílias reais de Vesteria

Bessemia
Casa de Soluné

Imperador Aristede ——•—— Imperatriz Margaraux
(falecido)

- Princesa Beatriz
- Princesa Daphne
- Princesa Sophronia

Friv
Casa de Deasún

? --- Rei Bartholomew ——•—— Rainha Darina

- Bairre
- Príncipe Cillian

Cellaria
Casa de Noctelli

Rei Cesare —— • —— Rainha Valencia
(falecida)

Príncipe Pietro   Príncipe
(falecido)   Pasquale

Temarin
Casa de Bayard

Rei Carlisle —— • —— Rainha Eugenia
(falecido)

Rei Leopold   Príncipe Reid

Príncipe Gideon

∽

Dizem que as estrelas brilham com mais intensidade no nascimento de uma princesa, mas as próprias princesas pensam que isso não passa de uma bobagem. As estrelas são as mesmas de sempre, e neste ano, na véspera do dia em que as três vão deixar seu lar e se separar pela primeira vez na vida, tudo – inclusive as estrelas – parece bem mais sombrio.

Os sons da festa fluem pelo palácio conforme o relógio se aproxima da meia-noite, mas as princesas já abandonaram a celebração: Daphne surrupiou uma garrafa de champanhe de um balde de gelo enquanto Beatriz piscava charmosamente para o criado e Sophronia ficava de olho para garantir que a mãe não as flagrasse. Elas já cumpriram sua obrigação, dançaram e brindaram, apertaram mãos e beijaram rostos, sorriram até ficar com o maxilar doendo, mas querem passar os últimos minutos de sua vida de meninas tal como vieram ao mundo dezesseis anos antes: juntas.

Os aposentos que ocuparam na infância não mudaram muito desde que elas os deixaram – ainda eram três quartos brancos idênticos, conectados por um salão comunal, cada um deles com uma cama de dossel branca com almofadas de seda empilhadas, uma escrivaninha e um armário de bétula, com incrustações de ouro formando desenhos de vinhas e flores, e um tapete cor-de-rosa felpudo. O salão compartilhado é cheio de assentos estofados de veludo e uma imponente lareira de mármore, esculpida para representar as constelações no momento de seu nascimento – no centro, uma opala engastada como a lua cheia, cercada pelas constelações: a Rosa Espinhosa, o Falcão Faminto, o Coração Solitário, a Coroa de Chamas e, obviamente, as Três Irmãs.

Corre um boato de que a imperatriz Margaraux havia incumbido o empyrea real, Nigellus, de usar magia para garantir que elas nascessem quando as Três Irmãs cruzassem o céu, mas há quem diga que isso é ridículo – afinal, por que ela teria desejado três meninas quando um único menino teria sido muito mais útil?

Outros sugerem que as Três Irmãs eram a constelação da qual Nigellus havia extraído uma estrela para conceder o desejo da imperatriz de ter filhos, embora aparentemente nenhuma esteja faltando. Mas Margaraux deve ter feito um pedido, nisso todos concordam. De que outra forma o imperador poderia ter subitamente gerado três filhas aos 70 anos, se sua última esposa e suas incontáveis amantes nunca engravidaram?

E ainda havia a questão da cor dos olhos das princesas: não eram o castanho da mãe nem o azul do pai, mas a prata tocada pelas estrelas somente concedida àqueles concebidos com magia. Àqueles em cujas veias corria a poeira estelar.

Daphne

Sentada no tapete diante da lareira, Daphne não consegue deixar de olhar para as constelações enquanto ajeita a saia do vestido de organza verde à sua volta, como pétalas de flores.

Dizem que bebês nascidos sob a Rosa Espinhosa são bonitos.

Aqueles nascidos sob o Falcão Faminto são ambiciosos.

Acredita-se que as crianças do Coração Solitário se sacrifiquem mais que as outras.

A Coroa de Chamas oferece poder a seus filhos.

E as Três Irmãs concedem equilíbrio e harmonia.

Existem exceções, naturalmente – Daphne conhece muitos nascidos sob a Rosa Espinhosa que não ficaram bonitos depois de crescer e uns outros tantos nascidos sob a Coroa de Chamas que se tornaram limpadores de chaminés ou plantadores de repolho. Ainda assim, as pessoas que acreditam nos presságios das estrelas constituem a maioria – até mesmo Daphne, que geralmente segue a lógica, leva a sério os horóscopos diários que acompanham o café da manhã.

Seus olhos continuam se voltando para a lareira enquanto ela luta para abrir a garrafa de champanhe roubada com sua lixa de unha de vidro. Depois de algumas tentativas, a rolha se solta com um estouro que a faz gritar de surpresa e dispara pelo ar, indo acertar o lustre, fazendo os cristais retinirem todos ao mesmo tempo. O champanhe gelado jorra no vestido dela e no tapete, encharcando tudo.

– Cuidado! – grita Sophronia, correndo para o toalete adjacente em busca de toalhas.

Beatriz solta um grunhido, levando três delicadas taças de cristal à boca da garrafa, deixando que Daphne as encha quase até a borda.

– Ou o quê? Nem vai dar tempo de nos encrencarmos por estragar um tapete.

Sophronia retorna de toalha na mão e começa a enxugar o champanhe derramado assim mesmo, com a testa franzida.

Vendo sua expressão, Beatriz amolece.

– Desculpe, Sophie – diz antes de tomar um gole de uma das taças e passar as outras para as irmãs. – Não foi minha intenção... – Ela deixa a voz morrer, incerta sobre qual exatamente tinha sido sua intenção.

Sophronia também parece não saber, mas larga a toalha encharcada no chão e afunda no sofá ao lado de Beatriz, que passa um braço por seus ombros, fazendo farfalhar o vestido decotado de tafetá cor-de-rosa.

Daphne olha para as duas por cima da borda da sua taça, engolindo metade do champanhe em um gole só antes de seus olhos pousarem na toalha molhada.

Antes que isso seque, pensa ela, *teremos ido embora daqui. Não nos veremos por um ano.*

A primeira parte é razoavelmente tolerável – Bessemia é seu lar, mas elas sempre souberam que partiriam quando atingissem idade. Beatriz para Cellaria, no sul, Sophronia para Temarin, no oeste, e Daphne para Friv, no norte. Elas vêm se preparando para cumprir seus deveres desde que se entendem por gente: casar com os príncipes a quem foram prometidas e levar seus países à guerra um contra o outro, permitindo que a mãe interfira, recolha os cacos e os anexe ao seu domínio como joias novas em sua coroa.

Mas isso é tudo futuro. Daphne deixa de lado as tramoias da mãe e se concentra nas irmãs. As irmãs que ela não verá por um ano, se tudo correr como planejado. Elas não passaram mais do que algumas horas separadas durante a vida toda. Como vão conseguir se manter longe umas das outras por um ano inteiro?

Beatriz deve ter visto o sorriso de Daphne vacilar, porque revira os olhos de forma dramática – o gesto inconsciente que a trai quando tenta não demonstrar emoções.

– Venha – chama Beatriz, a voz falhando ligeiramente enquanto dá um tapinha no sofá ao seu lado.

Daphne se levanta do tapete por um instante antes de se jogar no sofá ao lado de Beatriz, deixando a cabeça cair no ombro da irmã. O vestido azul-celeste sem alças de Beatriz parece terrivelmente desconfortável, o corpete em forma de espartilho enterrando-se em sua pele e deixando marcas vermelhas visíveis sob a peça, mas a jovem não parece incomodada.

Daphne se pergunta se esconder os sentimentos é um truque que Triz aprendeu durante seu treinamento com as cortesãs do palácio – uma necessidade, disse a mãe, para cumprir seu objetivo em Cellaria – ou se é esse mesmo o jeito da irmã: apenas dois minutos mais velha, mas sempre parecendo uma mulher, enquanto Daphne ainda se sente uma criança.

– Está preocupada? – pergunta Sophronia, tomando o mais delicado dos goles de sua taça.

Embora sejam trigêmeas, Sophronia é menos tolerante ao álcool do que as irmãs. Meia taça de champanhe para ela equivale a duas taças cheias para Daphne e Beatriz. *Com sorte, uma de suas camareiras em Temarin vai saber disso*, pensa Daphne. Com sorte, haverá alguém para ficar de olho nela, quando Daphne e Beatriz não puderem.

Beatriz emite um grunhido, indignada.

– Que motivos eu tenho para ficar nervosa? A essa altura, tenho a sensação de que poderia seduzir lorde Savelle até dormindo.

Lorde Savelle é a primeira etapa do plano grandioso da imperatriz – embaixador temarinense em Cellaria, ele tem sido o responsável por manter a paz entre os países nas últimas duas décadas, o período mais longo que passaram sem guerra em séculos. Ao comprometê-lo, Beatriz reacenderá o conflito e porá mais lenha na fogueira.

– Só Cellaria já me deixaria nervosa – admite Sophronia, estremecendo. – Sem empyreas, sem poeira estelar, sem absolutamente nenhuma magia. Ouvi dizer que o rei Cesare mandou queimar um homem vivo porque achou que ele fosse o responsável por uma seca.

Beatriz apenas dá de ombros.

– Sim, bem, eu venho me preparando para isso, não é? – replica ela. – E a paranoia crescente do rei deve tornar ainda mais fácil incitar uma guerra. É provável que eu volte para cá antes de vocês duas.

– Sophie seria a minha aposta – pondera Daphne, bebendo o champanhe. – É a única de nós que vai se casar com um rei em vez de um mero príncipe, e tenho certeza de que bastaria ela fazer um charme e pedir isso a Leopold para ele declarar guerra contra Cellaria.

Apesar de dizer essas palavras em tom de piada, um silêncio desconfortável se instala. Sophronia desvia o olhar, corando, e Beatriz lança a Daphne um olhar de reprovação. Daphne tem a sensação de que alguma coisa lhe escapou, embora não seja a primeira vez que isso acontece. As três são próximas, mas Beatriz e Sophronia sempre foram um pouco mais unidas. Isso não é um problema para Daphne – afinal, ela sempre foi mais próxima da mãe.

"Beatriz é a mais bonita de vocês – ela não terá problemas para balançar o coração dos cellarianos. Sophronia é a mais doce e vai conquistar os temarinenses com facilidade", disse a imperatriz a Daphne ainda no dia anterior, sua voz soando como a de um general despachando tropas. As palavras abalaram Daphne, até que a mãe se inclinou em sua direção, pressionando sua mão fria na bochecha da filha e a abençoando com um raro sorriso espontâneo. "Mas você, minha querida, é minha arma mais afiada, então preciso de você em Friv. Bessemia precisa de você em Friv. Se você um dia assumir meu lugar, deve provar que é capaz de ocupá-lo."

Vergonha e orgulho travam uma guerra interna e Daphne toma outro gole de champanhe, torcendo para que as irmãs não percebam. Não pode culpá-las por esconderem coisas dela – ela tem sua própria parcela de segredos.

Logicamente, ela sabe que a mãe estava certa em pedir que não falasse disso às irmãs – a imperatriz nunca mencionou fazer de uma delas sua herdeira, e saber que a escolhida será Daphne só vai atiçar os ciúmes das outras. Daphne não quer isso. Muito menos nesta noite.

Ela solta um suspiro, afundando ainda mais nas almofadas do sofá.

– Pelo menos seus príncipes são bonitos e saudáveis. Um dos espiões frívios diz que o príncipe Cillian foi submetido tantas vezes ao tratamento com sanguessugas que sua pele está coberta de feridas. Outro disse que é improvável que ele viva mais um mês.

– Um mês é tempo de sobra para você se casar com ele – observa Beatriz. – Para o seu consolo, isso vai tornar seu trabalho muito mais fácil. Não imagino como ele conseguiria atrapalhar, e Friv é um país tão jovem, vai ser fácil tirar proveito do caos em torno da morte do único herdeiro do trono. Talvez *você* seja a primeira de nós a voltar para casa.

– Tomara – diz Daphne. – Mas não posso acreditar que vou ficar presa em Friv, aquele lugar frio e miserável, enquanto você vai relaxar nas praias ensolaradas de Cellaria, e Sophie, frequentar as lendárias festas temarinenses.

– Não vamos estar exatamente relaxando em praias ou nos divertindo em festas, não é? – rebate Sophronia, mas Daphne ignora suas palavras.

— Bom, vai ser um pano de fundo melhor do que neve, céu cinzento e mais neve — resmunga ela.

— Não precisa ser dramática — repreende Beatriz, revirando os olhos. — Além disso, você tem a tarefa mais fácil. O que você precisa fazer? Roubar o selo do rei? Forjar alguns documentos? Admita, Daph.

Daphne balança a cabeça.

— Você conhece a mamãe... Com certeza isso vai ser mais trabalhoso do que parece.

— Parem — interrompe Sophronia, a voz aguda. — Não quero mais falar sobre isso. É nosso aniversário. Não deveríamos pelo menos falar sobre nós, e não sobre ela?

Daphne e Beatriz trocam um olhar cheio de significados, mas Beatriz é a primeira a responder.

— Claro, Sophie — concorda ela. — Vamos fazer um brinde?

Sophronia pensa por um momento antes de erguer a taça.

— Aos 17 — propõe, então.

Daphne ri.

— Ah, Soph, você já está bêbada? Estamos fazendo *16*.

Sophronia dá de ombros.

— Eu sei — diz ela. — Mas 16 é quando temos que dizer adeus. Aos 17 estaremos aqui novamente. Juntas.

— Aos 17, então — ecoa Beatriz, erguendo a taça.

— Aos 17 — acrescenta Daphne, batendo sua taça nas delas antes de virarem o restante do champanhe.

Sophronia se recosta nas almofadas do sofá e fecha os olhos, aparentemente satisfeita. Beatriz pega a taça vazia de Sophronia e a coloca junto com a dela no chão, fora do caminho, antes de se recostar ao lado dela, fitando o teto abobadado, onde arranjos de estrelas em espirais foram pintados em ouro brilhante contra um fundo azul de tonalidade profunda.

— É como mamãe sempre diz — murmura Beatriz. — Somos três estrelas da mesma constelação. A distância não vai mudar isso.

É uma fala surpreendentemente emotiva vinda de Beatriz, mas a própria Daphne se sente um pouco sentimental agora, então ela se enrosca ao lado das irmãs, passando o braço em volta da cintura de ambas.

O relógio alto, de fachada de mármore, no salão, bate meia-noite com um som alto que ecoa nos ouvidos de Daphne, e ela afasta as palavras da mãe de sua mente e abraça as irmãs com força.

– Feliz aniversário – diz, beijando as duas em cada uma das bochechas e deixando manchas de batom rosa-claro no rosto delas.

– Feliz aniversário – respondem as duas, as vozes carregadas com o peso da exaustão.

Em segundos, estão dormindo, a respiração calma e uniforme delas enchendo o ar. No entanto, por mais que tente, Daphne não consegue fazer o mesmo. É vencida pelo sono quando uma lasca de sol da alvorada já está espreitando pela janela.

Sophronia

Sophronia não pode chorar, não na presença da imperatriz, nem mesmo na carruagem a caminho do centro de Bessemia, o ponto de onde ela e as irmãs vão se separar. As lágrimas ferroam seus olhos, fazem sua garganta queimar, mas a jovem se obriga a contê-las, sentindo o olhar crítico da mãe, sempre faminta por encontrar falhas – mais em Sophronia, aparentemente, do que em Daphne ou Beatriz.

"As lágrimas são uma arma", a imperatriz Margaraux gosta de dizer, franzindo os lábios cheios e pintados. "Mas seu uso comigo é um desperdício."

Sophronia não pretende usar suas lágrimas como arma, mas não consegue evitar a torrente de emoções que a percorre. Ela se força a manter a compostura, ciente de sua mãe sentada no banco à frente, silenciosa, firme e forte de uma forma que Sophronia não conseguiu aprender, apesar das muitas aulas que teve.

A carruagem bate em uma saliência na rua, e Sophronia usa isso como desculpa para enxugar uma lágrima que conseguiu escapar.

– Vocês têm suas diretrizes – diz a mãe delas, rompendo o silêncio. Sua voz soa desapaixonada, quase entediada. Como se estivesse a caminho de um fim de semana no campo, e não indo dizer adeus às três filhas de uma só vez. – Espero atualizações à medida que progredirem.

– Sim, mamãe – concorda Daphne.

Como estão sentadas lado a lado, é impossível negar a semelhança entre elas. É mais do que os cachos muito pretos que emolduram os rostos em formato de coração, mais do que os olhos contornados por cílios espessos – os de Daphne, um tom de prata tocado pelas estrelas, assim como os de Sophronia e Beatriz; os da mãe, um âmbar quente e líquido –, mais do que as sardas que dançam sobre as maçãs do rosto acentuadas e os narizes arrebitados. É a maneira como elas se sentam, as costas eretas, as pernas recatadamente cruzadas na altura dos tornozelos, as mãos pousadas juntas no colo. É o formato da boca de ambas, franzida e voltada para baixo nos cantos.

Mas há um afeto quando Daphne sorri que Sophronia nunca viu na mãe. O pensamento faz seu coração doer e ela desvia o olhar de Daphne, focando-o na almofada de veludo do assento, atrás do ombro da irmã.

– Sim, mãe – ecoa ela, torcendo para que sua voz saia como a de Daphne, firme e segura. Mas obviamente isso não acontece. É claro que ela vacila.

Os olhos da mãe se estreitam e ela abre a boca, a reprimenda na ponta da língua, mas Beatriz fala primeiro, um sorriso frio e irônico nos lábios cheios enquanto se interpõe mais uma vez entre Sophronia e a imperatriz:

– E se estivermos ocupadas com outras coisas? – Ela arqueia as sobrancelhas. – Pelo que ouvi, a vida de recém-casada pode ser bastante... atribulada.

A mãe desvia o olhar de Sophronia, voltando-o para Beatriz.

– Guarde isso para Cellaria, Beatriz – diz ela. – Vocês vão enviar uma atualização, codificada, exatamente como aprenderam.

Beatriz e Daphne fazem uma careta ao ouvir isso, mas Sophronia não. Ela dominou a criptologia com muito mais naturalidade do que as irmãs e, embora ame as duas, não pode negar que uma onda de prazer a percorre por se destacar mais em algo que as outras. Especialmente porque Sophronia se destaca em muito pouco. Ela não tem o domínio do flerte e dos disfarces de Beatriz, tampouco pode igualar as habilidades de Daphne com venenos ou arrombamentos, mas consegue decifrar um código na metade do tempo, além de conseguir criar um quase tão rápido quanto isso; e, ainda que todas tenham estudado economia, Sophronia é a única que realmente gosta de se debruçar sobre leis tributárias e relatórios orçamentários.

– E acho que não preciso lembrar que a vida de recém-casada é apenas na aparência – comenta a imperatriz, e seus olhos pousam tão duramente em Sophronia que a pele da jovem começa a formigar.

As bochechas de Sophronia esquentam, e ela sente que as irmãs a estão olhando também, com uma mistura de pena, simpatia e, no caso de Daphne, uma dose de confusão. Sophronia não contou a ela sobre a conversa que teve com a mãe em privado uma semana atrás, os olhos frios cravados nos seus quando perguntou à jovem, sem nenhum tipo de preâmbulo, se ela estava alimentando sentimentos pelo rei Leopold.

Sophronia não achava que havia hesitado ou dado qualquer motivo para que a mãe duvidasse dela ao dizer não, mas a imperatriz ouviu a mentira mesmo assim.

– Não criei você para se apaixonar feito uma tola – disse ela, colocando uma pasta de documentos nas mãos de Sophronia: relatórios de seus espiões em Temarin. – Você não o ama. Nem o conhece. Ele é nosso inimigo. Espero que não se esqueça disso novamente.

Sophronia engole em seco e empurra a lembrança para longe, junto com as informações contidas naqueles documentos.

– Não, não precisamos de lembretes – garante ela.

– Ótimo – replica a imperatriz antes que seu olhar recaia sobre Beatriz e as rugas em sua testa se aprofundem. – Estamos quase lá, ajeite os olhos.

Beatriz fecha a cara, ao mesmo tempo que pega o anel de esmeralda em sua mão direita.

– Isso coça, você sabe – diz ela enquanto torce a esmeralda e segura o anel sobre um olho, depois sobre o outro, deixando uma gota verde cair do anel em cada um deles. Ela pisca algumas vezes e, quando olha para elas outra vez, seus olhos passaram de um tom de prata, como os de Sophronia e Daphne, para um verde brilhante.

– Eu lhe asseguro que você não está nem de perto tão desconfortável quanto ficará se os cellarianos virem seus olhos tocados pelas estrelas – observa a imperatriz.

Beatriz faz cara feia, mas não protesta. Ela sabe, assim como Sophronia, que a mãe está certa. Em Bessemia, olhos tocados pelas estrelas são apenas um tanto raros, encontrados em pessoas cujos pais usaram poeira estelar para concebê-las. Elas não são as únicas pessoas da realeza a ter olhos com um toque de prata – muitas linhagens ancestrais só foram continuadas em razão de grandes quantidades de poeira estelar e, em casos raros, da ajuda de um empyrea. Mas, em Cellaria, a magia é proibida e há muitas histórias de crianças mortas no país por nascerem com olhos prateados, embora Sophronia se pergunte quantas delas tinham olhos que eram meramente cinzentos.

A carruagem para e uma rápida olhada pela janela confirma que elas chegaram ao seu destino: a clareira no centro da floresta de Nemaria. A mãe delas, porém, permanece sentada, seu olhar passando lentamente de uma irmã para outra.

Ao observar de perto, Sophronia acha que vê um toque de tristeza na expressão da mãe. Um toque de arrependimento. Mas assim que aparece, desaparece, isolado atrás de uma máscara de gelo e aço.

– Vocês vão estar por sua própria conta a partir de agora – diz a imperatriz, em voz baixa. – Não estarei por perto para guiá-las. Mas vocês treinaram para isso, minhas pombinhas. Vocês sabem o que fazer, sabem quem atacar, sabem onde eles são vulneráveis. Dentro de um ano, nós governaremos cada centímetro deste continente e ninguém vai conseguir tirá-lo de nós.

Como sempre, Sophronia sente seu coração inchar com a menção desse futuro. Por mais que sinta pavor em relação ao próximo ano, ela sabe que no fim valerá a pena – quando todo o continente de Vesteria pertencer a elas.

– Agora só falta eu lhes entregar uma ferramenta – continua a mãe. Ela então enfia a mão no bolso do vestido, tirando três saquinhos de veludo vermelho fechados por um cordão, e entrega um a cada filha.

Sophronia abre o dela e esvazia o conteúdo na palma da mão. A corrente de prata fria desliza sobre seus dedos, um único diamante pendendo dela, menor do que a unha do seu dedo mínimo. Uma rápida olhada confirma que o presente das irmãs é idêntico.

– É meio simples para o seu gosto, mamãe – observa Beatriz, a boca franzida.

É verdade – a mãe tende a ser mais ostentosa: ouro maciço, pedras do tamanho de bolas de bilhar, joias que gritam seu preço no volume máximo.

Ao pensar nisso, Sophronia compreende.

– Você quer que isso passe despercebido – diz ela, olhando para a imperatriz. – Mas por quê? É só um diamante.

A boca impassível da mãe se curva em um sorriso de lábios cerrados.

– Porque eles não são diamantes, minhas pombinhas – explica ela, estendendo a mão para pegar a corrente de Daphne e seu pulso. Enquanto fala, ela prende a joia no braço da filha. – Eu os encomendei a Nigellus. Use-os com sabedoria... se for preciso.

À menção de Nigellus, Sophronia troca um olhar furtivo com as irmãs. O conselheiro mais próximo de sua mãe e empyrea real sempre foi um enigma, mesmo que tenha sido um elemento habitual em suas vidas desde o nascimento. Ele é bastante gentil com elas, ainda que um pouco frio, e nunca deu motivos para desconfiarem dele. No entanto, elas não são as únicas a terem reservas em relação a ele – a corte inteira não gosta do homem –, mas todos temem demais a ele e à imperatriz para fazer algo além de cochichar sobre isso.

Sophronia pode contar todos os empyreas do continente em duas mãos – cada família real emprega um, exceto em Cellaria, e há uns poucos que são nômades por natureza ou por treinamento. Embora o poder de tirar estrelas do céu seja natural para eles, trata-se de um dom que requer um estudo extenso para ser controlado. Diz-se que um empyrea não treinado é algo perigoso, supostamente capaz de derrubar estrelas por acidente e realizar seus desejos simplesmente dando voz a eles, embora não tenha havido nem um empyrea bessemiano desde que as princesas nasceram.

– Poeira estelar? – pergunta Beatriz com um toque de escárnio. – Meio decepcionante, na verdade. Eu poderia comprar um frasco de qualquer mercador na cidade por algumas centenas de ásteres.

Beatriz é a única delas que fala assim com a mãe, e cada vez que o faz, um raio de medo atravessa Sophronia, embora nesse caso ela seja obrigada a concordar. A poeira estelar não é exatamente uma raridade – e sempre que uma chuva de estrelas acontece em Vesteria, coletores vasculham os campos, recolhendo as poças de poeira estelar que restaram, levando quilos da substância para os mercadores, que a engarrafam e vendem junto com suas joias finas e sedas, cada pitada suficiente para um único desejo – não forte o suficiente para fazer muito mais que curar um osso quebrado ou sumir com uma espinha, mas ainda assim valiosa. Poeira estelar pode ser encontrada no inventário de qualquer mercador que se preze, exceto em Cellaria, ou seja, onde não ocorrem chuvas de estrelas. De acordo com a tradição cellariana, a poeira estelar não é um presente das estrelas, mas uma maldição, e mesmo possuí-la é crime. Para os cellarianos, a ausência de chuvas de estrelas é vista como uma recompensa por sua devoção e um sinal de que as estrelas sorriem para o reino, embora Sophronia se pergunte se a verdade não é o oposto, se a tradição não foi escrita como um bálsamo para convencer os cellarianos de que a vida é melhor sem a magia à qual eles não têm acesso natural.

A imperatriz apenas sorri.

– Poeira estelar não – diz ela. – Um pedido. De Nigellus.

Com isso, até Beatriz se cala, olhando para a pulseira com um misto de espanto e medo. Sophronia faz o mesmo. Enquanto a poeira estelar é um luxo bastante comum, um pedido feito por um empyrea é algo completamente diferente. Em geral, esses pedidos são feitos pessoalmente, com o empyrea direcionando o desejo a uma estrela e usando sua magia para tirá-la do céu. Os pedidos feitos dessa maneira são mais fortes, sem as típicas limitações da poeira estelar, mas não há tantas estrelas assim, então eles devem ser usados apenas nas mais difíceis circunstâncias. Até onde Sophronia sabe, a última vez que Nigellus fez um pedido a uma estrela foi para acabar com uma seca no interior de Bessemia que durava meses. Sua ação sem dúvida salvou milhares de vidas e impediu que a economia do país afundasse mais ainda, só que muitos acharam o custo alto demais. Sophronia ainda podia ver o lugar no céu onde ficava aquela estrela, parte da constelação do Sol Nublado. Sophronia se perguntou em quais constelações estariam faltando estrelas agora graças à criação daquelas bugigangas.

– E está na pedra? – pergunta Beatriz, parecendo um tanto cética.

– Exato – confirma a mãe, ainda sorrindo. – Um pouco de alquimia que Nigellus inventou... são os únicos três que existem. Vocês só precisam quebrar a pedra e fazer seu pedido. É uma magia forte o suficiente para salvar uma vida. Mas, repito, eles só devem ser usados quando vocês não tiverem outra opção.

Beatriz ajuda Sophronia a prender a pulseira, e Sophronia retribui o favor. Feito isso, a imperatriz olha para cada uma delas, dando um último aceno com a cabeça.

– Vamos, minhas pombinhas – chama ela, abrindo a porta da carruagem e deixando entrar um jorro brilhante de luz da manhã. – É hora de voar.

Beatriz

Beatriz estreita os olhos ao descer da carruagem, a luz do sol cegando-a e fazendo seus olhos coçarem ainda mais. O químico que criou seu colírio disse que ela acabaria se acostumando com a sensação, mas Beatriz já praticou usá-lo algumas vezes e não está convencida de que esse será o caso. Apesar de relutante em admitir, a mãe está certa – é um desconforto necessário.

Quando seus olhos se adaptam à luz, ela vê três carruagens semelhantes que devem tê-las precedido, vindo do palácio – todas pintadas de azul e dourado, as cores de Bessemia, e cada uma puxada por um par de cavalos branquíssimos com fitas trançadas nas crinas e nas caudas. Ao lado de cada carruagem encontra-se uma pequena tenda de seda. Uma verde frívia, outra dourada temarinense e a terceira escarlate cellariana, cada uma delas ladeada por um par de guardas vestidos com as cores correspondentes de seus países.

A delegação bessemiana que as acompanha cerca a carruagem e Beatriz vê alguns rostos conhecidos, incluindo Nigellus com seus frios olhos prateados e túnica preta comprida. Mesmo sob o calor do sol do meio-dia, não há sequer uma gota de suor em sua testa de alabastro. Ele deve ter a idade de sua mãe, no mínimo, mas sua aparência está mais próxima da idade de Beatriz e das irmãs.

Em torno de cada tenda há um grupo de homens e mulheres bem-vestidos, os rostos todos se misturando – as delegações de nobres vindas de cada país para escoltá-las. O grupo cellariano é de longe o mais brilhante, vestido em tons coloridos – alguns dos quais ela não consegue nomear. Parecem bastante amigáveis, todos com sorrisos largos e radiantes, mas Beatriz sabe muito bem que as aparências enganam.

Por mais que tenha ouvido a mãe repassar o momento da transferência oficial incontáveis vezes, ainda não se sente preparada, mas tenta não mostrar seu nervosismo, mantendo as costas retas e a cabeça erguida.

A mãe beija o rosto de cada uma delas uma última vez e, quando chega sua vez, Beatriz sente os lábios finos e frios em sua pele, e pronto, acabou. Nenhuma demonstração de afeto, nenhuma palavra de despedida, nenhuma declaração de amor. Beatriz a conhece o suficiente para não esperar nada diferente. Ela diz a si mesma que nem quer nada disso vindo da mãe, mas descobre que ainda assim dói quando a mãe se afasta delas, deixando as três irmãs no centro da clareira, presas entre mundos em todos os sentidos.

Daphne dá o primeiro passo, como sempre acontece desde que Beatriz se entende por gente, caminhando em direção à tenda frívia com os ombros retos e os olhos fixos à frente. Ela se esforça muito para espelhar a frieza da mãe, mas não consegue evitar voltar-se para trás e olhar as irmãs e, nesse instante, Beatriz vê a incerteza clara em seus olhos. Ela se pergunta o que aconteceria se Daphne dissesse não, se ela se recusasse a entrar na tenda, se desobedecesse à mãe. Mas é evidente que ela não faz isso. Seria mais fácil Daphne pegar uma estrela cadente na palma da mão do que ir contra a vontade da imperatriz. Com um último meio sorriso para Beatriz e Sophronia, Daphne entra na tenda, desaparecendo de vista.

Beatriz olha para Sophronia, que nunca conseguiu esconder o medo como Daphne.

– Venha – diz Beatriz à irmã. – Vamos juntas.

Juntas até que isso não seja mais possível, pensa ela, mas não fala essa parte em voz alta. Elas seguem o exemplo de Daphne e, antes de desaparecerem no interior de suas tendas, Beatriz dirige a Sophronia um último sorriso que a boca trêmula da irmã não consegue retribuir.

Ela espera que Sophronia não chore na frente dos temarinenses – essa não é a primeira impressão que eles devem ter dela, e a mãe sempre enfatizou a importância de uma boa primeira impressão.

Assim que Beatriz entra na tenda iluminada por velas, é assediada por um batalhão de mulheres tagarelando em cellariano. Embora Beatriz seja fluente no idioma, todas falam tão rápido, com uma variedade de sotaques, que ela precisa se esforçar para entender o que estão dizendo.

– Moda bessemiana – diz uma mulher em tom de zombaria, puxando a volumosa saia rendada amarelo-clara do vestido de Beatriz. – Aff, parece uma margarida comum.

Antes que Beatriz possa protestar, outra mulher intervém, beliscando as bochechas da princesa.

– Não há cor aqui também. Parece uma boneca de porcelana sem pintura... simples e sem graça.

Sem graça. Isso dói. Afinal, o que ela é senão linda? Esse é o valor que lhe foi atribuído: Daphne é a encantadora; Sophronia, a inteligente; e Beatriz, a bonita. Sem isso, que valor ela tem? Mas os cellarianos possuem padrões diferentes – eles querem uma beleza espalhafatosa, dramática e exagerada. Então, ela engole seu protesto e se deixa cutucar aqui e ali, sendo criticada sem dizer uma só palavra. Ela as deixa tirar seu vestido pela cabeça e jogá-lo no chão como um trapo velho, permite que desamarrem o espartilho e lhe tirem a roupa de baixo, deixando-a nua e tremendo no ar frio do outono.

Ao menos assim os comentários sarcásticos cessam. Ela sente os olhos das outras sobre si, avaliando-a.

– Bem... – diz a primeira mulher, a boca franzida. – Pelo menos sabemos que ela come. Algumas dessas mulheres bessemianas não têm curvas... nada de seios, quadris ou carne. Pelo menos não vou ter que fazer roupas para um esqueleto.

A mulher passa novas roupas íntimas pela cabeça de Beatriz, depois ajusta nela um novo espartilho. Enquanto o bessemiano era tão apertado que ela mal conseguia respirar, esse é mais solto. Parece projetado para enfatizar seus seios e quadris, em vez de reduzir alguma parte do seu corpo.

Em seguida vem a anágua, mais volumosa do que qualquer outra que Beatriz tenha usado, mesmo em um baile formal. É tão ampla que vai ser difícil passar pelas portas, quanto mais entrar em uma carruagem, mas pelo menos o material é leve. Mesmo através das camadas, sua pele permanece fresca. Ela sente o sopro de uma brisa que entra na tenda.

Por fim, o vestido. Damasco de seda vermelho-rubi e dourado com um decote pronunciado e ombros à mostra, expondo mais pele do que alguém em Bessemia ousaria exibir antes do pôr do sol. Sem espelho, é difícil dizer como está sua aparência geral, mas a mulher encarregada de vesti-la faz um gesto de aprovação com a cabeça antes de ceder seu lugar à mulher que parece encarregada dos cosméticos.

Depois disso, vem uma enxurrada de pincéis e maquiagem, de cabelos puxados, enrolados e presos, de pentes de metal raspando seu couro cabeludo e deixando-o dolorido. De tintas frias espalhadas sobre seus olhos, bochechas e lábios, de pó cobrindo tudo isso. É cansativo, mas Beatriz sabe que é melhor não reclamar ou mesmo se esquivar. Ela aprendeu a ficar perfeitamente imóvel – uma boneca viva, que respira.

Por fim, a costureira e a cabeleireira a ajudam a calçar sandálias de salto alto feitas do mesmo material do vestido.

– Ela ficou muito linda, não ficou? – observa a mulher encarregada dos cosméticos, olhando para ela com a cabeça ligeiramente inclinada para o lado.

A costureira assente.

– O príncipe Pasquale deve ficar muito feliz com sua noiva.

– Não que ele fique feliz com muita coisa – replica a cabeleireira com um grunhido.

Beatriz sorri e faz uma leve reverência.

– Muito obrigada por todo o seu esforço – diz ela em um cellariano perfeito, sem sotaque, para a surpresa de suas assistentes. – Estou muitíssimo ansiosa para conhecer Cellaria.

A cabeleireira fala primeiro, afobada e com as bochechas vermelhas.

– P-Peço desculpas, V-Vossa Alteza – gagueja ela. – Não tive a intenção de desrespeitar Vossa Alteza ou o príncipe...

Beatriz dispensa suas palavras com um gesto de mão. Sua mãe enfatizou a importância de cativar sua equipe. São eles que sabem de tudo que acontece, afinal. E o comentário sobre Pasquale não é nada que ela já não tenha ouvido dos espiões de sua mãe, que o descreveram como um garoto mal-humorado e temperamental.

– Então, vamos?

A costureira corre para abrir a aba da tenda para que Beatriz saia à luz do sol mais uma vez. Ela vê que é a última a aparecer, as irmãs já enfiadas em suas respectivas carruagens, cada uma delas cercada pela delegação de cortesãos bajuladores.

Ambas lhe parecem desconhecidas.

Sophronia se assemelha a um bolo elaborado, mergulhada em um mar de babados de chiffon em tons de amarelo-limão e pontilhados de joias, os cabelos louros cacheados e presos em um penteado imponente ornamentado com todos os tipos de laços e joias. Daphne, por outro lado, usa um vestido de veludo verde que só poderia ser descrito como simplório em comparação aos das irmãs, com mangas compridas e estreitas e ombros nus, além de delicadas flores bordadas em fio preto cintilante no corpete; os cabelos preto-azeviche, presos em uma única trança caída nas costas, destacam os ângulos evidentes de sua estrutura óssea.

Ambas estão lindas, mas também já parecem muito diferentes. Em um ano, elas poderão ser completas estranhas. Esse pensamento a deixa enjoada, mas Beatriz tenta não demonstrar. Em vez disso, caminha delicadamente em direção à sua carruagem, tomando cuidado para que os saltos de suas sandálias não afundem no solo e a façam tropeçar. Um guarda a ajuda a subir na carruagem, e ela se acomoda no espaço vazio entre duas mulheres cellarianas com bocas vermelhas de batom no mesmo tom.

As mulheres imediatamente se atropelam elogiando-a em um bessemiano afetado.

– Obrigada – replica Beatriz em cellariano, para alívio das mulheres, mas a princesa mal ouve o resto da conversa.

Em vez disso, fica observando as irmãs. O cocheiro incita os cavalos a se moverem e a carruagem avança com um solavanco, em direção ao sul, mas Beatriz mantém os olhos nelas até ambas desaparecerem de vista.

Daphne

Daphne pensou que conseguiria ver o momento em que deixaria sua terra natal. Ela imaginou um lugar onde a grama verde e fértil e as flores desabrochando desapareceriam e dariam lugar à terra dura e marrom e aos trechos de neve que compõem o solo de Friv. Supôs que sentiria a mudança no ar, que expiraria o ar fresco e perfumado de Bessemia e inalaria o ar frígido e seco de Friv.

Em vez disso, porém, a mudança acontece gradualmente ao longo da viagem de três dias em direção ao norte. O terreno plano se transforma em colinas ondulantes, que lentamente vão ficando nuas, as árvores à sua volta começam a assumir um aspecto selvagem e esquelético, os galhos se retorcendo em direção a um céu que dá a impressão de ficar um pouco mais cinzento toda vez que ela pisca. Em cada hospedaria em que param, o sotaque do estalajadeiro e dos outros clientes se torna cada vez mais rústico e áspero, embora ainda falem bessemiano.

Eles chegarão à fronteira hoje, e então não haverá como voltar atrás.

Isso é um erro, pensa Daphne enquanto vê o mundo ao seu redor mudar e se transformar em algo irreconhecível e sombrio. Ela quer ir para casa, para o palácio onde aprendeu a andar. Quer correr de volta para a mãe e se sentir segura e confortável. Quer abraçar as irmãs e sentir seus corações baterem como um só, como sempre foi seu destino.

A saudade é tão forte que sua garganta se aperta sob a renda do vestido novo de gola alta, e ela tem a sensação de estar sufocando. Por um segundo, Daphne se permite imaginar como seria arrancá-lo, o veludo pesado e macio sob seus dedos, o prazer de rasgar o material e se sentir livre para respirar bem fundo, a pele de seu pescoço não mais coçando nem quente. Ela já sente saudade dos vestidos desestruturados em tons pastel de sua infância, de como sempre se via refletida em Sophronia e Beatriz, os mesmos traços, refratados como facetas em um diamante.

Ela tenta não pensar nas irmãs como as viu pela última vez, estranhas com rostos estranhos, maquiadas, apertadas em espartilhos, beliscadas e cutucadas, até ela ter que forçar a vista para identificá-las.

– Você está bem? – pergunta sua companheira na carruagem. Lady Cliona, a filha de lorde Panlington.

Daphne supõe que o rei a enviou para servir de fonte de conforto durante a viagem, acreditando que ficaria grata por ter alguém da sua idade como companheira em vez de uma matrona rígida com olhos severos e lábios franzidos.

Ela recorda tudo o que sabe sobre lorde Panlington – ex-chefe do Clã Panlington antes que as Guerras dos Clãs se encerrassem e Bartholomew se tornasse rei de um Friv unido. Panlington foi um chefe militar formidável e um dos últimos chefes de clãs a jurar fidelidade, embora desde o fim da guerra ele tenha sido um dos cortesãos mais leais a Bartholomew – alguns espiões até usaram o termo *amigo*.

Ela sabe muitíssimo menos sobre lady Cliona – apenas que é a única filha dele, embora ele tenha outros cinco do sexo masculino. Dizem que Cliona é sua favorita. Os espiões informaram que ela era notoriamente obstinada, ousada e irremediavelmente mimada. Não disseram de forma explícita que era bonita, mas mencionaram seis propostas de casamento rejeitadas no último ano, desde que completara 16 anos, então Daphne presumira que sim.

Agora, sentada à sua frente, Daphne se surpreende ao descobrir que a jovem não possui uma beleza tradicional – pelo menos não segundo os padrões bessemianos. Seu rosto tem mais sardas do que pele imaculada e os cachos acobreados são desordenados, mal contidos em um coque. Suas feições são muito marcadas, dando-lhe um ar de severidade que a faz parecer mais velha, e não com 17 anos. Ao longo dos últimos três dias, porém, Daphne percebeu que ela tem um raciocínio rápido e mordaz, e a viu pôr todos na palma da mão, desde o cocheiro até os donos das hospedarias e os guardas, em questão de meros segundos.

Daphne conclui que gosta de Cliona – ou, pelo menos, a garota que ela finge ser gosta de Cliona.

– Estou bem – diz Daphne, forçando um sorriso. – É nervosismo, suponho – continua ela com cuidado. – O príncipe Cillian e eu trocamos apenas algumas cartas ao longo de todo esse tempo, mas não sei nada sobre ele. Você o conhece?

Algo atravessa a expressão de Cliona, rápido demais para ser identificado, mas Daphne registra.

– Sim, óbvio – responde Cliona, assentindo. – Crescemos juntos na corte. Ele é muito gentil e muito bonito. Tenho certeza de que vai adorar você.

Daphne tenta parecer aliviada, mas sabe que isso não é verdade – não toda a verdade. O príncipe Cillian está morrendo, e todos parecem saber disso. O último relatório dos espiões dizia que fazia três meses que ele não saía da cama e que estava piorando a cada dia. Ele só tem que viver o suficiente para se casarem, Daphne lembra a si mesma, embora uma vozinha em sua cabeça a repreenda por sua insensibilidade – uma voz que parece muito a de Sophronia.

– E o restante de Friv? – pergunta ela. – Ouvi dizer que o país ainda está... tumultuado. Como eles se sentem em relação a uma princesa estrangeira vir a ser a sua próxima rainha?

Lá está aquele olhar de novo, o vislumbre fugaz de olhos arregalados e lábios franzidos. A expressão, Daphne percebe, que Cliona transparece antes de mentir.

– Ora, tenho certeza de que eles também vão adorá-la, Alteza – diz lady Cliona com um sorriso luminoso. – Por que não adorariam?

Daphne se recosta no assento da carruagem e examina sua nova companheira.

– Você não é muito boa em mentir, não é, lady Cliona? – pergunta.

Cliona fica imóvel antes de conseguir abrir um sorriso acanhado.

– Quando eu era pequena, minha mãe costumava dizer que as estrelas haviam me abençoado com uma língua sincera, mas atualmente isso mais parece uma maldição.

Daphne ri.

– Friv é assim tão cheio de mentirosos que você se sente prejudicada pela verdade? – pergunta ela, erguendo as sobrancelhas.

Cliona ri também, balançando a cabeça.

– As cortes não são todas assim?

A viagem segue por mais algumas horas intercalando momentos de conversa superficial e períodos de silêncio, até que, com o sol alto, a carruagem para à margem de um rio largo e caudaloso, as águas correntes tão ruidosas que Daphne as ouve antes mesmo de a porta se abrir. Mais carruagens encontram-se reunidas na outra margem do rio, todas pintadas de cinza-escuro, exceto uma, que é de um verde-vivo envernizado, com detalhes em ouro e preto, puxada por dois cavalos inteiramente pretos, os maiores que Daphne já viu.

É aqui que Bessemia encontra Friv, ela percebe – o rio Tenal marcando a fronteira. Há uma abundância de passarelas que o cruzam, bem como pontes mais largas que fazem parte das rotas comerciais, mas nesse ponto não há uma só ponte à vista.

– A tradição dita que se faça a travessia para Friv a pé – explica Cliona, ao ver a expressão perplexa de Daphne.

– A pé – repete Daphne, franzindo a testa. – Pela água, você quer dizer? – Quando Cliona assente, Daphne não consegue não se mostrar relutante. – Mas a água vai estar congelante e eu não vou ter onde me apoiar.

– Alguém vai cuidar para que Vossa Alteza não caia – diz Cliona, agitando a mão como se dispensasse sua preocupação, antes de perceber que uma pessoa as espera na margem do rio. – Está vendo? Lá está Bairre.

– Quem? – pergunta Daphne, confusa. Ela olha para fora da carruagem, mas não distingue ninguém; vê apenas uma multidão de estranhos. Cliona não tem chance de responder antes que um lacaio ofereça a mão e Daphne desça da carruagem.

Ainda estamos em território bessemiano, ela pensa, mas isso não lhe dá muito conforto.

Cliona não se afasta dela e, quando oferece o braço, Daphne aceita. O terreno não lhe é familiar e suas botas novas são muito apertadas – e a última coisa que ela deseja é que a primeira impressão que os frívios tenham dela seja ela caindo de cara no chão.

Uma primeira impressão dura para sempre; então você deve cuidar para que ela seja boa, como sua mãe gosta de dizer. Daphne repete as palavras para si mesma, esperando encontrar uma maneira de não ser uma decepção antes mesmo de pisar em Friv.

Um garoto espera na margem e, quando elas se aproximam, ele inclina a cabeça numa reverência, mas sua expressão é difícil de interpretar. Seu cabelo castanho é encaracolado e está um pouco crescido demais, sendo agitado pelo vento e ocultando seus olhos. *Ele é bonito*, pensa Daphne, mas daquele jeito genioso e selvagem que anseia por um corte de cabelo, um banho e uma taça de champanhe para aliviar a expressão carregada e tensa. Há olheiras escuras, em nítido contraste com a pele pálida, e ela se pergunta quando ele viu pela última vez sua cama ou o sol.

– Bairre – diz Cliona, e Daphne percebe que se trata do filho bastardo do rei Bartholomew. Ele dirige a Cliona um aceno de cabeça contido antes de seus olhos pousarem em Daphne e ele fazer uma mesura. – Normalmente, seria seu noivo a escoltá-la, mas dado o estado de saúde do príncipe Cillian... – explica ela, deixando a voz morrer.

À menção de Cillian, o garoto se encolhe – *Bairre* se encolhe. Os espiões não passaram muitas informações sobre ele, embora fosse uma presença regular na corte durante toda a sua vida. A história é que ele foi encontrado em um cesto nos degraus do palácio quando tinha algumas semanas de vida, poucos dias após o fim das Guerras dos Clãs. Não havia nada nele além de um bilhete com seu nome, mas o rei não hesitou em reivindicá-lo como seu, criando-o ao lado do príncipe Cillian, apesar dos protestos da rainha Darina.

– Vossa Alteza – diz Bairre, a voz tão gelada quanto o vento que sopra do rio. Ele olha para as águas e para o grupo de cortesãos à espera do outro lado.

Daphne acompanha seu olhar, vendo a terra inclemente com seu céu cinzento e árvores nuas, e ervas daninhas vicejando aqui e ali. Ela tenta não se abater diante da visão das cortesãs em seus vestidos de veludo monótonos e mantos de arminho. Já anseia pela beleza suave de Bessemia, seus babados, sedas e brilhos. Olhando para as mulheres, ela não encontra uma única joia, tampouco uma pitada de rouge. As pessoas são todas sem graça e sem cor, e Daphne não consegue nem imaginar que um dia vá se sentir como uma delas.

Friv é uma terra inóspita e sem alegria, contou sua mãe. *Cheia de pessoas inóspitas e sem alegria. É uma terra moldada pela guerra e faminta de sangue.*

Daphne estremece.

– Você poderia tentar sorrir – sugere Bairre, arrancando-a de seus pensamentos. – Eles vieram de muito longe para recebê-la.

Daphne força um sorriso, sabendo que ele está certo. Ela pode até odiar isso aqui – não há escapatória –, mas as pessoas não precisam saber.

– Vamos acabar logo com isso – diz Bairre, a voz firme.

Daphne lhe dirige um olhar irritado e abre a boca para retrucar, mas então se contém. Depois de viajar por três dias, deixando para trás as irmãs e seu lar, e agora se preparando para mergulhar na água gelada, ela está pronta para soltar os cachorros em cima de qualquer um. Mas insultar o bastardo do rei não vai levá-la a lugar nenhum, então ela deixa Cliona tirar suas botas, amarrar os cadarços e pendurá-las em seu ombro. Bairre entra no rio, espirrando água, e estende o braço para Daphne.

A água corre tão violentamente que parece prestes a derrubar Bairre, mas ele se mantém firme. Isso, pelo menos, dá algum conforto a Daphne, e ela segura o braço dele. Com o coração batendo tão forte que deve dar para ouvi-lo do outro lado do rio, a princesa deixa que ele a ajude a entrar na água.

O frio tira o ar de seus pulmões e ela tem que se conter para não gritar. A água sobe até seus quadris, encharcando o vestido de veludo e tornando-o tão pesado que ela precisa fazer um esforço imenso para se manter de pé, agarrando o braço de Bairre com tanta força que teme ferir a pele dele.

Cliona entra na água em seguida, segurando o outro braço de Daphne, e juntos os três atravessam o rio em passos lentos e cautelosos.

– Você vai quebrar um dente se eles continuarem batendo assim – diz Bairre a Daphne, a voz calma e indiferente ao frio, embora pareça bastante incomodado com ela.

Ela o olha de lado, as sobrancelhas franzidas.

– Não posso evitar – diz, a voz trêmula. – Está *frio*.

Bairre bufa, balançando a cabeça.

– Praticamente ainda é *verão* – rebate ele.

– Está gelado e eu estou molhada – diz ela.

Embora não seja essa sua intenção, sua voz sai como um lamento. Se a mãe estivesse ali, a repreenderia com um forte puxão de orelha, mas pelo menos Daphne não chora. Se começar, ela sabe que não vai conseguir parar, então, em vez disso, cerra os dentes e mantém o olhar fixo à frente. Avança um passo de cada vez e pensa numa lareira acesa e numa xícara de chá quente nas mãos.

Quando alcançam a outra margem, um homem se abaixa para ajudá-la a sair da água, mas é só quando está em segurança em solo frívio com uma manta de flanela verde-esmeralda sobre os ombros que ela vê a coroa de ouro reluzente descansando na testa dele e lembra que precisa fazer uma mesura.

– Vossa Majestade – diz ela ao rei Bartholomew, as palavras que deveria dizer obscuras e distantes em sua mente. Ela deveria recitar algum tipo de formalidade, alguma promessa de lealdade, mas tudo em que consegue pensar é no frio que está sentindo.

No entanto, o sorriso do rei Bartholomew é gentil, um feixe de calor ao qual Daphne se agarra.

– Bem-vinda a Friv, princesa Daphne – diz ele em bessemiano antes de se virar para Bairre, que está ajudando Cliona a sair do rio.

– Como foi a travessia? – pergunta ele, em frívio.

Bairre olha para o rei, sem se dar ao trabalho de se curvar mesmo quando Cliona faz uma reverência trêmula. Em vez disso, ele dá de ombros, de cara fechada.

– Não vejo por que isso era necessário agora – murmura ele, os olhos indo na direção de Daphne.

O rei Bartholomew hesita antes de balançar a cabeça.

– Há coisas maiores em jogo, Bairre.

Bairre ri, o som frio e áspero.

– Coisas maiores? – pergunta ele. – Então rotas comerciais e uma princesa *cannadragh* são mais importantes que...

O rei o silencia com um olhar antes de se voltar para Daphne, encolhida no calor da manta e tentando entender o que acabou de ouvir.

– Sua mãe me garantiu que você se saiu bem nos estudos, inclusive na língua frívia – diz ele, sorrindo, embora pareça tenso. – Peço desculpas pelos modos de Bairre. Temos uma tenda montada para você vestir uma roupa seca. Lady Cliona, pode acompanhá-la, por favor, e vestir algo seco você também? Rei ou não, seu pai vai cortar minha cabeça se você ficar doente e morrer.

Cliona faz uma reverência.

– Claro, Vossa Majestade – diz ela, pegando o braço de Daphne e levando-a em direção a uma tenda de lona montada entre dois pinheiros muito altos.

– Do que eles estavam falando? – pergunta Daphne.
– Não tenho certeza – admite Cliona, mordiscando o lábio inferior.
– E aquela palavra? – insiste Daphne. – *Cannadragh*?
– Não há um equivalente em bessemiano, na verdade – esclarece Cliona.
– O mais próximo seria *mole*, mas isso não é bem exato. É usado para descrever alguém que está acostumado a uma vida luxuosa.

Daphne sabe ler nas entrelinhas – Bairre a chamou de esnobe.

Sophronia

A viagem até Temarin levou dois dias, e eles demoraram mais um para chegar aos arredores de Kavelle, a capital, mas tudo correu relativamente tranquilo. Sophronia não tem certeza se é a estrada esburacada ou seu nervosismo por finalmente encontrar Leopold pessoalmente que faz seu estômago revirar, talvez uma combinação das duas coisas, junto com o novo espartilho temarinense, amarrado com tanta força que ela mal consegue respirar sem sentir as barbatanas de baleia beliscando sua caixa torácica.

Ela precisa se concentrar em respirar superficialmente, devagar, enquanto ouve suas companheiras de carruagem tagarelar em um temarino rápido, do qual não consegue entender muito. Sophronia achava que era fluente no idioma, mas também nunca havia praticado com alguém que estivesse bebendo tão livremente.

Uma das mulheres, a duquesa Henrietta, é prima em segundo grau de Leopold, e a outra, a duquesa Bruna, é sua tia por parte de pai. Quando apresentadas mais cedo, Sophronia sorriu e acenou com a cabeça, como se não tivesse sido forçada a decorar a árvore genealógica da família real temarinense até os 6 anos de idade. Como se não soubesse que o marido da duquesa Bruna tem uma queda por jogos de azar e mulheres e que deixou endividada a família antes ilustre ou que o filho mais velho da duquesa Henrietta tem uma semelhança impressionante com o lacaio do marido. É estranho enfim conhecê-las pessoalmente, depois de tantos anos sabendo seus nomes, e os nomes e idades de seus maridos, filhos e outros parentes. É quase como se personagens de um livro ganhassem vida diante de seus olhos, e esses personagens fossem espalhafatosos e estivessem embriagados.

Ela olha pela janela, para a floresta tranquila nas cercanias de Kavelle, tentando não pensar no que está por vir. Em mais ou menos uma hora, finalmente conhecerá Leopold. Esse é um pensamento estranho – eles devem ter trocado centenas de cartas na última década. Cartas que começaram travadas e forçadas, algumas palavras afetadas, mas com o tempo transformaram-se em páginas e mais páginas de pensamentos íntimos e aspectos de suas vidas cotidianas. De certa forma, ela tem a sensação de que conhece Leopold melhor do que qualquer outra pessoa no mundo, exceto talvez suas irmãs.

Mas não conhece, lembra a si mesma. O dossiê que sua mãe lhe deu é prova disso. O Leopold que ela achava que conhecia não teria triplicado os impostos de seus súditos a fim de aumentar sua própria riqueza. Ele não teria despejado duas dúzias de famílias e posto abaixo sua aldeia só para construir um novo pavilhão de caça. Não mandaria executar um homem por ter publicado ilustrações satíricas dele. O verdadeiro Leopold fez tudo isso e mais um pouco desde que assumiu o trono no ano passado.

Ela não o conhece de verdade, não mais do que ele a conhece, e ela não pode voltar a se esquecer disso.

Todos em Temarin são nossos inimigos, Sophronia, disse sua mãe quando lhe entregou o dossiê. *Esqueça-se disso e estará nos condenando a todos.*

A duquesa Bruna pigarreia, chamando a atenção de Sophronia de volta para elas. A jovem tenta se lembrar do que estavam falando, o que haviam lhe perguntado. Algo sobre Bessemia, sobre sua mãe.

– Ela perguntou se os rumores sobre sua mãe são verdadeiros – diz uma voz suave em bessemiano. A camareira que a ajudou a se vestir pela manhã na pousada, embora na ocasião ela não lhe tenha dirigido a palavra. Sophronia fica surpresa ao ouvir quanto ela fala bem o bessemiano, sem nem o mais leve sotaque.

– Quais? – pergunta Sophronia em temarino às duquesas. Embora esteja falando sério, as mulheres acham que ela está brincando e caem na gargalhada.

Sophronia encara a camareira novamente. Ela tem mais ou menos a sua idade, os cabelos louros quase da mesma cor que os dela presos em um coque apertado; é bonita, mas sem os adornos e a ostentação que parecem definir a beleza em Temarin.

– Você fala bessemiano muito bem – elogia Sophronia.

As bochechas da garota ficam rosadas, e ela baixa o olhar.

– Obrigada, Alteza. É a minha língua nativa, e é por isso que a duquesa quis que eu a acompanhasse na viagem. Eu cresci não muito longe do palácio.

Sophronia olha para as mulheres e as encontra observando-a, avaliando-a. Não sabe qual delas é a senhora da garota, mas isso não tem importância.

– Qual é o seu nome? – pergunta Sophronia a ela.

A camareira abre a boca para responder, mas a duquesa Bruna se adianta.

– Violie – chama a mulher bruscamente –, pegue meu leque. Esse calor está infernal.

A garota – Violie – apressa-se a abrir a bolsa de mão que carrega, tirando dali um leque dourado ornamentado e passando-o para a duquesa Bruna, que imediatamente começa a se abanar.

– Pobrezinha – diz a duquesa, olhando para Sophronia. – Você deve estar com calor também. Esta carruagem é uma estufa.

– Estou bem, obrigada – responde Sophronia.

Na verdade, ela pensa, há até uma friagem no ar, mas, como as duas duquesas acabaram com uma garrafa de champanhe, talvez seja essa a razão de seu calor.

– Que menina querida – diz a duquesa Henrietta, estalando a língua e tomando outro longo gole de champanhe de sua taça de cristal lapidado.

A carruagem dá uma guinada brusca para a esquerda, arrancando da mão da duquesa Henrietta a taça, que se estilhaça no chão da carruagem, derramando champanhe nas sandálias de seda de Sophronia.

– Que diabos foi isso? – pergunta a duquesa Bruna, fechando o leque e abrindo a janela da carruagem. Na mesma hora, gritos frenéticos invadem a carruagem. Sophronia conta cinco vozes diferentes, duas das quais ela reconhece como sendo a do cocheiro e a do lacaio.

– Não me diga que é outro roubo – comenta a duquesa Henrietta, soando mais irritada do que alarmada. Ela revira os olhos e fecha a janela novamente. – Esses bosques estão se tornando uma chateação.

Sophronia espia pela janela do seu lado e vê três mascarados, todos segurando um punhal. Um deles mantém a lâmina junto ao pescoço do lacaio enquanto o cocheiro vasculha o banco, procurando alguma coisa.

– Eles vão machucar o lacaio – diz Sophronia, alarmada, sem entender por que as outras mulheres estão tão calmas diante da cena; os homens estão armados com punhais e a única defesa que elas, mulheres, têm é a garrafa de champanhe vazia.

Sophronia supõe que poderia usá-la como arma, se necessário, embora isso fosse levar a um monte de perguntas por parte de suas companheiras.

Mas as duquesas agem como se a taça quebrada fosse o pior de seus problemas, e mesmo Violie não parece particularmente perturbada.

— Não se preocupe, Alteza — diz a duquesa Henrietta com um sorriso desanimado. — Infelizmente, isso está se tornando bastante comum por aqui: bandidos em busca de dinheiro fácil. Mas o cocheiro está preparado, com dinheiro suficiente para garantir uma passagem segura. É apenas um atraso temporário.

Ela parece certa disso, mas o desconforto de Sophronia não diminui e ela volta sua atenção para a janela.

O cocheiro estende uma bolsa de veludo branco amarrada com uma borla de ouro e um dos ladrões a pega, espiando o interior e sopesando seu conteúdo na palma da mão. Ele a guarda no bolso, fazendo um aceno para o que segura o punhal junto ao pescoço do lacaio. O homem é liberado, e Sophronia percebe que ele também não parece particularmente perturbado com a experiência.

— Eu não sabia que a taxa de criminalidade era tão alta por aqui — observa Sophronia, fechando a cortina.

— Pessoas desesperadas fazem coisas desesperadas, Alteza — esclarece Violie, sua voz em um tom suave.

— Pessoas ingratas, você quer dizer — retruca a duquesa Bruna.

Embora não possa manifestar sua opinião, Sophronia está mais inclinada a concordar com Violie. O aumento drástico dos impostos em Temarin deve ter sido suficiente para deixar muitas pessoas desesperadas.

O som de cascos de cavalos se aproximando as interrompe. Os três ladrões também os ouvem e começam a correr, mas em questão de segundos uma dúzia de cavalos surge na estrada, montados por soldados com pistolas erguidas.

— Parem! — grita um dos homens na frente.

Sophronia reconhece seu uniforme pelas dragonas douradas e as três listras amarelas na manga: o chefe da guarda pessoal do rei, embora ela não entenda o que ele está fazendo aqui. Os três ladrões também devem tê-lo identificado, porque todos ficam paralisados, com as mãos levantadas. O guarda desmonta, ainda segurando a pistola, e caminha em direção aos ladrões.

— Vocês estão presos em nome de Sua Majestade, o rei Leopold.

Ele agarra um dos ladrões pela nuca, arrancando-lhe a máscara. O menino

41

não deve ter mais que 14 anos e parece à beira das lágrimas. O guarda remove as máscaras dos outros dois e eles parecem ainda mais jovens, embora o guarda aparentemente não se incomode com isso.

– Prendam as mãos deles! – ordena, e seus homens desmontam e fazem o que ele manda, amarrando as mãos dos meninos atrás das costas, de forma mais rude do que parece necessário.

Um dos meninos grita quando seu braço é dobrado no que parece um ângulo não muito natural.

– O rei Leopold queria surpreendê-la vindo ao encontro da carruagem – diz a duquesa Bruna. – E que noção de tempo perfeito ele tem.

– A princesa Sophronia está aí? – grita o chefe da guarda para a carruagem. – Vossa Alteza está segura agora.

Sophronia pega na maçaneta e pensa que talvez os guardas sejam mais assustadores do que os ladrões. Mas a princesa conhece seu papel nessa peça, então abre a porta da carruagem e permite que o lacaio a ajude a sair para o sol da tarde, erguendo a mão enluvada para proteger os olhos. Ela oferece ao guarda um sorriso radiante que mostra todos os dentes.

– Ah, obrigada, senhor – agradece em temarino. – Estávamos tão assustadas!

O guarda faz uma reverência profunda.

– Lamento que sua primeira impressão de Temarin tenha sido tão desagradável, princesa – diz ele.

– Sophronia! – chama uma voz.

Ela volta a atenção para o séquito de guardas e então o vê e, apesar de tudo, seu coração falha uma batida. Ela o reconhece imediatamente, embora ele pareça um pouco diferente do último retrato, que foi enviado há dois anos: os cabelos cor de bronze estão mais compridos, cacheando em torno das orelhas, e suas feições parecem mais definidas; a maior parte dos traços rechonchudos de menino desapareceu. Só que é mais do que isso: ele é *real*. Não óleo sobre tela, confinado a duas dimensões e à imobilidade, mas feito de carne, sangue e vida. Ela não sabia que ele podia sorrir assim.

Ela sacode a si mesma mentalmente. *Ele sorriu assim quando condenou o artista à morte? Quando expulsou os aldeões de suas casas?*

Em segundos ele desce do cavalo e vem na direção dela, e de repente ela se vê em seus braços, os dela em torno do pescoço dele. De alguma forma, ele tem até o *cheiro* que ela imaginou, de cedro e algum tipo de especiaria.

Quando se separam, ele tem um sorriso constrangido no rosto e Sophronia tardiamente se lembra da plateia. Ela percebe que as duas duquesas, Violie e os guardas de Leopold, todos os observam, suas expressões indo do divertido ao perplexo. Até os ladrões estão olhando, embora demonstrem apenas medo.

– Minhas desculpas – diz Leopold, curvando-se em uma reverência e beijando o dorso da mão dela. – Eu simplesmente não consigo acreditar que você enfim esteja aqui.

Sophronia força um sorriso, tentando controlar a velocidade de seus batimentos cardíacos e o rubor que sente assomar às suas bochechas.

– Eu também não – diz a ele.

E isso, pelo menos, é verdade.

Leopold a ajuda a montar em seu próprio cavalo, acomodando-a na frente dele, segurando as rédeas de ambos os lados de sua cintura enquanto atravessam a floresta em direção a Kavelle e ao palácio. A notícia de sua chegada deve ter se espalhado, pois as pessoas surgem de todos os lados, vindo das aldeias nos arredores da cidade, acenando e dando vivas para Leopold e Sophronia, que acenam de volta. No entanto, nem todos aplaudem. Ela percebe que boa parte da multidão se mantém em silêncio, observando-os com expressão pétrea e olhos duros. Mas não se atrevem a vaiar – Sophronia não pode culpá-los: a execução do desenhista serviu como um terrível aviso.

Os guardas de Leopold os cercam e a carruagem que leva as duquesas e Violie fecha a comitiva: Os três ladrões ainda têm as mãos amarradas e caminham ao lado dos cavalos dos guardas.

– O que vai acontecer com eles? – pergunta Sophronia, ainda sorrindo, a Leopold.

Suas bochechas estão começando a doer, mas ela persiste, sorrindo para os camponeses que ladeiam o caminho, a mão erguida em um aceno constante.

– Com quem? – pergunta Leopold, confuso.

– Os garotos – esclarece ela, indicando com um gesto de cabeça o que anda ao lado de um guarda à direita deles.

– Ah, os ladrões – diz Leopold, dando de ombros. – Não se preocupe. O crime é levado muito a sério em Temarin. Eles serão devidamente punidos.

Ele tenta tranquilizá-la, mas Sophronia está longe de se sentir tranquilizada. Será que ele achou que o desenhista também foi *devidamente punido*?

– Eles são tão jovens – comenta, forçando a voz a manter-se leve e despreocupada. – Talvez um pouco de misericórdia fosse apropriado. Ninguém se machucou, afinal.

– Você podia ter se machucado – replica Leopold. – E minha mãe diz que é importante dar o exemplo, ou a criminalidade só aumentará.

A mãe de Leopold, a rainha viúva Eugenia, tinha apenas 14 anos quando foi enviada de Cellaria para Temarin a fim de se casar com o rei Carlisle e garantir a trégua que encerrou a Guerra Celestial. Sophronia conhece bem a história porque sua mãe costumava usá-la como exemplo de sua própria bondade ao esperar as filhas completarem 16 anos para casá-las. Seus espiões relataram que, desde a morte do rei Carlisle, um ano antes, a rainha Eugenia vinha se envolvendo mais na política temarinense, agindo como conselheira de Leopold, que tinha apenas 15 anos quando subiu ao trono.

– Eles têm mais ou menos a mesma idade de seus irmãos – observa Sophronia, pensando nos príncipes mais jovens, Gideon, de 14 anos, e Reid, de 12. – Certamente sua mãe seria compreensiva.

– Meus irmãos nunca roubariam uma carruagem e ameaçariam matar um lacaio – retruca Leopold.

– Não imagino que esses meninos tenham feito isso por diversão. Olhe para aquele ali – insiste ela, indicando o mais jovem dos três. – Está só pele e osso. Quando acha que foi a última refeição decente que ele fez?

Leopold fica em silêncio por um momento.

– Você tem um coração mole, e eu admiro isso, mas eles fizeram suas escolhas. É preciso enfrentar as consequências.

Sophronia tenta mascarar a insatisfação que toma conta dela enquanto as palavras de sua mãe voltam à sua mente, ecoando a cada batida dos cascos do cavalo. *Ele é nosso inimigo. Espero que não se esqueça disso novamente.*

Beatriz

Para Beatriz, a viagem de carruagem até o palácio cellariano, na cidade de Vallon, passa sem ela perceber. As damas em seu veículo – cansadas das primeiras e muitas etapas da viagem – adormecem logo depois de partirem da última hospedaria, deixando Beatriz olhando pela janela, procurando indícios de Vallon a distância.

Ela sabe que vai sentir falta das irmãs. Já sente o espaço vazio deixado por elas em seu coração, como costumava sentir o espaço vazio na boca depois de perder um dente de leite. Não consegue deixar de cutucá-lo e se maravilhar com a perda, mas também está faminta por Cellaria, faminta por mudança, por uma amostra do poder que a mãe sempre guardou com tanto cuidado, como um dragão em uma história infantil.

Enquanto desfruta desse momento de paz, reflete sobre a missão que a mãe designou para ela.

Encante o embaixador temarinense, disse a imperatriz. *Quero que você o tenha na palma da mão de tal forma que ele pulará dos penhascos de Alder se você pedir.*

Isso vai ser moleza – afinal, ela foi criada para isso. Para encantar, seduzir e ter as pessoas, os homens em particular, na palma da mão. Ela tem um arsenal de truques de cortesãs à sua disposição: como rir e tocar o braço de um homem, deixando a mão demorar-se um segundo a mais; como sorrir de maneira a mostrar a covinha em sua bochecha; e o mais importante: como deduzir com rapidez e precisão o que se deseja dela e como satisfazer esse desejo. Como se tornar a inocente que ruboriza. A sedutora ousada. A romântica tímida. A espirituosa descarada.

Todo mundo tem uma fantasia e Beatriz aprendeu a encarnar cada uma delas. É simplesmente uma questão de decifrar as pessoas.

Tudo o que ela sabe sobre o embaixador temarinense, lorde Savelle, indica que ele será uma presa fácil. Viúvo na casa dos 40, passou metade da vida na corte cellariana, impedido de usar poeira estelar para qualquer propósito. Os espiões de sua mãe dizem que ele é alvo do ódio e da desconfiança de todos na corte, mas principalmente do rei, que não perde a oportunidade de insultá-lo. De sua parte, lorde Savelle parece indiferente às atitudes do rei e de sua corte – ele está em Cellaria para fazer um trabalho, e aparentemente o vem fazendo bem. Nas quase duas décadas desde o fim da Guerra Celestial, a paz entre Cellaria e Temarin vem sendo mantida – uma tarefa difícil, dados os rumores sobre o temperamento explosivo e a impulsividade do rei Cesare. Os espiões cellarianos creditam a lorde Savelle o feito de, sozinho, impedir o rei de declarar guerra aos temarinenses, que ele via como pagãos, no mínimo uma dúzia de vezes.

Beatriz tem certeza de que lorde Savelle é solitário.

Você quer que eu flerte com um velho?, perguntou à mãe. *Ele tem idade suficiente para ser meu pai.*

A imperatriz não gostou disso – ela não gostava que suas instruções fossem questionadas. Mas Beatriz nunca foi tão boa quanto as irmãs em segurar a língua. Na verdade, ela nunca tentou. *Espero que você faça o que for preciso para conquistá-lo*, foi a resposta fria da imperatriz. Diante do olhar horrorizado da filha, ela riu. *Ah, por favor, Beatriz. Bancar a puritana não combina com você. Você fará o que precisa ser feito.*

As outras damas na carruagem se agitam quando começam a atravessar uma ponte que leva a uma cidade murada com o topo de construções coloridas espreitando acima das muralhas, e Beatriz se esquece da mãe, das instruções e da náusea que lhe provocam.

– Ah, Vallon – diz uma das damas, com melancolia na voz.

É a mais jovem, mas tem pelo menos uma década a mais que Beatriz.

O nome dela é Bianca, lembra-se Beatriz, a condessa de Lavellia, que é complexada em relação ao tamanho de suas orelhas e tem fama de intimidar as jovens da corte. Ainda nem chegaram lá e Beatriz já constatou que esses rumores são verdadeiros – não de maneira explícita, pois a condessa não é burra a ponto de ser abertamente rude com sua futura rainha, mas houve elogios farpados, olhares fulminantes e risos mordazes dirigidos a ela.

Beatriz cerra os dentes e finge não notar, mesmo quando as outras damas riem com sarcasmo, discretamente, por trás das mãos. Sua mãe lhe ensinou muitas coisas, a maioria delas desagradáveis, mas a mais importante foi paciência.

Ela se inclina, aproximando-se mais da janela, tentando ver o máximo possível da cidade, mas, mesmo a essa distância, dá para ver que é grande demais. Caberiam três cidades de Hapantoile, a capital de Bessemia, dentro dela.

De repente, Beatriz – sempre muito irreverente, muito brilhante, muito barulhenta – sente-se pequena como um rato em uma catedral.

Eles se aproximam, passando pela ponte e pelo portão da cidade, uma coisa dourada e grandiosa com um arco-íris de joias que cintilam à luz da tarde, fazendo parecer que está vivo. Depois atravessam um labirinto de ruas sinuosas, passando por casas e solares de cores vivas, jardins repletos de flores que Beatriz não conhece, pessoas com roupas que em Bessemia seriam consideradas espalhafatosas e pomposas. A cidade inteira fervilha e brilha com uma luz que Beatriz nunca imaginou existir. A cacofonia da cidade atinge seus ouvidos como a música mais doce.

– É linda – diz ela às damas em cellariano, o rosto tão perto da janela que sua respiração embaça o vidro toda vez que ela expira.

Mas mesmo a cidade perde o brilho à sombra do palácio. Ele paira sobre todo o resto, uma grande estrutura branca com tantas janelas e sacadas que não dá para contar e um arranjo de colunas ao longo da entrada. À luz do sol, a pedra branca parece brilhar com uma luz própria.

Beatriz sempre pensou que o palácio bessemiano fosse o mais grandioso do mundo, mas, quando salta da carruagem e se vê diante do palácio cellariano, percebe quão pequeno é o seu lar.

Ela tenta não se mostrar boquiaberta e então concentra a atenção no grupo de pessoas reunidas em fila, de frente para ela. Cada uma delas está vestida mais escandalosamente do que a anterior. Uma mulher usa um vestido laranja amplo com mangas do tamanho de melancias. Outra usa um chapéu que lembra uma borboleta-monarca e do qual pendem mais joias do que de qualquer lustre que Beatriz já tenha visto. Um homem usa um terno de cetim listrado de vermelho e preto e botas com saltos cravejados de rubis.

No centro da fila está o rei Cesare, reconhecível pela coroa de ouro e pela capa de veludo cravejada de joias. Beatriz ouviu histórias de algumas das mulheres cellarianas nos bordéis de Bessemia sobre ele, a maioria das quais usava um caso amoroso com o rei como propaganda – quem não gostaria de dormir com uma mulher boa o suficiente para um rei? Em sua juventude, ele foi considerado o homem mais bonito do continente, e mesmo agora, aos 50 e poucos anos, ela pode ver a sombra dessa beleza. Dizem que ele tem tantos bastardos que foi reservado um dia no calendário para comemorar todos os aniversários de uma só vez.

Beatriz consegue sentir o coração acelerar ao desviar o olhar para a direita, onde seu único filho legítimo vivo se encontra, ao seu lado, identificado por sua própria coroa de ouro, menos ornamentada que a do pai, mas igualmente majestosa.

Príncipe Pasquale.

Ele é mais ou menos o que Beatriz imaginou, embora o retrato que recebeu dele alguns anos atrás tenha tomado certas liberdades. Seus ombros não são tão largos, a estatura é menor. Mas o artista capturou perfeitamente seus olhos – os mesmos olhos castanho-claros imensos que parecem mais adequados a uma criança, curiosos e também um pouco apavorados. Quando eles encontram os dela, ele tenta sorrir, mas os lábios se mantêm fechados, tensos e falsos.

Uma multidão se perfila nos degraus que se estendem até o palácio, cidadãos urbanos barulhentos que aplaudem quando Beatriz começa a subida. Uma das damas da carruagem se apressa em erguer a longa cauda de seu vestido, que se derrama atrás dela como um rastro de sangue fresco.

Suas pernas doem quando ela finalmente chega ao topo, mas Beatriz consegue curvar-se em uma profunda reverência diante do rei Cesare.

– Bem-vinda a Cellaria, princesa Beatriz – diz o rei, sua voz tão estrondosa que até a multidão reunida na base da escadaria pode ouvir.

Ele se abaixa, colocando um dedo delicadamente sob o queixo dela e erguendo seu rosto.

Beatriz encontra seu olhar enquanto ele a examina com expressão crítica. Por um instante, o coração dela para de bater – e se ele puder ver através do colírio? Ela o usou ontem à noite, tomando o cuidado de aplicá-lo antes de adormecer, para que os servos que a acordassem de manhã não percebessem. O boticário garantiu que o efeito duraria 24 horas, mas e se algo desse errado? O rei mandaria matá-la ali mesmo? Depois do que parece uma eternidade, ele abre um largo sorriso e a ajuda a se pôr de pé.

– Uma beleza! – proclama ele para a multidão, erguendo a mão de Beatriz. A multidão irrompe novamente em aplausos.

Aplausos para ela, aplausos em sua homenagem – mas que parecem vazios para Beatriz.

– Meu filho é um homem de sorte – continua o rei Cesare, pegando a mão do príncipe Pasquale com a sua mão livre e juntando-a à de Beatriz.

A mão do príncipe é pegajosa, mas ele lhe dá o que ela imagina ser um aperto reconfortante. Por mais apático que possa ser, ela aprecia o gesto, mas, quando tenta olhar Pasquale nos olhos, ele continua fitando a multidão, o suor porejando em sua testa, apesar do clima ameno e da brisa soprando.

– Sei que todos nós tínhamos certo receio de que uma princesa bessemiana seria demasiadamente corrompida pela magia para ser uma futura rainha apropriada – prossegue o rei Cesare, e Beatriz sente um raio de desconforto atravessá-la, embora tome cuidado para manter o sorriso.

Ela prende a respiração e espera que ele continue.

– Mas a imperatriz Margaraux me garantiu que a princesa Beatriz foi criada como cellariana tanto nos costumes quanto na fé e que ela segue o verdadeiro caminho das estrelas. Não é mesmo, minha querida?

Beatriz abre a boca para recitar a fala que pratica há anos, denunciando a magia e os costumes pagãos de Bessemia. Ela está até pronta para sacudir o punho ou sofrer um desmaio dramático, dependendo de como o público reaja. Mas não tem a oportunidade.

– E por que deveríamos confiar na palavra daquela puta? – grita um homem da multidão. – Uma mulher que dorme com um empyrea demoníaco em troca dos desejos mesquinhos de seu coração?

Beatriz tem que reprimir uma risada diante da ideia de sua mãe e Nigellus juntos. Ela sabe que a mãe teve muitos amantes ao longo dos anos, mas a ideia de Nigellus ser um deles é absurda.

– Eu não confiaria – diz o rei. – Mas meu embaixador confirmou a informação, assim como os espiões que temos na corte bessemiana. Todos descreveram a princesa Beatriz como uma menina piedosa e devota. Enquanto suas irmãs pagãs usavam poeira estelar para pedir pôneis e joias, a princesa Beatriz recusava cada pitada que lhe era oferecida.

É uma mentira – quase tão risível quanto pensar na mãe e em Nigellus juntos –, mas Beatriz sabe que aqueles embaixadores e espiões são todos hipócritas, todos dispostos a contar ao rei o que a imperatriz ordenou em troca de alguns frascos de poeira estelar para si próprios. Aqueles que recusavam o trato sofriam acidentes sinistramente lamentáveis.

– É verdade – concorda Beatriz, olhando para a multidão. – Eu contava os dias, esperando para me livrar daquele lugar horrível. Sinto-me muitíssimo abençoada por estar aqui, diante de vocês, em um país bem mais civilizado, e sou infinitamente grata ao rei Cesare e ao príncipe Pasquale por me resgatarem daquele pesadelo. Se eu nunca mais vir uma partícula de poeira estelar, agradecerei às estrelas a cada momento do resto da minha vida.

Talvez tenha sido um pouco dramático demais, mas funcionou. Até o homem que gritou parece apaziguado.

– Um verdadeiro tesouro! Se não tomar cuidado, Pasquale – diz o rei Cesare, inclinando-se na direção da orelha do filho, embora todos em um raio de 15 metros possam ouvi-lo –, eu posso ter que roubá-la de você.

Antes que Beatriz consiga processar suas palavras, à vista dos milhares de súditos reunidos ali, o rei coloca a mão em seu traseiro e o aperta. Ela mal sente o toque dele através das camadas de anáguas e da armação da saia, mas ainda assim o rubor sobe ao seu rosto.

Ela não deveria se surpreender – já ouvira mais histórias da lascívia do rei do que é capaz de contar, histórias sobre esposas de nobres, copeiras e, ao que parece, todo tipo de mulher, sem importar a classe social. No entanto, o choque a imobiliza e, por um instante, ela se sente como uma lebre diante de um caçador. Mas sua mãe não criou lebres, ela lembra a si mesma, engolindo a bile que lhe sobe à garganta. Ela criou víboras.

– Vossa Majestade – diz Beatriz, forçando um sorriso coquete quando tudo o que ela quer fazer é afastar a mão dele com um tapa – deveria saber que, se precisa lançar mão do recurso de roubar uma garota, está fazendo alguma coisa errada.

Por um segundo, faz-se silêncio e Beatriz teme que sua língua a tenha colocado em apuros, que ela tenha mostrado suas presas e garras cedo demais. *Paciência*, sua mãe sempre advertiu. Antes que ela possa se desculpar, porém, o rei Cesare joga a cabeça para trás e ri alto, recolhendo a mão.

– E uma fera também – conclui ele com um sorriso de aprovação antes de desviar o olhar para o filho, que se encontra petrificado. Ele baixa a voz, falando dessa vez apenas para Beatriz e o príncipe: – Talvez você possa aprender uma coisinha ou outra com ela, meu garoto.

O termo carinhoso não suaviza as palavras, e o príncipe Pasquale se encolhe, como se tivesse sido atingido fisicamente. Mas o rei Cesare não percebe – sua atenção voltada mais uma vez para a multidão.

– Esses dois pombinhos não terão que esperar muito... Como planejado, o casamento deles acontecerá amanhã à noite... – Sua voz baixa, enquanto ele lança aos dois um olhar malicioso: – Mas, por enquanto, acho que um beijo não faria mal.

Dessa vez, quando o príncipe Pasquale olha para ela, o medo está estampado em seus olhos. A mão dele treme na dela.

Estrelas do céu, pensa Beatriz. *Ele nunca beijou uma garota.*

Em todo o seu treinamento, ela foi levada a acreditar que Cellaria era uma terra de prazer e moral frouxa – completamente em desacordo com a atitude rígida em relação à magia – e esperava encontrar um príncipe que houvesse puxado ao pai, um sedutor autoconfiante que deixa uma série de corações partidos pelo caminho. Em vez disso, o príncipe Pasquale é um menino nervoso, que olha para Beatriz como se ela fosse uma espécie de dragão que está ali para engoli-lo inteiro.

A multidão aguarda, observando-os, entusiasmada com o espetáculo, e Beatriz nada mais é do que uma artista.

– Me puxe para junto você – sussurra ela para o príncipe, que a encara, alarmado.

– O q... quê? – gagueja ele.

– Só faça isso – responde ela.

O príncipe Pasquale engole em seco, os olhos se deslocando para o pai, para a multidão e depois de volta para ela. Com a mão ainda na dela, ele a puxa para junto de si e Beatriz cola os lábios nos dele.

Na explosão de aplausos e assobios, ninguém percebe como é desconfortável esse beijo, a não ser Beatriz. Não é apenas desajeitado, como a maioria dos primeiros beijos com um novo parceiro, mas também frio – apenas os lábios se tocando, sua mão obedientemente pousada nas costas dela. Não há uma faísca, um calor, absolutamente nenhum romance.

Mas a multidão quer ver uma grande história de amor se desenrolando diante de seus olhos e Beatriz não vai decepcioná-los. Quando se separam, ela sorri, mordendo o lábio e evocando um rubor para as bochechas, como aprendeu a fazer com as melhores cortesãs de Bessemia.

Você é um brinquedo para eles, a cortesã Sabine lhe disse. *Se puder se tornar o que eles querem que você seja, vão incendiar o mundo por você.*

Ela sabe o que Cellaria quer que ela seja: a bela encantada, a noiva ruborizada, a princesa loucamente apaixonada por seu príncipe. Olhando de soslaio para Pasquale, porém, ela percebe que não tem a menor ideia do que *ele* quer que ela seja. Mas Beatriz está determinada a descobrir.

Daphne

Apenas meia hora após emergir do rio encharcada e congelando, Daphne se vê em um vestido novo e seco, quase idêntico ao de veludo verde que usava antes, uma grossa capa de arminho sobre os ombros para afastar o frio que se infiltra até na carruagem que ela compartilha com o rei Bartholomew e Bairre. Nenhum dos dois parece sentir frio, mas, quando Daphne faz uma observação nesse sentido, Bartholomew lhe dirige um leve sorriso que, no entanto, não alcança seus olhos.

— Você vai se acostumar — garante ele.

Daphne pensa que prefere ser queimada viva a ficar neste lugar miserável tempo suficiente para *se acostumar*, mas finge encontrar conforto naquelas palavras.

O rei Bartholomew olha para Bairre, cuja atenção está voltada para fora da janela, antes de se voltar outra vez para ela. Ele parece estar se preparando para alguma coisa — e isso não é um bom sinal, pensa Daphne. O rei respira fundo, como se quisesse se acalmar, antes de falar:

— Não existe uma maneira fácil de dizer isso e ainda tenho dificuldades para lidar com essa notícia, mas Cillian morreu seis dias atrás, na noite depois que Cliona e os outros partiram para ir ao seu encontro.

Daphne ri. Não era essa sua intenção, mas, depois de todo o estresse, das noites sem dormir e das mudanças ao longo dos últimos dias, ela não consegue evitar.

— Vocês não podem estar falando sério — retruca ela, mas, quando Bartholomew e Bairre a fitam com olhos angustiados, seu riso morre. — Eu... Eu sinto muito — gagueja ela —, não tive a intenção... Eu soube que ele estava doente, mas não achei...

— Nenhum de nós achou — diz o rei Bartholomew, balançando a cabeça.

– Até alguns meses atrás, ele era a saúde em pessoa. Sempre presumimos que sua doença passaria. Não passou.

Suas palavras são secas e objetivas, e Daphne pode enxergar o general que ele foi antes de se tornar rei, um homem mais familiarizado com a morte do que com a vida. Mas nem mesmo isso o preparou para a morte do filho – sob o exterior plácido, há dor em seus olhos.

– Sinto muito – repete ela, e suas palavras são sinceras.

Ela não conhecia Cillian, não de verdade. Eles trocaram cartas nos últimos anos, e ela o achou gentil e inteligente, mas não é como Sophronia, imaginando-se apaixonada por um garoto feito de palavras. Qualquer simpatia que ela sente, porém, é logo abafada pelo pânico que tenta ao máximo esconder. O que isso significa para o plano de sua mãe, para o seu próprio futuro?

– Obrigado – diz o rei Bartholomew. – É difícil para um pai perder um filho, assim como tenho certeza de que foi difícil quando você perdeu seu pai.

Daphne não o contradiz, embora, na verdade, ela raramente pense no pai. Ele morreu apenas alguns dias depois de seu nascimento. Não era possível ficar enlutada por alguém que não conheceu; além disso, sua mãe vinha sendo mais do que suficiente.

– Eu aguardava com ansiedade as cartas de Cillian – acrescenta ela, outra mentira que sai facilmente de seus lábios. – Eu mal podia esperar para enfim conhecê-lo.

– Sei que ele se sentia da mesma forma, não é, Bairre? – replica o rei Bartholomew, olhando para o filho.

Bairre assente secamente, mas não fala nada.

– No entanto – continua Bartholomew –, em primeiro lugar sou rei, e tudo mais vem depois, inclusive meu papel de pai. E, por mais que eu quisesse ter tempo para viver adequadamente o luto por Cillian, devo garantir o bem-estar do meu país. Precisamos das rotas comerciais que foram afiançadas com a nossa aliança com Bessemia.

Daphne franze a testa.

– Desculpe, estou confusa – diz ela. – Vim aqui para selar uma aliança através do casamento. Se Cillian está morto...

– Cillian era meu único filho com a minha esposa, mas houve outros. Dez no total. Seis nascidos vivos, dos quais três sobreviveram uma semana. Nenhum sobreviveu a duas.

– Sinto muito – diz ela mais uma vez.

O rei Bartholomew balança a cabeça.

– A razão pela qual estou lhe contando isso é para que compreenda o seguinte: eu e a rainha não podemos mais ter filhos. As estrelas não nos darão nenhum, quaisquer que sejam suas razões. E o Friv unido é muito jovem... muito frágil... para resistir à minha morte sem um herdeiro. – Ele faz uma pausa, olhando para Bairre, que se empertiga, o rosto subitamente pálido. – No entanto, eu tenho um herdeiro.

– Você só pode estar brincando – Bairre praticamente rosna. – Cillian morreu há seis dias e já quer que eu o substitua? Quer que eu simplesmente assuma a vida dele, seu título, seu noivado, como se tudo fosse um par de botas de segunda mão?

O rei Bartholomew se encolhe, mas mantém o olhar firme sobre o filho.

– Friv precisa de um futuro definido. Legitimar você é a única maneira de dar esse futuro ao país. – Ele não espera a resposta de Bairre e se volta para Daphne. – E, dessa forma, nosso tratado com Bessemia ainda estaria de pé. Já escrevi para sua mãe. A anuência dela chegou pouco antes de você. Um contrato atualizado está sendo preparado enquanto conversamos.

Claro que ela concordou, pensa Daphne. Tanto faz quem seja o herdeiro frívio. Ela duvida que a mãe tenha sequer parado para pensar no assunto.

– Isso é um pedido? – pergunta Bairre ao pai, com a voz trêmula. – Ou uma ordem?

O rei não responde a princípio, embora de repente pareça muito mais velho do que seus 37 anos.

– Você é meu filho – diz ele a Bairre. – E acredito que o criei de tal maneira que você saberá a diferença.

Se Bairre sabe a diferença, não revela. Em vez disso, olha para Daphne pela primeira vez desde que ela entrou na carruagem.

– E você? – pergunta em tom mordaz. – Concorda em se casar com um estranho?

Daphne sustenta seu olhar.

– Eu já ia me casar com um estranho – retruca antes de se voltar para o rei Bartholomew. – Façamos o que for preciso para manter o tratado.

Se o palácio bessemiano é a joia da Coroa, o sol em torno do qual gira toda vida, o castelo em que Daphne entra nessa noite é a sombra comprida de Friv, um destilado de sua selvageria e barbaridade. Não há um só indício de ouro brilhando sob a luz das velas, nenhuma tinta esmaltada cintilante, nenhum mármore reluzindo. É tudo pedra e madeira, corredores estreitos forrados com grossos tapetes de lã em tons de cinza e decoração escassa. Enquanto a entrada do palácio em Bessemia é clara e adornada com pinturas douradas e vasos de porcelana cheios de flores frescas, a entrada aqui é mal-iluminada e conta apenas com um punhado de retratos a óleo emoldurados em madeira nua.

Daphne fecha mais o manto de arminho em torno dos ombros.

– Preciso ir ver como está a rainha – informa o rei Bartholomew assim que eles entram. – Bairre... pode cuidar para que Daphne seja acomodada?

O rei não espera a resposta antes de se afastar apressado pelo corredor escuro. Daphne e Bairre ficam ali, envoltos em um silêncio constrangedor.

– Eu sinto muito – diz ela quando o silêncio se torna pesado demais. – Dá para ver que você gostava dele.

Ele não responde de imediato.

– Era meu irmão – diz, por fim, como se fosse simples assim.

E é. Porque, mesmo que Daphne não goste de Bairre, ela não consegue imaginar como está a mente dele agora. Se uma de suas irmãs tivesse morrido, ela não saberia sequer como continuar respirando.

– Eu sinto muito – repete, porque não há mais nada a dizer.

Ele assente antes de olhar para ela, os olhos prateados intensos e com as bordas avermelhadas. Tocados pelas estrelas, pensa Daphne, embora isso também estivesse entre as informações passadas pelos espiões. Isso ela nunca entendeu muito bem: que mulher desejaria um filho apenas para abrir mão dele? Bartholomew nem era rei no momento da concepção, apenas mais um soldado. Tantas coisas sobre Bairre são um mistério.

Ele lhe dirige uma mesura breve e protocolar.

– Um guarda no fim do corredor irá conduzi-la ao seu quarto – diz Bairre a Daphne antes de dar meia-volta e ir embora, deixando-a sozinha em um castelo estranho, em um país estranho, com seu mundo de pernas para o ar.

Daphne anda de um lado para outro no quarto. Ele é menor do que o seu em Bessemia, porém ela se sente grata por isso – o cômodo pequeno retém melhor o calor da lareira. As grossas cortinas de veludo verde-pinho isolam o quarto do ar cortante lá de fora, e a cama e a *chaise* estão cobertas com pilhas de peles em tons de branco, cinza e marrom. Um tapete de lã cinza trançada, formando o desenho de ramos de hera, cobre quase todo o chão de pedra.

Já se passaram horas desde que ela chegou e o relógio no canto mostra que falta pouco para as duas da manhã. Suas camareiras vieram e se foram depois de vesti-la com uma camisola de flanela. Apesar da hora tardia e do dia agitado, ela não consegue dormir. Não consegue fazer nada além de andar de um lado para outro enquanto seus pensamentos se desenrolam.

O príncipe Cillian morreu.

Isso não muda nada, não mesmo. Ela foi mandada para se casar com um príncipe, e assim o fará. Não vai mudar nada, exceto o nome no contrato de casamento. É o que sua mãe lhe diria se estivesse ali.

Mas essa não é toda a verdade. Ela passou a vida inteira se preparando para se casar com Cillian, aprendendo tudo sobre ele, pensando em como fazê-lo se apaixonar por ela para que pudesse moldá-lo como argila. Ela sabia sobre sua obsessão por falcoaria e arco e flecha, que uma vez ele encontrou um coelho bebê com uma perna quebrada e cuidou dele até o filhote se recuperar, que ele desistiu de uma corrida de cavalos quando percebeu que seus concorrentes o estavam deixando vencer. Ela entendia como Cillian funcionava e sabia como usar isso a seu favor.

Bairre, porém, é um mistério que ela não entende e do qual não gosta – um sentimento que parece mútuo. As táticas que ela planejou para Cillian não funcionarão com ele. Ela terá que começar do zero.

Há uma parte dela também que não consegue parar de pensar nas cartas de Cillian, o garoto que ela conhecia por dentro e por fora mesmo sem jamais tê-lo encontrado. Ela não era Sophronia, perdendo a cabeça e o coração por causa de algumas palavras gentis, mas, quando pensa em Cillian frio e sem vida, sente uma pontada de algo profundo em seu peito que pode ser dor.

Não vai funcionar. Ela se sacode e tenta se concentrar.

O selo.

O plano original era dar a si mesma alguns dias para se estabelecer e descobrir como roubar o selo do rei, evitando ser vista, mas agora, com tudo parecendo mais provisório, Daphne se agarra à única coisa sólida que pode fazer. E, ela pondera consigo mesma, considerando a hora tardia e a morte recente do príncipe, o castelo estará mais quieto do que o normal, dando-lhe a oportunidade perfeita de sair para bisbilhotar.

Ela coloca a capa sobre a camisola e pega a vela na mesa de cabeceira. Então passa sorrateiramente do calor do seu quarto para o corredor frio e vazio.

O palácio de Bessemia nunca ficava escuro. Mesmo nas primeiras horas da manhã, estava sempre iluminado e movimentado. Os criados começavam a levar o café da manhã para os quartos dos cortesãos, quando outros ainda estavam voltando para casa do baile ou banquete da noite anterior. Nunca ficava silencioso, não como esse lugar.

Daphne sente-se inquieta enquanto anda na ponta dos pés pelo corredor escuro como breu, a vela lançando uma pequena aura de luz, apenas o suficiente para ela enxergar alguns metros à frente.

Parte dela quer voltar para o quarto, mas Daphne sabe que pode nunca ter outra chance como essa – mesmo que seja pega, ela é nova o suficiente aqui para arregalar os olhos e alegar que se perdeu enquanto tentava buscar um copo d'água.

Ela sabe que a mãe guarda o selo real em seu gabinete, escondido na gaveta trancada de sua mesa. Parece um lugar tão bom quanto qualquer outro para começar. A planta do castelo é estranha para ela, mas Daphne se lembra do caminho que seguiu a partir da entrada, o mesmo caminho por onde Bartholomew saiu, logo ela deve estar na ala real. O gabinete do rei também deve ser ali, mas mais acessível, mais próximo da entrada do castelo, para que ele possa realizar reuniões sem que os visitantes tenham que passar pela área privada da família.

Obviamente seria mais fácil se não estivesse tão *escuro*. Ela leva quase meia hora perambulando até encontrar a entrada por onde chegou, e nesse meio-tempo não cruzou com vivalma. Isso a deixa com os nervos à flor da pele. Nos últimos dezesseis anos, viu guardas postados diante de cada porta – inclusive a dela. É tudo o que ela conhece, então a súbita ausência deles é perturbadora, como uma mosca voando à sua volta, mas fora de alcance.

Há guardas do lado de fora do saguão de entrada – ela vê suas silhuetas claramente através das janelas –, mais de vinte só em sua linha de visão, e cada um empunhando um rifle. Dada a ausência de guardas dentro do castelo, ter muitos do lado de fora parece algo estranho para Daphne. Com que tipo de ameaça eles estão preocupados?

Ela vai até a primeira porta no corredor da ala real e pressiona o ouvido contra a madeira, atenta a vozes. Não pode ser um quarto – quem iria querer dormir tão perto da entrada? –, então, como não ouve nada, abre a porta com cuidado.

Uma sala de estar, com móveis de veludo e cortinas florais. Em um dos cantos vê-se um pequeno cravo, embora pareça negligenciado, as teclas cobertas pela tampa e as partituras mantidas em uma prateleira alta, sob uma espessa camada de poeira.

Em seguida, há uma galeria, outra sala de estar, uma biblioteca, mas nenhum sinal de gabinete.

Daphne está quase desistindo quando encontra uma porta trancada – um sinal promissor. Ela tira os grampos do cabelo e se agacha para que a fechadura fique no nível dos seus olhos. Arrombar fechaduras é um processo delicado e requer um alto grau de paciência, motivo por que Daphne sempre gostou mais dessa tarefa do que as irmãs. É preciso tempo e esforço para deslocar todos os pinos do cilindro da fechadura, porém nada é mais satisfatório do que finalmente conseguir alavancar os grampos para girar a maçaneta da porta.

Ela retira os grampos da fechadura ao entrar no cômodo, enfiando-os depressa de volta no cabelo. Seu instinto se mostra certeiro: é o gabinete do rei – uma sala de tamanho mediano, dominada por uma mesa de carvalho, as paredes cobertas com pinturas emolduradas em madeira representando várias batalhas que Daphne não consegue nomear. As únicas pinturas que ela reconhece são um grupo de quadros menores logo atrás da mesa, que mostram a rainha, jovem e de bochechas rosadas, um jovem príncipe Cillian e Bairre, aos 6 ou 7 anos. Mesmo então ele já tinha um ar mal-humorado, parecendo olhar, da pintura, diretamente para ela.

Daphne não tem tempo a perder. O tampo da mesa está coberto apenas com maços de papéis, uma pena com o tinteiro e um sólido peso de papel de mármore. A maior parte das gavetas não revela nada digno de nota. Mais papéis – pedidos para mercadores, correspondência de um primo do norte, várias versões originais de decretos reais emitidos na última década.

Nenhuma das gavetas está trancada, mas também nenhuma delas contém o selo real.

Ela poderia continuar procurando, tentar outro cômodo, mas o dia está prestes a amanhecer e o castelo vai acordar a qualquer momento.

Deixando o gabinete exatamente como o encontrou, Daphne sai sorrateiramente, voltando para o quarto para dormir uma mísera hora, aproximadamente, antes do amanhecer.

Sophronia

O casamento acontece mais cedo do que Sophronia esperava. Assim que chega ao palácio, ela é cercada por um grupo de criadas e enfiada em um vestido de seda dourada que se ajusta perfeitamente ao seu corpo. Ela tem mil perguntas na ponta da língua, mas, enquanto é conduzida pelos corredores dourados do palácio de Temarin, não tem chance de fazê-las, e de repente ela está tão nervosa que teme que, se abrir a boca, não seja capaz de controlar o que sai dela.

Dois guardas encontram-se no fim do corredor e, quando a veem se aproximar acompanhada pelo séquito de criadas, fazem profundas reverências antes de abrir as altas portas com filigranas atrás deles.

A capela real está lotada com mais pessoas do que Sophronia pode contar, todas vestidas com elegância e requinte – vestidos de seda bordados, ternos feitos sob medida adornados com metais preciosos e tantas joias que os olhos de Sophronia doem só de passear pela capela. Quase chegam a ofuscar o céu noturno visível pelo telhado de vidro. Quando olha para cima, ela entende a pressa. O céu está repleto de estrelas em suas várias constelações, mas Sophronia pode distinguir a forma vaga da Mãos dos Amantes – uma constelação que dizem parecer duas mãos entrelaçadas, embora Sophronia nunca tenha conseguido distinguir essa imagem. De qualquer forma, é o signo do romance e da união e um signo ideal sob o qual se casar. Ela já pode distinguir a Abelha Feroz surgindo pelo leste e a ponta da Roda do Andarilho avançando pelo sul. Daqui a poucos instantes, a Mãos dos Amantes terá desaparecido.

Sophronia anda mais rápido enquanto passa por centenas de cortesãos temarinenses, sentindo seus olhos nela o tempo todo, caminhando em direção a Leopold, que a espera no altar vestido com um traje branco e dourado, uma faixa de cetim amarelo sobre um dos ombros e uma coroa de ouro. Com a pele bronzeada e os cabelos cor de bronze polido, ele parece o próprio rei dourado.

Ela imaginou esse momento com mais frequência do que jamais admitiria em voz alta, mesmo para as irmãs, quando Leopold ainda era uma ideia nebulosa feita de palavras bonitas no papel. Ela imaginava que se sentiria tonta ao caminhar em direção a ele, que seus olhos se encontrariam, eles sorririam entre si e o restante da capela desapareceria.

Mas a verdade não é tão romântica. Ela está muito mais consciente da multidão ao seu redor, de seus olhares pesados e palavras murmuradas, do que de Leopold, e mesmo quando os olhos dos dois se encontram e ele sorri, ela não se sente reconfortada. A sensação é de que é tudo uma mentira.

O que é uma coisa boa, ela lembra a si mesma. Porque esse casamento é mesmo uma mentira, assim como ela.

Sophronia chega ao altar e para ao lado de Leopold, que segura sua mão. Ela mal ouve o empyrea real – Valent, segundo ela se lembra de suas aulas, a versão temarinense de Nigellus – fazer seu discurso sobre parceria, união e o futuro brilhante de Temarin. Ele pousa uma das mãos no ombro de Leopold e a outra no dela.

– É hora das bênçãos – anuncia Valent, olhando de um para outro. – Vossa Majestade, o que deseja das estrelas? – pergunta ele, seu olhar se detendo em Leopold.

O rei desvia o olhar de Sophronia e encara o empyrea, pigarreando.

– Desejo que as estrelas nos concedam confiança e paciência – diz ele, pronunciando as palavras com firmeza.

O coração de Sophronia perde o compasso. *Confiança e paciência*. É, talvez, o que um camponês desejasse em seu casamento. Todas as cerimônias de casamento nobre a que ela compareceu em Bessemia tiveram desejos menos sentimentais – muitos eram diretos o bastante para simplesmente desejar filhos, mas outros desejavam riqueza ou fortaleza. Ela já tinha ouvido homens desejarem que suas esposas permanecessem belas e as mulheres desejarem que os maridos permanecessem fiéis. Mas nunca tinha ouvido alguém desejar confiança ou paciência, muito menos ambas.

De repente, seu próprio desejo ensaiado lhe parece estúpido: *Desejo que as estrelas nos concedam prosperidade*. A mãe o redigiu para ela, criando-o para parecer referir-se tanto à união deles quanto a Temarin como um todo. Agora, porém, ele não parece nem um pouco apropriado. Dizer isso vai fazê-la parecer fria. Sua mãe sempre disse que os melhores planos são os mais adaptáveis.

– Desejo que as estrelas nos concedam amor – diz ela, sustentando o olhar de Leopold.

Assim que as palavras deixam sua boca, ela teme ter dito a coisa errada, que isso a faça parecer ingênua ou simplória demais, muito distante da rainha que ela será dali a apenas alguns momentos. Mas então Leopold sorri e a multidão reunida solta uma cacofonia de suspiros e murmúrios de satisfação, e Sophronia se dá conta de que a princesa apaixonada é *exatamente* o que todos eles querem que ela seja.

Valent ergue as mãos dos dois em direção às estrelas, inclinando a cabeça para trás da maneira como ela sempre via Nigellus fazer quando ele comungava com as estrelas a favor de sua mãe.

– Estrelas, abençoem este casal, rei Leopold Alexandre Bayard e princesa Sophronia Fredericka Soluné, com confiança, paciência e amor neste momento em que eles se unem sob sua luz sagrada como marido e mulher.

Soam aplausos estrondosos quando Valent solta suas mãos e Leopold a beija na frente de toda a corte. Trata-se de um gesto casto, apenas um roçar de lábios que mal dura um segundo, mas é o suficiente para selar seus votos e torná-la agora, oficialmente, rainha de Temarin.

Mais tarde, no baile, Sophronia se senta em um trono ao lado de um marido que ainda é um estranho para ela e não consegue parar de olhar furtivamente para ele enquanto a pista de dança abaixo se enche de cortesãos que rodopiam em uma coleção de sedas, como uma caixa de joias, e bebericam champanhe em delicadas taças de cristal. Em seu traje de casamento, sorrindo como um tolo, Leopold está tão bonito e infantil que Sophronia não consegue conciliar essa imagem com a do rei que mandou jogar crianças na prisão faz apenas algumas horas.

Alheio à torrente de pensamentos que atravessa a mente de Sophronia, ele pega a mão dela e beija o dorso, deixando os lábios demorarem um segundo a mais na seda da luva.

– Está se divertindo? – pergunta.

Sim, ela deveria dizer, mas depois de todas as cartas que trocaram, ela desconfia que Leopold a conheça melhor do que praticamente todo mundo, então ela lhe oferece um matiz da verdade.

– É um pouco assustador – diz, baixando a voz a um murmúrio. – Eu entrei em Temarin ainda esta manhã e agora sou rainha do país. E nós estamos *casados*. Algumas horas atrás, nem nos conhecíamos pessoalmente. Tudo aconteceu muito rápido.

Leopold franze um pouco a testa.

– Você queria que tivéssemos esperado? Pensei que...

– Não – ela se apressa a dizer, dirigindo-lhe um sorriso que espera ser brilhante o suficiente para mascarar a mentira. – Não, estou feliz como sua esposa e rainha. Espero ansiosamente por isso há muito tempo. É que são muitas mudanças em um período tão curto. Chega quase a parecer surreal.

Ele retribui o sorriso e assente.

– Entendo o que você quer dizer – diz antes de fazer uma pausa. – Você lembra que contei de quando meus pais me levaram em uma viagem à fronteira com Cellaria, para conhecer meu tio Cesare e meu primo Pasquale?

Sophronia assente. Pasquale será o marido de Beatriz, se é que já não se casaram. Ela se lembra de comparar suas cartas com as de Beatriz, observando como os dois príncipes expressaram sentimentos semelhantes de empolgação e nervosismo em relação ao encontro com o outro, embora Leopold tenha enviado a Sophronia cinco páginas inteiras enquanto Pasquale mal conseguiu preencher uma.

– Eu fiquei na expectativa daquela viagem por meses – conta Leopold. – E a semana da reunião da cúpula passou como um raio. Eu sei que me diverti, lembro-me de brincar na praia com Pasquale e de nos escondermos debaixo das mesas de banquete à noite para escapar da hora de dormir, mas tudo passou muito rápido. Parece um pouco com o que estamos vivendo agora.

Sophronia morde o lábio. Ele soa como o menino que lhe escreveu as cartas. Mas esse menino não existe; nem aquela Sophronia, na verdade. Não a Sophronia que ele pensa que conhece, pelo menos. Se ele a conhecesse – *realmente* –, fugiria gritando. Mas estranhos ou não, esse é o casamento deles, e espera-se que ela seja a jovem noiva apaixonada.

– Então é nosso dever cuidar de aproveitarmos cada momento – diz a ele.

Leopold sorri e se levanta, puxando Sophronia com ele.

– Que tal uma dança, então?

– Achei que você nunca pediria – responde ela, seguindo-o até a pista de dança, onde os outros casais abrem espaço para eles. A orquestra começa a tocar um *glissant*, o favorito de Sophronia. Ela percebe que Leopold a observa, à espera de sua reação. – Você pediu a eles que tocassem essa para a nossa primeira dança – conclui ela, seu sorriso um pouco mais genuíno.

– É o seu favorito – replica ele, erguendo as mãos unidas de ambos e pousando a outra na curva da cintura dela.

Ela descansa a mão livre em seu ombro e eles começam a girar.

Sophronia tem a sensação de que já dançou com ele uma centena de vezes antes. Eles se movem juntos com perfeição e, embora ela tenha dançado inúmeras vezes ao longo dos anos, essa é a primeira vez que se sente verdadeiramente confortável com um parceiro.

O amor é uma ilusão e uma fraqueza, sua mãe gosta de dizer. *E eu não vou tolerar fraquezas.*

Sophronia estremece.

– Você está bem? – pergunta Leopold, preocupado.

– Está tudo bem – diz ela, um pouco alegre demais. – Só estou cansada... foi um dia muito agitado.

Leopold parece não acreditar muito nisso, mas, antes que possa pressioná-la mais, a música acaba e ela sente um tapinha no ombro, vira-se e dá de cara com um menino de uns 14 anos com os mesmos cabelos cor de bronze e traços bem definidos de Leopold.

– Eu estava me perguntando se poderia ter a honra da próxima dança com a minha nova irmã... – convida ele.

Sophronia sorri.

– Você deve ser Gideon – diz ela, soltando a mão de Leopold para pegar a dele. – Eu me sentiria honrada.

– Tente não quebrar os dedos dos pés dela, Gid – provoca Leopold, pousando um beijo rápido na bochecha de Sophronia antes de deixá-la dançar com seu irmão.

A orquestra começa a tocar um *devassé* bem mais rápido e Sophronia deixa Gideon conduzi-la pelos passos e giros rápidos. Ele é alguns centímetros mais baixo que ela com suas sandálias de salto alto, mas eles se saem bem juntos e, quando a música termina, Sophronia está sem fôlego e tonta, e então o outro irmão de Leopold, Reid, aparece para substituí-lo na próxima dança.

Ele mal completou 12 anos e cora intensamente o tempo todo, tropeçando nos próprios pés duas vezes e nos dela três.

– Desculpe – murmura ele, olhando para o chão com cuidado. – Esta é a primeira vez que tenho permissão para participar de um baile... Eu deveria ter prestado mais atenção nas aulas de dança.

– Você está se saindo bem – garante ela. – No meu primeiro baile, derrubei uma tigela de ponche e ainda escorreguei na poça. A corte não falou de outra coisa durante uma semana inteira.

Reid ergue os olhos para ela e abre um sorriso cheio de timidez.

– Eu sempre quis ter uma irmã – confessa ele.

– Combinamos perfeitamente, então – replica Sophronia. – Você, com dois irmãos, querendo uma irmã, e eu, com duas irmãs, querendo um irmão.

Ele sorri para ela, parecendo um pouco mais relaxado. Quando a música termina, ela é interceptada por uma mulher alta e imponente com cabelos castanho-escuros amarrados em um coque embutido e encimado por uma tiara modesta. Mesmo sem ela, Sophronia a teria reconhecido pelos esboços feitos pelos espiões de sua mãe: rainha Eugenia – a rainha viúva, agora que Sophronia está aqui.

Ela pensa nas instruções de sua mãe, as ideias específicas sobre como empurrar Temarin para a guerra contra Cellaria. *Leopold governa Temarin, mas a mão de Eugenia está em cada decisão que ele toma. Ao semear tensões, comece por ela – muitos não esqueceram seu ódio pela antiga princesa cellariana.*

Diante de Eugenia agora, Sophronia não se sente impressionada por ela. Esperava que a rainha viúva tivesse a mesma energia que a imperatriz – do tipo que irradia poder e influência. Mas, se ela não estivesse usando uma coroa, Sophronia suspeita que a rainha viúva praticamente passaria despercebida.

– Vossa Majestade – diz Sophronia, fazendo uma reverência.

– *Vossa* Majestade – responde a rainha viúva Eugenia, um canto da boca se curvando em um sorriso divertido enquanto ela se curva em uma mesura.

Ela olha para o filho mais novo.

– É hora de dizer boa-noite, Reid. Já passou da hora de dormir – diz ela.

– Sim, mãe – replica Reid, dirigindo a Sophronia uma última reverência antes de se afastar, apressado.

– Você deve estar exausta depois do dia de hoje, minha querida – sugere a rainha Eugenia, guiando Sophronia para fora da pista de dança.

– Mandei Leo buscar um pouco de água para você. Gostaria de se sentar comigo enquanto esperamos por ele?

– Parece ótimo – responde Sophronia, seguindo a rainha Eugenia de volta à área dos tronos.

Um criado rapidamente traz outra cadeira para a rainha Eugenia e a coloca ao lado da de Sophronia, e, embora pareça macia e confortável, Sophronia está muito consciente de que, um ano atrás, o trono em que ela está sentada pertencia a Eugenia.

– Você e Leo parecem bastante impressionados um com o outro – diz a rainha Eugenia.

– Eu me sinto tão aliviada – admite Sophronia, lembrando que a rainha viúva já esteve na posição em que ela se encontra. Sabe que pode cativá-la por meio dessa conexão. Então baixa a voz a um sussurro, como se fossem duas amigas compartilhando segredos: – Vossa Majestade não acreditaria nos pensamentos que tive... que ele seria horrível ou cruel, que todo esse tempo era seu camareiro me escrevendo aquelas cartas.

– Tenho certeza de que ele pensou coisas semelhantes – diz a rainha Eugenia. – As estrelas sabem o que *eu* pensei quando cheguei aqui faz quase duas décadas, embora eu confesse que me senti... menos aliviada.

Ela diz as palavras com cautela e Sophronia a olha com a testa franzida, como se já não soubesse o quanto o casamento dela foi infeliz.

– Em suas cartas, Leopold mencionou que o pai podia ser um homem difícil – observa ela, com cuidado.

– Acabamos nos entendendo – conta a rainha Eugenia. – A admiração e o respeito cresceram, ainda que o romance não. – Ela balança a cabeça. – Não sei por que estou lhe contando isso... Suponho que só para dizer que você não está sozinha. Estive onde você está agora, só que mais jovem e com um marido que me aterrorizava, em uma corte cheia de pessoas que, após uma década de guerra, odiavam Cellaria e me odiavam por minha associação com o país.

Sophronia tenta imaginar como foi viver isso – aos 14 anos, em uma terra estranha e hostil. Eugenia não fora criada para isso da maneira como Sophronia, que fora treinada desde o nascimento na língua e nos costumes de Temarin, disciplinada para lidar com a política da corte e controlar todas as situações em que se encontrasse, ensinada não apenas a sobreviver em um país estrangeiro, mas a conquistá-lo. Eugenia fora apenas uma menina... jovem, assustada e afastada de tudo e de todos que conhecia.

– Quando eu era jovem – continua a rainha Eugenia –, minha mãe me disse que uma rainha sempre espera filhos homens, não só para garantir a linha de sucessão, mas porque é mais fácil. Os filhos homens você pode manter; as filhas, você só fica com elas por um tempo. Não creio que tenha entendido na época o que ela quis dizer, mas nunca mais a vi depois que nos despedimos na fronteira cellariana.

Sophronia pensa em sua despedida da mãe faz apenas alguns dias. Será que a imperatriz ficou triste ao ver Sophronia, Daphne e Beatriz partirem? Seria apenas por um ano, mas era um ano a mais do que o tempo que elas já estiveram separadas antes.

– Talvez eu tenha tido sorte, no fim das contas – diz a rainha Eugenia, dirigindo a Sophronia um sorriso que a faz lembrar Leopold. – Tive três meninos. Nenhum deles será enviado para terras estrangeiras, para nunca mais nos vermos. E agora tenho uma filha que posso manter.

A rainha Eugenia toma a mão de Sophronia na sua e a aperta, fazendo um raio de culpa atravessar Sophronia, embora ela consiga escondê-lo com um sorriso.

– Eu não desejaria meus primeiros anos aqui em Temarin a ninguém, Sophronia, e farei tudo que estiver ao meu alcance para garantir que você tenha uma adaptação mais fácil do que a minha.

Um nó surge na garganta de Sophronia e ela olha para as mãos de ambas entrelaçadas, sentindo uma súbita vontade de chorar. Faz apenas alguns minutos que conhece Eugenia, mas a rainha já demonstrou mais afeto por ela do que a mãe em toda a sua vida. Vai ser muito mais difícil traí-la.

O dia está quase amanhecendo quando Sophronia e Leopold conseguem escapar da festa e ir para o quarto deles. É a primeira vez que Sophronia vê o amplo aposento, com um teto tão alto que fica oculto nas sombras. As paredes são pintadas com uma cor de creme suave, complementadas por molduras douradas e mobília de carvalho polido. A enorme cama de dossel está coberta por lençóis de seda dourada.

A cama.

Em meio a todo o caos daquele dia, Sophronia quase se esqueceu dessa preocupação. Ela é uma mulher casada agora e esse casamento não será oficial até que seja consumado. Sua mãe enfatizou tantas vezes a importância da consumação que Sophronia sabe disso de cor. Se seus casamentos não forem consumados, nada mais que elas fizerem terá importância. Quanto antes isso se cumprir, melhor.

– Enfim, sós – diz Leopold, pegando a mão dela e a puxando para ele, para um beijo. Que não tem nada a ver com o beijo que eles compartilharam durante a cerimônia de casamento; aquele foi apenas um toque rápido de lábios e esse é muito mais. Leopold a beija como se quisesse devorá-la, os braços envolvendo sua cintura para trazê-la mais para perto. E ela se vê correspondendo ao beijo, até mesmo apreciando a sensação de sua boca contra a dele. Houve um tempo em que ela aguardava esse momento com ansiedade.

Ela sabe o que vem a seguir. A mãe enviou Sophronia e as irmãs para aulas com cortesãs, para que não ficassem paralisadas nesse momento. Ela aprendeu tudo sobre a mecânica do ato, mas, quando as mãos dele se movem sobre seus quadris, subindo pelas curvas de sua cintura, quando as mãos dela se movem por vontade própria, enterrando-se nos cachos cor de bronze, ancorando sua boca na dela como se ela fosse morrer se ele parasse de beijá-la...

Então ela pensa naqueles ladrões – aqueles *meninos* – na floresta. Ela os imagina amontoados em uma prisão fria e úmida em algum lugar, assustados. Pensa no sangue e nas lágrimas do povo de Leopold, o povo com quem ele não se importa em absoluto. Ele se importa com ela, isso parece óbvio, mas não é suficiente para apagar o resto. Não é suficiente para diminuir a repulsa que ela sente quando ele a toca.

E é por isso que ela se força a interromper o beijo, levando a mão ao peito de Leopold para pôr algum espaço entre eles.

– Desculpe – diz ela. – Foi um dia extraordinário, e eu estou tão cansada e ainda não nos conhecemos direito, não é? Podemos... esperar?

Ela quase espera que ele diga não – as cortesãs disseram a ela e às irmãs que alguns homens podem ser insistentes –, mas Leopold apenas sorri e beija sua testa.

– Não peça desculpas. Temos o resto de nossas vidas, Sophronia. Vamos só dormir – diz ele, indicando por cima do ombro dela uma de duas portas douradas. – Seu quarto de vestir é por ali. Há uma sineta com a qual você pode chamar uma camareira para ajudá-la a vestir a camisola.

Sophronia o observa sair, o alívio tomando conta dela. Logo o casamento deve ser consumado. Mas não essa noite.

Beatriz

Uma dama nunca bebe a ponto de perder o juízo, a mãe de Beatriz gostava de dizer, o olhar sempre se demorando um pouco mais em Beatriz do que nas irmãs, como se de alguma forma ela soubesse que, das três, era sempre ela quem acabava bebendo mais, embora Beatriz não ache que já tenha perdido o juízo.

Agora, porém, ela sente os contornos em sua mente perderem a nitidez, tornando-se maleáveis e nebulosos, no momento em que ela se encontra sentada ao lado de seu novo e arisco marido no salão de banquetes, cortesãos cellarianos se aproximando a cada poucos minutos para estender suas felicitações e, ela suspeita, tentar descobrir mais fofocas.

O príncipe Pasquale se remexeu, inquieto, durante toda a cerimônia de casamento, retorcendo as mãos à frente do corpo e, embora seu traje fosse feito de linho leve e o ar na capela estivesse fresco, ele estava pingando de suor. O pior, porém, foi a evidente hesitação do príncipe Pasquale ao dizer o "sim".

Beatriz é uma esposa indesejada e todos na corte sabem disso.

Ela precisa manter o juízo e sabe que sua mãe estava certa. Não deveria beber mais – certamente deveria comer alguma coisa –, mas, quando um criado lhe traz uma nova taça de vinho tinto misturado com frutas vermelhas e frutas cítricas, ela toma outro gole. Depois, mais outro.

Se Daphne estivesse ali, tiraria a taça de sua mão, a chamaria de autodestrutiva e lhe diria para manter o foco e que, em algum lugar nessa densa multidão de cortesãos, está lorde Savelle – e quanto mais cedo ela o conhecer, melhor.

Mas Daphne não está ali e Beatriz não quer manter o foco. Se fizer isso, sentirá os olhos dos cortesãos cellarianos avaliando cada centímetro seu, procurando as falhas que despertaram no príncipe tamanho desinteresse por ela. Tomará consciência dos sussurros, das especulações que já começaram, que só se tornarão mais afrontosas e mais altas. Não era assim que essa noite deveria transcorrer.

Beatriz entende de boatos, como eles funcionam, como iniciá-los. Ela sabe que o boato certo, lançado com precisão e no momento exato, pode ser suficiente para levar uma pessoa à ruína. Ela mesma sabe fazer isso, com tanta graça que é praticamente uma forma de arte. Mas Beatriz não tem certeza de como reagir a essa arma voltada contra ela.

Ao seu lado, príncipe Pasquale beberica a mesma taça de vinho com frutas que lhe foi servida inicialmente, e quando o criado se oferece para enchê-la mais uma vez, ele nega com a cabeça e o dispensa.

– Você não aprecia o vinho? – pergunta ela, as primeiras palavras que um deles dirige ao outro desde que foram declarados marido e mulher.

Ele volta o olhar para ela, os grandes olhos castanho-claros piscando, como se ele tivesse esquecido que ela estava lá. Talvez seja o vinho, tornando sua mente fraca e sentimental, mas de repente ele a faz lembrar de um cachorrinho que ela teve quando criança e que a seguia por toda parte, sempre olhando para ela com olhos assim, meigos e perplexos, um ganido patético constantemente no fundo de sua garganta.

Ela se sentiu aliviada quando Sophronia assumiu a responsabilidade pela criatura, embora não fosse algo que elas tivessem discutido. Ficou simplesmente entendido entre elas: Sophronia sabe cuidar de coisas indefesas, Beatriz não.

– Não particularmente – responde o príncipe Pasquale, baixando os olhos para as próprias mãos, que se movem, inquietas, em seu colo.

Agora que ele tirou as luvas, ela pode ver que ele rói as unhas: estão tão curtas e danificadas que a pele ao redor delas também está arruinada.

Ela espera que ele continue, mas percebe que ele não tem intenção de discorrer sobre aquilo. Beatriz sabe que deveria dizer algo espirituoso agora, mas, com o vinho circulando em sua corrente sanguínea, sua inteligência está fora de alcance.

– Você poderia sorrir, sabe? – diz ela, antes que consiga se conter. – Fingir estar feliz para que as pessoas parem de se perguntar se estou escondendo uma touceira de espinhos entre as pernas.

O príncipe *cora* com essas palavras – seu rosto fica tão vermelho quanto o vinho na taça dela.

– Ninguém pensa isso – murmura ele. – Acredite: elas não estão cochichando sobre você. É sobre mim, e a essa altura já estou bem acostumado.

Beatriz revira os olhos.

– Você não entende, não é, Alteza? Estamos casados agora. Eles não estão cochichando só sobre você, estão cochichando sobre mim também. Talvez mais sobre mim, porque sou nova aqui, estrangeira e mulher, então é inerentemente mais divertido para eles. Por favor, cole um sorriso no rosto, ria das minhas piadas e finja que casar comigo não é uma completa tortura para você.

Isso o faz parar e pensar. Ele franze a testa e olha para ela novamente com aqueles patéticos olhos de cachorrinho.

– Não é uma tortura para mim – diz ele suavemente. – É só...

Antes que ele possa dizer algo mais, dois novos cortesãos se aproximam, um garoto e uma garota da idade de Beatriz, ambos com cabelos louros bem claros e estrutura óssea delicada que os fazem parecer um par de bonecas de porcelana, do tipo que se põe no alto de uma prateleira para serem admirados e nunca tocados. Embora deva estar acima deles hierarquicamente, o príncipe Pasquale fica de pé quando eles se aproximam e a reverência e mesura dos recém-chegados são tardias.

– Parabéns, primo – diz a garota, dando um passo em direção ao príncipe Pasquale, a cauda de seu vestido de seda azul-ciano derramando-se sobre os degraus atrás dela como um jorro de céu límpido em um dia de verão. Ela segura os braços dele, ficando na ponta das suas sandálias incrustadas de joias para beijá-lo de ambos os lados do rosto.

– Gigi, Nico – diz o príncipe, acenando com a cabeça primeiro para a garota e depois para o garoto. – Fico feliz que estejam aqui.

– Como se fôssemos perder o casamento do século – diz a garota, Gigi, com um sorriso radiante.

– E não seja mal-educado, Pas... nos apresente à sua linda noiva – acrescenta Nico.

As bochechas do príncipe Pasquale ficam vermelhas e ele murmura alguma coisa, gesticulando de Beatriz para os dois recém-chegados, que Beatriz tem certeza de que são irmãos. Apesar de não entender muita coisa dos murmúrios dele, ela acha que os nomes são Gisella e Nicolo.

– É um prazer – diz Gisella, pegando a mão de Beatriz e fazendo uma mesura profunda. – Mas me chame de Gigi... Afinal, somos parentes agora.

Beatriz sorri.

– Então você deve me chamar de Beatriz – replica.

Nicolo vai um passo além; quando se curva e beija a mão dela, seus olhos demoram-se nos dela, os lábios pressionados nas costas de sua mão um quê a mais antes de ele se aprumar.

– Encantado – diz ele. – Você é um homem de sorte, Pas.

O príncipe Pasquale murmura mais alguma coisa diante disso, baixo demais para ser inteligível, mas pelo menos com os primos ele parece ganhar um pouco mais de vida. Nicolo pede mais vinho com frutas, então Beatriz toma mais uma taça. E outra. E mais outra.

Já passa da meia-noite quando Beatriz é conduzida ao quarto que compartilhará com o príncipe Pasquale. Sua mente vibra agradavelmente enquanto ela é movimentada por suas camareiras, braços e pernas erguidos e abaixados para que ela possa ser despida e vestida novamente com uma camisola de cetim rosa suave. Tudo que ela quer é subir na cama convidativa e aconchegante e dormir.

Mas suas camareiras continuam olhando para ela com olhos sagazes e sorrisos maliciosos, e ela lembra que essa é a sua noite de núpcias e que ela não deve dormir muito.

Beatriz sabe o que vai acontecer. Sua mãe explicou para ela e suas irmãs quando eram bem pequenas e, nos últimos dois anos, ela ouviu mais detalhes das cortesãs que lhes deram aulas de sedução. As princesas deveriam ser virginais e puras, obviamente, mas isso não significava que elas não pudessem aprender a arte de derrotar um homem com um toque em seu braço ou fazê-lo se apaixonar por um único olhar do outro lado da sala.

Agora, porém, ela não tem certeza. Uma coisa é a teoria, mas, quando o príncipe Pasquale entra de camisola e as camareiras deixam o quarto às pressas, dando risadinhas como um bando de papagaios, ela de repente não sabe o que fazer.

Comece com um beijo, aconselhou certa vez uma cortesã bessemiana. *Parta daí.*

Depois de sua péssima experiência com o beijo anterior, Beatriz deveria estar desconfiada, mas sua mente está desfocada demais pelo vinho para pensar muito a esse respeito. Tudo o que ela sabe é que deve beijá-lo, então vai cambaleando na direção do marido, o chão de mármore frio sob seus pés descalços. Ela precisa se firmar com as mãos nos ombros dele antes de colar a boca na dele.

Ela está bêbada demais para se importar com a qualidade do beijo, não apenas por ele não estar nem um pouco responsivo, mas também porque ela não quer beijá-lo. Ele se afasta, colocando a mão em sua cintura para evitar que ela caia e solta um longo suspiro, em seus lábios, mil palavras que ele mata sacudindo a cabeça.

– Você está bêbada – aponta ele. – Vou ajudá-la a se deitar.

Alívio e constrangimento a percorrem alternadamente enquanto ele puxa o edredom e joga as muitas almofadas decorativas no chão, ajudando-a a se deitar na cama antes de a cobrir, ajeitando o edredom em torno dela, do jeito que sua ama costumava fazer. Os olhos de Beatriz estão tão pesados que ela logo começa a cair no sono, embora ainda esteja ciente dos passos dele, dando a volta na cama. Ela espera que ele se junte a ela.

Beatriz já ouviu histórias de alerta em relação a homens que gostam de mulheres assim, indefesas e incapazes de protestar. Talvez toda essa timidez, toda essa estranheza, esteja escondendo algo mais sombrio. Vagamente, ela tem consciência de que está prendendo a respiração até ouvi-lo se deitar, embora a cama não ceda ao seu lado. Ela se força a rolar, mas o vinho deixou seus membros pesados e demanda dela mais esforço do que deveria.

Quando abre os olhos, ela o vê deitado no sofá de veludo ao lado da cama.

– Pelo menos pegue um travesseiro – diz a ele, embora as palavras não pareçam suas. Ela já está meio adormecida, mergulhando mais profundamente no sono a cada segundo. – E um cobertor.

Antes de saber se ele a ouviu, Beatriz já está dormindo.

Daphne

Daphne espera que sejam apenas o rei e a rainha tomando chá na manhã seguinte à sua chegada, mas, quando entra na sala de estar, ela encontra o príncipe Bairre ali também, sentado em frente ao pai em uma pequena mesa redonda, a rainha Darina entre eles, todos vestidos de preto. A visão de Bairre olhando carrancudo para uma delicada xícara de chá de porcelana quase a faz rir, mas ele parece tão perdido que tudo o que ela sente é pena.

Quando Daphne entra na sala, o rei se levanta, seguido tardiamente por Bairre.

– Daphne – diz o rei Bartholomew.

Ele tenta sorrir, mas fracassa enquanto gesticula para que ela se junte a eles.

– Obrigada por pensar em mim neste momento difícil – diz Daphne.

– Naturalmente – diz o rei, pegando sua xícara de chá nas mãos. – Gostaria que você soubesse que o novo contrato de casamento chegou de Bessemia, pronto para a sua assinatura e a de Bairre. Tudo está acontecendo muito rápido, eu sei. Mas é do interesse de Friv ver isso resolvido.

E de Bessemia, pensa Daphne.

À menção do nome do príncipe, a rainha Darina solta um gemido, pousando sua xícara de chá com um ruído que ecoa no espaço silencioso. O rei Bartholomew coloca a mão livre sobre a dela, segurando-a com força. A rainha Darina tem o rosto coberto por um véu preto que desce até o ombro, permitindo que sua expressão seja visível, mas deixando-a nas sombras. Daphne só consegue distinguir suas feições mais marcantes: a pele muito branca e os olhos escuros que focam o vazio.

– Não sei se algum dia vamos nos recuperar – prossegue o rei Bartholomew. – Mas Friv depende de nós, então é nosso dever prosseguir. Bairre, você é meu filho de sangue e o único que me resta.

– De acordo com um bilhete e a palavra de uma prostituta – vocifera a rainha Darina, sua voz aguda e ríspida.

O rei estremece, mas se mantém firme.

– É o que Cillian teria desejado.

Daphne pode não saber muito sobre Bairre, no entanto reconhece que esse é um papel cruel a desempenhar. Ele fica um pouco mais pálido, mas depois de um momento inclina a cabeça em concordância.

O rei Bartholomew se levanta e cruza a sala até uma escrivaninha no canto, onde pega um pergaminho e uma pena em um tinteiro, levando-os para a mesa e colocando o documento entre Daphne e Bairre.

– Depois da morte de Cillian, o país está em suspenso, esperando para ver o que acontecerá – diz o rei Bartholomew. – Gostaria de assegurar ao nosso povo que continuamos aqui, que ainda temos um plano para garantir que Friv permaneça seguro não apenas durante a minha vida, mas além.

Daphne examina o documento. Embora apresente uma elaborada escrita frívia, ela o entende suficientemente bem. Parece idêntico ao contrato que sua mãe assinou como sua tutora quando Daphne tinha apenas algumas semanas de vida, comprometendo-a com Cillian. Ela o viu algumas vezes desde então, a mãe pegando a sua cópia para Daphne ler assim que ela teve idade suficiente para entender o que aquele documento significava.

Não assine nada, a menos que você conheça bem o documento, a voz de sua mãe sussurra em sua mente.

Daphne pega o pergaminho, lendo-o com mais atenção, mas está tudo ali: o resumo da aliança, as disposições da rota comercial, promessas de apoio em caso de guerra.

Quando termina de ler, Daphne pega a pena no tinteiro e a pousa na linha que aguarda sua assinatura. E somente nesse momento ela olha para Bairre, que observa cada movimento seu com olhos desconfiados.

Por apenas um segundo ela hesita. Não quer unir sua vida à dele, não quer chamá-lo de marido.

Mas um príncipe é um príncipe, e ela irá cumprir seu dever.

Então assina seu nome com tinta preta antes de entregar a pena a Bairre.

Ele não a pega imediatamente e, por um momento, ela acha que ele vai recusar – o que aconteceria então? Ele olha para ela e ela tenta sorrir, tranquilizá-lo, seduzi-lo, talvez, mas a expressão do jovem permanece impassível e fechada, uma tempestade envolta em neblina.

Finalmente, ele solta o ar e encosta a ponta da pena no pergaminho, assinando seu nome ao lado do dela.

Ela olha para os dois nomes juntos, as delicadas letras em espiral de seu nome completo, *Daphne Therese Soluné, Princesa de Bessemia*, e ali, ao lado dele, um *Bairre* rabiscado de forma simples, com um *Príncipe de Friv* acrescentado às pressas.

O rei Bartholomew pega o contrato e tira algo do bolso de seu casaco. Quando ele o ergue, Daphne tem um sobressalto – o aplicador do selo real. Trata-se de um objeto pesado, de ouro, do tamanho de um limão, com um cabo longo e uma extremidade plana. Ela não consegue ver o desenho do selo propriamente dito, então observa quando o rei coloca uma bola de cera abaixo das assinaturas e segura o aplicador na chama da vela por um momento, deixando-o esquentar. Quando está satisfeito, ele o pressiona sobre a cera. Daphne observa, extasiada. Ela já ouviu falar do método, mas é bem diferente vê-lo em ação. O rei Bartholomew deve ter sentido os olhos dela observando-o, porque volta o olhar para ela.

– Uma invenção de Fergal, o empyrea da corte – diz a ela, soltando o selo e segurando o contrato para que ela possa vê-lo. – Pelo que sei, sua mãe também tem um.

– Sim, mas nunca me deixou ver de perto – mente Daphne.

– Não? Aqui, dê uma olhada, é bastante impressionante.

O aplicador ainda está quente, a cera amarela brilhando, pressionada na forma do brasão que ele projetou para si mesmo quando assumiu o controle de Friv – a Estrela do Norte. A estrela parece fácil de replicar, mas não é ela que chama a atenção de Daphne. No meio do selo, algumas gotas carmesins se misturaram à cera, expandindo-se sobre o amarelo.

– Para fins de autenticidade. Está vendo esta câmara aqui? – Ele aponta para o cabo do aplicador. – Ela guarda um estoque do meu sangue misturado a uma pitada de poeira estelar.

Ele passa o contrato para Daphne para que ela possa ver o selo de perto. O que, de longe, parecia uma gota de carmesim é, na verdade, um brilho violeta incandescente que lembra a Daphne um hematoma.

– Como alguém vai saber que é o seu sangue? – pergunta ela. – Poderia ser de qualquer pessoa, não?

– Neste momento, as únicas três pessoas que possuem selos como este somos eu, o rei Leopold e, obviamente, sua mãe. Se um de nós precisar de confirmação, um empyrea pode fornecer um pouco de poeira estelar. Agora é oficial – continua ele, olhando de Daphne para Bairre. – Vamos declarar Bairre um príncipe do reino amanhã à noite e vocês dois casarão dentro de um mês.

Um mês. Não é o ideal, mas Daphne não pode protestar. Não que ela tenha oportunidade para isso, pois a rainha se levanta tão de repente que sua xícara vira, derramando o chá fraco sobre a toalha branca.

– Você trouxe essa maldição para todos nós – acusa ela, dirigindo-se ao rei Bartholomew, cada palavra envolta em veneno. – Isso foi obra sua. Você poderia igualmente ter matado nosso menino com as próprias mãos.

Ela não dá a Bartholomew a chance de responder – embora, de um jeito ou de outro, ele não pareça ter uma resposta. Ela então se vira e sai da sala, pisando firme, o véu de luto esvoaçando atrás dela feito fumaça.

Quando o rei Bartholomew vai atrás da rainha, Daphne fica sozinha com o príncipe Bairre e um silêncio desconfortável se instala tão pesadamente entre eles que chega a sufocar.

– Tenho certeza de que a rainha Darina está sofrendo mais do que qualquer um – comenta Daphne, por fim. – Ela não quis dizer aquilo.

– Ela quis, sim – replica Bairre, sem olhar para ela. – Vem dizendo a mesma coisa há meses, desde que Cillian ficou doente. Meu pai diz que ela está perturbada.

Daphne franze a testa, arquivando isso em sua mente. Friv é um país mais supersticioso do que Bessemia, mas não ficou claro para ela a que tipo de maldição a rainha Darina se referia. No entanto, como Bairre disse, ela está perturbada. Daphne afasta o pensamento e se concentra no rapaz.

– Não é todo dia que um bastardo se torna príncipe – diz ela, tomando um gole de seu chá, já frio.

Bairre não diz nada por um momento, encarando-a como se de repente houvesse crescido chifres na cabeça dela.

– Meu irmão morreu – diz ele devagar. – E de repente a vida dele está sendo imposta a mim: seu título, sua noiva, sua posição.

– Não foi o que eu quis dizer – retruca ela rapidamente. – Tenho duas irmãs e não consigo imaginar o inferno por que eu passaria se algo acontecesse com elas. Mas você será rei um dia... algo que era impossível antes de hoje...

– Algo que eu nunca quis – ele a interrompe, balançando a cabeça. – Nem todos nós giramos em torno de uma coroa. Por mais difícil que seja para você acreditar, não tenho o menor desejo de ser rei. Eu estava bem feliz como irmão bastardo de um príncipe de verdade.

Sim, *é* difícil para Daphne acreditar, mas ela sabe que não deve dizer isso. Ele já a considera uma esnobe; ela não vai provar que ele está certo.

– E o que você preferiria fazer, então? – pergunta ela, sem conseguir isentar a voz de um toque de escárnio.

Ele pisca, os olhos cor de prata indecifráveis. E balança a cabeça antes de responder:

– Isso não importa, não é mesmo? Meu pai está certo: esse é o meu dever, é o que Cillian gostaria que eu fizesse. Mas não significa que eu tenha que ficar feliz com isso.

Ele se levanta para sair, mas Daphne consegue falar antes que chegue à porta. Se ele quer ficar emburrado por causa de sua sorte, ela tem muita munição para se juntar a ele.

– Por acaso já lhe ocorreu que esse também é o meu dever? – pergunta, fazendo com que ele se detenha. – Por mais difícil que seja para *você* acreditar, eu também não estou exatamente interessada em me casar com você... nem com Cillian, se quer saber. Esse é o meu dever desde que eu tinha apenas algumas semanas de vida, então vou cumpri-lo. Mas seria muito mais fácil se você não me tratasse como sua inimiga.

Ele fica parado por um momento, a mão na maçaneta, embora não se volte para olhá-la. Daphne espera que ele responda, mas, após um momento, ele simplesmente emite um grunhido e sai, fechando a porta com firmeza e deixando-a sozinha.

Daphne se recosta na cadeira. Ela conseguiu fazê-lo parar para pensar – já é um começo.

Beatriz

Beatriz não tem certeza do que a acordou primeiro – sua cabeça latejando ou as vozes murmurando diante da porta do seu quarto. Do quarto *deles*, ela se lembra um segundo depois, abrindo os olhos e dando de cara com o príncipe Pasquale no sofá, piscando para acordar, uma colcha de seda cinza puxada até o queixo.

– Tem pessoas aí – diz ela, a voz saindo meio rouca e grogue. – O que elas querem?

Ela percebe depois de dizer isso que eles ainda não trocaram muito mais do que uma dúzia de palavras, ela e seu marido. O dia anterior ainda parece um sonho nebuloso, nada real, uma vida que não é a sua. Ela meio que esperava acordar em sua cama de infância em Bessemia, com a risada de Sophronia ou o canto desafinado de Daphne.

Mas aqui está ela, uma recém-casada em uma cama fria, com um marido que parece perplexo com a própria existência dela.

É assim que o príncipe Pasquale a olha agora, como se ela fosse uma espécie de charada e ele não conseguisse entender a pergunta. Quando compreende, porém, ele se senta ereto e solta uma série de palavras cellarianas entre dentes. Ela não sabe o que significam exatamente, mas imagina que se trate de imprecações – uma linguagem em que seu tutor não pensou em instruí-la.

Em um instante ele está de pé, andando pelo quarto à procura de algo.

Lá fora, uma voz masculina chama.

– Alteza, já se levantou?

– Tomara que já tenha feito isso várias vezes – acrescenta outra voz, seguida por risadinhas.

– O que eles querem? – pergunta Daphne novamente, mantendo a voz baixa, mesmo quando seu estômago está se revirando.

– Prova – sussurra ele em resposta.

A seguir, vai até uma cesta de frutas na mesa perto da porta, pega um cacho de uvas vermelhas, uma pera, uma banana, antes de colocar tudo de volta.

– Prova de quê? – insiste ela.

As bochechas do príncipe ficam vermelhas quando ele torna a olhar para ela.

– Prova de que nós... – Sua voz morre e ele desvia o olhar. – Prova de que o casamento foi consumado.

Beatriz olha para ele, aflita.

– Não pensei que alguém ainda seguisse essa tradição antiquada.

Pasquale faz uma careta.

– Não seguiam até alguns meses atrás, quando meu pai decidiu reinstaurá-la – explica ele, segurando um morango. – Você acha que isso pode funcionar?

Ela balança a cabeça.

– Rosa demais – diz, saindo da cama e puxando o edredom para trás. Os lençóis embaixo são de um branco imaculado. Ela se vira na direção da porta, onde mais vozes estão se juntando ao falatório. – Só um momento – grita, mantendo a voz ofegante e sonolenta. – Não estamos muito decentes.

– Espero mesmo que não! – grita um homem de volta.

Beatriz revira os olhos para Pasquale, fazendo-o sorrir brevemente antes de retornar à fruteira.

– Você já viu isso antes? – pergunta ela. – Como é que esses lençóis devem estar?

Ele faz que sim.

– Algumas vezes. Beatriz... – Ele faz uma pausa, parecendo perceber que nunca antes tinha dito o nome dela. O som é estranho em sua boca, inseguro e um pouco assustado. – Meu pai está lá fora. Se ele perceber que nós dois não...

Ele para, mas não precisa terminar. A mente de Beatriz já é um turbilhão de possibilidades. Todos saberão que ela falhou, que não conseguiu seduzir o marido. Sua mãe vai descobrir, ela tem certeza, e Beatriz se encolhe só de imaginar sua reação. Todo aquele treinamento, todo aquele tempo passado entre cortesãs, aprendendo a arte da sedução, e Beatriz não conseguiu nem seduzir um príncipe-garoto desajeitado. Pior ainda: se o rei souber que o casamento não foi consumado, terá motivos para anulá-lo, para mandá-la de volta para Bessemia. Não seria lógico, mas o rei Cesare raramente age pautado pela lógica. A mãe nunca mais deixaria Beatriz esquecer seu fracasso.

Ela afasta o pensamento da mente e vai até a escrivaninha de mogno no canto, pega um abridor de cartas incrustado de pedras preciosas e encosta a ponta na palma da mão.

– Se eles querem sangue, nós lhes daremos sangue – diz ela ao príncipe Pasquale. – Quanto de sangue há geralmente?

Ele pega o abridor de cartas dela antes que possa fazer o corte.

– Não muito – diz ele. – É uma boa ideia, mas se for da sua mão eles vão perceber.

Ela assente.

– O que propõe, então?

O príncipe apoia a perna esquerda na cama e encosta a ponta do abridor de cartas na parte de trás da panturrilha com a outra mão.

– Pode rasgar um pedaço de algodão de uma das minhas túnicas? E encontrar um par de calças?

Beatriz faz que sim com a cabeça e corre para o guarda-roupa; ela encontra uma túnica preta lisa no fundo do armário e rasga uma tira de tecido da bainha. Pensando melhor, rasga uma segunda tira e pega o primeiro par de calças que vê.

Quando ele faz um pequeno corte na lateral da panturrilha, de cerca de 2 centímetros, ela observa, ao mesmo tempo horrorizada e fascinada. O príncipe solta um silvo baixo de dor antes de passar para ela o abridor de cartas ensanguentado pelo cabo limpo e recolher as gotas de sangue em seus dedos. Então espalha o sangue no meio da cama, manchando os lençóis brancos de vermelho.

Ele repete o processo duas vezes, até ficar satisfeito com o tamanho da mancha, depois pega o pedaço de tecido que Beatriz lhe estende e amarra sobre o corte, vestindo a calça que ela lhe entrega para escondê-lo. Ela envolve o abridor de cartas na segunda tira de tecido e o esconde em uma gaveta da escrivaninha.

Pasquale se dirige à porta, pronto para deixar a multidão entrar. Mas algo não está certo. Ela se lembra de suas visitas aos bordéis, o aspecto dos frequentadores quando entravam, arrumados, e quando saíam.

– Espere – sibila ela.

Pasquale se detém e olha para ela com a testa franzida.

Ela vai até ele, desabotoando apressadamente sua túnica e reabotoando-a de modo que alguns botões fiquem na casa errada. Ela então estende as mãos e as passa pelos cabelos pretos dele, bagunçando-os.

– Se vamos fazer isso – diz, soltando seus cabelos da trança e desarrumando-os –, temos que ser convincentes.

Ele concorda com um gesto de cabeça e a observa por um momento antes de puxar a manga de sua camisola para baixo, para que seu ombro direito fique nu.

– Ótimo – diz ela, beliscando as próprias bochechas para que fiquem coradas.

Então sobe de volta na cama, tomando cuidado para não tocar no local do sangue antes de acenar para que Pasquale abra a porta.

Membros da nobreza invadem o quarto – pelo menos vinte deles, calcula Beatriz, liderados pelo próprio rei. Cesare veste um gibão de seda vermelha, os cabelos castanho-escuros untados e penteados para trás, os olhos brilhando cada vez mais ao pousarem em Beatriz, que puxou novamente as cobertas, escondendo as pernas nuas e a mancha de sangue, embora tenha certeza de que as duas coisas serão reveladas em um instante. Ela não é tímida em relação ao seu corpo, mas sente que deveria ser, então representa o papel.

– Espero que vocês dois tenham tido uma noite de núpcias feliz – diz o rei, voltando o olhar para o filho.

O príncipe Pasquale murcha um pouco sob aquele olhar, mas consegue assentir.

– Tivemos, pai. Obrigado.

O rei o encara, notando os cabelos desgrenhados, a camisa mal abotoada. Ele franze os lábios.

– Muito bem, então. Vamos ver isso.

Pasquale assente, correndo para o lado da cama de Beatriz para ajudá-la a se levantar. Quando segura o braço dele, ela o sente tremer sob seu toque e lhe dá o que espera ser um aperto tranquilizador. Assim que ela se levanta, diante da multidão de homens vestida apenas com a camisola, uma onda de aplausos e assobios se faz ouvir.

Beatriz nunca foi recatada – Daphne até a chamou de sem-vergonha muitas vezes –, mas isso é diferente. Agora ela está exposta, uma coisa para ser consumida, e de repente não se sente nem um pouco à vontade. A vergonha toma conta dela, quente e dolorosa, e ela precisa lutar contra o ímpeto de se cobrir.

O príncipe Pasquale deve ter percebido, porque se coloca na frente dela, protegendo-a o melhor que pode dos olhares. Ele então puxa o edredom, expondo a mancha de sangue para todos verem. Por um momento, ninguém fala, e Beatriz prende a respiração, esperando que alguém afirme que aquilo é falso, que perceba que seu casamento não foi consumado.

Depois do que parece uma eternidade, porém, o rei dá um tapinha no ombro do filho e sorri, radiante.

– Muito bem, meu garoto – diz a Pasquale. – Não pensei que você tivesse disposição para isso. Naturalmente, com uma noiva tão linda como esta, como poderia resistir?

O príncipe Pasquale consegue dar um sorriso.

– Obrigado, pai.

– Vamos deixá-los, então – diz o rei, voltando-se novamente para Beatriz. Seu olhar faz a pele dela se arrepiar. – Lembro bem o que é ser jovem e recém-casado.

Quando o rei e seus homens se vão e Beatriz e Pasquale ficam novamente sozinhos no quarto, ela se senta na borda da cama e dá um suspiro de alívio.

– Funcionou – afirma o príncipe Pasquale, mais para si mesmo, parecendo não acreditar.

– Funcionou – ecoa ela, olhando para o marido. – Mas não entendo por que você quis isso. Você obviamente não tem nenhum desejo de estar casado comigo... Agora está preso – acrescenta.

Ele volta os olhos para o chão, incapaz de encará-la.

– Não é isso – diz lentamente. – É só que nós... nós não nos conhecemos, não é mesmo?

– Não – concorda ela. – Embora eu nunca tenha esperado que fôssemos ter esse luxo. Pasquale... tudo bem se eu te chamar assim?

– Pode me chamar de Pas, se quiser – diz ele. – É como a maioria das pessoas chama.

– Pas, então. Podemos ter enganado seu pai hoje, podemos ter nos mantido fora das fofocas da corte por alguns meses. Mas somos jovens e saudáveis e eles vão esperar que os filhos venham logo – explica ela devagar.

É um blefe: Cellaria cairá e Beatriz estará de volta a Bessemia muito antes que uma criança se enraíze em seu útero; há frascos de ervas escondidos em sua caixa de joias para garantir justamente isso. No entanto, ela também precisa que o casamento seja consumado. Sua mãe foi clara nesse sentido. Ninguém pode jamais duvidar que o casamento é legítimo.

Por um momento Pasquale não responde, mas sua pele fica um pouco mais pálida.

– Pas – diz ela novamente. E sustenta o olhar dele do jeito que as cortesãs lhe ensinaram, com ousadia e um ar conspiratório, como se estivessem compartilhando um segredo. Ele desvia os olhos quase imediatamente. – Você não quer se deitar comigo, não é?

– Mal nos conhecemos – repete ele, as bochechas ficando vermelhas.

– Isso não importa. Ou você quer alguém ou não quer. E você não me quer.

Ele não responde por um momento, olhando para todos os lugares, menos para ela.

– Você é terrivelmente direta – comenta ele por fim. – Alguém já lhe disse que isso é um tanto desagradável?

– Constantemente – responde ela, dando de ombros.

Ele não diz nada por um momento, mas finalmente se senta na *chaise*, os cotovelos apoiados nos joelhos, a cabeça entre as mãos.

– O problema não é você – diz ele. – Acredite em mim, você provavelmente é a garota mais bonita que eu já vi e todo mundo... *todo mundo*... me diz quanta sorte eu tenho.

– Então o que é? – pergunta ela. – Você prefere louras? Já ouvi falar de garotas que usam suco de limão para clarear o cabelo...

– Não, não é isso – replica ele, parecendo querer dizer alguma coisa, mas rapidamente pensa melhor e fecha a boca, mordendo o lábio inferior com tanta força que ela fica surpresa que não sangre. Ele se empertiga novamente e fica de pé. – Você está certa. Não podemos manter uma farsa como essa para sempre. Vamos tentar em breve. Eu só preciso de tempo.

Ela assente.

– Talvez ajude se você não se referir ao assunto como se estivesse se preparando para marchar a caminho de uma batalha – diz ela, com o que espera ser um sorriso encorajador. – Pelo que ouvi, a maioria das pessoas acha bem agradável.

Ele tenta retribuir o sorriso, mas o gesto não alcança seus olhos. Todos os sorrisos dele são assim, ela percebe, algo fugaz que desaparece rápido demais para que realmente seja visto.

– Vejo você no café da manhã, então, Beatriz.

– Triz – replica ela, fazendo-o parar.

Ele se vira para ela, a testa franzida.

– Como?

– Se vou te chamar de Pas, você pode me chamar de Triz. Minhas irmãs são as únicas que me chamam assim, mas você é da família agora, suponho.

Ele reflete sobre isso por um momento antes de assentir.

– Vejo você no café da manhã, Triz.

Assim que se vê em um vestido novo de brocado cor de safira e ouro, Beatriz se dirige ao salão de banquetes para o café da manhã, seguida por seu grupo de camareiras. Seus pensamentos são uma confusão entre as palavras de Pasquale e as expectativas esmagadoras de sua mãe. Se as fofocas sobre a frieza de sua cama conjugal chegarem a Bessemia, como ela sabe que vai acontecer se o problema não for tratado, sua mãe ficará furiosa.

Sedução é a coisa em que Beatriz supostamente se destaca, mais do que suas irmãs. Como pode vir a ser sua ruína?

Pasquale disse que tentaria, ela lembra a si mesma, mas, pelo que pode deduzir do que lhe ensinaram, não é o tipo de coisa que uma pessoa deveria ter que tentar. E o jeito como ele olhou para ela... como se ela fosse uma criatura assustadora ou uma taça de vinho envenenado... ou como uma amiga, talvez, uma ou duas vezes. Mas nunca como amante.

Ela se pergunta se suas camareiras podem perceber o fracasso que se arrasta por sua pele – se alguma coisa em seus olhos denuncia o fato de que sua virgindade ainda se agarra a ela, não mais o atributo que garantiu seu valor como noiva, mas um sinal de que, como esposa, ela deixa a desejar.

Diante da entrada do salão de banquetes, Beatriz avista Pasquale na companhia de um jovem nobre que ela reconhece vagamente, um garoto de cabelos castanho-claros e olhos azul-vivos que se iluminam quando ele ri de algo que Pasquale diz. Mas o olhar de Beatriz só permanece no jovem por um momento.

De Pasquale, porém, ela não consegue desviar o olhar. Ele está sorrindo – um sorriso de verdade, não aquele fantasma fugaz de sorriso que ela sempre vê.

E a maneira como ele olha para o garoto... ela conhece aquele olhar. É a maneira como ela esperava que ele olhasse para ela quando se conheceram na escadaria do palácio ou durante a cerimônia do casamento ou mesmo esta manhã, quando ela perguntou francamente se ele a queria.

As peças se encaixam em sua mente e Beatriz finalmente compreende.

Sophronia

Os primeiros dias de Sophronia como rainha de Temarin passam bem rápido. Há tantos cortesãos a conhecer, tantos eventos a participar, tantas tarefas a supervisionar... Ela insiste em entrevistar pessoalmente sua equipe – Sophronia não é tola o bastante para acreditar que pode manter sua casa totalmente livre de espiões, mas está decidida a pelo menos descobrir para quem eles trabalham. E há também as provas de vestidos, onde ela é cutucada e espetada com agulhas e cada centímetro de seu corpo é medido.

Ela sempre odiou as provas de roupas – elas a deixam hiperconsciente de sua figura, de quanto ela é mais cheinha do que as irmãs. Agora, em Temarin, em cima de um pedestal, usando apenas suas roupas íntimas, sente os olhos da costureira e de suas assistentes enquanto a avaliam e medem. A costureira grita números a serem anotados e Sophronia sente cada um deles como uma punhalada. Ela espera o julgamento, os olhares maliciosos e os sussurros, mas, em vez disso, depois do que parece uma eternidade, a costureira a fita com um olhar franco.

– Vossa Majestade tem muita sorte – diz a mulher. – Não são muitas as garotas que podem usar amarelo Temarin, mas vai combinar muito bem com Vossa Majestade.

Sophronia pisca.

– Tem certeza? – pergunta ela. – O amarelo Temarin é um tom muito vivo, a cor da asa do canário. – Talvez algo mais escuro pudesse me fazer parecer mais magra?

A costureira desdenha de seu comentário.

– Vossa Majestade deseja parecer menor? – pergunta ela, balançando a cabeça. – Vossa Majestade é uma *rainha*. Por que não ocuparia todo o espaço a que tem direito? Não, acho que Vossa Majestade vai desabrochar com cores fortes: amarelo Temarin, azul Varil... Acabei de receber de Cellaria a seda mais divina, da cor exata da romã, que ficaria espetacular em Vossa Alteza. O que acha?

Sophronia morde o lábio e desvia o olhar da costureira para que a mulher não veja o quanto está emocionada por causa de umas poucas palavras. *Por que não ocuparia todo o espaço a que tem direito?* As palavras ecoam em sua mente, como se sua memória estivesse tentando gravá-las em pedra.

– O que você achar melhor – responde ela.

A prova leva a maior parte do dia e, quando retorna ao seu quarto, Sophronia está exausta de tanto olhar tecidos e experimentar incontáveis moldes de vestidos feitos de musselina. Seu ânimo se eleva ao ver um envelope em cima da cama. Ela o pega imediatamente e o lacre de cera revela que vem de Beatriz. Ela rompe o selo e lê.

Querida Sophronia,

Eu te escrevo como uma mulher casada, e espero que você se encontre igualmente casada. Cellaria é linda. Gostaria de poder te enviar alguns dos bolos irresistíveis daqui, mas temo que não durem o tempo da viagem para o norte. Escreva de volta logo.

Sua irmã,
Beatriz

Sophronia percebe imediatamente que a mensagem de Beatriz está codificada, até porque não soa nada como ela. Antes que possa começar a decifrá-la, porém, uma criada entra no quarto apressada para lembrá-la de que é esperada para o chá com a rainha viúva e a duquesa Bruna, que acompanhou Sophronia em sua jornada. Um tanto aborrecida, ela enfia a carta na gaveta da escrivaninha, para voltar a ela mais tarde, antes de seguir a criada e sair do quarto.

Nos três dias desde o casamento, Sophronia não viu muito Leopold. Restando apenas algumas semanas antes de o tempo começar a esfriar, ele, os irmãos e vários de seus amigos dirigiram-se para o novo pavilhão de caça real na floresta de Amivel, aquele que os espiões de sua mãe relataram que Leopold mandara construir depois de pôr abaixo a aldeia que havia ali. Eles ainda não consumaram o casamento e Sophronia sente-se ao mesmo tempo ansiosa e aliviada.

Na ausência de Leopold, a rainha Eugenia tomou Sophronia sob seus cuidados, convidando-a para chás da tarde, concertos noturnos e passeios diários no jardim, durante o que a rainha viúva gosta de chamar de *a hora da fofoca*.

Sophronia descobre que sua primeira impressão da rainha Eugenia como inexpressiva não é totalmente precisa. Eugenia exerce seu poder de forma mais discreta, diferente da mãe de Sophronia. Ela nunca levanta a voz ou apaga o sorriso e a maioria de suas batalhas é travada educadamente durante o chá, mas são batalhas que ela sempre vence. É verdade que a maior parte da corte não gosta dela – Sophronia viu os olhares raivosos e ouviu alguns cochichos mesmo nos poucos dias em que está ali –, mas eles contam com sua boa vontade e todos parecem saber disso.

A rainha Eugenia não tem dificuldade em manter a corte funcionando, mesmo sem Leopold. Muitos dos almoços e chás que elas frequentam são pretextos para os lordes e as ladies que as convidam pedirem favores que Sophronia suspeita que deveriam ser tratados pelo rei. O conde e a condessa de Campary solicitam um empréstimo da Coroa para reconstruir sua casa de verão depois que ela foi incendiada por rufiões de uma vila próxima. Lorde Nieves e lorde Treval precisam de um julgamento sobre onde fica a linha divisória entre suas terras. Lady Whittem quer que a amante de seu marido seja banida da corte.

Quer sejam grandes ou pequenas, a rainha Eugenia lida com as queixas, em geral colocando dinheiro na questão.

Sophronia está curiosa para ver o que a duquesa Bruna vai pedir à rainha viúva quando elas se sentarem para o chá, e está ainda mais curiosa para saber como a rainha Eugenia vai tratar do assunto.

– Diga-me, Vossa Majestade, como está se adaptando à vida aqui em Temarin? – pergunta a duquesa Bruna, dirigindo-se a Sophronia, recostada em sua cadeira enquanto a criada, Violie, a garota de Bessemia, serve o chá em três delicadas xícaras de porcelana pintadas com sóis dourados, o símbolo da família real Temarin.

A duquesa Bruna é irmã do falecido rei, fato que ela gosta de lembrar às pessoas em todas as oportunidades.

– Ah, muito bem, eu acho – responde Sophronia, erguendo a xícara para tomar um gole do chá. – Como eu era comprometida com Leopold desde a infância, minha mãe assegurou-se de que eu fosse criada tanto nos costumes temarinenses quanto nos bessemianos. Curiosamente, vir para cá é quase como voltar para casa. E, por favor, você deve me chamar de Sophie. Somos parentes agora, não somos? – pergunta ela, oferecendo à duquesa Bruna um sorriso que poderia ser descrito como inocente, se ela não tivesse passado incontáveis horas diante do espelho praticando.

A duquesa Bruna se inclina sobre a mesa para dar tapinhas na mão de Sophronia.

– Que menina doce você é, Sophie – diz ela. – E você deve me chamar de tia Bruna, como Leopold. Você não tem tias ou tios em Bessemia, não é?

– Infelizmente não – retruca Sophronia. – Tanto meu pai quanto minha mãe são filhos únicos.

– Bem... – diz a duquesa Bruna com um sorriso malicioso, inclinando-se para trás e olhando para a rainha Eugenia. – É o que sua mãe *diz*, mas, pelo que *eu* ouvi, ninguém sabe quem eram os pais dela. Ela pode ter irmãos espalhados por todo o continente e não saber.

– Não seja desagradável, Bruna – repreende a rainha Eugenia. – A imperatriz Margaraux é *mãe* de Sophronia e avó de meus futuros netos. Não vou tolerar comentários grosseiros.

A duquesa Bruna revira os olhos e a rainha Eugenia finge não notar, preferindo oferecer a Sophronia um sorriso tranquilizador. Sophronia ouviu coisas muito piores sobre sua mãe ao longo dos anos, mas fica sensibilizada pelo esforço da rainha viúva para protegê-la dos boatos. Ela se lembra do que a rainha Eugenia lhe disse no casamento – que, quando era uma jovem rainha em uma corte estranha, as pessoas foram cruéis. Agora ela está cuidando para que Sophronia tenha uma adaptação mais fácil.

Ao semear tensões, comece por ela. As palavras da imperatriz voltam a Sophronia, acompanhadas por uma pontada de culpa que ela logo afasta. A rainha Eugenia tem sido gentil com ela, sim, mas a lealdade de Sophronia é exclusivamente com Bessemia.

– Esses bolinhos parecem estar maravilhosos, tia Bruna – elogia Sophronia.

Ela pega um dos bolos cor-de-rosa do tamanho de um dedal na travessa de porcelana pintada, examinando-o. Sua cobertura é feita com muitíssima delicadeza e se assemelha a um botão de rosa se abrindo.

Quando ela o morde, tem gosto de rosa também, com uma pitada de outra coisa. Pistache, talvez? Ela interrompe essa linha de pensamento. Como sua mãe dizia sempre que encontrava Sophronia escondida na cozinha com o confeiteiro, a culinária não é um passatempo adequado para uma princesa. Muito menos para uma rainha, ela imagina.

– Recebi uma carta da minha irmã Beatriz – continua Sophronia, pensando na carta que ainda não decodificou, olhando para a rainha Eugenia. – Ela diz que os bolos em Cellaria são absolutamente irresistíveis. Parecem com estes?

– Nem um pouco – responde a rainha Eugenia sem titubear. – Tudo em Temarin é muito superior ao que há em Cellaria.

A duquesa Bruna ri.

– Além disso, os cellarianos tratam o uso da poeira estelar como o pecado mais grave, então não me sinto inclinada a confiar em seu julgamento.

A rainha Eugenia ri também, mas Sophronia percebe uma breve tensão em sua boca.

– Tia Bruna e eu tivemos uma aventura e tanto antes de entrar na cidade – diz Sophronia, mudando de assunto. – Fomos atacadas por um bando de ladrões.

– Sim, eu ouvi dizer – replicou a rainha Eugenia com um suspiro profundo. – Infelizmente, não se trata de uma ocorrência incomum nos dias de hoje.

– Bandidos – diz a duquesa Bruna em tom de desprezo. – Por sorte, estávamos tão perto do ponto de encontro que Leopold ouviu a comoção e imediatamente mandou aquelas criaturas horríveis para a prisão.

– Foi mesmo – concordou Sophronia, e embora não fosse essa a sua intenção, seus olhos disparam para o lado da sala onde os criados estão e encontram Violie, apenas para ver sua própria ambivalência espelhada na expressão da criada.

Ela força seu olhar a retornar à rainha viúva.

– Pedi a Leopold que tivesse misericórdia deles – conta com cautela. – Quando as máscaras foram retiradas, eram apenas garotos... da idade aproximada de Gideon e Reid.

– Você é muito doce, mas eles eram *ladrões*, Sophie – corrige a rainha Eugenia.

Sophronia sorri com delicadeza.

– Sim, foi o que Leopold disse também. Vocês estão certos. É que sou muito nova nessas coisas – diz, mordendo o lábio antes de desferir o golpe. – Mas parece um pouco... uma coisa de Cellaria, não acham? Prender crianças por algo tão trivial? Afinal, ninguém se machucou. Vocês poderiam ver o episódio como uma brincadeira de mau gosto, se quisessem. – Ela diz isso em tom descontraído, pondo outro bolinho na boca e fingindo não notar a forma como o sangue aflui ao pescoço da rainha Eugenia ou como os olhos da duquesa Bruna brilham maliciosos.

Sophronia apostaria que em poucas horas todo o palácio estará sussurrando que as políticas da rainha Eugenia *são mesmo* um tanto cellarianas, não são?

– Estou certa de que vocês tinham ladrões em Bessemia, Sophie – comenta a rainha Eugenia, mal conseguindo sustentar o sorriso. – O que fazem com eles lá?

Sophronia precisa morder a língua para não dizer que, em Bessemia, eles mantêm os impostos baixos o suficiente para que ninguém fique tão desesperado a ponto de atacar uma carruagem real. Em vez disso, ela dá de ombros.

– Depende muito das circunstâncias – responde, o que não é estritamente verdade, mas Sophronia duvida que as outras mulheres saibam disso. – E se a vítima não quiser prestar queixa, o assunto é deixado de lado.

Seus olhos encontram os da rainha Eugenia e sustentam aquele olhar por um momento, sem deixar que sua expressão mude e sem abandonar o sorriso brilhante e insípido. Como se estivessem discutindo o tempo em vez de crime e castigo.

– Bem, não estamos em Bessemia – pontua a rainha Eugenia, sua voz se tornando mais aguda e fazendo Sophronia se sentir como uma criança sendo repreendida pela mãe. – E tampouco estamos em Cellaria. Estamos em Temarin, onde criminosos são punidos.

– Claro – concorda Sophronia, tranquilamente. – Como eu disse, sou muito nova nisso tudo. Espero que não se importe com as minhas perguntas.

– Em absoluto – diz a rainha Eugenia, embora seu tom deixe claro que se importa muito com as perguntas de Sophronia, e até mesmo a duquesa Bruna olha desconfortável de uma para a outra.

– Mais chá? – pergunta ela, fazendo sinal para Violie, que corre para tornar a encher suas xícaras.

Na pressa, um pouco de chá quente escorre do bule e cai no colo da duquesa.

– Idiota! – guincha a duquesa Bruna, pondo-se de pé num salto e dando um tapa tão forte no rosto de Violie que o som ecoa na sala silenciosa.

Violie recua, a mão voando até sua bochecha vermelha, mas, afora esse gesto, não parece muito surpresa.

– Me desculpe, Vossa Alteza – murmura ela.

– Este vestido é de seda importada das montanhas de Alder. Tem ideia de quanto ele custa?

– Não, Vossa Alteza – diz Violie, baixinho. – Mas tenho certeza de que vou conseguir tirar a mancha.

– É melhor conseguir mesmo, ou o valor sairá do seu pagamento! – grita a mulher.

Sophronia não sabe quanto é o salário de Violie, mas acredita que levaria anos para cobrir o custo do vestido. Quando captura o olhar de Violie novamente, os olhos da garota estão arregalados de medo e cheios de lágrimas enquanto ela corre de volta para seu canto, levando o bule nas mãos trêmulas.

Sophronia conhece aquele olhar – esteve no seu rosto com frequência em Bessemia, quando era alvo da raiva da mãe, embora a imperatriz nunca tivesse batido nas filhas. Sophronia se força a voltar para a conversa com a duquesa Bruna e a rainha Eugenia – cujo assunto agora são as fofocas sobre o marido de qual dama da nobreza foi pego em uma situação comprometedora com seu camareiro, mas sua mente está em outro lugar.

Quando Sophronia e a rainha Eugenia voltam para a ala real após o chá, a rainha Eugenia dá o braço a ela e puxa Sophronia para perto.

– Eu agradeceria se você falasse com mais cuidado – diz, a voz mais suave do que Sophronia esperava. Ela temia uma completa descompostura, o que sua mãe certamente teria feito. Em vez disso, a rainha Eugenia parece apenas preocupada, não zangada. – A duquesa Bruna sempre me odiou. Ela me tolera agora porque depende de sua proximidade com a Coroa e da mesada que vem com ela, mas está sempre procurando munição para usar contra mim.

Sophronia franze o cenho, como se isso não tivesse lhe ocorrido, como se ela não tivesse estudado a duquesa Bruna profundamente ao longo dos anos.

– Ah, eu não percebi – diz ela. – Que munição ela poderia ter contra a rainha?

A rainha Eugenia sorri e dá tapinhas no braço de Sophronia.

– Contra *nós* – corrige ela. – Temarin não gosta de forasteiros. Ah, eles gostam mais de você porque não estão em guerra com Bessemia desde que conquistaram sua independência do Império Bessemiano, mas não se engane: eles sempre a verão como uma estrangeira.

Suas palavras fazem sentido. Tanto que Sophronia de repente se sente envergonhada de tentar prejudicá-la. *Bessemia acima de tudo*, lembra a si mesma, antes de mudar de tática.

– Peço desculpas – diz ela. – Eu não consigo deixar de pensar naqueles garotos...

– Aqueles ladrões – corrige a rainha Eugenia.

Sophronia finge hesitar antes de assentir.

– Você é muito bondosa – diz a rainha Eugenia novamente. – Mas não precisa se preocupar... Tenho certeza de que a essa altura aqueles garotos já estão novamente nas ruas, de volta às suas famílias. – Ela ri da expressão surpresa de Sophronia. – O que você estava esperando, minha querida? Que nós os condenaríamos à morte? Como você disse, são crianças, ainda que sejam criminosos.

Era exatamente o que Sophronia estava esperando, e ela consegue dar um sorriso aliviado. Mas nem todas as suas preocupações foram aplacadas. Não consegue esquecer o som da mão da duquesa Bruna no rosto de Violie, a marca vermelha que ela deixou, as lágrimas nos olhos da garota.

– Estou começando a entender o que a rainha quis dizer quando falou de saudade – diz ela, escolhendo as palavras com cuidado. – Não que eu não esteja gostando de Temarin... É sério, estou muito feliz aqui... mas há coisas de Bessemia de que sinto falta. Acho que eu não tinha percebido até falar com a criada da duquesa Bruna. Sabia que ela é de Bessemia também?

– Pensei mesmo ter detectado um sotaque – diz a rainha Eugenia, olhando de esguelha para ela.

Sophronia balança a cabeça.

– Sei que tenho muito mais sorte do que a rainha teve... Ouvi dizer que nem falava a língua daqui quando chegou. Eu aprendi o temarino junto com o bessemiano enquanto crescia, então é instintivo para mim. Mas ainda assim, foi bom falar minha língua materna por alguns momentos com Violie. Especialmente porque, como a rainha disse, eu deveria tentar me distanciar publicamente da minha terra natal. Acha que... Ah, não, eu não posso perguntar. – Ela desvia o olhar, a própria imagem do recato.

– Pergunte, Sophie – incentiva a rainha Eugenia.

– Quanto acha que Bruna ficaria brava se eu requisitasse sua criada para mim? – pergunta ela. – É que... seria bom ter um pouco de casa por perto.

A rainha Eugenia a fixa com um olhar franco.

– Você não pode salvar toda criada com uma senhora cruel.

– Eu sei – diz ela rapidamente.

A rainha Eugenia solta um longo suspiro.

– Imagino que ela ficará um pouco irritada, embora eu pudesse apostar que só contratou uma criada bessemiana para cativar você, portanto ela não tem ninguém para culpar além de si mesma. E, para ser franca, sou implicante o bastante para me regozijar um pouco com a irritação dela. Envie-lhe um presente. Eu sei que minha cunhada gosta particularmente de rubis... e tenho certeza de que ela a perdoará rapidamente.

Sophronia assente.

– Obrigada, rainha Eugenia.

A rainha faz um gesto com a mão, como se dispensasse suas palavras.

– Não podemos continuar chamando uma à outra de *rainha*, Sophie. É muitíssimo confuso. Me chame de Genia.

Quando volta para o seu quarto depois do jantar naquela noite, Sophronia encontra Violie sentada ao lado da lareira, um dos vestidos novos de Sophronia sobre o colo e uma agulha na mão, embora ela não esteja costurando. Seus olhos estão distantes, fitando o fogo, mas, quando ouve Sophronia entrar, ela se levanta e faz uma reverência.

– Boa noite, Vossa Majestade – diz ela.

– Boa noite – replica Sophronia, um pouco surpresa. Ela pedira a uma criada que entregasse seu pedido, junto com um bracelete de rubi do joalheiro real, logo após o chá, mas não esperava que Violie fosse transferida para sua equipe tão rapidamente. Os olhos de Sophronia vão para o vestido que Violie está segurando. Ela muda para o bessemiano, sem perceber, até começar a falar, quanto sente falta de sua língua materna. – Tem alguma coisa errada com ele?

Violie olha para o vestido e cora.

– Não, em absoluto – diz. – Eu só... A criada que foi rebaixada para abrir vaga para mim fica indo e vindo, me lançando olhares de reprovação e eu queria me manter ocupada, mas não havia nada a ser feito, então... – Sua voz morre e Sophronia sorri.

– Então está fingindo consertar um vestido novinho em folha? – completa ela. – Muito esperto.

– Obrigada – diz Violie e hesita. – Por me contratar, quero dizer.

Sophronia assente.

– É bom ter alguém de Bessemia por perto. Isso me deixa um pouco menos saudosa de casa. Você deve sentir falta de lá também, imagino.

– Um pouco – admite Violie. – Basicamente da minha mãe.

Sophronia se pergunta como deve ser essa sensação. Ela pensou que poderia sentir falta da imperatriz, mas, no fundo, sente apenas alívio por não a ver todos os dias.

– Ah – diz Violie, colocando o vestido sobre o braço da cadeira –, o rei Leopold voltou há pouco e perguntou se Vossa Majestade o acompanhará em um passeio a cavalo amanhã à tarde. Vossa Majestade terá tempo, depois do almoço com lady Enid e a condessa Francesca e antes do banquete de boas-vindas a sir Diapollio.

– O cantor cellariano? – pergunta Sophronia, surpresa, antes de lembrar que ele está vindo para se apresentar em um concerto. – Ah, sim, estou esperando ansiosamente por isso. Dizem que sua voz é um presente das estrelas. Diga a Leopold que adoraria acompanhá-lo em um passeio. Mais alguma coisa?

– Chegaram uma carta e um pacote para Vossa Majestade – diz Violie. – Eu os deixei em sua escrivaninha. O pacote é da sua irmã que está em Friv e a carta é de sua mãe.

Sophronia sorri, agradecendo, enquanto se encaminha para sua escrivaninha, onde a carta de Beatriz também está esperando, escondida. Tanto a caixa quanto a carta parecem já ter sido mexidas. Ao que tudo indica, sua mãe estava certa em se preocupar tanto com códigos e mensagens secretas.

– Isso é tudo por ora – diz Sophronia a Violie enquanto se senta à escrivaninha. – Tocarei a sineta se precisar de você.

Violie faz uma reverência rápida antes de deixar o quarto, fechando a porta ao sair. Sophronia olha da caixa para a carta antes de se decidir pela caixa primeiro.

Enquanto desamarra a fita e levanta a tampa, uma preocupação toma conta dela – Daphne não poderia já ter conseguido roubar o aplicador de selo do rei Bartholomew, poderia? Sophronia mal começou a semear tensões entre Cellaria e Temarin! Obviamente, Daphne poderia mesmo estar à sua frente. *Ela* provavelmente não está perdendo tempo fazendo lobby por misericórdia para ladrões.

Ainda assim, quando levanta a tampa da caixa e encontra um livro, ela solta um suspiro de alívio. Nem mesmo Daphne poderia esconder algo do tamanho de um aplicador de selo em um livro tão pequeno. Ela abre a carta que o acompanha, examinando as palavras da irmã.

Príncipe Cillian, morto. Nada muito surpreendente, na verdade, dados os relatórios sobre sua saúde, mas Sophronia sente o choque assim mesmo. Embora Daphne, pelo menos, pareça ter se recuperado e mantido as coisas em movimento ao se tornar noiva do príncipe Bairre.

Sophronia pega o livro, virando-o nas mãos. Ela vê imediatamente os pontos de costura feitos pela irmã na lombada. Então pega o abridor de cartas e os corta, encontrando outra carta escondida ali, o tom dessa bem mais típico de Daphne, tanto que o coração de Sophronia chega a doer e ela pensa que daria qualquer coisa para estar com a irmã agora.

A carta da mãe parece muito maior do que seu tamanho e Sophronia não consegue se forçar a abri-la ainda. Em vez disso, ela leva a mão à escrivaninha e pega a carta de Beatriz, decidindo decodificá-la primeiro. O código é um tanto desleixado – codificar nunca foi o forte de Beatriz –, mas Sophronia conhece a irmã bem o bastante para juntar as peças da mensagem. Aparentemente, Beatriz também ainda não consumou seu casamento, fato que faz Sophronia se sentir um pouco melhor em relação a seu próprio fracasso nessa área.

Ela se força a deixar ambas as cartas e o livro de lado, pegando o envelope com o selo de sua mãe e rasgando uma parte para abri-lo. Ela examina a breve carta, sabendo que é uma farsa já na saudação... *Minha querida filha*. Certamente Sophronia nunca foi isso. O resto é bobagem insossa, parabéns por suas núpcias, bons votos para seu futuro, palavras ternas. Mas os olhos de Sophronia se fixam na última linha. *Nunca duvide de que meu amor por você é mais brilhante que o sol ardente.*

O sol ardente é a pista. Sophronia solta um longo suspiro antes de aproximar a carta da vela acesa na escrivaninha, mantendo-a fora do alcance da chama. A superfície do papel escurece com a proximidade do calor e outra mensagem aparece na margem superior, as letras de um branco pálido.

Vá ao encontro de sir Diapollio para receber um pequeno presente meu.

Daphne

Quando convidou Daphne para ir às compras, lady Cliona descreveu Wallfrost Street como o bairro da moda, e Daphne esperava algo semelhante ao bairro da moda de Hapantoile – quarteirões inteiros ocupados por vitrines claras e elegantes e um número ainda maior de artesãos vendendo mercadorias na rua em carrinhos, gritando suas últimas ofertas para atrair clientes. Em vez disso, Wallfrost Street tem a extensão de um único quarteirão de lojas da capital bessemiana, todo o comércio ali é limpo e arrumado, mas decididamente sem nenhum glamour.

– Não vejo por que isso não podia esperar – diz Daphne de cima do seu cavalo, olhando para o céu cinzento. – A chuva parece pronta para cair a qualquer momento.

Cliona bufa ao seu lado, montada em seu cavalo. Quatro guardas cavalgam atrás delas, embora mantenham uma distância discreta.

– Mais fácil esperar o fogo congelar do que tempo bom em Friv nesta época do ano – afirma ela.

– Ainda assim – replica Daphne –, não é como se ir às compras fosse me fazer bem... Estou de luto por Cillian.

– O rei disse ao meu pai que seria apropriado você esquecer os trajes de luto – explica Cliona, dando de ombros. – Você não o conhecia de verdade, no fim das contas, e é melhor para Friv você representar um futuro brilhante do que um passado trágico.

Daphne vê lógica nesse raciocínio, mas, como ela percebeu durante a jornada para o norte, Cliona é uma péssima mentirosa. E como todo péssimo mentiroso sabe, é mais fácil contornar a verdade do que tentar revelá-la.

– Por que hoje, Cliona? – pergunta ela, olhando de lado para a companheira.

As orelhas de Cliona ficam vermelhas e ela pigarreia.

– É a rainha – diz, baixando a voz, como se alguém pudesse ouvir, embora, exceto pelos guardas postados 1 metro à frente e atrás delas, não haja mais ninguém na rua. – Ela está um pouco... indisposta.

Daphne hesita, tentando decidir quanta informação compartilhar na esperança de receber outras em troca.

– No outro dia, quando Bairre e eu estávamos assinando o novo contrato de casamento, ela disse uma coisa – comenta Daphne, com cuidado. – Algo sobre uma maldição que o rei trouxe para eles. Ela pareceu culpá-lo pela morte de Cillian. Mas não vejo como isso é possível. O príncipe Cillian morreu de doença. Uma doença misteriosa, sem dúvida, mas não vejo como isso possa ser culpa do rei.

Cliona morde o lábio.

– Existe um antigo rumor... uma bobagem, eu lhe asseguro. Dizem que Bartholomew solicitou a ajuda de um empyrea durante a última das Guerras dos Clãs para ter Friv para si.

Daphne não consegue conter uma risada.

– Por favor – diz ela. – Nem mesmo Nigellus poderia realizar um desejo assim tão grande, e ele é o maior empyrea do continente.

Com isso, as sobrancelhas de Cliona se arqueiam.

– É mesmo? Quem diz?

Daphne abre a boca para responder, mas rapidamente torna a fechá-la. Todo mundo diz isso em Bessemia, ela supõe, mas ninguém nunca ofereceu prova de fato. Nigellus é simplesmente notório. Mas então lhe ocorre que outro empyrea poderia reivindicar esse título e ninguém provaria que é falso.

– A magia das estrelas em Friv é... mais selvagem do que você está acostumada – prossegue Cliona quando Daphne não responde. – No norte, quando a aurora boreal ocorre, o poder dos empyreas se torna errático. Às vezes eles ficam mais fortes, outras vezes mais fracos, mas é impossível prever.

– Nunca ouvi falar disso – admite Daphne, embora nesse momento lhe ocorra que ela não sabe muitas coisas sobre empyreas. Sabe sobre poeira estelar, é claro, e que empyreas são capazes de pegar estrelas do céu para criar descargas maiores de magia; no entanto, ela entende esse fenômeno da mesma forma que entende o mar: sabe o que é, como um conceito, mas nunca o viu de fato. – Dizem que há muito mais chuvas de estrelas lá do que em qualquer outro lugar do continente – afirma ela, desesperada para não parecer totalmente alienada.

Por um momento, Cliona parece melancólica.

– É realmente um espetáculo imperdível – diz ela. – Talvez um dia você o veja.

Daphne espera que não – se Friv é frio assim no sul, ela não sabe como sobreviveria no norte.

– E a poeira estelar que eles trazem tende a ser mais potente do que qualquer coisa que você já usou... Eu já a vi ser usada para curar doenças graves e fazer sementes enraizarem em solo estéril. Já foi até usada para enviar mensagens para pessoas a centenas de quilômetros de distância.

Isso desperta o interesse de Daphne.

– É mesmo? – pergunta ela, cética.

Cliona faz que sim com a cabeça.

– Eu mesma nunca vi *isso* sendo feito, só ouvi falar. Dizem que tanto o mensageiro quanto o alvo precisam ser tocados pelas estrelas para que funcione.

Daphne arquiva essa informação. Ela própria é tocada pelas estrelas, assim como suas irmãs. Se pudesse falar com elas...

– Então, é possível – diz ela, voltando ao assunto em questão. – O empyrea certo, na noite certa, fazendo o pedido certo à estrela certa, poderia mesmo ter conquistado Friv para Bartholomew.

– É o que diz o boato – replica Cliona, com cuidado. – As pessoas gostam de procurar uma desculpa para seus fracassos. E, se puderem culpar uma mulher, melhor ainda. O empyrea a quem atribuem a culpa é uma mulher, Aurelia. Não sei quanto ao seu Nigellus, mas Aurelia é a maior empyrea de que já ouvi falar, embora ninguém a tenha visto desde o fim da guerra.

– Uma magia assim tão grande tem um custo, dependendo do tamanho do pedido – diz Daphne. – A única vez que vi Nigellus usar seu poder dessa forma foi quando ele pediu que a seca em Bessemia acabasse. Choveu naquele mesmo dia, mas ele não conseguiu sair da cama durante semanas. Um pedido grande o suficiente para tornar Bartholomew rei poderia muito bem tê-la matado.

Cliona fixa Daphne com um olhar significativo.

– As estrelas cobram um preço, sim, mas pode não ter sido Aurelia quem pagou.

Daphne inspira bruscamente.

– Você acha que foi isso que matou Cillian? Ele ainda nem tinha nascido... não tinha sido nem mesmo concebido.

Cliona dá de ombros.

– Mas você poderia dizer que Bartholomew pagou um preço mesmo assim. Esse é o boato. A rainha parece acreditar e o rei acha melhor que ela vá visitar a irmã no Norte por algumas semanas. Ele acha que será mais fácil fazê-la sair do castelo sem você e Bairre por perto.

Elas param na frente de uma placa que anuncia o nome da loja: Ateliê de Costura Nattermore, e dois dos guardas desaparecem no interior para inspecionar o estabelecimento.

– Onde Bairre está, então? – pergunta Daphne a Cliona enquanto as duas aguardam. – Imagino que ele não tenha sido levado em uma expedição de compras.

– Não, ele está caçando com meu pai e alguns outros nobres. Ele tem muitos favores a receber agora que é o herdeiro – diz Cliona.

Os guardas ressurgem, um deles fazendo um aceno com a cabeça que parece mais dirigido a Cliona do que a Daphne.

– Venha – diz Cliona, puxando-a na direção da porta. – Ouvi dizer que acabaram de receber rendas de Cellaria.

O ateliê de costura é entulhado, mas bem claro, iluminado pela luz do sol tingido pelo prenúncio da tempestade e que entra pela grande janela panorâmica, além de meia dúzia de lamparinas a óleo posicionadas em prateleiras e mesas para lançar luz sobre os rolos de tecido que cobrem todos os espaços disponíveis. Eles cobrem as paredes, apoiam-se verticalmente nos cantos – alguns até descansam sobre o único sofá estofado, metros de veludo cinza-aço derramando-se sobre o tapete no chão.

É o oposto dos ateliês de Bessemia, com seus estúdios imaculados e poltronas de veludo, seus catálogos de amostras de tecidos perfeitamente organizados e as vendedoras magricelas e de traços finos que são capazes de lhe vender um novo guarda-roupa ou destruir sua autoestima com apenas um punhado de palavras. Daphne não imagina que alguém vá lhes oferecer champanhe durante a visita de hoje.

Uma mulher mignon de cabelos grisalhos com um xale de lã sobre os ombros ossudos surge da sala dos fundos, uma xícara de chá numa das mãos e uma fita métrica na outra. Quando vê Cliona e Daphne, seus olhos se estreitam.

– Vocês estão atrasadas – declara ela.

– Desculpe, Sra. Nattermore – diz Cliona, curvando-se em algo que poderia ser descrito como uma mesura, embora a mulher não tenha título e Cliona seja filha de um duque.

A Sra. Nattermore mal se digna a olhar para Cliona, voltando sua atenção para Daphne, e assim que ela o faz, Daphne deseja desesperadamente que ela se vire em qualquer outra direção. Seu olhar escrutinador é tão pesado que Daphne acha difícil respirar, embora se obrigue a manter as costas eretas e o queixo erguido. Ela é uma princesa de Bessemia, a futura rainha de Friv – futura imperatriz daquele continente inteiro – e se recusa a se acovardar diante de uma modista.

– Então – diz a Sra. Nattermore, o peso de um império repousando por trás dessa única palavra. – Você é nossa nova princesa, não é? Não parece que vá sobreviver ao inverno.

Daphne abre a boca para protestar, mas rapidamente a fecha novamente, forçando-a no que espera seja um sorriso agradável.

– Preciso de vestidos novos – diz à mulher.

– E de um vestido de noiva – acrescenta Cliona.

– Já tenho vestido de noiva – replica Daphne, franzindo a testa.

A peça está pendurada em seu guarda-roupa desde que ela chegou, um vestido de veludo de um verde profundo com flores de contas douradas.

– Não pode usar *aquele* agora – afirma a Sra. Nattermore. – Todos vão dizer que é amaldiçoado, que vai trazer azar. Uma pena... meus dedos ainda estão dormentes por causa de todo aquele trabalho com as contas.

– Eu... Me desculpe... – diz Daphne. Ela não tem a intenção de se desculpar, sabe que não há por que se desculpar. Mas as palavras saem de sua boca antes que ela possa detê-las, os olhos de aço da mulher arrancando-as praticamente contra sua vontade.

– Não há nada que se possa fazer agora, suponho. Cliona, feche as persianas. Tenho alguns tecidos separados. Diedre! Onde está aquela garota?

Enquanto Cliona fecha as persianas, outra garota entra no quarto, esta com idade próxima à de Daphne, com cachos de cabelos castanho-escuros emoldurando o rosto pálido. Nos braços, ela traz uma pilha de rolos de tecido em vários tons de verde, embora nenhum deles seja a pura esmeralda do vestido de casamento original de Daphne.

A Sra. Nattermore conduz Daphne para o pedestal e a despe de seu traje de montar tão rapidamente que ela nem percebe, até que se vê de pé apenas com suas roupas de baixo e a fita métrica da Sra. Nattermore lhe envolve os ombros, depois a cintura, o braço, os quadris, medindo a distância dos ombros à cintura e da cintura aos tornozelos. Enquanto trabalha, a modista grita números e Diedre os anota em um bloco de papel com um pedaço de carvão.

– Passe para cá o primeiro – ordena a Sra. Nattermore, e Diedre se apressa para pegar o rolo de cima de sua pilha, levando-o correndo para a Sra. Nattermore, que pega a ponta livre do tecido e a aproxima do rosto de Daphne, seus olhos se estreitando.

– Muito pálida – diz ela, balançando a cabeça. – Isso vai apagá-la. O verde-garrafa, onde está?

Diedre corre para pegar outro rolo, este ainda um verde-claro, mas com um tom mais intenso.

– Melhor – observa Diedre com um aceno da cabeça antes de seus olhos encontrarem os de Daphne. – O que acha?

Daphne olha para o espelho de três painéis, para seus três reflexos que a encaram de volta.

Esse verde tem a cor da grama na primavera. E faz seus olhos parecerem um pouco mais brilhantes. Ela assente, aprovando.

– Cliona mencionou que vocês tinham renda cellariana. Que tal se forrarmos o corpete com ela, em branco, talvez?

As palavras mal saem de sua boca quando Cliona solta um grito horrorizado e lança a Daphne um olhar de advertência. Daphne está prestes a perguntar o que há de errado quando a Sra. Nattermore fala:

– Está me dizendo como fazer meu trabalho, princesa? – pergunta ela, com uma voz gélida.

– Oh, não – corrige Daphne rapidamente. – De jeito nenhum, foi apenas uma sugestão. Porque eu amo as rendas de Cellaria.

– Em Friv, branco é a cor da morte, princesa – continua a Sra. Nattermore. – Já temos um príncipe condenado; você condenaria outro ao usar branco no dia do seu casamento?

– Não, claro que não – responde Daphne, espantada. Ela aprendeu tantas coisas sobre Friv, como pode ter esquecido isso? – Só pensei que...

– Talvez seja melhor deixar a tarefa de pensar para mim – replica a mulher com secura, antes de se virar para Diedre: – Leve Cliona até o porão para mostrar a ela os novos veludos que recebemos... Eles devem servir bem para o restante do guarda-roupa da princesa.

– Sim, Sra. Nattermore – diz Diedre, conduzindo Cliona pela porta dos fundos. Ao passar, Cliona lança um olhar de advertência a Daphne. Quando a porta se fecha atrás dela, a Sra. Nattermore fica de frente para Daphne.

A mulher mais velha suga os dentes, analisando Daphne da cabeça aos pés.

– Você quer rendas – diz ela lentamente. – Rendas *cellarianas*. No dia do seu casamento. Além da cor, sabe o que as pessoas vão dizer? Que sua lealdade não pertence a Friv.

– É apenas renda – retruca Daphne.

– Apenas renda – repete a costureira, a voz destilando desdém. – A maioria das pessoas neste país jamais a conhecerá pessoalmente, princesa. Elas nunca a ouvirão falar, nunca testemunharão sua espirituosidade... Dizem que você é espirituosa, embora eu não possa dizer que acredito nisso. Tudo que a maioria das pessoas saberá de você é o que elas *veem*. O que você pensa que é *apenas renda*, elas irão entender como uma mensagem. Que mensagem você gostaria de enviar?

As palavras penetram na pele de Daphne, que sente uma comichão de vergonha. Se sua mãe estivesse ali, ficaria muito desapontada. A criação que deu a Daphne é melhor do que isso; ela a educou para que fosse atenta e ponderada, não para ser influenciada por algo tão inútil quanto um pedaço de renda.

– O vestido de noiva original que você fez – diz Daphne, deixando a vergonha de lado e se forçando a encarar a Sra. Nattermore. – Parecia uma armadura: pesada, forte.

A Sra. Nattermore ergue uma sobrancelha e inclina a cabeça, assentindo.

– Um vestido apropriado para a futura rainha de Friv – diz ela. – Não a bobagem delicada e afetada que é popular em Bessemia. Friv não é um país delicado, princesa. Temos uma história sangrenta... que mal chega a ser uma história. Não precisamos de uma princesa delicada. Precisamos de uma princesa que possa sobreviver ao inverno.

Daphne assente devagar.

– Arminho, talvez – sugere ela após um momento. – Como um debrum.

A Sra. Nattermore considera a sugestão, a boca franzida, embora Daphne pense que ela pode estar reprimindo um sorriso.

– Pode ser – diz ela. – Vista-se. Vou esquentar a chaleira. Você precisa aquecer esses ossos com uma xícara de chá antes de colocar os pés naquele frio novamente.

Quando está vestida, Daphne se dirige à porta pela qual as outras passaram, que ela imagina levar à cozinha, e talvez seja a conexão com a residência da Sra. Nattermore. Ali ela encontra uma chaleira assoviando no fogão, mas nenhum sinal da Sra. Nattermore, de Cliona ou de Diedre, embora a porta que dá para um lance de escadas esteja entreaberta, presumivelmente levando ao porão que a costureira mencionou.

Elas devem estar lá embaixo ainda, olhando os veludos. Daphne faz uma pausa na entrada, perguntando-se se deveria esperar por elas aqui; no entanto, quer ver os veludos e se certificar de que não escolham nada muito sem graça para ela.

Então desce a escada precária, seguindo o som de vozes abafadas, mas, quando chega ao porão, ela não consegue conter um arquejo.

Não há rolos de veludo no depósito. Em vez deles, cada centímetro do espaço está ocupado por pilhas altas de caixas e barris, alguns abertos, revelando seu conteúdo: rifles e pistolas, todos brilhantes e novos, e barris e mais barris do que ela só pode imaginar que seja pólvora. Um arsenal suficiente para armar centenas de pessoas.

– Princesa! – grita uma voz assustada, e Daphne se vira para ver Cliona, debruçada sobre um dos barris, a tampa na mão, enquanto atrás dela, Diedre segura um rifle com as duas mãos, inspecionando-o.

Antes que Daphne possa se mover, ouve-se um rangido na escada atrás dela e uma lâmina fria e afiada descansa contra o seu pescoço, com pressão suficiente para que ela sinta a ponta da arma espetar sua pele. Bastaria um pouco mais de pressão e a lâmina cortaria sua carótida, fazendo com que ela sangrasse até morrer em pouco tempo. A ameaça da morte deveria assustar Daphne; no entanto, ela se vê pensando se a posição da arma ali é acidental ou se essa não é a primeira vez que a Sra. Nattermore põe uma lâmina no pescoço de alguém.

– Ora – diz a Sra. Nattermore no ouvido de Daphne, a voz firme. – Suponho que o chá terá que esperar.

Daphne

Daphne é forçada a se sentar em uma cadeira, os braços amarrados com uma corda, a Sra. Nattermore mantendo a lâmina o tempo todo pressionada contra seu pescoço. Ela sente o gume arranhá-la, embora não tenha rompido a pele – não ainda. Daphne sabe, pela lógica, que esse é o destino provável – não se trata de uma situação da qual qualquer pessoa competente a deixaria sair –, mas qualquer medo que possa acompanhar esse conhecimento parece distante, fora de alcance.

Ela não vai morrer, decide. Simplesmente *não vai*. Vai fazer e dizer o que for preciso para sair desta viva. Afinal, Bessemia precisa dela e a morte não a assusta tanto quanto a perspectiva do fracasso.

– Eu cuido disso – diz a Sra. Nattermore para Cliona e Diedre, embora seus olhos estejam fixos em Daphne.

A mulher não quer matá-la, Daphne percebe, o que não quer dizer que ela não vá fazer isso, mas a ambiguidade é uma ferramenta a ser usada.

– Cliona e os guardas dirão que foram atacados por rebeldes no caminho de volta ao castelo. Temos todos os guardas?

– Três de quatro – replica Cliona baixinho. – Há um novo agora; sua família é leal ao rei.

– Então vocês dirão que ele, valorosamente, deu a própria vida tentando proteger a princesa.

Daphne se lembra de como os guardas olharam para Cliona, aquele aceno de cabeça que parecia dirigido apenas a ela, como se quisesse comunicar alguma coisa. Agora ela sabe três coisas sobre esses rebeldes: são inimigos do rei, a família de Cliona está envolvida e eles são muito bem relacionados. Se sobreviver a isso, ela terá muitas informações para a mãe.

Cliona hesita, mordendo o lábio antes de assentir.

– Vá em frente, então – diz ela.

A lâmina faz uma pressão maior contra o pescoço de Daphne.

– Vocês estão operando sob uma suposição equivocada – afirma Daphne, sua voz saindo calma e firme, embora por dentro sua mente esteja um torvelinho.

Sobreviva a qualquer custo, ela lembra a si mesma.

– Hein? – pergunta a Sra. Nattermore.

Daphne umedece os lábios, escolhendo com muito cuidado suas próximas palavras. Ela não pode revelar muito, mas que importância isso terá se estiver morta? Ela não terá nenhuma utilidade para a mãe ou para Bessemia então. Sua mãe sempre disse que Daphne era capaz de convencer uma cobra a comer o próprio rabo.

– A de que nossos desejos não coincidem – continua ela com cautela.

Isso não é uma mentira. Eles estão trabalhando contra o rei, e ela também. As três trocam olhares.

– Não existe nenhuma coincidência – replica a Sra. Nattermore, a voz brusca. – Você quer Friv unido; caso contrário, não tem terras para governar. Nós queremos um Friv sem rei ou rainha, portanto também sem princesa.

Daphne sorri. Talvez a melhor maneira de lidar com a situação seja a sinceridade – o máximo de sinceridade a que ela se atrever. Talvez consiga sair disso não apenas viva, mas com algum progresso para relatar à mãe.

– Eu não dou a mínima para Friv – diz a elas. – É um lugar frio e tosco e... eu odeio isso aqui. – A pressão da lâmina em seu pescoço aumenta e Daphne se pergunta se não teria sido um pouco sincera demais. Então muda o rumo: – Se vocês o querem, fiquem à vontade. Tudo que eu desejo é voltar para casa. Querem derrubar a Monarquia? Maravilha. Se conseguirem fazer isso antes do meu casamento, melhor ainda. Minha mãe pagará generosamente pelo meu retorno seguro, eu vou para casa e Friv será todo seu. Todos nós podemos conseguir o que queremos.

– Isso é para nos convencer? – pergunta Diedre, mordaz. – Estamos aqui porque amamos nosso país. Somos patriotas.

– Então estou supondo que vocês não querem que Friv e Bessemia se fundam – diz Daphne, olhando de uma para a outra. Ela as chocou, dá para ver. Ótimo. Planejava esperar para semear aquela pequena mentira quando tivesse o selo do rei para lhe conferir credibilidade, mas sua mãe sempre disse que os planos mais bem elaborados são os mais flexíveis. – Esse é o plano do rei. Minha mãe não tem herdeiro homem. Quando Bairre e eu nos casarmos, a integração de Bessemia e Friv irá começar, e vamos acabar, ele e eu, governando juntos.

Essa é uma meia-verdade. Friv será absorvido por Bessemia, assim como Temarin e Cellaria, e Daphne um dia governará tudo aquilo, mas o rei Bartholomew não sabe nada disso. No entanto, se os rebeldes querem fazer dele seu vilão, melhor ainda.

– Mais motivos para matá-la – diz Cliona. – Se você estiver morta, a aliança com Bessemia morre com você.

– Se me matarem, vocês terão um problema nas mãos. Basta uma pessoa em Wallfrost Street que se lembre de ter me visto entrando aqui com você, uma pessoa que veja apenas Cliona sair. E, se o rei Bartholomew negociou Friv uma vez, ele fará isso de novo. Me matar seria uma solução a curto prazo para um problema muito maior. Por outro lado, talvez eu possa ser de alguma ajuda.

É uma manobra desesperada e ela não tem certeza no que, exatamente, está se metendo, mas, se viver, o que importa? Há poucas coisas que Daphne não daria por sua vida – na verdade, nada lhe vem imediatamente à cabeça.

– Acha que precisamos de você? – A Sra. Nattermore ri. – Há rebeldes para onde quer que você olhe, princesa; frívios leais que veem este rei como a fraude que ele é, um senhor da guerra sedento de poder que chegou longe demais. Há rebeldes por todas as montanhas, prontos para trazer os clãs de volta, prontos para declarar nossa independência, mesmo que isso signifique queimar o castelo e todo mundo dentro dele.

Mais informações para registrar na próxima carta para a mãe, embora Daphne se pergunte quanto a imperatriz já sabe. Seus espiões tinham conhecimento de rebeliões nas montanhas, famílias nobres leais ao rei que foram roubadas em suas carruagens, ameaças contra a Coroa, reuniões clandestinas realizadas em porões não muito diferentes deste. *Brincadeira de criança*, zombava sua mãe. *Só palavras e bravatas, nenhuma ação de verdade.* Mas aqui está Daphne, cercada por armas e pólvora suficientes para arrasar a cidade. Se isso não conta como ação de verdade, ela não pode imaginar o que contaria.

– Vocês têm apoio nas montanhas – diz Daphne, lembrando-se dos relatos dos espiões. – Mas não estamos nas montanhas, estamos? Ah, vocês também têm apoio aqui, tenho certeza. Qual seria o sentido de todas essas armas se não tivessem? Mas não o suficiente.

Por um momento, ninguém fala.

– Ela não está errada – diz Cliona, a voz baixa. – Essas armas são ótimas, mas não vão ter utilidade nenhuma se não tivermos quem as leve para o castelo, para perto do rei.

– O que você sugere, então? – pergunta a Sra. Nattermore.

Daphne dá de ombros.

– O rei parece ter gostado de mim – diz ela. – Ele está de luto por um filho, e eis que o destino lhe dá um novo. Eu posso usar isso. Sem mencionar o fato de que tenho acesso ilimitado ao castelo, incluindo lugares onde nem Cliona pode entrar.

– Duvido – diz Cliona.

Daphne sorri com sarcasmo.

– Então você já esteve sozinha no gabinete do rei?

A mandíbula de Cliona se contrai.

– A porta fica trancada quando ele não está lá.

– Sim, imagino que isso seja o suficiente para deter algumas pessoas – replica Daphne.

A Sra. Nattermore a encara por um longo momento.

– Quem *é* você exatamente? – pergunta ela.

Daphne balança a cabeça.

– Há muitas coisas que vocês não estão me contando – diz ela. – É justo que eu guarde alguns segredos também.

– O que você quer, então? – pergunta Diedre, estreitando os olhos.

– Bem, para começar, eu gostaria que largasse a faca, Sra. Nattermore. Se fosse usá-la, já o teria feito a essa altura, mas ainda assim isso é muitíssimo desconfortável.

A Sra. Nattermore hesita por um segundo antes de baixar o braço – e a lâmina junto com ele. Ela atravessa o porão e se põe ao lado de Diedre e Cliona, cruzando os braços.

– Alguma outra condição? – pergunta Cliona.

Daphne sustenta seu olhar e decide arriscar a sorte. Ela pensa no selo que precisa roubar do rei sem que ele perceba. A tarefa impossível que sua mãe lhe deu. Mas talvez não seja tão impossível – não se ela tiver alguma ajuda.

– Poeira estelar. Eu gostaria de ter um pouco – diz Daphne.

– Por que não pedir ao rei? Ele tem bastante.

– Se eu pedir ao rei, ele fará perguntas. Você não – responde Daphne.

A garota franze os lábios antes de assentir.

– Feito.

– Você não faz acordos, Cliona. Seu pai é quem faz – aponta a Sra. Nattermore, dando outra informação para Daphne registrar.

Ela suspeitava que o pai de Cliona estivesse envolvido, mas, ao que parece, ele é o líder deles.

– Quando meu pai não está presente, eu o substituo – rebate Cliona. – Vou explicar a situação a ele. Se discordar de mim, podemos cuidar dela depois, mas, por ora, essa é a melhor estratégia. Ela está certa: é valiosa viva e um risco morta.

– E se ela contar ao rei sobre isso no segundo em que pisar de volta no castelo? – questiona Diedre. – É o que eu faria, se eu fosse ela.

– Bem, vamos torcer para que ela seja mais esperta do que você – replica Cliona, seus olhos encontrando os de Daphne. – Afinal, também temos nossos espiões no castelo... eu, inclusive. E ela não sabe onde eles estão. Os guardas do rei com suas espadas afiadas, os chefs que preparam a comida, o empyrea real que, com o pedido certo, poderia tornar a vida dela uma tortura. Pode ser qualquer um.

Daphne engole em seco, mas se força a sustentar o olhar de Cliona.

– Estamos entendidas – diz antes de sorrir. – Estão vendo? Não há razão para não nos darmos bem.

Cliona pega o punhal da Sra. Nattermore e corta a corda que amarra Daphne à cadeira.

– Temos horário com o ourives e com o sapateiro. Não queremos ninguém desconfiando de nada, não é?

Daphne fica de pé, esfregando os braços onde a corda deixou marcas vermelhas.

– Cliona – chama a Sra. Nattermore quando elas se aproximam da escada. – Se isso der errado, seu pai vai ficar muito desapontado.

Por mais suaves que sejam as palavras, Daphne vê um brilho de medo real nos olhos de Cliona, a primeira vez que ela realmente parece nervosa.

– Não vai dar – diz Cliona com os dentes cerrados. Então coloca a mão fechada sobre o coração. – Por Friv.

– Por Friv – ecoam a Sra. Nattermore e Diedre, repetindo o gesto.

O restante das compras passa velozmente. Enquanto experimenta dezenas de colares, brincos e sandálias de salto alto, Daphne observa Cliona com o canto do olho. A fachada de socialite mimada está de volta, mas agora Daphne não consegue olhar para ela sem ver também a garota de olhos frios do porão, examinando um mosquete com um olhar astuto e determinado.

Ela deveria ter percebido antes, deveria ter notado que Cliona não era o que aparentava ser. Mas, por outro lado, Cliona também não a viu como de fato é – há certo conforto nisso. E Daphne conseguiu semear rumores sobre a fusão que o rei queria promover entre Friv e Bessemia – ela pensou que precisaria do selo antes que pudesse fazer isso, mas um sussurro pode ir ainda mais longe do que uma proclamação, e mais rápido também. *Um país dividido é um país vulnerável*, a imperatriz gosta de dizer. Se Friv estiver lutando contra si mesmo, será mais fácil para Bessemia dominar.

Quando elas chegam de volta ao castelo e entregam suas montarias ao cavalariço, Cliona passa o braço pelo de Daphne, exatamente como fez mais cedo, mas dessa vez o gesto parece mais ameaçador. Daphne examina as mãos de Cliona, à procura de algum tipo de arma oculta – um anel envenenado, um punhal do tamanho de uma pena –, mas não encontra nada.

– Você receberá uma carta daqui a alguns dias – informa Cliona. – Siga as instruções e terá sua poeira estelar.

– Instruções? – pergunta Daphne, o medo formando poças em seu estômago.

Com isso, o sorriso de Cliona se torna algo completamente diferente.

– Você quis entrar no nosso jogo, princesa. Agora vamos ver se sabe jogar.

Beatriz

Mesmo em Bessemia, Beatriz ouvia falar da beleza do jardim marinho de Cellaria, uma faixa de terra no litoral sul do país, contígua aos muros do palácio. Na maré alta, não há nada para ver, apenas a praia de areia e as ondas batendo – uma visão ainda nova para Beatriz, é verdade, mas nada comparado ao que se torna quando a maré baixa.

É como se o mar fosse um cobertor, puxado para revelar tufos coloridos de plantas que mais parecem uma pintura de criança do que qualquer flor que Beatriz já viu. De longe, a costa parece uma caixa de joias, repleta de pedras preciosas de todas as cores e formas, mas, à medida que ela se aproxima, a vista se torna ainda mais extraordinária. Algumas das flores têm gavinhas que se estendem, lambendo a areia em movimentos longos e lânguidos; outras se erguem e se movem à vontade, e delas brotam garras pontiagudas que atacam qualquer um que se aproxime demais.

Os favoritos de Beatriz, no entanto, são os cachos de flores vermelhas que desabrocham lentamente, cada pétala se desenrolando e revelando um centro violeta vívido. É somente depois que passa pelo terceiro que ela percebe os dois pontos pretos que parecem seguir todos os seus movimentos.

As flores têm *olhos*.

Em Bessemia, os jardins de sua mãe eram muito famosos, com arranjos cuidadosamente organizados das mais belas flores originárias do mundo todo. Como Beatriz costumava pensar quando criança, era como caminhar por um País das Maravilhas de marzipã, bonito, colorido e surreal, porém estático. Não senciente. Diferente deste.

Ela não é a única pessoa andando pelo jardim esta tarde, as sandálias de cetim suspensas em uma das mãos e os pés descalços afundando levemente na areia úmida. Há muitos outros cortesãos que ela reconhece vagamente do palácio, casais andando de braços dados, rindo e chapinhando na água, aproveitando o dia claro e quente. Isso faz com que ela sinta mais do que nunca a falta das irmãs – Sophronia ficaria fascinada pelo jardim; Daphne, pelas pessoas. Beatriz tenta pensar em como irá descrevê-lo da próxima vez que escrever para elas, mas não consegue. É absolutamente indescritível.

Ela lança um olhar ocioso ao redor, examinando os rostos das outras pessoas vagando pelo jardim marinho, procurando um rosto em particular. Ela viu esboços de lorde Savelle feitos pelos espiões de sua mãe, mas ainda não avistou ninguém que corresponda àquelas imagens. Supôs que ele estaria no casamento, mas tampouco o viu por lá.

Não que você tenha dado muita atenção a qualquer coisa que não fosse o conteúdo de sua taça de vinho, repreende uma voz em sua mente. Parece a de Daphne. Beatriz se encolhe. Ela sabe que a essa altura já deveria estar mais adiantada em sua tarefa, e já teve que confessar seus fracassos em uma carta para a mãe. Mas não vai ficar se debruçando sobre os erros do passado – é muito melhor corrigi-los hoje. Uma de suas criadas mencionou, depois de algumas perguntas cuidadosamente escolhidas e habilmente indiferentes, que lorde Savelle gosta de passear pelo jardim marinho, então este pareceu o melhor lugar para providenciar sua apresentação.

Beatriz tem tudo planejado: vai se aproximar de lorde Savelle, tropeçar em uma pedra e fingir que torceu o tornozelo. Ela considerou torcê-lo de verdade para dar mais autenticidade, mas aqui não há poeira estelar para curá-la rapidamente. Lorde Savelle será obrigado a escoltá-la de volta ao palácio – talvez até a carregá-la. Vai ser muito fácil piscar sedutoramente e agradecer profusamente por sua ajuda. Ela o terá na palma da mão antes que cheguem à entrada do palácio, e será bem fácil usá-lo para alimentar uma guerra com Temarin. A parte mais difícil, ao que parece, é encontrá-lo.

Mas enquanto procura lorde Savelle, ela sente o olhar dos cortesãos sobre ela. Os olhares queimam sua pele, mas Beatriz tenta ignorá-los.

Será que estão se perguntando por que ela está aqui sozinha e onde está o marido? Ela não os culpa. Já viu recém-casados antes, como estão sempre colados um no outro pelo menos por algumas semanas após o casamento, e como, em muitos casos, raramente deixam o quarto. Beatriz supõe que ela também estaria se perguntando se havia algo de errado.

Pasquale tem sido somente educado, embora nesses poucos dias desde o casamento ele ainda insista em dormir no sofá do quarto deles, só se deitando ao lado dela um momento antes de os criados chegarem de manhã, para evitar rumores. Não deve ser confortável dormir ali – ela sempre se certifica de ficar acordada até ele dormir para poder pingar o colírio nos olhos, e mesmo no sono ele parece infeliz. Eles não falam mais sobre o assunto, nem sobre sua primeira manhã juntos. Ela não menciona a maneira como o viu olhando para aquele garoto.

Ambrose é o nome dele, mais tarde ela descobriu. Sem título, apenas Ambrose. Sobrinho e herdeiro de um lorde menor e melhor amigo de Pasquale na corte. Pelo que ela apurou, eles são próximos desde crianças, quase inseparáveis.

Beatriz tenta tirar isso da cabeça. Afinal, ela não sabe o que viu – Pasquale sorrindo? Por que ele não deveria sorrir para o amigo? Naquele momento, ela pensou ter visto algo passar entre os dois, um olhar, uma energia, mas quanto mais pensa a respeito, mais ela acha que pode ter interpretado mal. Afinal, a preferência de um príncipe herdeiro por outros homens teria surgido em um ou outro boato, mas os espiões de sua mãe nunca relataram nada do tipo.

Talvez seja apenas seu orgulho, agarrando-se a uma desculpa fácil para o fato de ele não ter demonstrado interesse por ela. Beatriz sabe que há homens que preferem outros homens; em Bessemia havia um punhado de lordes e condes que eram conhecidos por terem amantes do sexo masculino. E não eram apenas homens; havia mulheres que preferiam outras mulheres. Em seu país, isso era bastante comum e as pessoas podiam se casar independentemente do sexo; no entanto, sob a espessa camada do verniz da exuberância e da sensualidade, Cellaria é profundamente puritana, não apenas dedicada às estrelas, mas temerosa delas. *As estrelas veem tudo*, disse o tutor a ela, *e os cellarianos acreditam que elas julgam e punem os pecados que veem.* Era o oposto do conceito com que ela cresceu em Bessemia, onde as estrelas não estavam lá para julgar e punir, mas para abençoar e recompensar. No entanto, ela leu as escrituras de Cellaria como parte de suas lições e se lembra vagamente de um dos muitos pecados ser algo sobre homens deitando-se com homens.

Claro que havia também proclamações contra mulheres mostrarem os ombros nus e pessoas terem casos extraconjugais, e ela viu as duas coisas acontecendo com bastante frequência na última semana, sem qualquer tipo de consequência imposta pelas estrelas ou qualquer pessoa. Um país de hipócritas, como seu tutor costumava chamar.

– Vossa Alteza! – soa uma voz aguda atrás dela e Beatriz se vira em sua direção.

Ela demora um momento para reconhecer a garota do seu casamento – a prima de Pasquale. O vinho com frutas realmente subiu à cabeça de Beatriz naquela noite e as lembranças dela agora são quase todas nebulosas. Não consegue lembrar o nome da garota, que vem caminhando em sua direção, a cauda do vestido laranja-vivo arrastando-se sobre a areia molhada, as sandálias penduradas na ponta dos dedos. Na luz dourada da tarde, os cabelos louros quase cintilam, presos em uma longa trança jogada sobre o ombro esquerdo.

Alguns passos atrás dela vem o irmão. A mente de Beatriz estava muito confusa antes para vê-lo direito, mas, agora que está sóbria, repara que ele é bonito, com o mesmo cabelo louro da irmã, embora seu rosto seja muito mais anguloso, com um maxilar forte e quadrado, maçãs do rosto salientes e olhos castanho-escuros. Ele arregaçou a perna da calça até os joelhos, como a maioria dos homens no jardim marinho, e também tirou o paletó, dobrando-o sobre o braço, ficando apenas com uma túnica branca simples, mas que parece bem-feita.

– Olá – diz Beatriz, erguendo a mão para proteger os olhos de modo a enxergá-los melhor.

Os outros cortesãos observam a aproximação dos dois, embora finjam que não. Muitas das garotas, especialmente, deixam o olhar se demorar um pouco mais do que o necessário no rapaz. Não que Beatriz possa culpá-las por isso.

Sua sem-vergonha, sussurra a voz de Daphne em sua mente.

– O que traz vocês dois aqui? – pergunta Beatriz, torcendo para que eles se tratem pelo nome em algum momento e ela não tenha que admitir que os esqueceu.

A garota dá de ombros.

– Parecia um bom dia para tomar um pouco de sol – responde com um sorriso radiante. – O castelo fica tão abafado às vezes.

– Não que seja muito diferente aqui – acrescenta o rapaz, olhando em volta para os cortesãos que circulam pelo jardim marinho. – Mas pelo menos o ar é um pouco mais fresco.

A garota solta um grunhido que atrai vários outros olhares de desaprovação.

– Por enquanto, pelo menos – diz ela. – Teremos que entrar em breve. Hoje é o Dia da Fogueira.

Beatriz franze o cenho.

– Dia da Fogueira?

Os dois trocam um olhar, mas é a garota que acaba respondendo.

– Para os hereges – diz ela. – Isso acontece de quinze em quinze dias. Qualquer um que for encontrado praticando magia ou violando várias outras leis é condenado à morte.

E, em Cellaria, a fogueira é o método preferido de execução, recorda Beatriz de seus estudos, sentindo uma acidez no estômago. Ela não está alheia ao fato de que está usando um pedido mágico em seu pulso neste exato momento.

– Eu não tinha me dado conta de que isso acontecia com tanta frequência – diz ela, tentando não parecer tão perturbada. *De quinze em quinze dias.* Quantos devem ser condenados à morte para que isso seja necessário? – Afinal, a magia está proibida desde que o rei Cesare assumiu o trono, não é? Não se trata de uma lei nova e as pessoas conhecem a punição.

– Ah – diz o rapaz, o canto da boca se erguendo em um sorriso esquisito. – Mas pessoas desesperadas fazem coisas desesperadas, e sempre há rebeldes que acham a lei injusta.

– Não é nada com que você deva se preocupar – acrescenta a garota, fazendo um gesto com a mão. – Mas o cheiro torna o ar bastante desagradável por algumas horas, então eu recomendaria ir para o interior do palácio logo. Nicolo e eu vamos acompanhá-la – diz ela, dirigindo um sorriso ao irmão. Chamado de Nico, supõe Beatriz, o nome vagamente familiar.

– Gisella é dramática – observa Nicolo. – Você se acostuma com o cheiro em pouco tempo.

Beatriz não imagina que algum dia vá se acostumar com o cheiro de carne humana queimada, mas sabe que não deve dizer isso, para não ser considerada simpática aos hereges. Em vez disso, força um sorriso, olhando de um para o outro.

– Vocês são gêmeos? – pergunta ela.

– Tecnicamente, sou cinco minutos mais velho – responde Nico.

Gisella revira os olhos, dando uma cotovelada forte nas costelas do irmão.

– Um fato que ele nunca me deixa esquecer – murmura.

– Faço o mesmo com as minhas irmãs – admite Beatriz, outra pontada de saudade percorrendo-a. – Podemos ser trigêmeas, mas ainda sou a mais velha. – Ela faz uma pausa, como se um pensamento tivesse acabado de lhe ocorrer. – Na verdade, eu estava esperando notícias delas... Sei que são hereges, mas certamente devemos nos esforçar para manter nossos corações abertos a todos, mesmo que devamos evitar que a podridão deles nos toque. Enviei algumas cartas, mas pode demorar um pouco para eu receber uma resposta delas. Pensei em pedir notícias ao embaixador temarinense... para saber se Sophronia já está casada, como ela está se adaptando, esse tipo de coisa. Vocês o viram?

– Lorde Savelle? – pergunta Gisella, com um muxoxo de desdém. – Ah, você não vai encontrá-lo aqui... Ele prefere a própria companhia na maioria dos dias. Ouvi dizer que ele só visita o jardim marinho antes do amanhecer, quando não há mais ninguém por perto.

Beatriz sente um aperto no coração e tem que reprimir um gemido diante da perspectiva de ter que se arrastar para fora da cama antes de o sol nascer.

– Como está Pasquale? – pergunta Gisella. – Ele tem aparecido muito pouco, embora eu suponha que isso aconteça com a maioria dos recém-casados.

Bem, onde quer que ele esteja se escondendo, não é comigo, pensa Beatriz. Em voz alta, porém, ela adota uma abordagem mais neutra – talvez esse passeio ao jardim marinho não precise ser desperdiçado.

– Nós dois estamos achando o casamento bastante surreal – diz ela. É o tipo de verdade que ela prefere, o tipo que as pessoas podem interpretar como quiserem. – Vocês devem conhecer bem Pasquale, já que são primos – diz ela.

– Ah, somos muitos primos por aí... uma dúzia, da última vez que contei, sem incluir o rei Leopold e seus irmãos em Temarin – diz Nicolo, balançando a cabeça. – Mas a corte cellariana não é um lugar muito próprio para crianças... Aqueles de nós que foram criados aqui não tiveram escolha a não ser se unir.

– Obviamente, Pas não foi criado aqui inicialmente – observa Gisella. – Ele veio morar aqui quando tinha... o quê, 13 anos mais ou menos? Depois... – Ela se interrompe, olhando para o irmão, embora Beatriz tenha uma boa ideia do que vem a seguir.

– Depois...? – instiga Beatriz mesmo assim, porque, embora conheça a história, não conhece a versão deles, e sua mãe sempre lhe disse que, quando é repetida muitas vezes, a fofoca se torna a própria verdade.

– Depois que o príncipe Pietro faleceu – completa Nicolo. – Antes disso, Pasquale morava no sul com a mãe.

Beatriz finge que esta é uma informação nova, embora rumores sobre a rainha Valencia tenham chegado até mesmo à corte bessemiana. *A Rainha Louca*, era como a chamavam. Beatriz ouviu uma narrativa mais factual sobre o trágico suicídio da rainha como parte de suas lições, mas foram os rumores que se mantiveram em sua memória ao longo dos anos, embora a maioria seja extravagante demais para ter algum crédito.

E quanto à morte de Pietro... bom, ela se lembra quando *essa* notícia chegou a Bessemia e como, mesmo aos 12 anos, ela teve certeza de que a mãe teve participação nisso. Beatriz era a única de suas irmãs prometida a um segundo filho, mas Pietro já estava casado e não havia o que fazer em relação a isso. Cinco filhos natimortos e um acidente de caça depois, porém, e Pasquale tornou-se o herdeiro do rei. A imperatriz era ou sortuda ou diabólica, e Beatriz há muito entende as coisas bem o bastante para saber que a opção correta é a última.

– Algumas pessoas dizem que a viram entrar no mar certa manhã – conta Gisella, baixando a voz, embora agora não haja ninguém perto o bastante para ouvir. – Elas pensaram que ela estivesse indo nadar, suponho. O corpo apareceu algumas horas depois, com pedras nos bolsos do vestido. Pasquale nunca mais foi o mesmo.

– Acho que ninguém seria – diz Beatriz, mordendo o lábio inferior.

Embora ela conhecesse a versão básica da história da morte da rainha Valencia, ouvir os detalhes mais humanos agora a afetam profundamente. Ela pensa em seu marido misterioso, com seus olhos tristes e sua voz suave. Beatriz achava que o conhecia bem, com base em relatórios e fofocas, mas há muitas coisas que não sabe sobre o príncipe Pasquale.

Beatriz

Naquela noite, quando se retira para o quarto, Beatriz já encontra Pasquale ali, vestido com sua camisola e de pé ao lado do sofá, com um travesseiro nas mãos. Ele ergue a cabeça quando ela entra, tentando exibir um sorriso que não alcança seus olhos.

– Eu soube que você foi ao jardim marinho hoje – diz ele. – Gostou?

Ela não responde. Em vez disso, leva as mãos às costas, os dedos se atrapalhando com os botões do vestido. Depois de um momento, ela consegue desabotoá-los o suficiente para que possa soltar o vestido dos ombros, deixando-o cair no chão em uma poça de brocado carmesim, ficando de pé diante dele com nada além da roupa de baixo branca e fina que mal chega aos joelhos.

Pasquale desvia os olhos, as bochechas ficando vermelhas.

– O que você... – começa ele, mas Beatriz não lhe dá chance de terminar a pergunta.

Ela cruza o quarto em sua direção e tira o travesseiro de suas mãos, jogando-o de lado. Pegando as mãos dele, ela as guia até sua cintura, sentindo que começam a tremer.

– Triz – diz ele, em tom de aviso.

Ela não lhe dá atenção. Fica na ponta dos pés e pressiona sua boca contra a dele. Então o beija intensamente, levando as mãos à nuca dele, prendendo-o a ela. A seu crédito, ele tenta corresponder ao beijo, tenta reagir ao toque dela como provavelmente pensa que deveria. Ele tenta, mas, quando Beatriz leva a mão à bainha da roupa íntima, pronta para tirá-la também, as mãos dele pousam sobre as dela, imobilizando-as. Ele se afasta, encarando-a com olhos angustiados.

– Eu não consigo – conclui ele.

Não *Eu não vou*. Não *Eu não quero*. Mas *Eu não consigo*.

Ela recua, afastando-se dele e observando-o com atenção.

– O garoto – diz ela. – Ambrose.

Beatriz não tinha certeza antes, mas no segundo em que diz o nome dele, no segundo em que Pasquale se encolhe e baixa o olhar, ela sabe que tocou a verdade.

Ela dá as costas a ele, vai até o guarda-roupa e pega um robe. Então o veste, para não se sentir tão exposta. Seus dedos tremem quando ela aperta a faixa em torno da cintura, amarrando-a em um laço.

– Ele sabe o que você sente por ele? – pergunta ela.

Ela espera que ele negue, que finja que não sabe do que ela está falando. Em vez disso, porém, seus olhos se encontram e ele solta um suspiro, parecendo esvaziar-se.

– Não – responde, sua voz pouco mais que um sussurro. – Ou talvez saiba. Mas eu nunca contei.

– Ele não sente o mesmo – diz ela.

Ele dá de ombros, desviando o olhar.

– Não faz sentido perguntar, não é? Se alguém descobrir... Já vi pessoas serem presas por sentirem o que eu sinto, Beatriz. Meu pai mandou executá-las, e se você acha que ele me pouparia desse destino porque sou filho dele...

– Não, eu não acho isso – interrompe Beatriz.

Por um momento, os dois ficam calados, mas as palavras dela pairam no ar e Beatriz pode sentir o leve odor que entrou no palácio – o cheiro de fumaça e fogo, e outra coisa que ela agora sabe que é o cheiro de carne queimada. Com que facilidade ambos poderiam encontrar o caminho para aquelas chamas.

Ela se senta na borda da cama, cruzando os braços na frente do corpo.

– Alguém mais sabe?

Ele balança a cabeça.

– Ninguém.

– Então vamos manter assim – diz ela.

Pasquale a encara, boquiaberto.

– Você... quer me ajudar? A maioria das pessoas pensa que alguém como eu é uma abominação.

– A única coisa abominável em você é o seu gosto para sapatos – rebate ela, fazendo-o sorrir brevemente. Por um segundo, ela pensa em contar a ele sobre o pedido em seu pulso, mas só porque ele tem que confiar nela não significa que ela possa confiar nele. – Nossos destinos estão ligados agora, Pas – é o que diz. – Se alguém descobrir, isso não vai arruinar só você. Nosso casamento será anulado e eu poderia muito bem acabar sendo queimada ao seu lado por guardar seu segredo.

Pasquale engole em seco, olhando para as mãos.

– Eu sei – diz baixinho. – Me desculpe.

Alguma coisa em seu pedido de desculpas a irrita.

– Você não deveria se desculpar – replica. – Eu sinto muito que esteja nessa posição, que tenha que negar essa parte de você. Não sei como consegue.

Ele balança a cabeça.

– O que vamos fazer, Triz?

– Para começar, você não pode continuar dormindo no sofá – diz ela. – Se, por acaso, alguém entrar sem se anunciar, os boatos vão começar.

– Mas... – começa ele.

– Vamos apenas dormir – explica ela. – Não creio que nenhum de nós vai ter dificuldade em manter as mãos longe do outro.

Ela fala no intuito de fazer piada, mas assim mesmo o rosto dele fica vermelho.

– Mas você tinha razão antes – diz ele. – É só uma questão de tempo até as pessoas começarem a falar.

Ela faz uma pausa por um momento, escolhendo as palavras com cuidado. Não há maneira delicada de fazer a pergunta, mas ela precisa fazê-la assim mesmo.

– Eu conheço homens como você em Bessemia – diz ela. – Mas havia outros que, as pessoas diziam, gostavam da companhia tanto de homens quanto de mulheres. Por acaso você...? – A voz dela morre.

Ele não diz nada por um instante, mas então balança a cabeça.

– Não – diz ele. – Não consigo me imaginar fazendo isso. Eu só... não acho que eu funcione assim. Me desculpe.

De novo, aqueles pedidos de desculpas que ela não quer nem precisa.

– Temos tempo para pensar em alguma coisa, Pas. Contanto que estejamos juntos nisso, podemos encontrar uma saída.

Ele sustenta o olhar dela, inabalável, antes de assentir.

– Obrigado, Triz.

A solenidade na voz dele a deixa desconfortável. Ela dá de ombros, dispensando a gratidão dele.

– Estamos juntos nisso – repete. – Agora vamos, tenho certeza de que suas costas estão doendo depois de uma semana dormindo no sofá.

Ela sobe na cama, deixando espaço para ele se deitar ao lado dela. A cama é tão grande que eles não chegam nem perto de se tocar.

Beatriz fica se revirando por horas na cama, mas o sono não a domina. Não é que ela esteja inquieta, não é bem isso. Ela se sente estranhamente em paz agora. Não porque não tenha mais uma espada pairando sobre sua cabeça, mas porque ela sabe que está lá, porque pode identificá-la, porque sua mãe lhe ensinou que é melhor saber o que se enfrenta do que acreditar que há segurança na ignorância.

Não, não é sua mente ocupada que a mantém acordada, é o seu corpo. Ela se sente como se estivesse no meio da tarde, como se pudesse dar uma longa caminhada no jardim marinho ou fazer uma cavalgada de horas. Tem a sensação de que poderia até escalar uma montanha.

Ela deixa a cama com cuidado, não querendo perturbar Pasquale, e vai até o armário junto à porta. Lá encontra uma garrafa de conhaque e se serve de um copo, bebendo-o em um único gole. Depois de um momento, ela se serve de outro. Começa a andar pelo quarto, iluminado apenas pela lua e pelas estrelas que brilham através da janela aberta. Depois de alguns minutos, ela volta para a cama, revira-se mais um pouco e volta ao armário para outro copo de conhaque.

Sente-se agradavelmente alegre, não mais cansada. Ao contrário, sente o estranho desejo de sair em disparada pelos corredores, batendo às portas e despertando o restante do castelo para que não seja a única acordada. Ela até tenta acordar Pasquale, mas ele dorme como uma pedra.

Se estivesse aqui, Sophronia diria a Beatriz para tentar ler um livro, ao que Beatriz reviraria os olhos e chamaria a irmã de chata; mas ela está desesperada o suficiente para tentar. Então tira ao acaso um livro da estante e se senta na *chaise* perto da janela.

O livro vem a ser um registro dos primeiros anos da Guerra Celestial, quando o rei Cesare tinha acabado de assumir o trono, mas já excessivamente zeloso, determinado a proibir o uso de poeira estelar não apenas em Cellaria, mas em todo o continente. É uma história que Beatriz conhece bem, mas ler apenas o primeiro parágrafo ameaça matá-la de tédio.

Sua atenção continua se desviando para o mundo lá fora, para a lua iluminando a terra e as constelações que a cercam, movendo-se pelo céu em um ritmo lento e constante. Lá está a Bengala do Eremita, com sua ponta em forma de gancho, que, segundo se acredita, estimula o isolamento e a introspecção. Há muito tempo esse é o signo que Beatriz menos aprecia, porque sempre que aparece, toda a corte bessemiana fica quieta e retraída. Bailes são cancelados. Chás da tarde são adiados. Para Beatriz, a Bengala do Eremita significa tédio.

Ela vê também o Cálice da Rainha, com sua taça suavemente curva. Em geral, é um prenúncio de boa sorte, mas essa noite está pendurada de cabeça para baixo sobre Cellaria, um mau presságio, embora Beatriz sempre tenha acreditado que o zodíaco, como a maioria das superstições, ganha seu poder com a crença.

Ela se pergunta se Sophronia e Daphne conseguem ver as estrelas de onde estão; conjectura quais constelações elas conseguem identificar. Seus olhos procuram uma estrela em particular – ela não sabe por quê; não é particularmente brilhante ou grande, apenas mais uma entre as infinitas estrelas. Ela compõe um dos raios da Roda do Andarilho – uma constelação destinada a sinalizar viagens ou, mais amplamente, mudanças. Se acreditasse nas estrelas, ela poderia interpretar isso como um presságio de sua volta para casa, e por mais improvável que esse fato seja, seu coração se agarra à possibilidade.

Ela fecha os olhos e pensa nas irmãs como as viu pela última vez, vestidas com a moda de seus novos lares, parecendo estranhas ao partirem em direções distintas. Ela se imagina voltando para o palácio onde cresceu, os familiares pisos de mármore sob suas sandálias, as paredes cobertas pelos quadros mostrando seus antepassados, o forte cheiro de bergamota no ar. A sensação parece real – tão real que ela jura que pode sentir as arestas afiadas da maçaneta de cristal na palma de sua mão quando abre a porta dos aposentos que dividia com as irmãs. Do outro lado da porta, ela consegue ouvir a risada de Sophronia e a voz baixa de Daphne. Seu coração dá uma guinada no peito e ela entra na sala, mas sua fantasia desaparece e ela está de volta a Cellaria, sozinha e solitária, com nada além de anseios como companhia.

– Queria poder ir para casa – diz ela, os olhos encontrando a estrela mais uma vez.

Sua voz sai como um sussurro, mas as palavras ecoam em seus ouvidos muito depois de deixarem seus lábios. O conhaque por fim se apossa dela, deixando sua mente desfocada e finalmente... *finalmente*... sonolenta. Mais do que sonolenta, ela se sente exaurida, como se cada dose de energia sua, cada pensamento, cada sentimento, tivesse sido consumido. Beatriz fecha o livro, mesmo esse pequeno movimento exigindo dela um grande esforço, e o deixa na *chaise* antes de voltar para a cama e mergulhar em um sono profundo e sem sonhos.

Sophronia

Sophronia veste seu novo traje de montaria para ir ao encontro de Leopold nos estábulos. É um modelo deslumbrante confeccionado com um veludo violeta suntuoso com botões dourados brilhantes; no entanto, ela não pode deixar de ouvir a voz da mãe em sua mente, dizendo que está parecendo uma uva. Mas, quando Leopold a cumprimenta com um sorriso largo e um beijo rápido nos lábios e diz que ela está linda, a voz da mãe baixa um pouco o tom. Mesmo contra sua vontade, um tremor percorre seu corpo e ela tem que se sacudir mentalmente.

– Como foi sua viagem de caça? – pergunta, forçando-se a pensar na aldeia que Leopold destruiu para construir seu novo alojamento. Segundo os relatórios dos espiões de sua mãe, os aldeões foram expulsos de suas casas sem nem mesmo o ressarcimento necessário para se realocarem.

– Excelente, embora eu lamente tê-la abandonado tão cedo após o nosso casamento – diz ele. – Pensei que você gostaria de explorar a área, já que está presa no castelo há tanto tempo.

– Pensou certo – confirma Sophronia. – Acho que nunca percebi quanto chás e almoços podem ser cansativos.

– Você estava com minha mãe e as amigas dela – observa ele. – Acho que *cansativo* pode ser um eufemismo.

Sophronia ri. O cavalariço pega um banquinho para ajudá-la a montar no cavalo, mas Leopold o dispensa, indo postar-se atrás dela.

– Aqui, permita-me – murmura ele em seu ouvido, apoiando as mãos em sua cintura e erguendo-a até a sela.

Sophronia sente-se corar – uma característica que há muito sua mãe lamenta que ela seja incapaz de controlar. Enquanto Leopold monta seu próprio cavalo, os pensamentos de Sophronia demoram-se na mãe e na mensagem que recebeu dela. Não a surpreende que a mãe tenha conseguido envolver o grande sir Diapollio em suas tramas, mas se pergunta se isso tem algo a ver com Beatriz. Talvez o cantor tenha notícias de sua irmã para compartilhar, além do sinistro presente, qualquer que seja ele, que traz da imperatriz.

– Está animado para ver sir Diapollio hoje à noite? – pergunta ela a Leopold quando começam a conduzir seus cavalos pelo caminho, lado a lado.

Ele dá de ombros, dirigindo-lhe um olhar acanhado, de soslaio.

– Sou imune aos encantos dele. Ele visita a corte para se apresentar algumas vezes por ano, e sei que a maioria das pessoas... a maioria das mulheres, suponho... fica apaixonada por ele, mas não entendo por quê. Ele é um bom cantor, admito, mas... – Sua voz morre.

– Ouvi dizer que ele é bem bonito – comenta Sophronia, e Leopold ri.

– Cuidado... Há quem consideraria um elogio tão comedido um grave insulto à beleza dele – diz Leopold. – A verdade é que eu o convido por causa da minha mãe. Ouvi-lo cantar em cellariano lhe traz grande conforto.

Sophronia assente, perguntando-se se isso é parte do presente de sua mãe: outra arma para minar Eugenia. Bem fraca, se for. Todo mundo ama sir Diapollio, Eugenia não está sozinha nisso.

– Sua mãe tem sido muito gentil comigo – revela Sophronia. – Eu sei que ela teve uma... experiência difícil quando chegou aqui. E está determinada a fazer com que a minha experiência seja melhor.

– E está sendo?

Ela dá um suspiro dramático.

– Bom, o palácio é lindo, e todos que conheci foram bastante agradáveis comigo e me dizem que tenho um belo marido em algum lugar por aqui, embora eu deva dizer que não o tenho visto muito.

Leopold ri.

– Justo – diz ele, e hesita antes de acrescentar: – Talvez eu tenha que me ausentar novamente em breve. Está havendo alguns... conflitos na fronteira com Cellaria... nada importante, nada sancionado por mim ou meu tio Cesare. Nossa trégua oficialmente se mantém, mas...

– Mas as pessoas na fronteira precisam de um lembrete? – deduz Sophronia, em meio a um turbilhão de pensamentos.

Os conflitos são novidade para ela, mas não chegam a surpreendê-la. É possível que sua mãe até tenha participação neles, embora exista a mesma probabilidade de terem surgido organicamente. As tensões entre Cellaria e Temarin não desapareceram desde o fim da guerra e, especialmente perto da fronteira, tendem a se tornar um pouco mais intensas. Pelo menos uma vez por ano, os espiões de sua mãe enviavam notícias de que temarinenses haviam entrado em Cellaria para vender poeira estelar ilegalmente ou que cellarianos haviam cruzado a fronteira de Temarin para tentar assassinar um empyrea local.

Leopold assente.

– Nada que constitua uma quebra da trégua com meu tio, mas vamos desfilar a maior parte de nossos exércitos ao longo da fronteira... Chame isso de uma celebração da força temarinense, um lembrete para nosso povo de que eles têm minha proteção.

– Mas não será um lembrete apenas para Temarin – comenta Sophronia, compreendendo. – Vai servir para lembrar aos cellarianos que você não está aqui para brincadeiras.

– Que *nós* não estamos aqui para brincadeiras – corrige Leopold com um sorriso torto. – O rei Cesare teve sorte na Guerra Celestial. Pegou meu pai de surpresa e usou a vantagem que tinha atacando pelo mar. Estávamos despreparados... um descuido embaraçoso, e meu pai passou anos construindo nossas forças navais para garantir que isso não acontecesse novamente. Se Cesare decidir testar a sorte, ficará desapontado. Mas prefiro que não cheguemos a esse ponto. Eu gostaria de proteger a aliança que meus pais criaram através de mim, não ver meu tio arruiná-la.

Sophronia sabe sobre a Guerra Celestial, como o rei Cesare procurou livrar não apenas Cellaria como todo o continente dos empyreas e da poeira estelar que ele via como abominações, que ele acreditava ser sua missão, abençoada pelas estrelas, como rei. Ela também sabe como o pai de Leopold, o rei Carlisle, acabou concordando com uma trégua, arranjada pelo pai de Sophronia, que incluía o casamento de Carlisle com Eugenia, irmã de Cesare.

– Dizem que Cesare é louco – observa Sophronia. – Você tem certeza de que confiar no bom senso dele é a melhor estratégia?

Leopold dá de ombros.

– Minha mãe diz que é a nossa única estratégia, afora outra guerra, o que eu não quero. Ela se ofereceu para ir conversar com o irmão em Cellaria, mas, dada sua conexão pessoal, não me pareceu uma ideia sábia. – Ele estremece. – É um pouco confuso, na verdade. É como tentar jogar xadrez com uma criança e ficar torcendo para que ela não vire o tabuleiro em um acesso de raiva. Tenho certeza de que meu pai saberia o que fazer, mas eu não tenho a menor ideia.

Sophronia morde o lábio.

– Seu pai morreu de repente, Leo. Você se tornou o rei mais jovem da história de Temarin. – Ela faz uma pausa, percebendo que ele lhe deu a oportunidade perfeita. – Talvez eu possa ajudar. Eu nunca pus os pés em Cellaria e estudei a vida toda para ser rainha de Temarin... Tenho certeza de que sua mãe está mais do que pronta para desfrutar de uma vida de lazer como rainha viúva.

Ele parece um pouco surpreso, mas sorri.

– Acho uma ideia brilhante – diz a ela.

Sophronia retribui o sorriso, arrebatada por uma onda de prazer. Ela percebe que uma parte dela pensou que ele recusaria sua oferta, que talvez risse da ideia de ela ser apta o suficiente para fazer qualquer coisa. É o que sua mãe teria feito. Mas Leopold, apesar de seus muitos defeitos, acredita nela.

Aquilo em que ele acredita não deveria importar, não deveria fazer seu coração bater mais rápido, não deveria deixá-la esquecer, nem por um segundo, quem ela é e por que está aqui. Mas a verdade é que importa, sim, e isso torna a situação perigosa.

Ela instiga o cavalo a ir mais rápido, como se pudesse deixar seus pensamentos para trás.

– Venha – diz ela por cima do ombro. – Vamos correr!

Ela ouve Leopold emitir um ruído que é meio choque, meio indignação antes de ele mesmo incitar seu cavalo a assumir um ritmo mais rápido também e o ruído estrondoso dos cascos ficar mais alto atrás dela.

O terreno do castelo passa por ela como um borrão e Sophronia está ciente de que os cortesãos circulam pelos jardins, observando-os. Ela cavalga rápido demais para distinguir muita coisa, mas dá para ver que os jardins do palácio são imaculadamente cuidados, cobertos pela grama de um verde impossível, as árvores artisticamente podadas e há mais flores do que ela poderia contar. E, quando eles deixam os jardins para trás e entram na extensa floresta, ela fica surpresa pois até ali as árvores parecem desenhadas por artistas. Não existe nada selvagem nessa floresta – o cenário poderia ter sido extraído de uma idílica pintura em aquarela.

– Sophie! – grita Leopold atrás dela, mais perto do que ela esperava.

– Me pegue se for capaz! – grita ela de volta, incitando o cavalo a ir ainda mais rápido.

– Sophie, espere! – chama Leopold, mas Sophronia está se divertindo demais para atender ao seu pedido.

Ela pode distinguir a beira de um penhasco à frente e decide que aquela será a linha de chegada. Ao se aproximar, detém o cavalo, olhando do alto do penhasco e percebendo onde estão.

A cidade de Kavelle estende-se lá embaixo como um cobertor sujo. Depois do esplendor da área em torno do palácio, é chocante vê-la – ruas de pedra tortas e cobertas de sujeira, casas e lojas que parecem prestes a desabar com uma brisa suave e Sophronia nunca viu tantas pessoas em um só lugar. Certamente gente demais para caber na cidade.

– Sophie – chama Leopold atrás dela. – Venha, vamos para casa.

Mas Sophronia não se move. Eles estão longe demais para ela distinguir qualquer detalhe, mas dá para perceber, mesmo dessa distância, que Kavelle – a capital de Temarin – enfrenta dificuldades ainda maiores do que ela acreditava.

– O que está acontecendo lá? – pergunta ela, apontando um grupo de pessoas particularmente numeroso no meio de uma praça da cidade.

– Não sei.

A resposta veio rápida demais, de modo que ela não acredita.

– Então talvez devêssemos ir lá ver – sugere Sophronia, incitando o cavalo ao longo do penhasco até encontrar um caminho que desce para a cidade, bloqueado por um portão imponente e dois guardas.

– Sophie! – insiste Leopold, seguindo-a. – Está bem! É uma execução.

Ela detém o cavalo na mesma hora e encara Leopold.

– Uma execução – repete ela. – De quem?

Ele não responde, e ela instiga o animal outra vez até que Leopold dá um suspiro.

– Meros criminosos.

Essa resposta poderia ter sido suficiente, poderia tê-la deixado imaginar que ele estava falando de assassinos ou estupradores, aqueles cujos crimes são puníveis com a morte até mesmo em Bessemia. Mas ele não olha nos olhos dela, e Sophronia sabe então que ele não está contando tudo.

– Criminosos – repete ela. – Que tipo de criminosos?

Ele parece ainda mais desconfortável.

– Acredito que a maioria seja de ladrões – responde ele, e é como se uma peça encaixasse em um quebra-cabeça.

– Entre eles estariam os que tentaram roubar minha carruagem?

Ele dá de ombros.

– Presumo que sim – admite. – As execuções são levadas a cabo uma vez por semana para qualquer que seja preso nesse período.

Sophronia balança a cabeça.

– Sua mãe falou que eles tinham sido libertados, que estavam em casa com suas famílias.

Assim que diz isso, ela se sente a maior das tolas. Eugenia lhe contou uma mentira bem-intencionada para acalmá-la, assim como um pai ou uma mãe diriam ao filho que o bichinho de estimação morto foi levado para viver no campo. A mentira a perturba ainda mais – ela não é uma criança para ser tratada com condescendência; é uma rainha.

– Eu discuti o assunto com ela – diz Leopold. – Nós decidimos não abrir uma exceção.

O *nós* não a enganou. Leopold teria poupado os garotos para agradar a ela, tem certeza disso. Foi Eugenia quem tomou a decisão e Leopold não teve forças para ir contra a mãe.

Sophronia não suporta olhar para ele; então volta sua atenção para a cidade e a multidão reunida. Agora que ele falou, ela consegue distinguir o vago contorno de um cadafalso, de dez figuras de pé sob uma viga, com uma corda em torno do pescoço.

– São crianças – argumenta ela.

– Eles sabiam que o que estavam fazendo era errado – diz Leopold. – Sabiam das consequências. E fizeram assim mesmo. Se eu tivesse misericórdia, isso só levaria a mais roubos... e as próximas vítimas podem não ter tanta sorte quanto você.

Mais palavras de sua mãe, imaginou ela. Ela pensa nos relatórios dos espiões, como as coisas mudaram em Temarin desde que Leopold assumiu o trono. Aumento dos impostos, pessoas removidas de suas casas, execução de todos os níveis de criminosos – Sophronia achava que eram as ações de um rei indiferente e cruel. Tinha dificuldade em conciliar essa atitude com o Leopold que ela conhecia, mas agora de repente compreende. Leopold não é nada disso – nem indiferente, nem cruel, nem rei. Não de verdade. Ele é um fantoche, feliz em deixar que a mãe puxe suas cordas, nunca questionando o que ela faz.

Ao longe, ela ouve o som do piso do cadafalso se abrindo, os gritos de horror e alegria dos espectadores, mas não ouve os ladrões – eles morrem em silêncio, mas morrem assim mesmo.

Ela se volta para a cena a tempo de ver vários homens vestidos de preto removendo os corpos dos laços e levando-os embora. Segundos depois, outras dez figuras são trazidas e Sophronia sente novamente a náusea.

– Quantos são? – pergunta.

Leopold não responde por um momento.

– Não sei – admite.

Ele estende a mão para tocar o braço dela, atraindo seu olhar para o dele. Ela precisa recorrer a todo o seu autocontrole para não se afastar de maneira brusca.

– Vamos para casa – sugere ele.

Sophronia sorri, mas sem qualquer emoção. Ela sorri porque sabe que deve sorrir, porque sabe que, se sua mãe estivesse aqui ao seu lado, diria a Sophronia para sorrir e flertar com o marido e colocá-lo na palma de sua mão. Ela diria a Sophronia que a maneira mais segura de reduzir o domínio da rainha Eugenia sobre Leopold é estabelecer o seu próprio.

E ela precisa desse domínio, Sophronia se dá conta. Não por causa dos planos da mãe, nem mesmo pelo bem de Bessemia. Mas pelo de Temarin.

Nessa noite, no concerto de sir Diapollio, Sophronia não consegue se concentrar o suficiente para apreciar os talentos do cantor. Ela sabe que ele canta bem e reconhece que tem boa aparência, embora tenha várias décadas a mais que ela. Ela também não consegue desfrutar da mão de Leopold na sua ou da maneira como ele se inclina para sussurrar em seu ouvido ao longo da noite. Precisa se obrigar a rir quando ele observa como todas as damas da corte ouvem atentamente cada nota de sir Diapollio. Precisa fazer um esforço para não se encolher e se afastar quando ele diz que ela está linda.

Depois do que parece uma eternidade, sir Diapollio canta sua última canção e faz uma grande reverência enquanto Sophronia, Leopold e a corte toda o aplaudem.

– Podemos ir conhecê-lo? – pergunta Sophronia a Leopold, oferecendo-lhe um sorriso brilhante que parece vazio, embora aparentemente o marido não perceba.

– Eu deveria ter pensado melhor antes de convidá-lo... nem minha própria esposa está a salvo dos famosos encantos de Diapollio – diz ele, balançando a cabeça. – Por que você não vai na frente? Eu preciso dar uma palavrinha com lorde Fauntas primeiro. Diapollio deve estar se recuperando na sala à esquerda antes do banquete – acrescenta, apontando o caminho.

Eles seguem separados e Sophronia passa apressada pela multidão em direção à porta indicada por Leopold, tendo que parar várias vezes para falar efusivamente sobre o espetáculo com os cortesãos que a puxam de lado. Quando por fim chega à porta, ela a encontra entreaberta e a empurra, entrando na sala mal-iluminada.

– Sir Diapollio? – chama.

Ouvem-se alguns murmúrios em cellariano e Sophronia tem quase certeza de que se trata de imprecações, depois o farfalhar de seda e passos apressados. À medida que seus olhos se ajustam à escuridão, ela consegue distinguir duas figuras apressando-se a se distanciar – sem muito sucesso. Sophronia pode ser inocente ainda, mas passou tempo suficiente entre as cortesãs bessemianas para saber exatamente o que acabou de interromper.

– Você não trancou a porta? – fala uma voz familiar rispidamente com sir Diapollio e Sophronia fica rígida.

Eugenia sai das sombras, alisando as saias amarrotadas com as mãos. Quando vê Sophronia, ela para de repente, os olhos se arregalando e a boca se escancarando, fazendo-a parecer, Sophronia pensa na hora, um pouco com um peixe morrendo. Ela abre a boca uma, duas, três vezes, mas as palavras não saem. Enfim, ela se empertiga um pouco mais e passa por Sophronia, mantendo o olhar fixo à frente e o queixo erguido.

Sophronia volta a atenção para sir Diapollio, que não parece nem um pouco surpreso com sua interrupção. Em vez disso, ele a olha com olhos sagazes e faz uma pequena reverência, um tanto zombeteira, e ela compreende.

– O presente da minha mãe? – pergunta ela, adentrando a sala e fechando a porta ao passar.

Sir Diapollio inclina a cabeça.

– Ela disse que você saberia o que fazer com isso.

Sophronia assente. Ela se imagina indo até a duquesa Bruna, mordendo o lábio e confessando que presenciou algo, mas não tem certeza se deve contar. *Isso* despertaria o interesse da duquesa Bruna e ela certamente arrancaria toda a história de Sophronia antes que o chá esfriasse. O castelo inteiro saberia em menos de uma hora e a rainha Eugenia estaria arruinada. Leopold não teria escolha a não ser mandá-la para longe da corte, deixando uma ferida aberta na estrutura de poder de Temarin que Sophronia poderia preencher sem demora.

Ainda assim, Sophronia sente-se decepcionada porque o presente de sua mãe não tem nada a ver com Beatriz, no fim das contas.

– Tem alguma notícia da minha irmã Beatriz? – pergunta ela.

O sorriso de sir Diapollio torna-se mais lascivo.

– Uma beleza, não é? Eu cantei no casamento dela. Todos estavam encantados com sua irmã... exceto o príncipe, é claro.

– Recebi cartas de Beatriz que me disseram muito mais do que isso – insiste Sophronia.

A expressão de sir Diapollio muda, o sorriso desaparecendo de seu rosto enquanto ele se inclina para Sophronia, a voz transformando-se em um sussurro, embora eles sejam os únicos na sala.

– É claro. Irmãs trocariam cartas, não é? Eu sei que o rei Cesare e a rainha Eugenia trocam muitas... eu mesmo as entrego durante nossos encontros.

Sophronia se afasta de sir Diapollio, surpresa.

– Cartas? – pergunta ela. – Outro presente da minha mãe?

Ele balança a cabeça.

– Este presente, Vossa Majestade, é todo meu, embora ele tenha um preço.

– Então não é um presente – argumenta Sophronia, apesar de saber que, qualquer que seja o preço, ela vai pagar.

Cartas secretas entre o rei Cesare e Eugenia. Nesse momento, sua mente já é um turbilhão de possibilidades. O que quer que contenham, ela tem certeza de que a mãe lhe diria para fazer o que fosse necessário para ficar com elas.

Esse pensamento, porém, levanta uma questão.

– Estou surpresa que minha mãe não tenha se interessado por essas cartas também – diz ela.

É possível que ele esteja tentando cobrar o dobro ou que talvez as cartas sejam falsificadas e ele a considere mais ingênua do que a imperatriz.

Sir Diapollio sorri.

– Um homem com meu talento é limitado pelo tempo, minha querida. Meus... encantos já começam a desaparecer, e com eles o meu público. Há muito tempo tomei a decisão de acumular segredos para me sustentar. Vendi um deles para sua mãe, mas agora me vejo disposto a me desfazer de outro. Pelo preço certo. Veja bem, Eugenia saiu com tanta pressa que esqueceu de me pedir a última missiva do irmão.

Ele enfia a mão no bolso do casaco e tira uma carta enrolada, lacrada com um selo vermelho onde se vê a lua crescente do símbolo real de Cellaria.

– E como posso saber que a carta é autêntica? – pergunta Sophronia. – Os cellarianos não usam selos de poeira estelar. Você mesmo poderia ter escrito a carta.

– Você é mais esperta do que eu esperava – diz ele com uma risada. – Mas, infelizmente, não posso provar sua autenticidade. No entanto, tenho certeza de que você conseguirá, depois de ler o conteúdo. Considere-a uma bússola, levando você na direção da verdade.

– E quanto vai me custar essa bússola, sendo que ela pode muito bem estar quebrada? – indaga ela.

– Gosto bastante do seu anel – diz ele, os olhos baixando para a mão dela que segura a carta.

A princípio, ela pensa que ele se refere ao seu anel de casamento, mas ele está olhando é para o anel que ela usa no dedo mínimo – um rubi em formato de lágrima engastado em um anel de ouro, cravejado de diamantes. Pertence às joias reais temarinenses, que ela herdou quando se tornou rainha, algo de que ela não se separaria em circunstâncias normais, mas no momento ela não tem escolha. Violie irá notar sua ausência, mas Sophronia pode alegar que ele caiu de seu dedo sem que ela percebesse – por ser tão pequeno, será uma mentira verossímil. Ela desliza o anel pelo dedo e o entrega ao homem, trocando-o pela carta.

– Foi um prazer fazer negócios com você, Sophie – diz sir Diapollio, e Sophronia se retrai ao ser chamada pelo apelido. Ele não percebe. Toda a sua atenção está focada no anel. – Vou mandar lembranças suas à sua irmã na próxima vez que a vir.

Sophronia mal o ouve, já a caminho da porta, desesperada para escapar do cantor o mais rápido possível, enquanto enfia a carta dobrada no decote do corpete.

Beatriz

Beatriz acorda com alguém sacudindo seu ombro de forma não muito delicada. Ela tenta empurrar a mão da pessoa, um gemido abrindo caminho entre seus lábios, mas é inútil: o sacolejo continua.

– Triz – diz uma voz e, em algum lugar além da dor de cabeça de rachar o crânio, ela a reconhece como a de Pasquale. – Acorda. Meu pai precisa falar com você.

Isso desperta Beatriz. Ela se força a sentar-se, as pálpebras tão pesadas que precisa de toda a sua energia só para abri-las. Quando o faz, vê Pasquale, já vestido e olhando para ela, ansioso.

– Estou me sentindo péssima – diz a ele, o que é verdade, embora seja inteiramente culpa dela. Quantas doses de conhaque ela bebeu ontem à noite? Ainda assim, o mal-estar é pior do que o que costuma sentir de manhã após beber na noite anterior. Não só sua cabeça parece que foi partida ao meio, mas é como se seu sangue tivesse sido substituído por chumbo. Cada pequeno movimento lhe custa um grande esforço. – Podemos adiar?

– Não – responde ele, e por algum motivo essa única palavra a atravessa como uma flecha de medo. Ela pisca, olhando atenta para Pasquale e vê o mesmo medo espelhado nele. – Uma criada foi apanhada de posse de poeira. Ela alega que a encontrou no peitoril da nossa janela.

Beatriz tenta engolir, mas tem a sensação de que a boca está cheia de algodão. Não houve chuva de estrelas na noite passada – se a seca de chuva de estrelas em Cellaria tivesse chegado ao fim, ela teria visto – e a única outra maneira de se obter poeira estelar é quando um empyrea faz um pedido a uma estrela, retirando-a do céu. Ela viu Nigellus fazer isso uma vez e, embora aparentemente não fosse nada de extraordinário, ela se lembra da pilha de poeira estelar que apareceu perto dele, cintilante, cinzenta e cheia de poder.

Seu estômago se embrulha e ela sente vontade de vomitar.

– Eu preciso de água – diz a Pasquale, forçando sua voz a sair firme. – Depois vou me aprontar o mais rápido que puder.

Ele se vira para sair e ela desce da cama, apesar de todos os músculos de seu corpo protestarem. Sua mente é um turbilhão de pânico e espanto. Como a poeira estelar chegou ao peitoril da janela? Alguém colocou lá? Quem? Ela pensa na noite anterior, quando, bêbada, em um surto de saudades de casa, fez um pedido a uma estrela. Mas afasta esse pensamento assim que ele surge. Ela afinal não é nenhuma empyrea, e se esse desejo tivesse se tornado realidade, ela não estaria em casa agora? Não, alguém está tentando incriminá-la.

– Triz? – chama Pasquale timidamente.

Ela se vira para ele, as sobrancelhas erguidas.

– Você quer perguntar se fui eu? – sugere, a voz saindo mais aguda do que ela pretendia. Então ela respira fundo, obrigando-se a pelo menos parecer relaxada. – Não fui eu. Nem todo mundo de fora de Cellaria tem o dom dos empyreas... Somente um em cada dez mil ou mais tem esse poder. Mesmo que eu fosse uma herege, o que não sou, garanto que sou absolutamente incapaz de fazer magia.

Pasquale assente e desaparece do quarto para ir buscar água, mas, quando Beatriz toca a sineta que traz as camareiras correndo para ajudá-la a se vestir, ela não consegue parar de pensar nas palavras que disse na noite passada.

Queria poder ir para casa. Palavras vãs, na verdade, a expressão de um anseio, não um apelo à magia. Foi isso. Foram apenas palavras, apenas um desejo bobo, sem qualquer poder mágico. E sim, ela se imaginou em casa, sentiu por um momento que suas fantasias eram reais, mas isso era consequência do conhaque, com certeza. Nada mais.

No entanto, por mais que repita isso a si mesma, ela não consegue se livrar da sensação de embrulho em seu estômago.

A sala do trono está tão lotada com cortesãos que os guardas que escoltam Beatriz e Pasquale têm que abrir caminho entre a multidão para passar. O calor sufocante causado por tantos corpos amontoados em um espaço tão pequeno aumenta a náusea de Beatriz e ela tem que se forçar a respirar fundo para se acalmar e aquietar o estômago.

Nunca mais vou beber uma gota de álcool, promete a si mesma, mas, assim que essas palavras lhe ocorrem, ela sabe que são mentira – sabe como Cellaria leva a sério as acusações de feitiçaria, sabe também que o rei Cesare está se tornando cada vez mais paranoico. Se ela sair dessa sem ser amarrada a uma estaca, vai comemorar com uma garrafa inteira de vinho.

Pelo menos ela sabe como esconder quanto está passando mal. Fez isso muitas vezes em Bessemia, quando a mãe a convocava com as irmãs em um horário absurdamente cedo – parecendo sempre saber em quais noites Beatriz havia bebido uma dose a mais – para uma aula ou outra.

Depois de receber ajuda das camareiras para se vestir, Beatriz conseguiu alguns minutos sozinha para recorrer ao seu estojo de cosméticos. Então passou um pouco de creme tonalizante sob os olhos, acrescentou um toque de rouge nas bochechas e passou pó em todo o rosto. Até colocou algumas de suas gotas nos olhos, embora as tivesse usado na noite anterior, antes de ir para a cama, como sempre fazia.

Mal não vai fazer, diz a si mesma agora. Se vai ficar diante do rei sob a acusação de ser uma empyrea, é melhor não correr o risco de seus olhos prateados se revelarem.

Quando chegam à frente da sala, Beatriz vê o rei Cesare sentado em seu trono, com a cabeça apoiada no braço, parecendo uma criança entediada. Quando ele os vê, apruma-se ligeiramente e acena para um ajudante atrás dele.

Nicolo dá um passo à frente e estende uma bandeja com uma taça de vinho tinto ao rei, que toma um longo gole antes de colocá-la de volta na bandeja. Nicolo deve ser o copeiro real – em Bessemia, esse é o trabalho de um criado, mas não em Cellaria. Beatriz lembra-se de uma das cartas que ela e a mãe receberam de seus espiões cellarianos: *O rei Cesare sempre tem uma taça de vinho ao alcance da mão e seus copeiros são alguns dos nobres que trabalham mais arduamente no país. Eles são bem recompensados depois de algum tempo de serviço com um lugar no conselho do rei, propriedades, às vezes títulos próprios. A maioria dos jovens lordes, no entanto, não vive o suficiente para colher as recompensas.*

Beatriz arquiva essa informação em sua mente e espera ter a chance de usá-la.

– Vossa Majestade – diz, curvando-se em uma profunda reverência antes de se erguer. Ela lhe dirige um sorriso radiante, como se não estivesse tremendo em suas sandálias de cetim. Ao lado dela, Pasquale ecoa suas palavras e faz a própria reverência. – Soube que houve um problema com uma criada esta manhã... – diz ela, inclinando a cabeça. – Eu lhe asseguro que o príncipe Pasquale e eu ajudaremos no que for possível.

A expressão do rei Cesare não vacila. Seus olhos dirigem-se para a esquerda, onde uma garota de não mais de 14 anos encontra-se ladeada por guardas, os pulsos presos em algemas de ferro. Ela não está chorando, mas Beatriz suspeita que seja apenas porque já chorou tudo o que tinha para chorar – seu rosto está vermelho, e os olhos, injetados.

– Esta criada alega que encontrou poeira estelar em sua janela enquanto limpava o local esta manhã – explica o rei Cesare, a voz indiferente, embora os olhos brilhem com malícia. – Gostaria de saber como foi parar lá.

– Também gostaria, Vossa Majestade – diz Beatriz, desviando os olhos da criada e voltando-os para o rei Cesare. Ela finge um momento de hesitação, depois morde o lábio, como se estivesse considerando as próximas palavras, quando, na verdade, recitou o discurso em sua mente durante todo o tempo em que se vestia e no caminho até ali. – Embora eu tenha minhas suspeitas. Devo confessar... – Ela se interrompe, dando um suspiro profundo.

– Ahn? – replica o rei Cesare, empertigando-se. – Gostaria de fazer uma confissão, princesa Beatriz? Eu compreendo, vindo como você vem de uma terra como Bessemia, que pode ser difícil se familiarizar com nossos costumes. Confesse, e terei misericórdia. – Ele nem se dá ao trabalho de tentar fazer as palavras parecerem convincentes. Sem dúvida deve crer que *misericórdia* consiste em observá-la queimar na fogueira.

– Vossa Majestade – começa Beatriz. – Sei que também acha estranho que essa poeira estelar tenha simplesmente aparecido no peitoril da minha janela assim, apenas uma semana depois da minha chegada. Sei que existem muitos em sua corte que desaprovam meu casamento com Pasquale, muitos que acreditam que carrego o mesmo estigma pagão de minha mãe e minhas irmãs. Eu esperava, com o tempo, provar que eles estão errados, mas simplesmente não entendo como alguém possa estar tão desesperado para se livrar de mim que obteve, ele mesmo, poeira estelar e deixou em minha janela. Não consigo acreditar nisso.

– Isso é... inconcebível – diz o rei Cesare.

– E, no entanto, devo acreditar que é a verdade – replica Beatriz, oferecendo outro suspiro dramático. – Qual seria a alternativa, Vossa Majestade? Que eu vim para sua corte, casei-me com seu filho e herdeiro, como uma empyrea ardilosa, determinada a destruir Cellaria com poeira estelar e pedidos mágicos? – Ela ri, alto e bom som, e alguns cortesãos se juntam a ela, enquanto outros a fuzilam com o olhar. Até o rei sorri, por mais fugaz que seja. – Certamente, Vossa Majestade não pode acreditar que seja esse o caso... se eu *fosse* uma empyrea, não acha que eu faria algo melhor do que deixar poeira estelar onde qualquer um pudesse encontrar? Não, eu acredito que foi plantada ali, na tentativa de levantar suspeitas sobre mim. – Aqui, ela simula um olhar magoado, deixando o lábio inferior tremer enquanto olha para cima, como se quisesse evitar o choro. – Isso me dói, Majestade, dói que existam pessoas em sua corte que me odeiem tanto a ponto de infringir suas leis dessa maneira. – Ela pisca rapidamente, deixando algumas lágrimas artisticamente evocadas escorrerem por suas bochechas.

As lágrimas são uma arma, como a mãe de Beatriz gosta de dizer. *Mas devem ser manejadas com cuidado – se em excesso, você parece histérica; se muito poucas, você é ignorada. Mas na quantidade certa... elas deixarão um homem tão desconfortável que ele fará o que for necessário para pôr fim a elas.*

Beatriz parece ter acertado na dose. O rei Cesare muda de posição no trono, lançando um olhar pela sala. Ele faz sinal pedindo o vinho novamente e Nicolo dá um passo à frente para lhe oferecer a taça, mas dessa vez os olhos do lacaio encontram os de Beatriz. Ele não parece desconcertado com suas lágrimas, ela percebe, apenas parece avaliá-la. Ele lhe dirige um breve sorriso antes de pegar de volta a taça do rei e recuar para trás do trono.

– Princesa Beatriz – diz o rei Cesare, inclinando-se para a frente. – Espero que aceite minhas desculpas e as desculpas da corte também. Se acha que foi... maltratada... bem, essa não é a intenção de nenhum de nós, eu tenho certeza. Se continuar com essa impressão, peço que me informe sobre suas preocupações para que eu possa lidar com elas – acrescenta ele antes de olhar além dela, para a multidão de cortesãos. – A princesa Beatriz é da família. Se eu souber que alguém a está tratando mal, vou lidar com essa pessoa rápida e duramente.

– Sim, Majestade – murmuram os cortesãos, quase em uníssono.

Beatriz é apanhada um pouco de surpresa pela reação dele. Esperava que ele acreditasse nela, é claro, mas a velocidade com que o rei Cesare mudou de opinião, de julgá-la por feiticeira a ameaçar sua corte em seu nome, é suficiente para que ela tenha a sensação de levar uma chicotada.

– Obrigada, Vossa Majestade – diz Beatriz, curvando-se em outra reverência profunda.

Quando se ergue novamente, ela vê a criada ainda de pé, algemada, entre os guardas. Os olhos do rei Cesare seguem os seus.

– Não tenha medo, princesa Beatriz, ela será mandada para a masmorra para aguardar o próximo Dia da Fogueira. Não temos nenhuma tolerância com hereges aqui – diz ele.

– Por favor, Vossa Majestade! – grita a garota. – Por favor, eu nem sabia o que era aquilo... só guardei o pó no bolso porque achei bonito.

O rei Cesare a ignora, com os olhos fixos em Beatriz, que toma o cuidado de não deixar transparecer sua compaixão pela garota. Embora não haja nada que ela queira mais do que pedir ao rei Cesare que tenha misericórdia, Beatriz já ouviu histórias suficientes contadas pelos espiões de sua mãe para saber que tudo o que vai conseguir é ser queimada junto com ela. Pasquale deve senti-la vacilar, porque dá um passo à frente, pondo a mão em suas costas.

– Obrigado, pai – diz ele, curvando-se novamente para o rei. – Espero que o responsável por incriminar minha esposa, seja lá quem for, seja encontrado em breve e tenha o mesmo destino.

O rei Cesare assente, mas já está distraído, pedindo mais vinho enquanto os guardas arrastam a criada chorando para longe. Beatriz observa que as lágrimas da garota não trazem qualquer vantagem a ela.

Beatriz se agarra ao braço de Pasquale enquanto ele a acompanha ao deixar a sala do trono, embora ela possa senti-lo tremendo sob seu aperto. Ele a guia pela sala lotada e vira em um corredor vazio. Assim que estão sozinhos, Beatriz o solta e dobra o corpo para a frente. Ela sente vontade de vomitar, mas sabe que não há nada para sair. A náusea não diminui, porém, mesmo quando ela se força a respirar fundo. O tempo todo ela sente a mão de Pasquale em suas costas, desenhando círculos para reconfortá-la.

– Está tudo bem – consola ele, embora pareça desconfortável com essa demonstração de afeto.

– Não está – diz Beatriz, endireitando-se. Ela não consegue parar de tremer. – Eu pensei que ele fosse mandar me matar... de alguma forma, eu tinha certeza disso.

Ela espera que ele a tranquilize, que lhe diga que ela nunca esteve em perigo, mas ele não faz isso.

– Eu também tinha – admite ele baixinho.

– E aquela garota! – exclama Beatriz, mantendo a voz em um sussurro, para o caso de alguém passar. – Ela vai morrer por pegar um punhado de pó brilhante.

Pasquale assente, desviando o olhar.

– Ela não será a primeira nem a última. No mês passado, um menino, filho do meu ex-tutor, que mal havia completado 12 anos... foi executado porque um de seus amigos disse que ele estava falando sobre poeira estelar. Bastou isso, a palavra de uma criança, e ele morreu por esse motivo. E mataram o pai também, porque tinha dado ao menino um livro sobre o assunto.

Beatriz sente-se enjoada novamente. Ela *sabia* sobre a intolerância de Cellaria à magia, sobre o temperamento do rei Cesare. Mas uma coisa é ouvir boatos e ler relatórios, outra é vivenciar isso.

– Você... – começa Pasquale, mas se interrompe. – Beatriz, você conhece meu segredo. Se você também tem um, espero que saiba que vou guardá-lo.

Beatriz quase ri com essa ideia. Ela tem tantos segredos, mas nenhum deles é o que ele imagina. Ela não é uma empyrea, apenas uma espiã e sabotadora que está ali para arruinar seu país. Por um segundo, porém, ela se pergunta se ele guardaria esse segredo também – ele claramente não tem amor pelo pai nem por como o pai governa Cellaria. E, deixando de lado os sentimentos complexos de Beatriz em relação à própria mãe, ela não pode negar que a imperatriz seria uma governante muito melhor do que Cesare. Quando Cellaria estiver sob seu domínio, não haverá mais Dias da Fogueira, nenhuma criança mais será presa por heresia, ninguém mais precisará pisar em ovos para apaziguar um rei louco. Talvez, se contasse tudo isso a Pasquale, ele concordasse.

Beatriz espanta o pensamento. Não. Ela não *precisa* que ele concorde. Ela precisa fazer aquilo para que foi enviada a Cellaria, de modo a poder voltar para casa o mais rápido possível.

Como se convocado por seus pensamentos, um homem aparece na entrada do corredor, uma expressão cautelosa no rosto que ela reconhece imediatamente dos esboços.

– Minhas desculpas, Altezas – diz lorde Savelle, fazendo uma reverência. – Espero não estar interrompendo, mas queria ver se estava bem. Vossa Alteza acaba de passar por uma grande provação.

Beatriz força um sorriso, enxugando os olhos para secar as lágrimas que possam ter escapado.

– Obrigada, é muita gentileza – diz ela, fingindo não saber quem ele é. – Não creio que já tenhamos sido apresentados, senhor.

– Triz, este é lorde Savelle, o embaixador de Temarin. Lorde Savelle, minha esposa, princesa Beatriz – apresenta Pasquale.

Lorde Savelle faz outra reverência.

– É um prazer conhecê-la.

– O prazer é todo meu, lorde Savelle – diz Beatriz com o que pode ser seu primeiro sorriso genuíno do dia. – Peço desculpas por perder a compostura...

– Não é necessário pedir desculpas, princesa – replica lorde Savelle, dispensando suas palavras com um gesto da mão. – Já faz duas décadas que estou na corte cellariana. Compreendo melhor do que ninguém o... choque que certas práticas podem ser para uma pessoa. Motivo por que quis oferecer minha compaixão. – Ele faz uma pausa. – Também trago notícias de sua irmã... Lady Gisella disse que Vossa Alteza gostaria de ter notícias...

– De Sophie? – pergunta Beatriz, o coração indo parar na garganta. – Ela está bem?

– Casou-se – diz ele. – Um dia antes de Vossa Alteza, acredito. Disseram-me que ela e o rei Leopold são a mais pura inspiração de baladas e poemas de amor.

Beatriz sorri, embora por dentro ela torça para que Sophronia esteja focada em sua tarefa. No entanto, a irmã merece um pouco de felicidade, se estiver ao seu alcance.

– Fico muito feliz em ouvir isso. – Ela faz uma pausa, como se uma ideia acabasse de lhe ocorrer. – Por favor, o senhor deve vir jantar conosco em breve para que Pasquale e eu possamos mostrar nossa gratidão.

Lorde Savelle torna a fazer uma mesura.

– Eu me sentiria honrado, Vossa Alteza.

Talvez, pensa Beatriz com um estremecimento de triunfo, *a volta para casa não esteja tão longe afinal.*

Daphne

A carta de Cliona chega pouco antes da meia-noite do dia seguinte à ida às compras, um bilhete amarrado à janela aberta com uma fita preta, esvoaçando na brisa suave. Como o quarto de Daphne fica no terceiro andar, quem quer que o tenha deixado teve que escalar a parede do castelo sem ser visto – o que, ela admite, trata-se de um feito impressionante. A mensagem é curta, escrita numa letra apressada, porém delicada:

> *Roube seu contrato de casamento. Ele está guardado no gabinete do rei, mas você disse que isso não era um problema.*

Ela não está surpresa por Cliona querer ver o contrato de casamento – depois que Daphne disse a ela que o rei Bartholomew e a imperatriz estavam unificando os países, é claro que Cliona quer provas. Essa prova não existe; não há qualquer acordo formal, porque o rei jamais uniria voluntariamente seu país a Bessemia. Mas Daphne pode dar um jeito nisso com muita facilidade. Ela pode não ser tão boa em falsificações quanto Sophronia, mas sem dúvida consegue dar um jeito.

Ela veste o roupão por cima da camisola, enfiando o bilhete no bolso.

Um arrepio percorre sua espinha quando sai no corredor vazio, segurando uma vela, e fecha a porta suavemente atrás dela. Por mais perigoso que seja fazer um jogo duplo e servir a duas agendas, ela não pode negar que uma parte sua gosta do risco.

Uma semana após a morte de Cillian, o castelo começa a ganhar vida novamente, então ela precisa ter mais cuidado do que da última vez que se esgueirou pelos corredores. Certamente há criados de pé, alimentando lareiras e fazendo a limpeza. Os corredores perto da cozinha em particular devem estar movimentados.

Quando chega à porta do gabinete, ela pousa a vela no chão, tira os grampos do cabelo e começa a trabalhar. Tendo aberto a fechadura antes, ela age de maneira muito mais rápida da segunda vez e, em apenas alguns segundos, a destranca e entra.

Então pega a vela, segue diretamente para a mesa e começa a vasculhar as gavetas, procurando o contrato de casamento. Quando o encontra, senta-se à mesa do rei Bartholomew e pega a pena no tinteiro, folheando o documento com a mão livre até chegar à última página.

Este acordo é firmado de boa-fé e visam aos interesses tanto de Friv quanto de Bessemia.

É bem fácil para Daphne fazer do ponto-final uma vírgula. Ela estuda o restante da caligrafia, observando a escrita precisa e sem adornos – fácil de ler e de imitar –, mas com alguns marcadores para distingui-la. A forma como o *a* e o *o* se inclinam ligeiramente, como o *t* e o *f* são cortados um pouco mais abaixo do que a maioria das pessoas faz.

Uma vez convencida de que pode imitar a caligrafia, ela respira fundo, se acalmando, e começa.

Este acordo é firmado de boa-fé e visam aos interesses tanto de Friv quanto de Bessemia, e do país unificado que um dia constituirão, a ser governado pelo príncipe Bairre e pela princesa Daphne após a morte do rei Bartholomew e da imperatriz Margaraux.

O espaço é apertado para espremer algumas linhas extras acima de onde a mãe de Daphne e o rei Bartholomew assinaram e deixaram seus selos, mas, quando Daphne recoloca a pena no tinteiro e se recosta para examinar o documento, nada parece errado.

Enquanto espera a tinta secar, ela reflete sobre a instrução de Cliona para roubar o contrato. E se o rei der por sua falta? Isso é motivo de preocupação, mas não para Daphne – se o rei perceber, ele não a culpará, então o que importa? O dever dela estará cumprido.

Passos ressoam pelo corredor e Daphne se imobiliza por um instante antes de entrar em ação. Ela toca a tinta e vê que já está seca, então enrola o contrato com o bilhete de Cliona, enfia tudo no bolso e apaga a vela, mergulhando o gabinete na escuridão.

Os passos vão ficando cada vez mais altos. Botas. Pesadas. Um guarda? Os passos soam controlados, regulares, ritmados. Sua mente dispara com desculpas, motivos para sua presença no gabinete do rei, mas todos soam suspeitos, até para seus próprios ouvidos.

Justamente quando não podem ficar mais altos, os passos deixam o gabinete para trás, desaparecendo enquanto seguem pelo corredor. Daphne solta um suspiro e se apoia pesadamente na mesa. Ela espera até que o som tenha desaparecido antes de cruzar em completo silêncio até a porta e esgueirar-se de volta para o corredor.

Assim que ela fecha a porta, porém, os passos retornam, vindo de novo em sua direção. Seus dedos se atrapalham com os grampos do cabelo, mas não há tempo para trancar a porta novamente. No instante em que os passos dobram a esquina, ela enfia bem rápido os grampos de volta em seu coque.

– Olá? – chama uma voz no escuro.

Uma voz familiar.

– Bairre? – sussurra ela.

O som de um fósforo sendo riscado, depois a chama quando ele acende uma vela, iluminando seu rosto perplexo. Os cabelos castanhos e sem corte estão despenteados pelo vento e mais selvagens do que de costume, necessitando desesperadamente de um pente, mas caem bem nele.

– Daphne – diz ele, do jeito que sempre diz o nome dela: como se o esforço de estar em sua presença já o tivesse esgotado. – O que você está... – Ele se interrompe, olhando para a porta atrás dela. O vinco em sua testa se aprofunda.

– Estava tentando achar a cozinha para pegar um pouco de água – diz ela antes que seus pensamentos possam levá-lo além. Ela morde o lábio, fazendo sua melhor imitação de ingenuidade. – Pensei que talvez esta porta levasse a um corredor, mas parece ser algum tipo de gabinete. Este castelo é um labirinto e é difícil se orientar no escuro. – Ela ergue a vela apagada e dá de ombros. – Apagou faz alguns minutos.

Bairre leva a mão atrás dela, experimentando a porta do gabinete do rei. Ela cede facilmente e se abre.

– Essa porta deveria estar trancada – diz ele, mais para si mesmo do que para ela. Por um instante, o coração de Daphne para, mas então ele balança a cabeça. – O castelo inteiro tem estado um pouco distraído nos últimos tempos, suponho.

– Como foi sua viagem de caça? – pergunta ela, esperando desviar sua atenção da porta destrancada. Ele esteve fora nos últimos dois dias, desde a ida dela às compras, caçando com os chefes de alguns clãs das montanhas.

Ele franze a testa e dá de ombros.

– Bastante bem; nós caçamos. Pegamos alguns cervos, até um javali.

– Mas você não estava lá para caçar – diz ela. – Como se saiu com o restante do grupo?

– Por que está tão preocupada? – pergunta ele, embora a tensão em sua mandíbula revele a resposta.

Ela pisca. Por que *está* tão preocupada? Ela vai ficar presa a ele assim que se casarem, ela supõe. Ela não esperava que Cillian vivesse muito tempo depois do casamento, mas Bairre parece gozar de uma saúde perfeita. E quando a mãe lhe deixar o império, Daphne presume que *ela* vai administrá-lo enquanto ele... enquanto ele faz o quê? Ela imagina que não deveria se importar, mas ele será seu marido, então talvez ela devesse se preocupar, sim.

– Porque todo o propósito da viagem era que o vissem como o príncipe herdeiro, e não como o bastardo do rei, mas pelo visto não funcionou. – Ela faz uma pausa, o olhar fixo nele. – Quer goste ou não, você é um príncipe.

– Ninguém me vê assim – diz ele, balançando a cabeça.

– Porque *você* não se vê assim. Minha mãe era filha de um alfaiate e amante de um imperador. Ninguém queria vê-la como governante; ela não lhes deu opção.

Por um momento, ele não diz nada, mas então faz um gesto com a cabeça, indicando o corredor, na direção de onde ela veio.

– É por ali.

Ela olha para o corredor escuro, depois retorna o olhar para ele.

– O quê? – pergunta.

As sobrancelhas dele se erguem.

– A cozinha. Achei que estivesse com sede.

– Eu estava – diz ela rapidamente. – *Estou*. Você me distraiu.

Ela começa a andar na direção que ele apontou e ele a acompanha. Embora ela não admita, sente-se grata pela luz que ele traz.

– Há uma sineta, você sabe – diz ele. – Você pode tocar se precisar de alguma coisa.

– Eu fiz isso – mente ela. – Ninguém apareceu.

Ele parece aceitar a explicação e eles seguem para a cozinha em silêncio.

– Você fica aqui – diz ele quando estão diante da porta da cozinha. – Eles me conhecem, mas a visão da princesa a esta hora vai deixá-los atarantados.

Ela concorda.

– Obrigada.

Ele se detém por um segundo, olhando-a com incerteza.

– Algo mais? – pergunta. – Queijo trufado ou doces de açúcar fiado? Caviar?

– Na verdade, eu acho caviar meio insosso – diz ela com um sorriso sem graça. – Água está bom.

– Tem certeza de que não quer pó de pérola nela? – continua ele, claramente se divertindo. – Ouvi dizer que sua mãe ferve pérolas no chá como tratamento de beleza.

– Pérolas não fervem – diz Daphne antes que possa se conter. – Mas elas dissolvem em vinagre, nas circunstâncias certas, e o efeito é uma grande demonstração de riqueza e poder para uma rainha novata jantando com dignitários estrangeiros que planejem enfraquecê-la. Talvez haja uma lição aí para você.

Isso apaga o sorriso do rosto dele, que entra na cozinha sem dizer mais nada. Quando ele aparece um momento depois, põe o copo com água nas mãos dela.

– Você consegue encontrar o caminho de volta? – pergunta Bairre.

Ela assente, pegando o copo da mão dele e se virando sem mais nenhuma palavra.

Sozinha novamente no quarto, Daphne tira do bolso o contrato de casamento enrolado. Em seguida vai até a janela e a abre, deixando o contrato no parapeito, exatamente onde encontrou o bilhete. Depois tira o robe e, enfim, se deita.

Exausta como está, ela deveria dormir logo, mas sua mente fica repassando a conversa com Bairre. Ela diz a si mesma que atingiu seu objetivo: ela o distraiu – ele não desconfiou de verdade do que ela estava fazendo no gabinete do rei –, mas não precisava ter dado *conselhos* a ele. O que a corte pensa de Bairre não é problema dela. Friv não é problema dela. Seu objetivo é chegar ao casamento, roubar o selo do rei e fazer o que mais sua mãe pedir. Seria melhor se Bairre gostasse dela, mas não é provável que isso aconteça enquanto ela o insultar.

Então por que ela fez isso?

Daphne adormece antes de chegar a uma conclusão.

De madrugada ela acorda com uma corrente de ar vindo da janela aberta. Ela sabe que fechou aquela janela na noite anterior e a trancou por garantia. Mas agora está aberta e ali, em sua penteadeira, há outro bilhete e um pequeno frasco de pó cintilante.

A poeira estelar.

Ela sai da cama, cambaleando, e vai até a penteadeira, pegando o frasco e girando-o em suas mãos. Ela o pousa e pega o bilhete, desenrolando-o e examinando-o rapidamente. São apenas cinco palavras, mas parecem um peso de chumbo caindo em seu estômago.

Muito bem. Mais em breve.

Sophronia

Sophronia não consegue dormir. A lua vai alta no céu e, através da janela, ilumina o quarto, fazendo com que os móveis dourados pareçam prateados e fantasmagóricos – bem apropriado, ela pensa, pois tem se sentido mais fantasma do que humana nos últimos dias. Desde que flagrou a rainha viúva com sir Diapollio, Eugenia a tem evitado. Acabaram-se os convites para o chá, para os passeios no jardim quando punham em dia as fofocas. Nas ocasiões em que são forçadas a estar no mesmo salão durante banquetes ou bailes, Eugenia nem sequer olha para ela. O que é bom, visto que Sophronia também quer evitar Eugenia, depois de ler a carta que o irmão escreveu para ela, cujas palavras ainda a assombram.

> *Minha querida irmã,*
>
> *A notícia em sua última carta é tão bem-vinda quanto você será em Cellaria quando voltar para casa. Estamos quase prontos agora – ouso dizer que poderíamos atacar Temarin amanhã e sair vitoriosos antes da primavera, mas eu gostaria de realizar esse trabalho de forma mais rápida. Temo que as defesas de Temarin ainda sejam fortes demais para caírem facilmente. Um pouco mais de trabalho do seu lado e elas irão desmoronar sob a brisa mais leve.*
>
> *Que as estrelas te abençoem e te guiem,*
> *Cesare*

Sophronia sabe que é perigoso agir sob a suposição de que a carta é real. Sua mãe sempre destacou a importância de validar qualquer informação recebida e questionar a confiabilidade de sua fonte. Sophronia não confia em sir Diapollio, então não tem certeza se pode confiar na carta, por mais condenatória que seja.

Mas sir Diapollio estava certo em relação a uma coisa – ela pode verificar seu conteúdo, embora seja importante que o faça sem levantar suspeitas. E uma rainha vinda de um país estrangeiro, que ocupa o trono há menos tempo que um ciclo da lua, pedindo para ver os orçamentos da defesa certamente levantaria suspeitas.

Ela passou os últimos dois dias tentando obter informações sobre os orçamentos do castelo de maneiras indiretas, mas todas as vezes que abordava o assunto em qualquer um de seus almoços, chás ou jantares, os cortesãos logo mudavam de assunto; ela não pode mais bisbilhotar sem levantar suspeitas, então foi forçada a deixar a questão de lado.

Sophronia se vira na cama e olha para Leo, deitado de costas em um sono profundo, um braço dobrado atrás da cabeça. No sono, ele parece o menino que ela acreditou que fosse, aquele que ela imaginava quando lhe escrevia cartas. Parece aberto, gentil e fraco. A traição de sua mãe – se for verdade – irá devastá-lo.

Não se pode ser fraco e usar uma coroa, sua mãe lhe disse em mais de uma ocasião, sempre que Sophronia expressava algum tipo de dúvida moral durante as aulas. *Ou corre-se o risco de ser esmagado sob seu peso.*

Há alguma verdade nisso – e se aplica não só à sua mãe, a Leopold ou à rainha Eugenia, mas também à própria Sophronia. Ela pode sentir que já está endurecendo. Talvez sua mãe esteja certa no fim das contas – para exercer o poder, é preciso ser incisivo e estar pronto para tirar sangue.

Ela rola para longe de Leopold e fecha os olhos. Já sabe que não vai dormir esta noite. É algo que acontece de tempos em tempos, quando sua mente fica agitada demais para trocar os pensamentos pelos sonhos. Em Bessemia, às vezes ela descia até a cozinha, onde a confeiteira, madame Devoné, estava de pé bem antes do amanhecer, misturando, enrolando e assando suas criações. Ela tinha poucos escrúpulos em pôr uma princesa curiosa para trabalhar, ensinando-lhe como bater a massa para manter o bolo leve e intercalar camadas de manteiga para criar camadas folhadas nos doces. As ações monótonas e repetitivas sempre ajudavam a acalmar a mente de Sophronia.

É uma pena que não possa fazer isso agora, ela pensa, antes de se questionar.

Por que *não pode* fazer isso agora? Ela é a rainha de Temarin – a única pessoa que está acima dela se encontra dormindo ao seu lado, e mesmo que Leopold estivesse acordado, ela sabe que ele não lhe diria não.

Sophronia sai da cama, encontra o robe pendurado no guarda-roupa e o amarra sobre a camisola antes de esgueirar-se do quarto para o corredor.

É estranho ver-se novamente em uma cozinha – e, ainda por cima, uma cozinha estranha. Ela havia se familiarizado com a cozinha do palácio bessemiano. Sabia onde os grãos eram guardados, se os ovos estavam frescos ou não, que o forno era temperamental e estava sempre alguns graus acima do que deveria. Essa cozinha é uma terra estranha, e ela leva algum tempo para se familiarizar com a paisagem. A hora é algum momento entre a saída da equipe da noite e a chegada da equipe da manhã, então a cozinha está praticamente silenciosa. As únicas outras pessoas por ali são um punhado de criadas da limpeza.

Quando ela pergunta a uma delas se está tudo bem se ela ocupar um canto, a criada olha para ela com os olhos arregalados, não respondendo exceto por uma reverência desajeitada, que Sophronia toma como consentimento.

Ela mal conseguiu juntar seus ingredientes quando Violie aparece, ainda de camisola, os cabelos louros presos em uma única trança comprida que ondula sobre seu ombro. Sophronia não chega a se surpreender com aquela aparição – imagina que, no segundo em que entrou sozinha na cozinha, uma das criadas tenha ido correndo buscar uma de suas camareiras. Ela está feliz por terem encontrado Violie, que pode vir a ser útil se Sophronia fizer a coisa certa.

– Que tal um bolo? – pergunta Sophronia a ela.

Violie pisca, fitando-a com olhos cansados.

– São três da manhã, Majestade – diz ela. – Um pouco cedo para um bolo... ou tarde, acho.

– Não seja tola, ele levará horas para ficar pronto – retruca Sophronia, começando a medir a farinha tirada de um saco que tem metade da sua altura. – O bolo é para o café da manhã.

Violie reflete sobre a pergunta, inclinando-se para a frente e apoiando os cotovelos no balcão da ilha.

– Nesse caso, sou totalmente a favor do bolo – diz ela. – Alguma razão em particular para esta aventura?

Sophronia dá de ombros.

– Não tenho permissão? – pergunta, quase como um desafio.

– Não existe nenhuma regra que proíba isso... embora talvez porque nenhuma rainha jamais tenha pisado nesta cozinha antes – responde Violie. – O que posso fazer para ajudar?

Elas mergulham em um silêncio agradável enquanto Sophronia põe Violie para quebrar os ovos e medir o leite. E, quando Sophronia começa a peneirar, bater e misturar tudo em uma massa espessa, sua mente vai se acalmando o suficiente para que ela elabore um plano.

– Há quanto tempo você está em Temarin, Violie? – pergunta ela.

A camareira parece um tanto surpresa com a pergunta repentina.

– Faz um ano, Majestade. Encontrei trabalho, por um breve período, aqui na cozinha, até que a duquesa Bruna me contratou pouco antes do falecimento do rei Carlisle.

– Então você passou todo o seu tempo no palácio?

– Realizei tarefas em Kavelle, mas, sim, moro no palácio desde que cheguei.

– Ainda assim, você viu mais de Temarin do que eu – afirma Sophronia, balançando a cabeça. – Posso confessar uma coisa, Violie? – pergunta ela, baixando a voz. Esse é um dos truques favoritos de sua mãe para coletar informações: oferecer um segredo, não real, mas algo que dê a ilusão de vulnerabilidade. – Estou preocupada com Temarin. As pessoas parecem infelizes... não dentro do palácio, mas na cidade e, eu apostaria, no resto do país também. Pelo que apurei, elas estão com fome e tudo o que fizemos foi aumentar seus impostos. Triplicá-los, pelo que verifiquei.

Violie pisca, parecendo surpresa com a franqueza de Sophronia.

– Sim – diz ela. – Acredito que seja isso mesmo.

Sophronia balança a cabeça como se estivesse tentando se livrar desses pensamentos desagradáveis antes de continuar.

– Eu já tinha ouvido isso antes de chegar aqui, mas, até pelo que posso ver, o palácio em si não fez nenhum corte; a realeza e a nobreza parecem tão prósperas como sempre – diz ela. – Eu olhei a nota de despesas do meu novo guarda-roupa. Ele custou 20 mil ásteres, sem incluir sapatos e joias. E, a julgar pelos presentes que vêm sendo enviados para mim e Leopold desde o nosso casamento, o restante dos nobres também não está enfrentando problemas financeiros, mesmo aqueles que eu acreditava que estivessem com dívidas.

Violie não diz nada, mas não é necessário. Sophronia pode ver que ela também se sente incomodada com a situação.

– Bessemia não é perfeita, e sei que muitos dos nossos pobres também sofrem lá, mas... – Sophronia se interrompe, balançando a cabeça.

– Se me permite, Majestade – diz Violie. – Lembra-se... de cinco anos atrás? Bessemia enfrentou um inverno rigoroso seguido de uma seca cruel. As colheitas foram todas lastimáveis.

Sophronia assente. Tinha 11 anos na época, idade suficiente para começar a participar das sessões do conselho da mãe. E era impossível esquecer como Nigellus acabara por usar seu poder para pôr fim à seca.

– Os efeitos se espalharam por todo o país. Ninguém gastava dinheiro, então ninguém ganhava dinheiro – afirma Sophronia.

– Não sei o suficiente sobre a situação atual – diz Violie. – Mas imagino que algo semelhante esteja ocorrendo aqui. Acontece. As economias têm altos e baixos. A economia bessemiana cresceu novamente... floresceu até. Tenho certeza de que a temarinense também se reerguerá.

Sophronia reflete sobre isso enquanto despeja a massa nos dois tabuleiros untados. Violie pode estar certa, mas, se a carta merecer crédito, pode ser que haja algo mais sinistro em ação. Sophronia olha para o grande relógio pendurado acima do fogão. Está quase amanhecendo, logo o restante do palácio vai acordar em breve.

– Nós reduzimos os impostos – diz Sophronia, trazendo a conversa de volta ao propósito que ela pretendia.

Violie ergue os olhos para ela, confusa.

– Como?

– Em Bessemia – esclarece Sophronia, lembrando que ela e as irmãs participavam dessas reuniões, Beatriz entediada e Daphne mais interessada em dizer a coisa certa para impressionar a imperatriz do que em ouvir. Sophronia, no entanto, sentia-se fascinada, lendo tanto os cortes orçamentários propostos para o palácio e as novas leis tributárias que quase os decorara. – Minha mãe ordenou que os impostos fossem reduzidos. Ela também usou dinheiro do tesouro real para criar um fundo de assistência àqueles que perderam o emprego ou que não podiam pagar as necessidades básicas. E pressionou todas as famílias nobres a fazerem o mesmo. Eles não ficaram felizes com isso... já haviam perdido grande parte da renda, que vinha dos impostos que cobravam das aldeias em suas propriedades... mas ela os obrigou. Eu me lembro do meu aniversário e de minhas irmãs naquele ano: em vez do baile luxuoso de costume, fizemos um pequeno chá da tarde. Minha mãe dizia que, se Bessemia estava sofrendo, todos nós estávamos sofrendo.

Violie olha para Sophronia, a compreensão brilhando em seus olhos.

– E Bessemia se recuperou – diz ela. – No ano seguinte, quase tudo tinha voltado ao normal.

Sophronia assente.

– Estou curiosa, Violie, se medidas semelhantes foram tomadas em Temarin. Mas as pessoas com quem falei parecem não saber nada sobre impostos ou orçamentos.

Violie morde o lábio, parecendo hesitar.

– Vossa Majestade está me pedindo que encontre esses documentos? – pergunta.

Sophronia sorri.

– Nós duas somos estrangeiras aqui, Violie – diz ela. – Mas agora este é o nosso lar... Creio que nós duas queremos o que é melhor para ele.

Sophronia não disse as palavras, mas sabe que Violie as ouviu.

– Vou ver o que posso fazer – diz Violie.

– Excelente – retruca Sophronia, empertigando-se. – A rainha Eugenia me disse que gosta de se levantar antes do sol para aproveitar melhor o dia. Você pode, por favor, enviar-lhe um convite para tomar o café da manhã comigo na minha sala de estar?

– Um convite bastará? – pergunta Violie, erguendo as sobrancelhas.

Claramente, a atitude de Eugenia ao evitar Sophronia não passou despercebida.

Sophronia comprime os lábios.

– Pode soar como um convite, mas cuide para que ela entenda que se trata de uma ordem. Da sua rainha.

Sophronia e Eugenia sentam-se frente a frente na sala de estar da rainha, a mesa redonda entre elas posta com xícaras de café quente e fatias de bolo. Nenhuma das duas falou desde que Eugenia chegou há dez minutos, apesar de ambas já terem terminado a primeira xícara de café e metade da fatia de bolo. Quando os olhos de Sophronia encontram os de Eugenia, ela lhe dirige um sorriso plácido, que só parece confundir ainda mais a mulher.

Finalmente, Eugenia cede e rompe o silêncio.

– Este bolo está divino, não é? – diz, tentando dar à sua fala um tom informal que pode enganar outras pessoas, mas não Sophronia, que percebe a tensão em suas palavras. – O chef deve estar experimentando uma receita nova... Você acha que isto é canela?

– Canela e mirtilo, sim – responde Sophronia enquanto uma criada se aproxima com um bule de café fresco para tornar a encher suas xícaras. Sophronia adiciona um cubo de açúcar ao seu café, mas Eugenia o toma puro. – Na verdade, fui eu que fiz – acrescenta Sophronia.

Ela espera que Eugenia fique surpresa, mas a rainha viúva apenas ergue uma sobrancelha.

– Toda rainha tem seus hobbies – diz ela, dando de ombros. – Prefiro jardinagem.

– Entre outras coisas – acrescenta Sophronia, mantendo um tom leve.

Os olhos de Eugenia se estreitam e ela pousa o garfo na mesa.

– Você não viu o que você acha que viu, Sophronia – diz ela com firmeza.

– Estava bem escuro – concorda Sophronia. – Talvez eu devesse dizer a Leopold o que acho que vi... e ouvi... e pedir a opinião dele sobre o que isso significa...

– Ah – diz Eugenia, recostando-se na cadeira e olhando Sophronia com cautela. – Então é aqui que chegamos.

Sophronia sente uma pontada de culpa. Ela não recrimina Eugenia por ter um caso – as estrelas sabem que sua mãe teve muitos amantes. Mas se Sophronia quer tomar o poder em Temarin, Eugenia terá que desistir de seu próprio poder. E, se Eugenia está de fato tramando com o irmão para dominar Temarin, bem... Sophronia não vai se sentir nem um pouco culpada por isso.

Sophronia sorri e se inclina para a frente.

– Amigas guardam os segredos uma da outra, não guardam? E eu acho que somos amigas.

– Você é como a filha que eu nunca tive, Sophronia – argumenta Eugenia, acompanhando as palavras com um sorriso, embora haja gelo por trás dele. – E eu odiaria que qualquer uma de minhas... más decisões... passasse uma imagem negativa a você e Leopold, caso viessem à tona.

– Ah, você não precisa se preocupar com isso, tenho certeza de que daríamos um jeito – diz Sophronia, dando de ombros. – Mas, como eu disse, amigas guardam segredos. E também se apoiam, você não concorda?

– Suponho que sim – concorda Eugenia devagar, levando a xícara de café aos lábios, embora Sophronia note que suas mãos tremem um pouco.

É estranho quanto isso a faz sentir-se poderosa. E alarmante quanto ela gosta disso.

– Leopold me pediu que participasse das reuniões do seu conselho, que contribuísse com minhas ideias e opiniões sobre como Temarin está sendo governado – diz Sophronia. – Confio que posso contar com seu apoio nessa questão. É preciso que estejamos todos juntos para fazer de Temarin o melhor possível. Você não concorda?

A mandíbula de Eugenia se contrai, mas ela consegue dar um sorriso e um breve aceno de cabeça.

– Maravilhoso – diz Sophronia, radiante. Ela ergue a xícara de café para um brinde. – A um Temarin forte e próspero.

Beatriz

Na noite em que Beatriz e Pasquale deveriam jantar com lorde Savelle, ela encontra Pasquale na cama, agarrado a uma bacia vazia com uma palidez esverdeada, o rosto banhado de suor. Ela se detém no vão da porta e se pergunta se não teria exagerado com raiz-de-nó no chá da tarde dele – a intenção era que ele ficasse doente e faltasse ao jantar, mas não que ficasse à beira da morte. Porém, ela nunca teve o talento de Daphne com venenos.

– Como está se sentindo? – pergunta ela, tentando ignorar a culpa que a atormenta.

Ele parece péssimo e é ela a responsável. Precisa de um tempo sozinha com lorde Savelle, lembra a si mesma. Ainda assim, a culpa não desaparece por completo.

– Ah, um pouco melhor, eu acho – responde Pasquale, a voz rouca. – Não creio que tenha vomitado no último quarto de hora, então já é uma melhora.

Ela solta um pequeno suspiro de alívio – se tivesse ido longe demais com a raiz-de-nó, ele vomitaria mais com o passar do tempo, não menos.

– Eu me sinto mal em deixá-lo aqui para ir ao jantar. Tem certeza de que não se importa se eu for sem você?

Ele faz um gesto, dispensando sua preocupação.

– Não, eu sei que você queria saber mais sobre Temarin e Sophronia... Pode perguntar por Leopold também? Perdemos contato nos últimos anos, mas ele é meu primo.

– Claro – diz Beatriz antes de morder o lábio. – Quer que eu peça alguma coisa aos criados? Pão, talvez, agora que seu estômago se acalmou?

Ele balança a cabeça lentamente, embora seus dedos apertem um pouco mais a bacia à menção de comida.

– Talvez daqui a uma hora mais ou menos... Não quero me antecipar.

– Claro – diz ela, demorando-se à porta.

Parte dela quer confortá-lo, assim como ele a confortou depois que ela enfrentou seu pai na sala do trono, mas Beatriz não sabe por onde começar. Sempre que ela ou as irmãs ficavam doentes, a mãe as mantinha isoladas, mesmo umas das outras, para evitar que a doença se espalhasse. Geralmente o isolamento era pior do que a própria doença. Será que ela deveria se aproximar da cabeceira? Esfregar as costas dele, como ele fez com ela? Uma pequena parte dela, desconhecida, sente o impulso de beijar a testa dele por algum motivo incompreensível. No entanto, em vez de fazer quaisquer dessas coisas, ela se mantém à porta, a mão na maçaneta.

– Melhoras – diz, com um sorriso breve e tenso. – Volto logo.

Embora o jantar seja servido na sala de jantar menor contígua aos aposentos de Beatriz e Pasquale, *menor* é uma descrição relativa. A mesa pode acomodar confortavelmente pelo menos uma dúzia de pessoas e, quando entra, Beatriz encontra três lugares postos na outra extremidade, com lorde Savelle já sentado à esquerda da cabeceira. Quando a vê entrar, ele se levanta e faz uma reverência.

Ela espera que seu olhar a percorra de cima a baixo, detendo-se especialmente nos ombros nus e no que o decote de seu vestido revela com tanto esplendor. Ela sabe que o violeta intenso acentua seus cabelos ruivos; além disso, ela aplicou cuidadosamente um arsenal de pós e cremes para realçar seus traços. Mas o olhar de lorde Savelle não é demorado nem lascivo como os de outros homens. Estrelas do céu, mesmo quando está usando seu vestido mais recatado, ela pode sentir o olhar libidinoso do rei, observando cada movimento seu. Por que será, ela se pergunta, que os dois homens que precisa atrair são os dois que não demonstram o menor interesse por ela?

Bem, ela falhou com Pasquale, não há o que fazer a esse respeito, mas se recusa a falhar aqui também.

– Vossa Alteza – diz lorde Savelle. – Mais uma vez: obrigado pelo convite.

– Eu é que agradeço por se juntar a nós... – Ela faz uma pausa. – Bem, a *mim*, pelo menos. Receio que o príncipe Pasquale esteja um pouco indisposto no momento, mas ele manda dizer que lamenta e que devemos prosseguir sem ele.

– Sinto muito saber disso – diz lorde Savelle. Quando Beatriz ocupa o lugar à sua frente, ele também se senta. – Nunca estive nesta parte do palácio... É deslumbrante.

– Nunca esteve? – pergunta Beatriz, franzindo a testa como se estivesse surpresa, quando de fato poderia ter deduzido isso. Pelo que ouviu, ninguém na corte faz nenhum esforço para convidar lorde Savelle para qualquer evento, muito menos a família real. Pasquale parece gostar dele, mas Pasquale não é exatamente conhecido por oferecer jantares ou festas. Se ela não tivesse sugerido esse jantar, isso nunca teria ocorrido a ele. – Bem, fico feliz que agora conheça.

Ela faz sinal para que um criado de pé perto da porta traga vinho, e uma vez que suas taças estão cheias, ela ergue a sua e lhe oferece seu sorriso mais encantador.

– A você, lorde Savelle – diz ela. – E ao desabrochar de novas amizades.

Um leve rubor colore suas bochechas, mas ele ergue a taça em direção à dela, fazendo ecoar um ruído de cristal pela sala antes silenciosa.

– Vossa Alteza me lisonjeia, mas obrigado – diz ele, antes de tomar um gole do seu vinho. – Confesso que fiquei surpreso com seu convite.

– É? – espanta-se Beatriz, levantando uma sobrancelha.

Despreocupadamente, ela desliza um dedo ao longo de seu pescoço enquanto o fita nos olhos, um truque que aprendeu com uma cortesã bessemiana que afirmou que esse gesto poderia atrair para ela um homem que estivesse do outro lado de um salão de baile apinhado. Mas, se lorde Savelle repara na curva de seu pescoço ou em seu olhar sedutor, não deixa transparecer.

– Sim – diz ele. – Tenho certeza de que Vossa Alteza ainda não teve a oportunidade de perceber, mas não sou muito popular aqui na corte.

– Não consigo imaginar por quê – retruca Beatriz com outro sorriso luminoso. – Não vejo nada em você que me desagrade, lorde Savelle.

– Mais uma vez, Vossa Alteza é muitíssimo gentil...

– Ah, você deve me chamar de Beatriz – diz ela, estendendo a mão por cima da mesa para pousá-la em seu braço.

Lorde Savelle não se afasta bruscamente dela, mas tampouco se mostra receptivo ao toque.

– Muito bem, Beatriz – diz ele, parecendo apenas um tanto perplexo. – Como eu ia dizendo, as pessoas têm memória de longa duração. Há muitos aqui que não esqueceram seus... problemas com Temarin e ainda me veem como inimigo.

– Isso é uma tolice – replica Beatriz, recolhendo a mão e mascarando sua frustração crescente com outro gole de vinho. – A guerra acabou quando eu ainda nem era nascida... com certeza ninguém guarda rancor por *tanto* tempo assim.

– Vossa... Quer dizer, você é muito jovem, Beatriz – replica ele, balançando a cabeça e olhando para ela novamente. Dessa vez fica bem claro que não há qualquer atração em seu olhar.

Beatriz está começando a suspeitar que ela poderia atravessar a sala completamente nua e ele nem piscaria. Reconhecer isso a irrita. Foi para isso que foi criada – supostamente sua beleza é seu melhor ativo e, no entanto, não tem lhe ajudado em nada.

– Você me faz lembrar alguém, na verdade – diz ele, inclinando a cabeça um pouco para um lado enquanto a observa. – Minha filha.

– É mesmo? – espanta-se outra vez Beatriz, franzindo a testa enquanto vasculha tudo o que sabe sobre lorde Savelle. – Não sabia que você tinha filhos.

– Não, por que saberia? – pergunta ele, balançando a cabeça, e Beatriz tem vontade de dar um beliscão em si mesma. – Ela nasceu cerca de dois anos depois que cheguei aqui... A mãe dela era minha... – ele se detém, olhando para ela com cautela. – ... era minha amante – completa um segundo depois. – Não me orgulho nem um pouco de como ela veio ao mundo, mas lhe dei meu sobrenome e todos os privilégios que pude. Ela foi criada em minha casa, recebeu as mesmas lições que qualquer criança nobre recebe... na verdade, eu a mimei demais. Fidelia era o nome dela.

– Era? – ecoa Beatriz, seu estômago se revirando. – O que aconteceu?

Com isso, lorde Savelle deixa escapar um suspiro.

– Faz quase dois anos, ela foi trazida diante do rei, assim como você. Eu acredito no fundo da minha alma que ela era tão inocente quanto você, Beatriz, mas... não tinha o seu charme, suponho. O rei Cesare não acreditou nela.

– Ah – diz Beatriz. – Por isso você veio atrás de mim, para ter certeza de que eu estava bem.

Lorde Savelle assente.

– Eu pensei que ele fosse me matar também – admite o nobre. – Geralmente é o que acontece nos julgamentos do rei. Mas suponho que ele não quis correr o risco de irritar Temarin.

Beatriz morde o lábio inferior, sentindo-se de repente a pior das tolas, apresentando-se em um vestido revelador com seus truques coquetes.

– Sinto muito – diz a ele. – Não consigo sequer imaginar como deve ter sido. Nem sei como conseguiu permanecer aqui... sem dúvida o rei Leopold poderia encontrar um substituto para você, se pedisse.

– Tenho certeza de que ele poderia, sim – afirma lorde Savelle, sorrindo de leve. – Mas, por mais difícil que seja estar aqui às vezes, a ideia de morar em algum lugar onde ela nunca viveu é... impensável para mim.

Beatriz assente.

– Acho que entendo – diz ela. – Bem, sinto-me honrada que pense que sou parecida com ela em algum aspecto. Vou me esforçar para merecer essa comparação, lorde Savelle.

Quando ele lhe oferece outro breve sorriso, Beatriz de repente percebe como ela está fora de sua zona de conforto. Ela sabe desempenhar o papel do flerte, foi preparada para levar essa farsa até onde for necessário para atingir os objetivos da mãe. Mas isso? Lorde Savelle a vê como um pai vê uma filha, e esse é um relacionamento que ela não tem ideia de como conduzir.

O jantar não dura mais de uma hora, então, quando Beatriz volta ao quarto que compartilha com Pasquale, ela leva alguns pedaços de pão quente em um prato. Um dos criados se ofereceu para levar, mas Beatriz insistiu em ela mesma fazê-lo. A culpa por envenená-lo – ainda que apenas um pouquinho – ainda a atormenta, e mesmo sabendo que o pão é uma coisa pequena, é o máximo de desculpas que ela consegue improvisar.

Quando Beatriz entra no quarto, porém, Pasquale não está sozinho. Ambrose encontra-se sentado no canto inferior da cama, com um livro aberto no colo, embora sua atenção não esteja voltada para ele. Em vez disso, ele e

Pasquale estão rindo. Beatriz percebe que nunca tinha ouvido Pasquale rir, rir *de verdade*. O som é agradável.

– Espero não estar interrompendo – diz ela da porta.

Ambrose quase pula da cama, segurando o livro com força, enquanto Pasquale se senta mais ereto, as bochechas ficando muito vermelhas.

– Triz – diz Pasquale, passando a mão pelos cabelos. Ele parece melhor, ela observa, o tom verde já ausente de sua pele. – Desculpe, você me assustou... nos assustou... Já foi apresentada a Ambrose?

Ambrose não olha para ela quando dá um passo em sua direção, fazendo uma reverência profunda.

– É um prazer conhecê-la, Alteza.

– Ah, por favor – diz ela. – Me chame de Triz. Ouvi Pasquale falar tanto de você que sinto que já o conheço.

Pasquale a fuzila com o olhar, mas Ambrose apenas sorri, hesitante.

– Vim até aqui porque a biblioteca recebeu uma nova remessa de livros de Friv e eu quis trazer um para Pas. Mas, quando ele disse que não estava se sentindo bem, eu me ofereci para ler para ele.

– Ah, é? – diz Beatriz, aproximando-se de sua penteadeira e tirando os brincos e em seguida o colar. – Que livro é?

– Uma coletânea de histórias de fantasmas das montanhas – responde Ambrose. – Com as Guerras dos Clãs, parece que praticamente cada centímetro quadrado de Friv é o antigo campo de alguma batalha.

– A irmã de Beatriz está em Friv – acrescenta Pasquale, olhando de um para o outro com olhos cautelosos. O que ele acha que ela vai fazer?, Beatriz se pergunta. Contar a Ambrose que Pasquale está apaixonado por ele? Mesmo que fizesse isso, está claro para ela, mesmo depois desses poucos minutos, que esses sentimentos são correspondidos, ao contrário do que Pasquale acredita. – Daphne, certo?

– Certo – confirma Beatriz, voltando-se para eles. – Embora, aqui entre nós, acho que Daphne é muito mais assustadora do que qualquer fantasma.

Eles riem como se ela estivesse brincando, mas Beatriz não tem muita certeza de que se trata de uma brincadeira. Esse pensamento faz uma onda de saudade percorrê-la – por mais irritante que Daphne possa ser, Beatriz sente muita falta dela.

Quando sua risada cessa, Ambrose olha para o livro em suas mãos.

– Bem, eu só queria deixar isto. Está ficando tarde, então é melhor eu ir. Triz, foi um prazer conhecê-la, finalmente. Pas, espero que você melhore.

– Ah, vou melhorar – diz Pasquale. – Mesmo que seja apenas para vencê-lo em nossa partida de xadrez amanhã à tarde.

Ambrose sorri.

– Até lá, então – diz ele, e vai embora.

Quando ele sai e a porta se fecha, Beatriz desaba na cama ao lado de Pasquale, ainda com seu vestido de noite.

– Dá para entender por que você gosta dele – diz ela, olhando para o marido, que geme e joga um braço sobre o rosto vermelho.

– Pare com isso – pede ele.

Beatriz sorri, mesmo contra a vontade. Por um instante, parece quase normal – como ela se sentia com as irmãs quando elas se amontoavam em uma única cama no fim de uma longa noite dançando, bebendo e flertando com garotos com quem elas sabiam que nunca poderiam fazer nada além de flertar. Talvez beijar. Ainda assim, elas fofocavam sobre eles – aqueles de quem elas gostavam, aqueles que elas achavam que gostavam delas.

Mas não é normal, ela lembra a si mesma. Se fosse, ela diria a Pasquale que tem quase certeza que Ambrose também está apaixonado por ele. Mas saber disso não fará bem a ninguém – manter esse segredo, diz a si mesma, é a melhor coisa que pode fazer por Pasquale.

Ela se vira de lado, apoiando a cabeça na mão.

– Um dia – diz a ele – viveremos em um mundo melhor.

É a verdade, ela se dá conta. Quando sua mãe tomar Cellaria, o povo será governado pelas leis bessemianas. Pasquale será destituído de seus títulos, mas ela não pode imaginar que ele seria uma ameaça ao reinado de sua mãe. Talvez ele nem precise ser exilado. Não haverá nada que o impeça de estar com quem ele quiser.

– Um dia, nós faremos um mundo assim – acrescenta Pasquale baixinho.

Beatriz sente o peito apertar com tanta força que ela acha que sente o coração doer de verdade. Ela força um sorriso antes de rolar para o lado, afastando-se dele.

Daphne

Daphne encontra o rei Bartholomew na biblioteca. O frasco de poeira estelar está escondido no fundo do bolso de sua saia de lã.

Quando os guardas postados do lado de fora abrem a porta e ela entra na biblioteca, fica momentaneamente atordoada com o espaço. O restante do castelo deixa transparecer quão novo ele é – muitas paredes ainda estão sem decoração, alguns quartos encontram-se parcamente mobiliados, os espaços simplesmente não parecem habitados tal como o secular palácio de Bessemia. A biblioteca, porém, é algo muitíssimo diferente.

O pé-direito da sala tem a altura de dois andares, com estantes que cobrem todas as paredes, lotadas com uma quantidade de livros maior do que Daphne jamais viu em um só lugar. São tantos livros que ela fica tonta só de imaginar quantos existem ali.

– Daphne – diz o rei Bartholomew, levantando-se da poltrona ao lado da lareira crepitante.

A mobília da sala é escassa, como no restante do castelo, mas é aconchegante, acolchoada e estofada em veludo verde-esmeralda. Quando Daphne pisa no tapete estendido sobre o piso de pedra, seus pés afundam na felpa.

– Desculpe interromper – diz ela, forjando um sorriso encabulado. – Ainda não vi a biblioteca, mas esperava encontrar um livro de poesia.

Na verdade, Daphne não tem nenhuma paciência para poesia – quem gosta é Beatriz, que levava pequenos volumes encadernados em couro para o jardim para ler em voz alta à sombra das árvores. Daphne gostava de ouvir a voz melódica de Beatriz lendo, mas nunca encontrara muito prazer nas palavras propriamente ditas. Beleza pela simples beleza, sem qualquer valor para ela.

A lembrança de Beatriz é azedada pela última carta que Daphne recebeu da irmã, e a última linha em particular.

Não sei como, mas é ainda mais quente em Cellaria do que eu esperava. Não consigo andar mais de cinco minutos ao ar livre sem o suor transparecer no vestido. Tenho certeza de que, se pudesse, você me enviaria um murro diretamente do congelante Friv, por reclamar do calor, mas tenho certeza de que o frio combina com você.

Não é motivo para ela se aborrecer, Daphne sabe disso, mas as palavras ainda fazem sua pele comichar, a insinuação de que ela própria é fria. Beatriz já disse coisas semelhantes antes, frequentemente chamando-a de *megera fria e implacável* – sempre em tom de provocação, da mesma forma que Daphne a chamava de *safada e sem-vergonha* –, mas a irritação perdura dessa vez, em grande parte porque Daphne começa a suspeitar de que essa seja mesmo a verdade. Ela não derramou uma lágrima sequer por Cillian, a compaixão que sente pelos pais dele é, na melhor das hipóteses, superficial e, mesmo quando estava com um punhal na garganta e pensou que poderia morrer, ela se viu mais irritada do que assustada. Talvez Beatriz esteja certa e seu coração *seja mesmo* tão gelado quanto as montanhas frívias em pleno inverno.

Ela empurra a carta da irmã para o fundo da mente e se concentra na tarefa que tem diante de si agora – outra manobra fria para tirar vantagem de um pai enlutado.

O rei Bartholomew adora poesia – ela se lembra disso de um dos muitos relatórios que recebeu dos espiões de sua mãe. Ele e Cillian passavam horas na biblioteca, lendo poemas. Ela supôs que o rei estaria ali, pranteando o filho, então ali está ela.

E, exatamente como Daphne sabia que ele faria, o rei sorri e gesticula para que ela se aproxime, erguendo o livro que está lendo para mostrar a capa. Ela finge surpresa quando percebe que é um volume de poesia – de Verity Bates, uma das autoras favoritas de Beatriz. Ela até fez Daphne traduzir alguns volumes do original frívio para que ela os comparasse com a tradução oficial bessemiana. Daphne vasculha a memória, tentando se lembrar de alguma coisa.

– Ah, é aquela que escreveu *Uma disposição sombria e alquebrada*?

– Você conhece Bates? – surpreende-se o rei.

– Ela é uma das minhas favoritas – diz Daphne, deixando o sorriso se abrir. – Acho o uso que ela faz da cor para indicar emoção tão visceral...

A maneira como ele retribui seu sorriso a faz saber que essa era a coisa certa a dizer. *Obrigada, Beatriz, sua safada e sem-vergonha.*

– Eu tenho alguns volumes... naquelas prateleiras ali – diz ele, apontando um canto ao lado da janela. – Por favor, pegue o que quiser.

– Obrigada, isso significa muito.

Com o primeiro passo de seu plano concluído, é hora de pôr em ação o segundo.

Ela começa a se dirigir para o canto que ele indicou, mas para no meio do caminho para dar um espirro tão dramático que faz todo o seu corpo estremecer.

– Saúde, criança – deseja o rei, erguendo os olhos de seu livro mais uma vez.

– Obrigada, Vossa Majestade. Sinto muito, acho que estou demorando um pouco para me acostumar com o ar de Friv – diz ela antes de estremecer outra vez, por via das dúvidas.

– Bom, não é de admirar, é? Onde, afinal, está o seu casaco? – pergunta ele, alarmado.

Daphne olha para seu vestido diurno, a lã cinza macia e quente o bastante para que se sentisse abafada em Bessemia, mas insuficiente para afastar o frio em Friv. Ao contrário do comentário sarcástico de Beatriz, ela não gosta nada do frio.

– Oh – diz, fingindo uma risada. – Eu sempre me esqueço... Em Bessemia nunca precisamos usar casacos dentro de casa... – Ela se interrompe, espirrando de novo, dessa vez ainda mais alto.

A testa do rei se enruga quando ele a encara, a preocupação em seus olhos tão genuína que uma pequeníssima ponta de culpa a alfineta. Ela veio para o lugar que mais o faz lembrar do filho morto e agora está fingindo uma doença, o que sem dúvida *também* o faz lembrar de Cillian. Ela está jogando com a dor dele, usando-a contra ele. Se Sophronia estivesse aqui, lançaria a Daphne aquele seu olhar, do tipo que cheira a decepção e desaprovação, o tipo que permaneceria com Daphne por dias e semanas depois, corroendo-a.

Mas Sophronia não está aqui, então a leve culpa que Daphne sente desaparece quando o rei Bartholomew se levanta e tira o casaco, colocando-o sobre os ombros dela.

– Já tivemos doenças suficientes nesta família, Daphne – diz o rei, a voz firme, porém gentil. – Você deve se cuidar melhor.

– Obrigada, Vossa Majestade – diz Daphne, baixando o olhar.

Seus dedos roçam o aplicador do selo real através do bolso do casaco e ela tenta ao máximo parecer repreendida.

Ele retorna à sua cadeira e ao seu livro de poesia, mas, quando ela segue para a prateleira, ele fala novamente:

– Está no volume dois – diz ele, embora seus olhos ainda estejam no livro em suas mãos.

– O quê? – pergunta ela por cima do ombro.

– *Uma disposição sombria e alquebrada* – diz ele. – É parte da coletânea que ela escreveu após a morte do irmão. Cillian a odiava, achava que era muito obscura e sombria. Às vezes, porém, há algo reconfortante em ver sua dor espelhada na de outra pessoa. Isso ajuda a nos sentirmos menos sozinhos.

Daphne tenta pensar em algo para dizer sobre isso, mas nada parece bom o bastante. Depois de um segundo, ele olha para ela por cima do livro.

– Ele teria gostado de você – comenta o rei.

Daphne engole o desconforto e tenta lembrar o que Beatriz disse sobre o poema.

– *Uma disposição sombria e alquebrada* me lembra meu pai, suponho – diz ela. – Eu não tenho lembranças dele, mas às vezes sinto sua falta assim mesmo.

É outra mentira, outra vulnerabilidade inventada para torná-la querida por um homem que ela acabará traindo, mas Daphne não se sente mal por isso – nem mesmo quando o rei lhe dirige um sorriso terno, do jeito que ela gosta de pensar que seu próprio pai sorriria para ela. Talvez Beatriz tenha razão e ela seja uma megera fria e implacável, afinal.

Ela se volta para as estantes, fingindo examiná-las enquanto repassa a próxima parte de seu plano, a parte que ela realmente teme pôr em prática. Ela não pode fazer o pedido com ele aqui e duvida que ele a deixe sair com o casaco – além do selo, ela pode sentir o pesado molho de chaves em outro bolso, os pedaços de pergaminho enrolados esmagados embaixo deles. O casaco está cheio de todo tipo de coisas de que ele provavelmente precisa.

Assim, se não pode sair com o casaco, ela vai ter que fazer com que ele a deixe com tanta pressa que nem vai pensar nisso.

Ela caminha em direção à escada da biblioteca, deslizando-a até a seção de poesia, e começa a subir. Não precisa ir muito alto – apenas alguns degraus devem ser suficientes. Quando está a pouco mais de 1 metro do chão, ela respira fundo antes de ficar na ponta dos pés, fingindo pegar um livro apenas 1 centímetro longe demais.

Então ela se deixa cair no piso de pedra acarpetado, estendendo o braço esquerdo para amortecer a queda. Pelo menos o grito de agonia que ela solta quando o pulso estala ao bater no chão não é falso. A dor percorre seu corpo, tornando sua visão branca por um instante. Quando abre os olhos, o rei está ao seu lado, segurando-lhe o braço. Embora tenha se preparado para a dor, ainda assim as ondas de choque percorrem o corpo de Daphne. Por mais gentil que o rei tente ser, ela ainda solta um grito quando ele toca seu pulso.

– Acho que está quebrado – diz ele, ficando de pé. – Não se mexa, Daphne, vou mandar buscar um frasco de poeira estelar para consertá-lo.

Quando o rei Bartholomew alcança a porta, ela enfia a mão direita no bolso do casaco, tirando o aplicador do selo e colocando-o no colo antes de retirar também o frasco de poeira estelar. É preciso algum esforço para destravá-lo com apenas uma das mãos, enquanto ela sente pontadas de dor sempre que move a outra mão, mas Daphne consegue e despeja o pó cinza brilhante sobre a pele de sua mão ferida.

– Quero que este selo seja duplicado – pede ela, pronunciando cada palavra claramente.

O tempo se transforma em melaço, o ar parando ao seu redor. Quando a sensação passa, de repente há dois selos onde antes havia um.

Ela enfia a duplicata no mesmo bolso do casaco do rei antes de pegar o original e o frasco vazio. A porta se abre e ela enfia tudo apressadamente no bolso, estremecendo de dor ao mover a mão ferida.

Quando olha para cima novamente, não é o rei que está ali, é Bairre. A maneira como ele a encara, a testa franzida, a boca voltada para baixo, olhos desconfiados, lhe diz que ele a viu com o selo.

– Eu caí – explica ela.

A expressão dele não muda, mas ele ergue a mão, mostrando o frasco de poeira estelar, idêntico ao que ela acabou de usar.

– Eu vi meu pai falando com os guardas, mas, por acaso, eu tinha este comigo – conta ele, fazendo uma pausa em seguida. – O que você colocou no seu bolso?

– Meu bolso? – pergunta ela, franzindo a testa. – Ah, quando eu caí, o selo do seu pai caiu do casaco que ele me emprestou. Eu simplesmente o guardei de volta. Não parece ter se danificado na queda.

Ela volta a enfiar a mão no bolso do casaco para retirar o aplicador do selo duplicado como prova.

Bairre não parece totalmente convencido.

– Mas eu vi você colocar alguma coisa no *seu* bolso – insiste ele.

Daphne ignora seu coração que retumba e solta um suspiro irritado.

– Eu sei que você não gosta de mim, Bairre – diz ela, cerrando os dentes de uma forma angustiada e só levemente encenada. – Mas, se quiser me acusar de alguma coisa, pode ao menos me curar primeiro para que eu possa me defender adequadamente sem ser distraída pela dor?

Bairre franze a testa, cruzando a sala e abaixando-se ao seu lado. Ele abre o frasco e despeja a poeira estelar nas costas da mão antes de segurar o pulso dela quebrado.

– Ai! – geme ela.

Ele se encolhe.

– Desculpe – diz, a voz suave. Seu toque é suave também... mais suave do que ela esperava, embora as pontas dos dedos sejam um tanto calejadas. – Quero que esses ossos sejam consertados – declara, antes de olhar para Daphne novamente. – Desculpe.

– Pelo qu... – começa ela, mas a dor em seu pulso aumenta e se transforma em uma agonia insuportável.

Ela consegue *sentir* os ossos se movendo, fundindo-se, e a dor é algo que ela jamais experimentou.

Depois de um momento, a dor cessa, embora não por completo. Uma pontada aguda permanece, latejando sob a pele, que ganhou uma mancha em tom azul-escuro.

– Ainda está doendo – diz ela, olhando o pulso, que Bairre continua a segurar, o polegar descansando contra o ponto onde se mede a pulsação.

– Sim, vai continuar assim por alguns dias, é mais do que provável... Você nunca foi curada por poeira estelar?

Daphne balança a cabeça. Beatriz e Sophronia foram, muitas vezes – Beatriz depois de ser imprudente e Sophronia depois de ser desajeitada –, mas Daphne sempre foi cautelosa demais. Ah, sim, ela teve sua cota de arranhões e hematomas, mas eles sempre curaram da maneira natural.

– Ah, bem, curar algo como um osso quebrado requer muita magia... o que muitas vezes é demais para a poeira estelar. Os ossos estão firmes agora, mas levará mais alguns dias para solidificar por completo e a dor desaparecer. Creio que um *obrigada* não vai matá-la.

Daphne recolhe bruscamente a mão.

– Obrigada, Bairre – diz com uma voz açucarada. – Por seguir as ordens do seu pai, mas não antes de me chamar de ladra.

Ele franze a testa.

– Eu vi você colocar algo dentro do vestido – afirma ele. – Se eu estiver errado, peço desculpas, mas...

– Se você quer tanto ver dentro do meu vestido, vai ter que esperar – replica ela, erguendo as sobrancelhas. – Ainda não estamos casados.

Um rubor escarlate tinge as bochechas dele.

– Não foi isso que eu quis dizer...

A porta da biblioteca torna a se abrir e o rei entra, segurando uma trouxa de tecido em uma das mãos.

– Eu ouvi vocês brigando do outro lado da porta – observa ele. – Qual é o problema?

Daphne morde o lábio inferior e olha para o rei Bartholomew com os olhos mais inocentes.

– Bairre acha que roubei alguma coisa – diz ela. – Mas aqui está: verifique seu casaco; está tudo aí, eu juro. – Ela tira o casaco, retraindo-se quando a manga passa pelo seu pulso.

O rei franze a testa.

– Eu mandei você aqui para ajudar a garota, Bairre, não para interrogá-la.

– Só confira – pede Bairre, passando o casaco para o pai. – Eu a vi pegar alguma coisa, juro.

O rei Bartholomew suspira, mas pega o casaco, apalpando os bolsos.

– Está tudo aqui – diz a Bairre. – Agora, peça desculpas.

– Mas eu vi...

– Peça desculpas – repete o rei, a voz mais firme.

Bairre se encolhe, envergonhado, mas se força a olhar nos olhos de Daphne.

– Me desculpe – diz a ela.

– Eu aceito suas desculpas – concede Daphne com um sorriso que ela espera seja mais magnânimo do que presunçoso. – E muito obrigada por me curar, meu príncipe.

Ele sustenta o olhar dela por mais um momento, procurando alguma coisa, mas ela se fecha, oferecendo-lhe nada além de um quadro em branco.

Na mesma tarde, Daphne senta-se à sua escrivaninha com o selo do rei, a mensagem que ele enviou solicitando sua presença no chá e um pedaço de pergaminho em branco. A caligrafia do rei é mais difícil de copiar do que aquela no contrato de casamento. Embora seja bem-feita, ela pode ver suas raízes humildes refletidas nos pontos flutuantes acima do *i* e nas hastes inclinadas das letras.

Uma vez que pega o jeito, ela começa a redigir uma carta do rei Bartholomew para sua mãe.

> Cara Margaraux,
>
> Estou feliz por termos conseguido um novo contrato de casamento para Daphne e Bairre — sei que não é o par original, mas acredito sinceramente que um dia eles serão o rei e a rainha certos para liderar uma nação formada por Friv e Bessemia unificados.
>
> Posto isso, tenho motivos para acreditar que há rebeldes em Friv que estão conspirando contra esse futuro e pretendem agir contra nós. Peço humildemente, no interesse de nossa aliança, a sua ajuda por meio do envio de tropas para pôr fim a isso. Talvez você possa usar sua influência com Temarin também, cujo poder na guerra é lendário, e posto que também eles têm interesse em nosso futuro unificado.
>
> Seu leal aliado,
> Bartholomew, rei de Friv

Daphne lê a carta novamente, perguntando-se se não deveria especificar qual é o interesse de Temarin, mas conclui que é melhor deixar a imaginação dos rebeldes correr solta. Isso por si só será suficiente para lançar Cliona e seu grupo em um frenesi. Satisfeita, ela pega o selo e o segura sobre a vela por um momento antes de posicioná-lo no papel, ao lado da assinatura forjada, pressionando-o para baixo, como viu o rei fazer. Quando o levanta, o selo de cera está lá, amarelo com uma mancha roxa no meio.

Feito isso, ela envolve o selo do rei em um cachecol de lã grosso junto com a amostra de sua caligrafia. Então esconde o pacote em uma caixa que trouxe de Bessemia – um objeto de madeira simples do lado de fora, mas com um compartimento oculto na tampa abobadada grande o suficiente para seu propósito. Em seguida, ela enche o compartimento principal da caixa com outro lenço de lã que comprou na cidade com Cliona e uma carta sua para Sophronia.

Sophronia

Quando Sophronia retorna à sua sala de estar após o almoço, encontra Violie à espera com uma braçada de papéis, parecendo bastante satisfeita consigo mesma.

– Por favor, me diga que isso não é a minha correspondência – diz Sophronia, olhando para a pilha, que deve consistir em centenas de papéis. Ela sabe que Beatriz é propensa a divagar em suas cartas, mas isso parece um pouco demais.

– São contas – replica Violie, deixando-as cair na mesa redonda, que foi limpa depois do café da manhã de Sophronia com a rainha viúva Eugenia. – Fiz algumas perguntas por aí, mas isso foi tudo a que tive acesso. São apenas as despesas de Vossa Majestade, mas achei que poderia ajudar.

– Já deu uma olhada nelas? – pergunta Sophronia. Ela sabe que não encontrará provisões do orçamento de guerra anotados ao lado da conta da costureira, mas Violie está certa: examiná-las será útil. Sobretudo porque, até poucos dias, a casa de Sophronia era de Eugenia.

Violie balança a cabeça.

– Não, Majestade. Infelizmente não sei ler, então tudo não passa de rabiscos para mim. Mas a sra. Ladslow, responsável pela sua contabilidade, me garantiu que todos os documentos relacionados estão aqui.

– Ah – diz Sophronia, as bochechas corando. – Desculpe, não foi minha intenção...

– Não se preocupe – diz Violie. – Vossa Majestade quer dar uma olhada nelas? Ou devo levá-las de volta para a sra. Ladslow?

– Não, vou dar uma olhada – responde Sophronia, sentando-se à mesa e pegando o papel no topo da pilha.

– Quer um chá? Café?

– Não, mas agradeceria alguma ajuda – diz Sophronia, apontando a cadeira à sua frente.

Violie hesita.

– Como eu disse, não sei ler.

– Tudo bem – assegura Sophronia. – Vou ler em voz alta e podemos ir avançando assim. Você está em Temarin há mais tempo do que eu. Tenho certeza de que tem contribuições a dar.

– Se Vossa Majestade diz... – replica Violie.

– Sophie – corrige Sophronia. – Assim você economiza um pouco de fôlego e eu paro de achar que minha mãe está à espreita.

Violie sorri.

– Sophie, então – concorda ela.

– Este é do brunch que ofereci na semana passada pelo aniversário da filha do primo de Leopold – diz Sophronia, examinando as quantias. Ela lê os números três vezes para ter certeza de que estão corretos. – Custou 10 mil ásteres? Eu não sabia que estávamos distribuindo pepitas de ouro cobertas de poeira estelar como lembrancinhas.

Violie ri.

– Não está muito longe disso, na verdade. O espumante foi importado de Cellaria. Quinhentos ásteres por garrafa, e os convidados estavam sedentos. Houve outros custos, mas acredito que esse foi o maior.

– Quem organizou o cardápio? – pergunta Sophronia. – Não me lembro de aprovar nada disso.

– A rainha Eugenia disse que você não deveria ser incomodada com detalhes tão minúsculos, então ela reutilizou o cardápio de um brunch anterior oferecido por ela – diz Violie.

Interessante, pensa Sophronia. Quinhentos ásteres por garrafa não é um valor inédito para um espumante, mas para um brunch? E o fato de ter sido importado de Cellaria desperta a curiosidade de Sophronia. Ela se pergunta pelo que mais esse dinheiro pagou.

– Eu me lembro desse espumante – diz ela depois de um momento. – Você consegue descobrir o nome do vinhedo? Já que Eugenia gosta tanto dele, talvez eu queira pedir uma garrafa para o aniversário dela.

Se Violie acha que esse é um pedido estranho, não demonstra.

– Claro, Vossa... Sophie, quero dizer.

Sophronia volta a ler. Ela decide dividir a pilha de contas em grupos – eventos, roupas, decoração, comida e outros. Rapidamente fica claro que *outros* consiste principalmente em presentes para vários cortesãos. Ela reconhece a conta do bracelete que enviou para a duquesa Bruna quando tirou Violie dela – mil ásteres –, mas há outras que ela desconhece. Só nas últimas duas semanas, ela parece ter dado presentes de todos os tipos – de um cavalo frívio premiado para lorde Verimé a uma propriedade de verão na fronteira sudeste para a família Croist.

– Ainda não conheci metade dessas pessoas – diz ela a Violie. – Foi a rainha Eugenia também que providenciou esses presentes?

Violie franze a testa.

– Se foi, o pedido não foi feito por meu intermédio, embora seja possível que ainda haja alguma confusão entre suas despesas e a dela. Talvez os presentes tenham sido atribuídos a você por engano.

Ou Eugenia está me usando para encobrir seus rastros, pensa Sophronia. Nem todos os presentes vêm de Cellaria, mas Sophronia percebe que todos os itens de luxo, como joias, sedas, vinhos e aparentemente até cavalos, não foram comprados em Temarin, mas importados, portanto o dinheiro gasto não foi injetado na economia temarinense. Uma coincidência, talvez, mas as coincidências estão se acumulando e, combinadas com a carta de sir Diapollio, permitem que uma suspeita desagradável se enraíze firmemente nas entranhas de Sophronia.

Nada disso é prova, ela lembra a si mesma. Não pode acionar a mãe sem algo que seja considerado uma prova sólida.

Quando está na metade da pilha, ela faz uma pausa, esfregando as têmporas para evitar a dor de cabeça começando atrás dos olhos.

– Está tão ruim assim? – pergunta Violie.

Sophronia não diz nada por um momento, apenas se recosta na cadeira e olha para o teto. Ela não pode contar a Violie suas suspeitas em relação a Eugenia e ainda há outro problema.

– Minha mãe achava importante entendermos as finanças – diz ela a Violie. – Desde que minhas irmãs e eu completamos 10 anos, gerenciávamos nossas próprias despesas, pagávamos nossas próprias contas. Houve umas poucas vezes em que gastamos além da mesada e ela se recusou a nos dar mais até o próximo mês. Uma vez, minha irmã Beatriz ficou sem fundos uma semana antes do final do mês e teve que comer do meu prato e de Daphne, misturar seus vestidos furtivamente com os nossos para serem mandados à lavanderia do palácio e até mesmo fazer os próprios penteados antes das festas. – Ela balança a cabeça. – Isso deve soar bem frívolo.

Violie sorri.

– Parece muita responsabilidade para crianças.

Sophronia morde o lábio.

– Minhas irmãs odiavam isso, mas, verdade seja dita, era uma das únicas lições da minha mãe de que eu gostava. É um pouco como um quebra-cabeça e eu sempre gostei de quebra-cabeças. Estrelas do céu, se Leopold soubesse gerenciar suas próprias despesas, talvez... – Ela se interrompe, caindo em si e lembrando-se de que Violie ainda é uma estranha para ela. – Desculpe.

– Está mesmo tão ruim assim? – repete Violie, olhando entre as pilhas de papéis que agora ocupam toda a mesa.

Sophronia solta um grunhido.

– Por si só? Não. Por mais dinheiro que seja, se fosse distribuído entre a coleta de impostos de todo Temarin, não pesaria demais. Certamente há muita coisa aqui que posso cortar... que *cortarei* daqui para a frente... mas o que me preocupa é que sei que isso é apenas o começo. Se víssemos mais contas, as de Leopold, as da rainha viúva e dos príncipes, as de todo aristocrata que ganha a vida tributando as pessoas que vivem em seu território... Temo que seja mais do mesmo e, somando tudo...

– É ainda pior em alguns casos – murmura Violie.

Quando Sophronia ergue uma sobrancelha, Violie dá de ombros.

– Quando eu trabalhava para a duquesa Bruna, parecia que ela estava sempre se esforçando para superar as amigas. Se lady Kester mandava enfeitar um vestido novo com cem diamantes, a duquesa Bruna tinha que ter um com duzentos. Isso também acontecia com festas, casas de veraneio, carruagens. E os homens são ainda piores. A maioria deles perde milhares de ásteres em uma única noite jogando, e o comércio de cavalos e cães, seu hobby típico, é muito caro. É algo que notei desde que cheguei; sempre ouvi dizer que a guerra era parte integrante da cultura temarinense, mas suponho que, como não temos guerra há décadas, ela tenha sido substituída por puro luxo e extravagância.

– Mas o dinheiro não é deles – observa Sophronia suavemente. – Não posso solicitar documentos fiscais sem atiçar a animosidade dos cortesãos. Eles me veriam como uma estrangeira intrometida.

– Tecnicamente, você *é mesmo* uma estrangeira intrometida – Violie deixa escapar, empalidecendo um pouco. – Desculpe, Majestade.

Sophronia ri.

– Por quê? Você tem razão. Mas prefiro que meu povo não me veja como inimiga. – Ela faz uma pausa por um momento, porém sabe o que tem que fazer... apesar de não gostar. – Você pode coordenar com o camareiro de Leopold e ver se podemos encontrar um horário em nossas agendas para um piquenique?

Violie se levanta, alisando o vestido.

– Vou fazer isso agora mesmo – diz ela.

Quando ela sai, Sophronia lança outro olhar para as pilhas de notas e apanha a próxima.

Vários dias se passam antes que as agendas de Sophronia e Leopold lhes permitam um horário para um piquenique, mas as estrelas pelo menos parecem favorecê-la, pois o tempo está perfeito – ensolarado e claro, porém fresco o suficiente para que ela não se sinta abafada em seu pesado vestido de cetim, de um azul-safira intenso.

Leopold está bonito, Sophronia admite. O casaco verde-sálvia realça a cor de seus olhos e, à luz do sol, os cabelos cor de bronze parecem dourados.

– Você está com raiva de mim – diz ele, arrancando-a de seus pensamentos.

Ele fala baixinho, embora seus guardas mantenham afastados até mesmo os cortesãos mais intrometidos.

Sophronia olha para ele, pronta para negar e dizer que está tudo *bem*, mas, no segundo em que seus olhos encontram os dele, sabe que será inútil. Ela *está* zangada com ele, sim, e talvez devesse dizer isso a ele.

– Estou – confirma, sustentando seu olhar. – Acho que estou, sim.

Ele balança a cabeça.

– Se eu pudesse voltar no tempo, faria tudo diferente – diz a ela.

Um cantinho tolo do coração dela se ilumina.

– Faria? – pergunta ela.

Ele assente.

– Eu teria tomado outra rota naquele dia. Teria dado a volta pelo lado norte do palácio, talvez.

O cantinho de seu coração volta a se apagar.

– Ah – diz ela, virando o rosto e olhando para a silhueta do palácio. – Suponho que eu não estaria com raiva de você então, embora apenas porque eu seria muito burra para saber que deveria estar. Você preferiria que eu fosse burra?

Leopold solta um longo suspiro.

– Não foi isso que eu quis dizer, Sophie – replica ele.

– Não? Aqueles garotos teriam morrido do mesmo jeito, não é? E só as estrelas sabem quantos outros também. A única coisa que mudaria é que eu não saberia disso. Talvez não seja tarde demais... fale com seu empyrea, se quiser, veja se pode pedir uma esposa mais burra.

– Você está sendo ridícula. Nem é assim que os pedidos funcionam.

– Eu sei disso – retruca Sophronia. – Porque *não sou* burra, Leopold. Não estou com raiva de você porque *vi* os enforcamentos. Estou com raiva porque eles aconteceram. É isso.

Por um longo momento, ele não responde.

– O que você teria feito? – pergunta, por fim.

Sophronia hesita. Não importa o que ela teria feito. Seu destino não é ser uma rainha de verdade, sua posição é apenas temporária. Em breve, Temarin estará sob o domínio bessemiano – o domínio da sua mãe –, e Leopold, os irmãos e a mãe serão mandados para o exílio em algum lugar distante. Nada disso terá importância.

Só que terá, sim. Pelo menos mais algumas semanas transcorrerão antes que Temarin e Cellaria entrem em guerra, meses antes que a guerra prejudique Temarin o suficiente para que sua mãe possa intervir e reivindicá-lo como seu território. E isso sem contar o que Eugenia pode estar planejando. Quantas pessoas morrerão – de fome, executadas ou de frio quando o inverno chegar? *É* importante, *sim*. E não há razão para que Sophronia não cumpra as ordens de sua mãe *ao mesmo tempo* que ajuda o povo temarinense.

– Você disse que a taxa de criminalidade de Temarin está em alta – observa Sophronia. – Houve alguma redução desde que você impôs suas punições mais severas?

– Elas não são *minhas* punições mais severas – diz ele. – Meu conselho decidiu...

– O decreto tem o *seu* nome nele – interrompe ela. – Aquelas execuções aconteceram sob *suas* ordens. Não da sua mãe nem do seu conselho, mas suas.

Ele faz uma careta, mas não discorda.

– Não – confessa ele. – A taxa de criminalidade até subiu nas últimas semanas. Acabei de ouvir que a prisão terá que realizar as execuções duas vezes por semana agora porque as celas estão lotadas.

Sophronia assente.

– Então todas aquelas pessoas... e outras *mais*... decidiram que, embora possam morrer por isso, vale a pena roubar. Quanto uma pessoa precisa estar desesperada para fazer essa escolha, Leopold? Aqueles ladrões eram crianças. Eles deveriam estar brincando com os amigos, como seus irmãos fazem. Em vez disso, decidiram arriscar a vida roubando de pessoas mais afortunadas que eles. Você deveria procurar entender por quê.

Ele não fala nada por um momento, então ela continua.

– É uma questão sobre a qual tenho pensado muito – admite ela, vendo sua oportunidade. – E até tomei a liberdade de examinar minhas contas domésticas. Gastei bem mais de 5 milhões de ásteres, só nessas duas semanas desde que cheguei.

Ele franze a testa.

– Isso é... muito? – pergunta ele.

Sophronia se esforça para não revirar os olhos.

– É – diz ela. – Um milhão de ásteres já seria suficiente para comprar comida para todos em Kavelle por um mês. Eu verifiquei. E a maior parte desse dinheiro foi gasto com presentes oferecidos a pessoas que nunca conheci, festas que eu nunca quis dar, serviços que nunca solicitei. Você sabia que as cortinas do nosso quarto são passadas a vapor três vezes ao dia a um custo de 100 ásteres por vez? O que é muito – acrescenta ela, porque ele ainda parece confuso. – Acredito que a maioria desses pagamentos é cobrada de forma recorrente a cada semana ou mês, remanescentes de quando sua mãe cuidava dessas despesas. É um descuido, fácil de corrigir, mas suspeito que vamos encontrar descuidos semelhantes em suas próprias contas e nas contas de outras famílias que a Coroa sustenta. Da sua mãe, sua tia, seus irmãos, de todos os outros que dependem da sua generosidade. Da *nossa* generosidade.

A testa de Leopold se franze.

– Você quer examinar as contas deles? Não imagino que vão gostar de você monitorando seus gastos.

– Eles não precisam saber – diz Sophronia, oferecendo-lhe um breve sorriso. – A menos que eu encontre algo realmente alarmante.

– Não sei, Sophie. É nosso dinheiro, e podemos arcar com os luxos que nossa posição exige.

– Nosso dinheiro – repete ela, fitando Leopold por um longo momento enquanto algo se encaixa no lugar. – Leopold... de onde você acha que vem o nosso dinheiro?

Ele dá de ombros.

– Nunca pensei muito sobre isso, para ser franco, mas imagino que esteja em um cofre em algum lugar... talvez embaixo do palácio?

Sophronia precisa recorrer a todo o seu autocontrole para não sacudi-lo.

– Vem de impostos, Leo – explica ela. – Todo mês cobramos impostos do povo pelo privilégio de viver em nosso país. Eles mandam dinheiro para os proprietários das terras onde vivem também, quaisquer que sejam o duque, o conde ou outro nobre que possua o terreno em que se localiza sua casa. Quase todos os ásteres do palácio vêm dos bolsos das mesmas pessoas que estão tão desesperadas por dinheiro que se dispõem a arriscar a vida para roubá-lo.

Leopold a fita como se ela estivesse falando outro idioma. Ele se senta um pouco mais ereto, um vinco profundo na testa.

– Tem certeza? – pergunta ele.

– Tenho.

– Eu não fazia ideia – murmura.

O silêncio se estende entre eles; Leopold fica pensativo enquanto Sophronia o observa. *É possível*, ela pensa, *que ele não seja cruel, apenas alienado*. Ela não tem certeza se isso é melhor ou pior.

– Leopold, você pode solicitar as últimas leis tributárias vigentes em todo o país?

Ele faz que sim.

– Vou providenciar isso hoje mesmo.

– Eu também gostaria de aceitar a oferta para participar das reuniões do seu conselho – informa ela. – Quando é a próxima?

Beatriz

Beatriz encontra Gisella em uma posição comprometedora – as costas pressionadas contra a parede de um corredor mal-iluminado, os braços enroscados no pescoço de um garoto bonito que Beatriz reconhece vagamente como o filho de um conde.

Quando Gisella a ouve pigarrear, afasta a boca da do garoto e olha para Beatriz, piscando, como se estivesse saindo de um torpor. Ela não parece nem um pouco envergonhada pelas circunstâncias e oferece a Beatriz um sorriso radiante, com o batom vermelho borrado.

Beatriz de imediato gosta ainda mais dela.

Você não precisa gostar dela, sussurra a voz da mãe em sua mente, mas Beatriz a ignora, como sempre tenta ignorar, com resultados variados.

– Vossa Alteza – diz Gisella, empurrando o ombro do garoto para longe e fazendo uma breve mesura.

Ela pode não estar constrangida, mas o garoto está, seu rosto tão vermelho quanto os lábios de Gisella enquanto ele se apressa em fazer uma profunda reverência.

– Lady Gisella – diz Beatriz, tentando reprimir um sorriso. – Posso dar uma palavrinha com você?

O garoto se curva novamente, gaguejando um pedido de desculpas no qual Beatriz não presta atenção. Gisella enlaça o braço no dela e dirige ao menino um largo sorriso.

– Estou certa de que o verei novamente em breve, lorde Elio – diz, antes de acompanhar Beatriz pelo corredor.

– Seu batom – avisa Beatriz.

– Ah – replica ela, tirando um espelho compacto prateado do bolso do vestido e o abrindo para examinar seu reflexo e passar um dedo pelo contorno dos lábios, limpando as manchas vermelhas. – Obrigada.

— Desculpe interromper, parecia estar indo tão bem — diz Beatriz. — Pas disse que você estava procurando um marido... parece que encontrou um bem bonito.

— Sim, bom, se eu não encontrar um logo, meu pai vai escolher um para mim, e eu certamente não quero isso — diz Gisella, revirando os olhos. — Elio é rico o suficiente para satisfazer meu pai, mas jovem e bonito o bastante para não me parecer um sacrifício. Além disso, ele tem tanto medo de mim que duvido que me negue a liberdade. Poderia ser bem pior.

Ocorre a Beatriz que Gisella poderia conseguir alguém bem melhor do que um garoto que tem medo dela, mas não pode negar que há alguma lógica nisso. E não consegue nem ter pena da outra garota por suas escolhas — ela ainda tem mais do que Beatriz.

— Eu queria lhe agradecer — diz a Gisella. — Por falar de mim a lorde Savelle. Finalmente pude conhecê-lo e ter notícias da minha irmã.

E, ela exime-se de acrescentar, agora que o conheceu, ficou fácil manter a amizade. Ela passou a acompanhá-lo em suas caminhadas matinais no jardim marinho. Nas primeiras manhãs, foi difícil se obrigar a sair da cama, mas logo começou a ansiar por esses momentos. Eles não falam o tempo todo, mas o silêncio é confortável e as conversas que compartilham são revigorantes para Beatriz depois de toda a falsa simpatia dos cortesãos cellarianos. Ele contou a ela, muito francamente, sobre seus primeiros anos em Cellaria, como precisou se adaptar, o ressentimento que experimentou. Contou a ela sobre Temarin, uma terra que ela um dia talvez conheça, embora esteja bem diferente, sob o governo de sua mãe. Ele também falou sobre a filha — pequenas coisas, como sua cor favorita e como ela tinha uma voz terrível para cantar, mas como ele sente falta daquele som. Ele compartilha coisas sobre si mesmo de uma maneira tão espontânea que Beatriz pode ver que ele se sente solitário, mas tardiamente percebe que gosta tanto desses passeios matinais porque ela também está solitária.

— Ahn? — pergunta Gisella. — Como está a pequena herege? — Beatriz deve ter lhe dirigido um olhar alarmado, porque Gisella ri. — Foi assim que você a chamou, não é? As duas, aliás.

— Sim, claro — diz Beatriz, rindo também. — Ela está bem. Loucamente apaixonada pelo marido, ao que parece.

— Não precisa deixar transparecer tanta inveja. Você e Pasquale parecem estar se dando bem — observa Gisella antes de fazer uma pausa. — Ele pode ser uma pessoa difícil de se conhecer... a corte fala algumas coisas... cruéis... mas eu acho que você está fazendo bem para ele. Ele precisa de um pouco de atrevimento.

– Obrigada – diz Beatriz, embora não esteja totalmente segura de que alguma dessas observações tenha sido um elogio. – O que... o que a corte fala?

Gisella lhe oferece um sorriso constrangido.

– Ah, eu não deveria ter dito isso. Não é nada, de verdade. Todos ficam tão entediados aqui quando o inverno começa a se aproximar que precisam se divertir de alguma forma, imagino.

– O que exatamente, Gisella? – pergunta de novo Beatriz. Os olhos de Gisella se arregalam e Beatriz aperta levemente seu braço, tranquilizando-a. – Eu não estou zangada, certamente não com você. Mas gostaria de saber quais mentiras tenho que combater... Tenho certeza de que você iria querer o mesmo na minha posição.

Gisella franze os lábios, refletindo.

– Creio que sim – admite ela depois de um segundo. – Não é nada mesmo, Alteza. Pasquale é apenas... quieto demais. A maioria das pessoas não sabe nada sobre ele e, diante de um mistério grande assim, começam a especular.

– Que tipo de especulação? – pergunta Beatriz, tentando sufocar seu pânico crescente sobre o que exatamente poderiam estar especulando e quão perto estão da verdade.

Gisella morde o lábio.

– As pessoas se perguntam se ele é tão louco quanto a mãe – revela ela baixinho. Como Beatriz não fala nada, ela se apressa a acrescentar: – É muito fácil consertar isso, de verdade. Leve-o com você na próxima vez que visitar o jardim marinho, garanta que ele não se esconda no canto no próximo banquete. Eu amo meu primo. E tenho certeza de que todo mundo iria amá-lo também, se ao menos o conhecessem.

Beatriz assente devagar. Não importa, na verdade, se alguém *gosta* de Pasquale. Dali a poucos meses, se tudo correr como planejado, ele não será mais o príncipe herdeiro. Esses rumores serão insignificantes. Para Pasquale, será até melhor se não tiver apoio, se a mãe de Beatriz não o vir como uma ameaça. Mas, ainda assim, é algo tão fácil...

– Verei o que posso fazer – diz ela.

– Senhoras! – troveja uma voz atrás delas e Gisella fecha os olhos de leve e inspira bruscamente, a mão no braço de Beatriz apertando-o. Mas então sua expressão se dissipa e ela estampa um sorriso largo no rosto. Beatriz consegue fazer o mesmo enquanto se voltam na direção da voz.

O rei Cesare caminha a passos largos até elas, cercado por um bando de cortesãos, todos vestidos com uma coleção de sedas e joias vibrantes. Beatriz mal distingue Nicolo atrás deles, carregando a taça de vinho, mas, quando ele as vê, arqueia as sobrancelhas. Ele e Gisella parecem ter uma conversa silenciosa, uma percepção que provoca uma pontada de tristeza em Beatriz. Ela se lembra de fazer isso com as irmãs também.

– Lady Gisella – diz o rei. – Princesa Beatriz. Vocês duas estão especialmente lindas hoje, não estão? – elogia ele, olhando a comitiva à sua volta, e todos se apressam em assentir e concordar com ele.

Beatriz sente o olhar dele percorrer seu corpo, demorando-se nos seios. Seu vestido não é particularmente revelador – talvez seja até um dos mais recatados –, mas de repente ela se sente nua. E precisa recorrer a todo o seu autocontrole para não cruzar os braços sobre o peito.

– Vossa Majestade – diz Gisella, fazendo uma profunda reverência, com Beatriz imitando-a meio segundo depois. – Um belo dia hoje, não é? Estava aqui dizendo à princesa Beatriz que deveríamos tomar um ar no jardim marinho. Ela disse que está com um pouco de dor de cabeça... não é mesmo, princesa?

Beatriz não tem a menor ideia do que ela está falando, mas decide entrar no jogo.

– Estou – confirma ao rei com um sorriso acanhado. – O ar aqui em Cellaria é muito mais fresco do que em Bessemia, mas acredito que eu ainda esteja me adaptando à mudança de altitude.

– Ah, não precisa de nada disso – diz o rei Cesare, ignorando as palavras dela. – Sabe o que sempre cura dor de cabeça? Uma taça de vinho. Nicolo! Dê um pouco de vinho à princesa.

Nicolo parece atarantado.

– Vossa Majestade, eu só tenho seu cálice e...

– Sem discussão! – vocifera o rei Cesare.

No momento em que Nicolo dá um passo à frente, com o cenho franzido, Beatriz oferece um sorriso ao rei.

– É muita gentileza, Majestade, mas receio que o vinho aparentemente tenha o efeito oposto em mim – diz, acrescentando em silêncio: *como na maioria das pessoas.*

Ouvem-se alguns arquejos vindos da comitiva e uma mulher começa a abanar vigorosamente o leque de seda. Até Gisella inspira o ar bruscamente outra vez.

– Você está recusando o seu rei? – pergunta o rei Cesare, sua voz baixando, todos os traços de jovialidade desaparecidos.

– Não – diz Beatriz rapidamente. – Não, claro que não, Majestade. É só que eu odiaria incomodá-lo.

– Eu teria oferecido se me incomodasse? – rebate ele, os olhos cravando-se nela com tamanha profundidade que ela tem a sensação de senti-los nos ossos.

Beatriz nunca se viu como alguém facilmente intimidada. Estrelas do céu, é sempre ela entre as irmãs que está disposta a contrariar a mãe. Mesmo quando a imperatriz agia com severidade, mesmo quando ela as submetia a lições extenuantes ou infligia os castigos mais aterrorizantes, Beatriz nunca temeu de verdade a mãe. Mas há uma pequena parte dela agora que teme o rei Cesare. Sua mãe ao menos é lógica e, assim sendo, previsível. O rei Cesare não é nem uma coisa nem outra. Portanto, Beatriz aceita a taça que Nicolo lhe oferece e toma um gole pequeno, de boca fechada, lutando para não estremecer nesse momento. Saber que está colocando a boca onde a dele esteve lhe provoca náuseas, mas, quando abaixa a taça, força um sorriso.

– Obrigada. Vossa Majestade estava certo... foi muito refrescante – diz, devolvendo a taça a Nicolo.

– Pronto, está vendo? Você precisa lembrar, princesa Beatriz, que seu rei está correto em todas as coisas. Não estou? – pergunta ele, e de novo sua comitiva mais que depressa concorda. Beatriz suspeita que ele poderia proclamar que o céu é verde e eles fariam de tudo para lhe dizer quanto ele é brilhante. – Venha, vamos caminhar.

Antes que Beatriz se dê conta do que está acontecendo, o rei Cesare está de braços dados com ela, a outra mão descansando sobre o braço entrelaçado para que ela se sinta verdadeiramente presa. Ela olha para trás e vê Gisella fitando-a com os olhos arregalados enquanto se mistura com o restante da comitiva do rei, mas Beatriz sabe que Gisella não vai ajudá-la – e Beatriz não pode nem ficar aborrecida com isso. Afinal, que ajuda

Gisella, ou qualquer outra pessoa, pode dar a ela? O rei já chegou bem perto de mandar executá-la. Ela não pode tentá-lo uma segunda vez. Assim, ela se força a continuar sorrindo enquanto o rei Cesare a acompanha pelo longo corredor.

– Diga-me, princesa Beatriz – diz ele, alto o suficiente para que toda a sua comitiva possa ouvir. – O que está achando da vida de casada? Uma garota como você certamente nasceu para isso, creio eu.

Os cortesãos explodem em risadinhas. Beatriz mantém os olhos fixos à frente, embora consiga sentir o olhar do rei Cesare fixo na frente do seu vestido. A bile sobe até sua garganta, mas ela se obriga a engolir.

– Ah, sim – diz, com o máximo de cordialidade que consegue evocar. – O príncipe Pasquale e eu estamos muito felizes. Sinto-me muito grata a Vossa Majestade e à minha mãe por arranjar o casamento. Ele é realmente tudo o que uma garota poderia esperar de um marido... Vossa Majestade deve sentir muito orgulho dele.

Beatriz espera que, ao falar de Pasquale, o rei se lembre de que agora é como uma filha para ele e que deve parar de devorar seus seios com os olhos, mas parece ter o efeito contrário. Se alguma coisa muda, é que seu olhar lascivo se torna mais intenso.

– É de esperar que você pense assim, nunca tendo estado com um homem de verdade – argumenta o rei Cesare, provocando mais risadas em sua comitiva. Beatriz nunca pensou que poderia achar o som de uma risada tão desagradável, mas essa está começando a fazer a dor de cabeça inventada por Gisella parecer muito real. – Caso você queira, sempre podemos remediar isso, Beatriz. Tenho certeza de que Pasquale não se importaria. – Ele desliza a mão pelo braço dela, um gesto que parece deixar um rastro de muco. Ela poderia tomar uma dúzia de banhos e ainda o sentiria em sua pele.

– Ah, eu não... – A voz dela some.

Beatriz sempre foi excelente na arte do flerte, melhor do que Daphne ou Sophronia, mas de repente sente que foi lançada em um novo jogo que ela não entende, um jogo com apostas de vida ou morte no qual ela precisa se equilibrar numa corda bamba finíssima.

Algo bate em suas costas e, de repente, ela sente um líquido encharcando sua saia.

– Me desculpe, Alteza – diz Nicolo.

Beatriz olha para trás e vê que ele derramou vinho em seu vestido, deixando uma mancha vermelho-escura na seda azul-clara. Ela sente um alívio tão grande que tem vontade de soluçar – agora vai ter que voltar para seus aposentos a fim de se trocar. Um rápido olhar para Nicolo a faz perceber que ele também sabe disso, que derramou vinho nela de propósito.

– Seu tolo desajeitado! – ruge o rei Cesare, pegando a taça do chão e arremessando-a na cabeça do lacaio. A borda dourada resvala em sua têmpora e a mão do rapaz voa para cobri-la, mas não antes de Beatriz ver o fio de sangue.

– Me desculpe, Majestade – diz Nicolo, curvando-se em uma profunda reverência. – Permita-me buscar uma nova taça de vinho para Vossa Majestade... e posso escoltar a princesa de volta a seus aposentos, para que ela possa vestir algo limpo.

– Sim, faça isso! – vocifera o rei, soltando o braço de Beatriz. Ela está tão feliz por se livrar das mãos dele que tropeça ao caminhar em direção a Nicolo e ele coloca a mão em seu cotovelo para equilibrá-la. – Vejo você novamente em breve, princesa – diz o rei às suas costas enquanto ela e Nicolo seguem pelo corredor, Gisella seguindo-os apressada.

– Obrigada – diz Beatriz a Nicolo quando eles dobram a esquina e estão fora do campo de visão e de audição do rei Cesare e de sua comitiva.

Gisella conseguiu alcançá-los e agora caminha do outro lado de Beatriz.

– Ele piorou ultimamente – diz Gisella, mantendo a voz em um sussurro, embora só estejam os três no corredor. Beatriz não pode culpá-la por ser paranoica: qualquer palavra contra o rei pode ser considerada traição. – Ele sempre... gostou de mulheres mais jovens – emenda ela, com cuidado.

– Crianças, na verdade – observa Nicolo. – A criada de lady Emilia tinha só 14 anos. Ainda assim, pensei que ele respeitaria a esposa do filho.

Foi o que Beatriz também pensou, mesmo depois que ele a bolinou no dia em que se conheceram. Ela pensou que tudo não passava de comentários obscenos e inapropriados. Mesmo depois de seu olhar lascivo enquanto inspecionava os lençóis na manhã seguinte ao casamento – ela se sentira desconfortável, certamente, mas nunca insegura. Hoje, porém, ela se sentiu insegura, apesar de estar cercada por pessoas que poderiam ter se manifestado, poderiam tê-la ajudado. Mas só Nicolo havia interferido, e pagou um preço alto por isso.

– Deixe-me ver sua cabeça – pede Beatriz, parando Nicolo no meio do corredor.

– Acredite: essa não é a primeira vez que ele joga algo em mim – diz Nicolo, tentando dar uma risada, que soa falsa.

– O temperamento dele também está piorando – afirma Gisella, espiando por cima do ombro de Beatriz, que observa o ferimento na têmpora de Nicolo.

É um corte superficial e deve cicatrizar apenas com um curativo. Em Bessemia, um machucado como esse não justificaria sequer o uso de poeira estelar para curá-lo.

– Tenho certeza de que tenho ataduras em meus aposentos – diz Beatriz, rasgando um dos vários babados da manga de seu vestido. Ela o pressiona sobre o ferimento, depois ergue a mão dele para mantê-lo no lugar. – Segure isso aí até chegarmos lá, a menos que queira manchar a camisa.

– Em vez de apenas arruinar seu vestido? – retruca ele, fazendo o que ela manda.

Beatriz bufa.

– Ah, por favor. Se minhas camareiras podem remover uma mancha de vinho, elas podem consertar uma manga – argumenta. Então pergunta, hesitante: – Vocês comentaram que ele está piorando. O que querem dizer com isso?

Nicolo e Gisella trocam outro olhar, têm outra conversa silenciosa, embora Beatriz possa muito bem adivinhar a essência desta.

– Se vocês acham que eu trairia sua confiança... – começa ela.

– Não é isso – replica Gisella, balançando a cabeça. – É que essa é uma pergunta difícil de responder. Ele sempre foi... temperamental.

Beatriz assente – disso ela já sabia. Relatos dos humores voláteis do rei Cesare eram comuns quando ela estava em Bessemia; ela esperava por isso. Mas são piores do que pensava. É quase como se o rei Cesare não tivesse inibições – o que talvez não seja nenhuma surpresa, posto que aparentemente ele sempre tem uma taça de vinho por perto. Quando Beatriz expõe esse pensamento a Nicolo e Gigi, eles trocam outro olhar.

– Comecei a diluir o vinho dele, junto com os outros copeiros – admite Nicolo. – Começamos bem aos pouquinhos para que ele não notasse, mas agora seu vinho é quase cinquenta por cento suco de uva.

– Quando você começou a diluir o vinho? – pergunta Beatriz, franzindo a testa.

Nicolo dá de ombros.

– Há uns seis meses... Acho que seu comportamento começou a se tornar mais errático pouco antes disso.

O que teria sido na primavera. Beatriz tenta recordar os relatórios que a mãe recebeu de seus espiões cellarianos naquela época – ela se lembra dos escândalos habituais, casos com mulheres mais jovens, um ou dois acessos de raiva. Lembra-se de uma história sobre o rei Cesare tirar a camisa no meio do banquete do seu aniversário depois de afirmar que a sala estava quente demais. Vindo de outra pessoa, teria sido um comportamento alarmante, mas da parte do rei Cesare era mais do mesmo.

Contudo, é possível que alguns comportamentos do rei não tenham sido relatados, Beatriz diz a si mesma, antes que outro pensamento lhe ocorra. Também é possível que a mãe não tenha compartilhado esses relatórios com ela. É uma ideia ridícula – Beatriz pode ter muitas reservas em relação à mãe, mas esconder essa informação da filha não ajudaria nenhuma das duas. No entanto, a mãe também não lhe contou sobre a filha de lorde Savelle, e essa informação poderia tê-la ajudado. É possível que a mãe também não soubesse, mas Beatriz duvida. A imperatriz está fazendo seu próprio jogo, Beatriz sabe disso melhor do que as irmãs, e deve haver alguma razão.

Eles param diante da porta dos aposentos dela.

– Entre, vou dar uma olhada no seu ferimento.

Nicolo assente antes de olhar para o cálice vazio que tem na mão. Gisella segue seu olhar.

– Vou até a cozinha enchê-lo – diz, pegando a taça da mão dele. – Não queremos correr o risco de um ataque do rei se você demorar.

Beatriz leva Nicolo para o pequeno salão na entrada dos seus aposentos, onde encontra uma criada limpando a lareira. A garota se levanta quando eles entram e faz uma reverência.

– Daniella – diz Beatriz –, lorde Nicolo tropeçou na escada e cortou o rosto. Você pode ir buscar um médico?

Os olhos de Daniella disparam para Nicolo, para o corte que ele está cobrindo com o pedaço de renda.

– Claro, Alteza – diz ela, fazendo outra rápida reverência antes de sair correndo pela porta.

Nicolo fixa o olhar em Beatriz.

– Não preciso de médico – resmunga ele. – E, se eu não voltar com mais vinho logo, o rei vai pedir a minha cabeça.

Beatriz não está inteiramente certa de que se trata de um exagero.

– Eu sei – diz ela, revirando os olhos. – Mas de que outra forma eu poderia explicar o fato de que trouxe um rapaz, sozinha, aos meus aposentos quando meu marido não está em casa, se não por uma emergência médica?

Nicolo pigarreia, desviando o olhar dela.

– Justo, mas não posso ficar e esperar o médico – justifica ele.

– Eu *sei* – repete ela, apontando para uma cadeira de espaldar alto ao lado do fogo. – Sente-se ali. Eu já volto.

Ele obedece e ela vai até o quarto, retornando um momento depois com uma tira limpa de linho rasgada de uma das camisolas de Pasquale, uma tigela de água e uma toalha limpa. Ela sente os olhos de Nicolo nela ao se aproximar, cautelosos, porém curiosos.

– Vossa Alteza sabe o que está fazendo? – pergunta ele. Quando ela o fuzila com o olhar, ele ergue as mãos em fingida rendição. – Só estou dizendo que não esperaria que uma princesa soubesse como tratar um ferimento. Além disso, em Bessemia, vocês não têm frascos de poeira estelar por toda parte, prontos para curar cada farpa e arranhão?

Beatriz bufa enquanto mergulha a toalha na água e a leva até o corte na têmpora de Nicolo.

– Eu nunca usei poeira estelar, lembra?

– Ah, sim, porque você se sentia horrorizada com os costumes sacrílegos de Bessemia – diz ele, um toque divertido na voz.

– Além disso – interrompe ela –, eu sei como limpar uma ferida porque minha irmã Sophronia é bem desastrada e nossa mãe sempre lhe dava os piores sermões quando ela se machucava. Era mais fácil eu cuidar dela.

É uma meia-verdade – os ferimentos em geral eram causados durante o treinamento delas. Sophronia era imprestável com um punhal e se cortou várias vezes enquanto praticava. Mas a ira da imperatriz era bem real, embora muitas vezes fosse além dos sermões. Certa vez, quando Sophronia deixou cair o punhal no meio de um treino, a imperatriz a fez ficar descalça na neve por meia hora.

– Sophronia é a de Temarin? – pergunta Nicolo.

Beatriz assente.

– Uma coisa engraçada acontece com nós três. Eu amo minhas irmãs igualmente, mas acho que tenho mais afinidade com Sophronia. Daphne é muito parecida com nossa mãe, tanto nas qualidades quanto nos defeitos. Sophronia, porém, é mais dócil. Ela sempre precisou de mim.

Ele assente devagar, seus olhos encontrando os dela.

– É sempre mais fácil amar as pessoas que precisam de nós do que as pessoas de quem precisamos, eu acho. Ser necessário torna a pessoa poderosa. Ter necessidade, porém, torna alguém vulnerável.

Beatriz reflete sobre isso enquanto passa o tecido suavemente sobre o ferimento, procurando limpá-lo bem.

– Acho que vejo alguma verdade nisso – diz ela antes de fazer uma pausa. – Obrigada por me ajudar a escapar dele.

Ela não precisa especificar a *quem* ela se refere. O vinco na testa de Nicolo se aprofunda ainda mais.

– Você deve tentar evitá-lo quando não estiver com Pasquale – aconselha ele.

Beatriz não pode deixar de rir.

– Sou como filha dele agora – diz ela, embora ainda sinta a mão do rei Cesare em seu braço, o olhar dele abrindo um buraco em seu vestido, como se os olhos dele estivessem atravessando o tecido. – Ele pode dizer algumas coisas, mas, com certeza, nunca iria além.

– Ele tem uma tendência a ficar obcecado por garotas – revela Nicolo, baixando a voz. – E quando isso acontece, ele se torna... determinado na perseguição. Há alguns meses, ele ficou interessado na filha de lorde Enzo, que a mandou para uma irmandade nas montanhas a fim de mantê-la longe dele. Alguns dias depois, o rei a tinha de volta à corte. E mais alguns dias depois disso, ela estava na cama dele.

O estômago de Beatriz se contrai.

– Voluntariamente? – pergunta ela.

Nicolo fixa o olhar firme nela.

– Você viu o que ele faz com aqueles que o recusam – responde ele. – Acho que depende da sua definição de *voluntariamente*.

Beatriz engole em seco.

– Agradeço o aviso – diz ela, sentindo-se enjoada, embora não tenha certeza do motivo.

Foi para isso que ela foi criada, não foi? Foi ensinada para estar ciente de como os homens a veem, como usar seu interesse por ela contra eles. Treinada para flertar e seduzir homens poderosos para servir aos seus propósitos.

Pasquale não a quer. Tampouco lorde Savelle. Que importância tem se o rei Cesare quer? Ela sabe que, se escrevesse para a mãe falando das atenções que ele vem dedicando a ela, a imperatriz lhe diria para encorajá-las, para usá-las a fim de semear mais caos na corte cellariana. Seria tão fácil, não é? Usar sua atração por ela para fazê-lo parecer ainda mais instável, poder sussurrar em seu ouvido e levá-lo à guerra com Temarin quando chegar a hora?

Sim, ela sabe exatamente o que sua mãe lhe diria para fazer, se estivesse aqui. Mas não está, e Beatriz sabe que essa é uma linha que ela não pode cruzar, uma parte de si mesma da qual ela não pode abrir mão.

– Não foi minha intenção assustá-la – diz Nicolo, a voz suave.

– Você não me assustou – replica ela, forçando um sorriso. – Posso cuidar de mim mesma, eu garanto.

– Eu acredito – diz ele lentamente, erguendo os olhos para ela.

Beatriz abaixa a toalha, o olhar dele capturando o dela e sustentando-o.

Pronto, ela pensa. Era *assim* que ela esperava que Pasquale a olhasse – era assim que esperava que lorde Savelle a olhasse. Não é, no entanto, a maneira como o rei Cesare olha para ela. Nicolo não a olha como se ela fosse uma coisa a possuir, mas simplesmente como uma garota que ele deseja. Nesse momento, porém, Beatriz pensa que não há nada de simples nisso.

Ela rapidamente cobre o ferimento com o pano seco, aplicando pressão e tentando ignorar a agitação em sua barriga.

Sem-vergonha, a voz de Daphne sussurra em sua mente, embora ela tente ignorá-la. Por mais inconveniente que seja, ela tem que admitir que a sensação é agradável. Ela não é tola o suficiente para reagir a ela, mas pode apreciá-la pelo menos. Não merece isso?

A porta dos aposentos se abre e Gisella entra, segurando uma nova taça de vinho. Por um momento seus olhos vão de Beatriz para Nicolo, mas, se fica alarmada com a proximidade deles, não demonstra.

– Aqui, continue pressionando – pede Beatriz, levando a mão esquerda dele para cobrir o tecido. – O sangramento não está tão ruim... espere alguns minutos e tenho certeza de que vai parar.

Nicolo pigarreia.

– Certo, obrigado – diz ele, pondo-se de pé. – E obrigado, Gigi – acrescenta em tom de urgência, pegando a taça de vinho das mãos da irmã e saindo apressado pela porta.

Quando ele sai, Gisella olha para Beatriz com as sobrancelhas arqueadas.

– O que você fez com ele? Ameaçou atear fogo nas roupas dele? – pergunta ela. – Nunca o vi sair tão rápido assim.

– Acho que é a ameaça do temperamento do rei – observa Beatriz, embora não esteja convencida disso.

Gisella revira os olhos.

– Faz quase um ano que ele é copeiro do rei... espero que não continue na função por muito mais tempo. Seu antecessor agora está no conselho real, sabe?

– Parece uma escalada perigosa de galgar – diz Beatriz.

Gisella dá de ombros.

– Talvez, mas é isso que a torna tão divertida – diz com um sorriso. – Ah! Antes que eu esqueça... interceptei um mensageiro no caminho para cá. Havia uma carta para você.

Gisella enfia a mão no bolso do vestido e tira um envelope creme, lacrado com cera amarela pontilhada de violeta.

O estômago de Beatriz se enche de ácido quando ela estende a mão para pegá-lo. A carta é da sua mãe.

Sophronia

Em menos de cinco minutos de sua primeira reunião do conselho, Sophronia tem certeza de uma coisa: Leopold não contribui em nada para o governo de Temarin. Ela sabia que ele não se envolvia com a maior parte das questões, mas agora duvida que ele já tenha tomado uma decisão sequer como rei que não tenha sido sussurrada em seu ouvido. Ele pode usar a coroa. Ele pode até acreditar que está no comando e, se perguntassem aos membros do seu conselho, eles certamente concordariam com ele, mas a mãe dela estava certa: a rainha viúva Eugenia governa Temarin do litoral até a fronteira bessemiana, com a ajuda dos outros membros do conselho, lorde Verning e lorde Covier, cuja função principal parece ser concordar com o que quer que ela diga.

– Recebemos notícias de lorde Savelle – informa lorde Verning depois que as apresentações são feitas. Ele olha para Sophronia. – Trata-se do nosso embaixador na corte cellariana, Majestade – acrescenta ele, no mesmo tom que se usa ao explicar algo a uma criança pequena.

Sophronia força um sorriso agradecido, como se já não soubesse disso e não tivesse recebido uma carta de Beatriz ainda esta manhã detalhando seus passeios matinais com lorde Savelle. Não parece a sedução que a mãe delas planejou, mas Beatriz sempre foi do tipo que faz as coisas do próprio jeito.

Lorde Verning pigarreia antes de continuar.

– Ele expressou preocupação com a... saúde do rei Cesare.

– Meu irmão está doente? – pergunta a rainha viúva Eugenia, inclinando a cabeça.

Sophronia a estuda o mais casualmente possível, procurando qualquer indicação de preocupação indevida, mas Eugenia não revela nada que sugira que tenha estado em contato com ele. Ela poderia muito bem estar ouvindo notícias sobre um mero conhecido, e não sobre o irmão.

– Menos doente do que... temperamental – explica lorde Verning, com cuidado.

– Isso não é novidade – retruca a rainha Eugenia, com uma risada. – Cesare sempre foi temperamental.

– Sim, recentemente, porém, ele passou a prender e executar qualquer pessoa que discorde dele. Creio que o duque de Dorinthe foi a vítima mais recente de seu temperamento – diz lorde Verning.

As sobrancelhas da rainha viúva Eugenia se erguem.

– Ele mandou executar um duque? – pergunta ela.

– Com efeito. Lorde Savelle também mencionou que ele tem se comportado de forma inadequada com a nora.

– Beatriz? – Sophronia não pode evitar a pergunta.

É a primeira coisa que ela diz durante a reunião, pois estava decidida a segurar a língua e só ouvir. No entanto, a menção à irmã torna essa decisão impossível. Ela sabe que Beatriz é capaz de cuidar de si mesma, mas, ainda assim, pensar que ela tem que enfrentar um rei lascivo e possivelmente louco deixa Sophronia enjoada.

– Bem, dificilmente ele seria o primeiro rei a tentar seduzir uma jovem noiva e roubá-la do marido – observa lorde Covier.

– Pelo que lorde Savelle diz, a princesa Beatriz provou ser bastante hábil em rejeitá-lo. Mas suas atenções têm sido... públicas.

– Ele está fazendo papel de idiota – resume a rainha viúva Eugenia.

– Está perdendo o respeito de sua corte – diz lorde Verning. – Há rumores de golpes de famílias próximas ao trono, mas ninguém consegue chegar a um acordo sobre quem apoiariam para substituí-lo.

– Por que não Pasquale? – pergunta Leopold, ecoando os pensamentos de Sophronia. – Ele é o príncipe herdeiro.

– O príncipe Pasquale não tem aliados na corte – explica lorde Verning. – E há muitas famílias famintas por poder que não pensariam duas vezes em passar por cima dele para tomá-lo.

Ah, tenha cuidado, Triz, pensa Sophronia, embora saiba que a irmã riria de sua preocupação. E com razão. Se alguém pode cativar os cortesãos cellarianos e trazê-los para o seu lado, é Beatriz.

– Ele tem um amigo em Temarin – anuncia Leopold. – Ele é meu primo; a esposa dele e a minha são irmãs. Se chegar a esse ponto, daremos a eles todo o apoio que pudermos.

Sophronia olha de lado para ele, surpresa com a paixão em sua declaração. Quando chegar a hora de declarar guerra a Cellaria, ela duvida que terá dificuldade em convencer Leopold a fazer isso.

Lorde Verning troca um olhar com a rainha viúva Eugenia, tão rápido que quase passa despercebido a Sophronia. Será que ele também está envolvido na trama de Eugenia com Cellaria? Antes que ela possa aprofundar suas ponderações sobre essa possibilidade, lorde Verning se volta para Leopold com um sorriso sem graça.

– Claro, Majestade, vamos mantê-lo informado da situação.

– Ótimo – diz Leopold antes de olhar para Sophronia. – A rainha e eu gostaríamos de discutir as finanças do palácio.

– É mesmo? – espanta-se lorde Covier, aprumando-se na cadeira e folheando a pilha de papéis à sua frente. – Ah, sim, parece que estamos preparados para aumentar os impostos em dois por cento no próximo mês a fim de reforçar o tesouro do palácio, embora também possamos aumentar os impostos da cidade de Kavelle se Vossa Majestade quiser mais...

– Não – interrompe Leopold, arregalando os olhos. – Não, na verdade, é o contrário. Estamos discutindo a possibilidade de cortar as despesas do palácio para que possamos *reduzir* os impostos.

Lorde Covier, lorde Verning e a rainha Eugenia trocam olhares entre si.

– Não entendi, Majestade – diz lorde Covier, inclinando-se para a frente. – Vossa Majestade deseja ser menos abastado?

Leopold franze a testa, olhando para Sophronia em busca de ajuda; então ela intervém:

– Tomamos ciência da situação que muitos plebeus em Temarin estão enfrentando – começa ela. – Eles mal podem pagar os impostos a que estão sujeitos agora. Analisando as contas da família real, vimos que gastamos mais de 30 milhões de ásteres só neste mês. Muitos do nosso povo não têm o suficiente para colocar comida na mesa. Por que deveríamos pegar o pouco dinheiro que eles têm para comprar diamantes para nós?

– Diamantes? – pergunta a rainha Eugenia com uma risada. – Certamente não gastamos 30 milhões de ásteres em diamantes, Sophronia.

– Não – concorda Sophronia, olhando para a pilha de papéis que levou, contendo os pontos principais dos documentos contábeis que ela e Leopold passaram as últimas noites analisando. – Não, parece que diamantes e outras joias custaram 3 milhões este mês. Várias festas e celebrações totalizaram 10 milhões...

– Bem, o casamento foi uma grande despesa – interrompe lorde Covier.

– O casamento foi pago com meu dote – diz Sophronia a ele. – Não o incluí nos meus cálculos. Querem falar sobre os presentes?

– Que presentes? – pergunta a rainha Eugênia.

Sophronia recorre a seus papéis novamente.

– Teve o pavilhão de caça de 1 milhão de ásteres que você comprou para lorde Haverill, o colar de 600 mil ásteres que você deu a lady Reves e a – Sophronia finge ter que estreitar os olhos para ler como efeito dramático, embora saiba exatamente o que está olhando – raquete de tênis de ouro maciço que você mandou fazer para sir Eldrick e que custou a particularmente magnânima quantia de 900 mil ásteres.

O olhar da rainha Eugenia endurece, mas ela encontra os olhos de Sophronia.

– Gosto de pensar que a generosidade com os amigos é um traço positivo, Sophie.

Amigos, pensa Sophronia. Eugenia não tem amigos na corte. O que torna os presentes extravagantes ainda mais desconcertantes.

– Talvez fosse *mais* generoso se alguma parte desse dinheiro fosse gasta em Temarin – replica Sophronia. – Mas o pavilhão fica do outro lado da fronteira bessemiana, o colar veio de Cellaria e a raquete de tênis foi feita por encomenda em Friv. Tenho certeza de que a economia desses lugares agradece sua generosidade.

A rainha Eugenia franze os lábios como se tivesse provado algo azedo.

– Não posso deixar de me sentir atacada aqui – diz ela, a voz tensa.

– Perdão, Genia – replica Sophronia com um sorriso ofuscante antes de se virar para o homem à sua esquerda. – Lorde Covier, eu entendo que o senhor aumentou os impostos em suas terras em mais de dez por cento no ano passado... Devemos examinar as impressionantes dívidas de jogo que o senhor acumulou e que seus inquilinos estão pagando?

Ao lado dela, Leopold dá uma gargalhada que tenta disfarçar como uma tosse, enquanto lorde Covier adquire um curioso e intenso tom de vermelho.

– Vossa Majestade está simplificando demais as coisas – afirma lorde Verning. – Muitos outros fatores contribuem para a decisão de aumentar os impostos. Custos de infraestrutura, os salários pagos pela Coroa... nosso tesouro de guerra, para o caso de virmos a precisar dele. É muito mais complicado do que Vossa Majestade possa imaginar.

– O senhor acha? – pergunta Sophronia, franzindo a testa e mexendo nos papéis para trazer outro para o topo da pilha. – Porque eu tenho os números de todas essas coisas que o senhor mencionou, bem como os orçamentos de Temarin para vários outros aspectos necessários na administração de um país. Querem analisá-los um por um? Estou particularmente interessada neste aqui, que mostra que quantias significativas foram na verdade *retiradas* do tesouro de guerra de Temarin, sem qualquer indicação do que foi feito com esse dinheiro.

Ela observa Eugenia atentamente enquanto empurra o papel para o centro da mesa, para que eles possam vê-lo claramente, as partes relevantes sublinhadas pela própria Sophronia quando Leopold as entregou a ela na noite passada. Era pior do que havia imaginado – quando o rei Carlisle morreu, o tesouro de guerra de Temarin totalizava mais de 5 bilhões de ásteres. Agora conta com menos de 50 milhões, o que mal dá para pagar rações de comida para as tropas do país por dois meses e que certamente não basta para pagar armamentos ou construir defesas. E se Cellaria atacar por mar como fez na Guerra Celestial, Temarin não poderá contar com a frota em que o pai de Leopold investiu tanto tempo e dinheiro. A partir de agora, eles estão indefesos.

E ali está – o lampejo de medo no rosto de Eugenia. Não medo da situação ou do que ela significa, mas o medo de alguém que foi apanhado. Não é culpa, não exatamente, mas está perto disso. Ela logo disfarça o sentimento com um sorriso.

– Um mal-entendido, tenho certeza – diz, pegando o papel para analisar melhor. – Vou falar com nossos contadores sobre isso, mas tenho certeza de que há uma explicação perfeitamente razoável para os saques. Afinal, Temarin não precisa de seu tesouro de guerra há duas décadas e, como você disse, estamos no meio de uma crise financeira. Talvez tenha sido decidido que o dinheiro seria mais útil em outro lugar.

– Decidido por quem, exatamente? – pergunta Leopold.

Sophronia percebe que nunca o viu zangado, nem mesmo na noite passada, quando ela explicou exatamente o que os documentos significavam. Agora, no entanto, ele está com raiva: a voz calma e firme, mas os olhos em chamas.

– Porque o documento mostra que essas retiradas foram feitas após a morte do meu pai, mas eu com certeza nunca as aprovei – questiona ele.

Um silêncio desconfortável paira entre os presentes, só quebrado quando a rainha Eugenia se inclina sobre a mesa para segurar a mão do filho.

– Ah, Leo – diz ela, com um sorriso suave. – Seu pai ficaria tão orgulhoso de ver você assumir o controle das coisas, mas, querido, você deve se lembrar de que ele confiava em lorde Covier, lorde Verning e em mim para ajudá-lo a governar. Às vezes tivemos que tomar algumas pequenas decisões na sua ausência... É nosso dever para com você e para com Temarin. Esse foi o último desejo do seu pai.

Sophronia vê o momento em que Leopold começa a suavizar e a duvidar dos números que viu com os próprios olhos. Ela se prepara para o recuo dele, mas, em vez disso, Leopold balança a cabeça.

– O último desejo do meu pai foi que eu fosse rei – diz ele. – Não creio que eu tenha sido um bom rei até agora, mas vou ser. E pretendo começar descobrindo exatamente o que aconteceu com o tesouro de guerra e recuperando-o de imediato. – Ele retira a mão que a mãe segura e se recosta na cadeira. – Podemos examinar as contas item por item, se quiserem, mas vou reduzir os impostos nacionais de Temarin à metade no próximo mês e os impostos municipais de Kavelle também.

Os três membros do conselho quase engasgam.

– Majestade, esse número é alto demais – diz lorde Covier. – Podemos trabalhar para chegar a ele com o tempo, mas um por cento talvez seja mais razoável...

– Metade – repete Leopold. – Sophronia e eu revisamos nossas contas e haverá alguns sacrifícios a fazer, mas garanto que é factível e necessário, dado o dano que nossos gastos descuidados causaram a nossos súditos no último ano. Além disso, gostaria de informar que os impostos regionais de nenhum nobre podem exceder dez por cento da renda de um plebeu.

É um plano que ele e Sophronia fizeram juntos, depois de analisar as contas – um número pequeno o suficiente para permitir que as pessoas recuperem as perdas que tiveram nos meses anteriores e que também vivam e economizem para o futuro, porém grande o suficiente para cobrir necessidades e começar a reconstruir o tesouro de guerra, caso as retiradas dos fundos não possam ser recuperadas. Ouvir Leopold expor o plano em sua voz clara, com um olhar firme que não trai nenhuma fraqueza, é o suficiente para fazê-la ter palpitações.

— É demais, Majestade — diz lorde Verning, balançando a cabeça. — Sua corte ficará devastada com a perda da renda.

— Essa é uma das vantagens de nascer em berço nobre — acrescenta lorde Covier. — Vossa Majestade entende isso. Qual é o sentido de ser rei se não puder viver no luxo?

Leopold franze a testa.

— Meu pai pode ter morrido antes de conseguir me ensinar o bastante sobre o que é ser rei — diz ele. — Mas garantiu que eu soubesse que se trata de um dever, não de uma regalia. Esse dever é para com o povo de Temarin e não pode ser ignorado.

— Eugenia — diz lorde Covier —, certamente você pode ajudar a explicar por que essa é uma péssima ideia...

A rainha Eugenia abre a boca, mas logo torna a fechá-la quando olha para Sophronia. Embora a nora não pronuncie uma única palavra de ameaça, a rainha Eugenia as ouve do mesmo jeito e, por um instante, parece que nada no mundo lhe daria tanto prazer quanto se lançar sobre a mesa e estrangular Sophronia com as próprias mãos. No entanto, ela força um sorriso e se vira para o filho.

— É claro, querido — diz ela. — É um plano brilhante e tenho certeza de que o povo de Temarin ficará muito grato a você por isso.

Nessa noite, Sophronia conta a Violie tudo sobre a reunião enquanto a camareira a ajuda a tirar o vestido, pôr a camisola e trançar o cabelo. Sophronia pula certas partes, que Violie não precisa saber — como o fato de que ela chantageou a rainha Eugenia para que concordasse com ela ou de que suas suspeitas sobre Eugenia conspirando com o irmão foram praticamente confirmadas —, mas não vê mal em contar o restante. Não fosse Violie ter dado a ela o primeiro lote de contas do castelo, talvez ela nunca viesse a saber como as coisas estavam ruins em Temarin.

— Você deveria ter visto Leopold — diz Sophronia. — Ele foi magnífico. Eu mal o reconheci.

– Parece que você também foi magnífica, Sophie – diz Violie, prendendo a trança de Sophronia com um pedaço de fita amarela.

Sophronia cora, mas sabe que Violie está certa – ela *foi* magnífica. Defendeu seu ponto de vista diante de três das pessoas mais poderosas de Temarin; responsabilizou-os por seus atos, pressionou para que se chegasse a uma solução que eles odiaram e até chantageou uma rainha para levá-la a efeito. Ela não pode deixar de se lembrar de todas as vezes que recuou diante da mãe ao menor sinal de conflito. Ela nunca foi capaz de defender as próprias opiniões.

Mas ali não se tratava de defender as próprias opiniões, ela percebe. Tratava-se de defender outras pessoas, o povo de Temarin, que não tinha o poder de defender a si mesmo. Ela os defendeu e se sente orgulhosa disso.

– A imperatriz não vai gostar, eu aposto – diz Violie, arrancando Sophronia de seus pensamentos.

Ela franze a testa e seus olhos encontram os de Violie no grande espelho dourado.

– A imperatriz? – pergunta devagar. – O que minha mãe tem a ver com isso?

Violie pisca duas vezes antes de balançar a cabeça.

– Desculpe, eu quis dizer a rainha Eugenia. É a força do hábito, suponho – diz com uma risada. – Imperatrizes, rainhas, às vezes fica um pouco confuso. Por que existem nomes diferentes para a mesma posição, afinal?

– Ah – murmura Sophronia, um tanto surpresa. Ouviu essa história tantas vezes durante a vida que ela está entranhada em sua mente, mas, embora Violie tenha crescido a poucos quilômetros de Sophronia, era um mundo inteiramente diferente. – Bom, cerca de cinco séculos atrás, o Império Bessemiano abrangia todo o continente, incluindo Temarin, Cellaria e Friv. Algumas guerras depois, terras foram entregues, independências conquistadas e Bessemia tornou-se a pequena porém orgulhosa nação que é hoje. Mas o título permanece. Como você disse, a força do hábito.

Violie sorri.

– Enfim, o que eu quis dizer foi que a rainha Eugenia não deve ter ficado nada satisfeita. Ela mandou a camareira para solicitar uma reunião com você amanhã de manhã, embora *solicitar* talvez seja uma palavra muito branda.

– Ah – diz Sophronia, o estômago se revirando, embora não esteja surpresa. Eugenia não parece ser do tipo que cai sem lutar. – O que você respondeu?

– Que sua agenda estava muito cheia e você só poderia conseguir horário para um encontro com ela daqui a pelo menos três dias – responde Violie, com uma piscadela. – Pareceu inteligente dar a ela algum tempo para deixar a raiva passar de uma fervura em fogo alto para uma em fogo brando.

– E de quebra fazer com que ela se lembre de que não é mais rainha – diz Sophronia. – Brilhante, Violie.

É a vez de Violie corar.

– Você talvez esteja me contagiando, Sophie.

Quando Sophronia dá boa-noite a Violie e passa pela porta que conecta seu quarto de vestir ao quarto que compartilha com Leopold, ele já está sentado na cama, recostado em uma pilha de travesseiros com um livro aberto no colo. Quando a ouve entrar, levanta a cabeça, os olhos brilhando.

– Você sabe alguma coisa sobre tarifas? – pergunta a ela.

Sophronia não consegue conter um sorriso. Ele passou a ler tudo em que conseguiu pôr as mãos nos últimos dias, enchendo-a constantemente de perguntas sobre códigos tributários e teorias econômicas. Para ela, são perguntas tolas – coisas que ela estudou anos atrás e que parecem brincadeira de criança –, mas Leopold está maravilhado com tudo aquilo. Ela avista uma pilha de livros em sua mesa de cabeceira, com páginas marcadas por pedaços de pergaminho.

– O que tem as tarifas? – pergunta ela, subindo na cama ao lado dele.

– Bom, aparentemente, se alguém como lorde Friscan, por exemplo, fosse comprar um cavalo de Friv em vez de um cavalo perfeitamente aceitável de Temarin, poderíamos impor uma taxa para ele importar o animal. Parece que Temarin tinha tarifas desse tipo em vigor até cerca de cinquenta anos atrás, mas foram revogadas. E se as fixarmos novamente? Isso encorajaria os ricos a empregar seu dinheiro na economia de Temarin.

Sophronia duvida que a mãe de Leopold vá aprovar *isso*.

– Acho que é uma ideia brilhante – diz ela. – No entanto, lorde Friscan pode discordar.

Leopold faz um gesto desdenhoso com a mão.

– Se lorde Friscan deseja comprar outro cavalo fora de Temarin para seus estábulos já superlotados, ele pode arcar com a tarifa.

– Uma tarifa que será paga a nós – observa Sophronia.

– Ah, sim, mas eu pensei sobre isso – diz ele, colocando o livro de lado e pegando outro, folheando até encontrar o lugar certo. – Um fundo público.

Tivemos um cerca de duzentos anos atrás, durante a Grande Fome. Meu tatatatatatatataravô destinou fundos do tesouro para estabelecer a doação de alimentos e itens básicos para aqueles que não podiam comprá-los. Poderíamos reinstituí-lo e...

Sophronia o interrompe com um beijo, pegando os dois de surpresa. Quando ela se afasta, ambos estão enrubescidos.

– O quê... Por que isso? – pergunta ele. – Não que eu esteja reclamando, mas...

Mas Sophronia não havia iniciado nenhum tipo de contato físico desde os enforcamentos e todas as vezes que ele a tocou, ela teve que se esforçar para não o repelir. Ela pensava que escondia bem isso, mas aparentemente não.

Ela dá de ombros.

– Toda essa conversa sobre tarifas e filantropia é muito atraente – diz ela.

– Vou me lembrar disso. – Ele ri, depois volta a ficar sério. Então coloca os dois livros na mesinha de cabeceira e se vira para ela. – Se eu pudesse voltar no tempo, Sophie, faria tudo diferente. Quando meu pai morreu tão de repente e seu conselho mais do que depressa disse que cuidaria de tudo, eu... me senti aliviado. Tinha 15 anos e não queria que minha vida mudasse. Eu não estava pronto para ser rei e sabia disso. Fiquei feliz em ter uma desculpa para não assumir a responsabilidade, feliz que outras pessoas fizessem isso. Se eu pudesse voltar no tempo, é *isso* que eu mudaria. O estado em que Temarin está agora é minha culpa.

Sophronia vê quanto dói nele dizer essas últimas palavras, vê a verdade delas acertá-lo em cheio no peito. Ela não sabe se o perdoou por isso, não sabe se algum dia poderá olhar para ele sem ver aqueles corpos pendurados na forca, mas também entende que eles dois foram educados de forma muito diferente. Ele era um menino que não estava preparado para ser rei, e a culpa por isso não é só dele.

– Não podemos mudar o que passou – diz ela, colocando a palma da mão em seu rosto. – Mas eu confio que você vai mudar o futuro.

– *Nós* vamos mudar o futuro – replica ele, beijando-a novamente, e ela fica feliz por ele não poder ver seu rosto, certa de que a infinidade de mentiras que contou subitamente está gravada ali.

Quando ele se afasta, ela consegue forjar um sorriso.

Leopold adormece com o braço em volta da cintura dela e ela pode sentir sua respiração profunda e regular em seu pescoço. No entanto, Sophronia não consegue dormir.

Nós vamos mudar o futuro. Ela ouve repetidamente as palavras de Leopold em sua mente e começa a imaginar como seria esse futuro se o plano de sua mãe não existisse. Ela os vê lado a lado no trono temarinense, mais velhos e mais sábios, passeando a cavalo por uma Kavelle mais limpa e feliz, onde as pessoas gritam seus nomes, dando vivas; ela os vê liderando as reuniões do conselho juntos, como fizeram hoje, mas com conselheiros que os respeitam. Ela os vê governando, juntos, pelo resto da vida, e sabe que eles poderiam fazer isso. Ela sabe disso no fundo de seu ser.

A única coisa que ela não sabe é como esse futuro e o que sua mãe está tramando podem coexistir.

Na manhã seguinte, Sophronia senta-se para escrever à mãe uma carta que provavelmente deveria ter escrito logo após a conversa com sir Diapollio. Ela precisava de provas de que a mensagem do rei Cesare era legítima, diz a si mesma, mas sabe que essa não é toda a verdade. Ela temia contar à mãe que Eugenia e Cesare estavam tramando tirar Temarin de seu alcance. Temia que a mãe encontrasse alguma maneira de distorcer o fato, atribuindo a culpa a Sophronia.

No entanto, ela não só confirmou essas suspeitas, como começou a minar os planos de Eugenia, e sabe que a mãe não pode criticá-la agora – ela pode até ficar orgulhosa, embora essa pareça ser uma esperança fora de alcance.

Ainda assim, Sophronia está orgulhosa de si mesma e isso parece bastar.

Ela detalha os eventos da última semana na íntegra, incluindo a carta de Cesare para Eugenia, palavra por palavra, e depois conta à mãe as medidas que está tomando para desfazer o dano que Eugenia causou. Ela sabe que a mãe quer que Temarin caia, mas nos termos deles, não nos de Eugenia e Cesare. Se Cellaria conseguir o controle de Temarin, Bessemia terá dificuldade em conquistar ambos.

Sentindo-se satisfeita consigo mesma, Sophronia usa o método Ofuscação de Hartley para codificar a mensagem em uma carta sem graça e entediante sobre o clima de Temarin e a entrega a Violie para enviar a Bessemia.

Daphne

Quando a imperatriz convocou as princesas ao campo de prática de arco e flecha para uma aula um mês antes que elas completassem 16 anos, Daphne ficou radiante. Desde que segurara um arco pela primeira vez, aos 8 anos, depois que os espiões da mãe descobriram que o príncipe Cillian amava arco e flecha, para ela era como se o arco fizesse parte dela. Daphne passava a maior parte das tardes no campo, com a corda bem esticada e a extremidade emplumada da flecha roçando seu rosto antes de dispará-la pelo ar. Poucas coisas eram tão satisfatórias quanto o som da ponta da flecha perfurando o alvo.

Mas sua mãe não estava esperando por elas sozinha. Estava acompanhada por um grupo de cinco jovens que Daphne reconheceu imediatamente: arqueiros. Ela os vira competir no último torneio, embora nenhum deles tenha chegado às semifinais. Todos haviam tido um desempenho mediano, na opinião de Daphne.

– Seu dia de sorte, ao que parece – disse Beatriz, passando o braço pelo de Daphne e dirigindo-lhe um breve sorriso antes de seus olhos dispararem para os rapazes. – Embora possa ser o meu também – acrescentou, pensativa.

– Se você chegar ao fim do dia sem flertar, eu te dou meus sapatos novos. As sandálias lilás de salto com o laço, na qual você estava de olho – prometeu Daphne a ela, principalmente porque ela sabia que Beatriz falharia por completo, embora fosse divertido vê-la tentar se controlar.

– Aquelas sandálias são lindas, mas eu não as quero *tanto* assim – disse Beatriz com uma risada.

– Coloque meu chapéu novo no pacote – sugere Sophronia do outro lado de Beatriz, compartilhando um olhar conspiratório com Daphne.

Beatriz fez uma careta para Sophronia, embora lutasse para reprimir um sorriso.

– Inclua aquele vestido violeta e negócio fechado – rebateu ela.

Sophronia olhou para Daphne com as sobrancelhas arqueadas e um sorriso divertido.

– Fechado – replicou. – Mas no segundo em que você der uma piscada ou soltar qualquer tipo de insinuação, *nós* podemos pegar emprestado o que quisermos do seu guarda-roupa por um mês.

– Dois meses – corrigiu Daphne.

Beatriz franziu os lábios.

– Tudo bem – aceitou ela. – Mas é uma aposta discutível de qualquer maneira. Eu posso me comportar.

Quando alcançaram a imperatriz, ela recebeu as filhas com seu habitual sorriso de lábios cerrados.

– Pensei em nos divertirmos um pouco hoje, minhas pombinhas – anunciou ela. – Vamos ter uma competição de arco e flecha, que tal?

Seus olhos demoraram-se em Daphne enquanto ela falava e Daphne empertigou-se um pouco mais, tentando esconder seu sorriso. Beatriz sempre se destacava nas aulas de sedução, enquanto Sophronia era a melhor com codificação e livros. As habilidades de Daphne mais fortes geralmente eram arrombamento de fechaduras e venenos, mas esses talentos não são tão vistosos. Ganhar um torneio de arco e flecha, porém, certamente impressionaria a mãe.

Os oito foram separados em duplas então, e Daphne derrotou facilmente seu primeiro oponente. Sophronia e Beatriz também avançaram, embora nenhuma tivesse chegado tão perto do alvo quanto Daphne. Na rodada seguinte, ela venceu Beatriz sem qualquer esforço, enquanto Sophronia perdeu elegantemente para o último dos rapazes.

Ele tinha uma mira melhor do que Daphne esperava, embora sua flecha tendesse a se desviar para a esquerda.

– Muito bem – disse a imperatriz com um sorriso gracioso que conseguia não mostrar os dentes. – Nossa última rodada. Sir Aldric, você primeiro.

Sir Aldric deu um passo à frente e ergueu o arco. Seu ombro direito estava muito alto, pensou Daphne. Ele precisava relaxar antes de...

Assim que ela pensou isso, ele soltou a flecha, que, previsivelmente, desviou a rota e por pouco não errou o alvo.

Daphne reprimiu um sorriso enquanto avançava e apontava a flecha. Isso seria mais fácil do que ela esperava, o que não significava que ela não iria se exibir.

Estreitando os olhos, fixou-os no alvo, respirou fundo e deixou a flecha voar.

A flecha aterrissou no centro, bem na mosca.

Ela se virou para as irmãs, não mais preocupada em esconder o sorriso que se abria em seu rosto. Beatriz e Sophronia aplaudiram, correndo em direção à irmã e a abraçando em uma comoção de seda, babados e rendas. Quando se separaram, porém, os olhos de Daphne procuraram a mãe, ansiosa para ver sua aprovação.

Em vez disso, porém, a expressão da mãe era de pedra, como sempre, os cantos da boca voltados para baixo, em uma carranca.

– Sir Aldric – disse a imperatriz, virando-se para o jovem –, diga-me: o que sentiu diante desse resultado?

Por um momento, sir Aldric pareceu surpreso com a pergunta. Ele olhou para Daphne, depois voltou à imperatriz.

– Existem muitos torneios, Majestade, não se pode esperar ganhar todos. A princesa tem um bom braço e um bom olho.

– Não foi isso que eu perguntei – disse a imperatriz, a cara se fechando ainda mais. – Como o resultado fez você se sentir?

Sir Aldric deu de ombros, refletindo sobre a resposta.

– Nenhum homem gosta de perder, admito.

– Claro que não – disse a imperatriz, olhando para Daphne, enquanto continuava a se dirigir a sir Aldric. – Minha filha superou você... tranquilamente, devo acrescentar. O que acha dela?

– Como eu disse, ela tem um talento admirável – respondeu ele, com cautela.

– Sim, tem – concordou a imperatriz, exatamente o que Daphne ansiava ouvir, mas não com aquela voz, não dito como uma maldição. Daphne prendeu a respiração, à espera do golpe inevitável. – Mas você não a ama por isso, não é?

Com isso, sir Aldric pareceu ainda mais confuso e Daphne queria que um buraco se abrisse no chão para que ela pudesse desaparecer. Apenas momentos atrás, sentia-se orgulhosa e vitoriosa; agora sentia-se um fracasso, como nunca.

– Ela não atrai você – continuou a imperatriz, caminhando em direção a Daphne. – Você não tem nenhum desejo de impressioná-la, de cortejá-la. Você não a quer em sua cama.

As palavras atingiram Daphne como socos. Sophronia firmou a irmã colocando a mão em seu braço, dando-lhe um aperto reconfortante, porém Daphne mal o sentiu. Sua atenção estava toda voltada para a mãe, a quem ela conseguira decepcionar mais uma vez, dessa vez ao ter sucesso.

– Não – disse sir Aldric após um momento. – Acho que não, Majestade.

– Obrigada, sir Aldric – replicou a imperatriz. – E a todos vocês. Podem ir agora.

Enquanto os rapazes se afastavam, o ar ficou parado e silencioso.

– Era um torneio – disse Beatriz quando eles se foram. – Daphne venceu. O que há de errado nisso?

– Existe apenas um único torneio, apenas um prêmio – disse a imperatriz, os olhos ainda em Daphne. – Se vocês esperam controlar seus príncipes, precisam se lembrar de ser o que eles querem que vocês sejam. E nenhum homem quer uma mulher que o faça parecer mais fraco.

Daphne franziu a testa, tentando apreender a lição – pois era o que aquilo era: uma lição. Tudo com sua mãe era assim. Mas isso... A imperatriz havia passado anos preparando-as, treinando-as, tornando-as o melhor que podiam ser. Agora ela queria que fossem menos impressionantes, que se diminuíssem para proteger um ego frágil?

– Sir Aldric é um péssimo perdedor – continuou Beatriz, balançando a cabeça. – Nem todos os homens são assim.

– Se acredita nisso, você é mais ingênua do que pensei – zombou a imperatriz. – E você se esquece de uma coisa: não estamos falando de homens, e sim de príncipes... garotos mimados, acostumados a ter tudo o que querem. Se não entende seu oponente, você já perdeu. Entendeu, Daphne?

Daphne ergueu os olhos para a mãe e se forçou a assentir.

– Entendi, mãe.

∞

Na semana desde que roubou o selo do rei, Daphne começou a passar mais tempo explorando a área em que o castelo se erguia. Começou pelos estábulos e os cavalariços são sempre rápidos em selar um cavalo para ela.

Seus passeios matinais são revigorantes – ela não tinha percebido quanto sentia falta de cavalgar até recomeçar. E essa prática lhe permitiu explorar mais a área – a floresta fechada ao norte, os prados ao sul. Para ela, nada daquilo se compara a Bessemia. As árvores são, na maior parte, esqueléticas e, embora seja apenas outono, já há um espesso manto de neve cobrindo o chão. No entanto, ar fresco é ar fresco e Daphne vai aproveitá-lo como puder. Sua descoberta mais feliz nesses passeios foi o campo leste, guarnecido com grandes alvos de palha, não muito diferentes dos que ela costumava usar para a prática do arco e flecha.

Quando voltou ao castelo depois dessa descoberta, ela pediu a uma camareira que providenciasse um arco e flechas, que apareceram ao pé da sua cama naquela noite, polidos e novos, esculpidos em madeira que, de tão escura, era quase preta. Eram diferentes dos que ela deixara em casa – mais rígidos, menos acostumados à sua mão –, mas no instante em que ela pisou no campo e levantou o arco nos braços, puxando a corda para trás, parte dela se sentiu confortável pela primeira vez desde sua chegada a Friv.

Fazia meses desde a última vez que disparara uma flecha, desde aquela lição de sua mãe, que a deixou constrangida, furiosa e cheia de algo que ela só poderia descrever como vergonha. Estava tão sem prática que nem acertou o alvo nas primeiras vezes. Mas, à medida que os dias foram passando e seu domínio do arco lentamente voltando, ela se lembrou de por que ama a sensação do arco retesado em suas mãos, os músculos dos braços e das costas flexionados, fazendo-a se sentir forte, capaz e segura. A sensação de soltar a flecha, como a de soltar um profundo suspiro.

Apenas alguns dias depois que começou a praticar, já está alcançando o ponto em que estava antes. Suas flechas agora geralmente encontram o alvo e estão se aproximando cada vez mais da mosca. É uma sensação boa ver o próprio progresso, sentir que se provou capaz de alguma coisa, mesmo que não haja mais ninguém por perto para ver.

Ela prepara uma nova flecha e ergue o arco outra vez, concentrando-se no alvo. Respira fundo, acalmando-se e...

– Abaixe o ombro.

Ela gira em direção à voz, acidentalmente disparando a flecha, que passa raspando pela orelha esquerda de Bairre.

Ele nem pisca; em vez disso, mantém os olhos nela e apenas ergue uma sobrancelha.

– Se pretende me matar, você precisa trabalhar a sua mira.

– Se eu pretendesse matá-lo – diz ela, preparando outra flecha –, o envenenamento seria um método muito mais discreto. E faria menos sujeira também.

Ela se vira para o alvo e mira novamente. Depois de um segundo, percebe que Bairre estava certo – seu ombro está tão tenso que quase toca a orelha. Ela se força a relaxar antes de deixar a flecha voar.

Não acerta na mosca, mas se crava solidamente no círculo menor em torno dela. Daphne baixa o arco ao lado do corpo e se vira para Bairre.

– Você veio aqui para me acusar de roubo de novo? – pergunta.

– Já pedi desculpas por isso – diz ele, balançando a cabeça.

– Só porque seu pai o obrigou – observa Daphne.

Ele não nega. Em vez disso, leva a mão às costas para puxar seu próprio arco, esculpido na mesma madeira escura que o dela.

– Importa-se se eu me juntar a você? – pergunta ele.

Daphne dá de ombros.

– É um campo grande, tem espaço suficiente para nós dois – diz ela antes de se recriminar mentalmente.

Se sua mãe estivesse aqui, ela a repreenderia por seu tom cortante. Ela precisa que Bairre goste dela, que a deseje. Do jeito que as coisas estão, eles não podem sequer ter uma conversa de mais do que alguns minutos sem trocar insultos.

Ele se dirige ao alvo ao lado dela, erguendo o arco e puxando uma flecha da aljava nas suas costas. Ela o observa por um momento antes de se forçar a falar.

– Eu não sabia que você gostava de arco e flecha – diz. – Ouvi dizer que Friv tem alguns dos melhores torneios do mundo. Você já competiu?

Ele olha para ela, surpreso, antes de balançar a cabeça.

– É apenas um hobby para mim – diz ele. – Cillian era um exímio arqueiro, então às vezes praticávamos juntos. Há algo de... relaxante nisso.

Ela fica surpresa ao ouvir seus próprios pensamentos saírem dos lábios dele.

– É difícil se sentir estressado depois de atirar com armas pontiagudas em um alvo – concorda ela.

– Especialmente quando você pode imaginar esse alvo como meu rosto?

Ela abre a boca para negar, mas, quando olha para ele, espanta-se ao ver que ele está quase sorrindo. É muito irônico para ser um sorriso verdadeiro, mas é o mais próximo que ela viu vindo dele.

– Bem, qualquer coisa que ajude – replica ela antes de encaixar outra flecha.

Dessa vez, porém, ela ouve a voz da mãe em sua mente. *Existe apenas um único torneio, apenas um prêmio.* Por mais que ela queira provar a Bairre que pode vencê-lo, ela precisa que ele goste mais dela, e isso significa diminuir a si mesma.

Para ela, isso é a morte, mas assim mesmo ela manda a flecha para longe da mosca. A flecha aterrissa na borda externa do alvo com uma pancada que Daphne sente na alma. Isso é um jogo, ela lembra a si mesma, um meio para um fim, mas ainda assim a mortificação que sente por falhar arranha sua pele como pregos quentes.

– Falta de sorte – diz ele, preparando sua própria flecha e mirando no alvo.

Sua técnica é terrível – o cotovelo está muito baixo e os pés estão muito próximos. O esforço de disparar a flecha por si só será suficiente para desequilibrá-lo.

– Espere – diz ela com um suspiro antes de se aproximar. Então levanta o cotovelo dele que está posicionado mais atrás para que ele não ceda e mande a flecha para o alto. – Agora alinhe os quadris.

– O quê? – pergunta ele, olhando-a por cima do ombro, a testa franzida.

Ela empurra o pé da frente dele, afastando as pernas de Bairre, e, sentindo o calor subir em suas bochechas, coloca as mãos em seus quadris, ajustando-o para que todo o seu torso seja direcionado para o alvo.

– Pronto – diz, tirando as mãos rapidamente. – Tente agora.

O olhar dele permanece nela por mais um segundo, cético e incerto, antes de se voltar para o alvo. Ele mira e solta a flecha, que se crava a apenas alguns centímetros do centro do alvo. Por um momento, ele apenas olha para a flecha em estado de choque.

– Como você fez isso? – pergunta ele.

Ela dá de ombros.

– Tive um bom professor em Bessemia – diz.

– Certo – replica ele, pigarreando. – Sua vez, então.

O sorriso de Daphne é tenso quando ela mira mais uma vez, desta vez soltando a flecha cedo demais para que ela nem chegue ao alvo, indo se enterrar na grama a mais de meio metro de distância.

– Não é o seu dia, hein? – observa ele.

Ela se irrita, mas reprime o orgulho.

– Aparentemente não.

Daphne espera que ele encaixe a próxima flecha, mas ele apenas a encara, sua expressão ainda mais perplexa do que o normal.

– Se eu não soubesse que isso é impossível, diria que você estava tentando atirar mal – diz ele.

– Então você sabe menos do que eu pensava – diz ela. – Meu pulso ainda está um pouco dolorido da queda.

É uma mentira, mas plausível.

– Posso? – pergunta ele, estendendo a mão.

Daphne coloca a mão esquerda na dele, deixando que ele desabotoe a luva de couro e descubra a pele pálida de seu pulso. Ele vira a mão dela na sua, roçando o polegar no pulso, fazendo o batimento cardíaco dela acelerar. Daphne quer se afastar, tornar a cobrir a pele com a luva antes que ele possa fazer isso de novo, mas se contém e, lembrando-se de seu treinamento, dá um passo à frente, aproximando-se ainda mais dele, e levanta os olhos para ele, mordendo o lábio.

– Como está? – pergunta.

– Ainda um pouco machucado – diz ele. – Você deveria deixá-lo descansar mais alguns dias.

– Deveria – concorda ela com o sorrisinho misterioso que precisou passar semanas aperfeiçoando no espelho. – Mas eu nunca fui muito boa em descansar.

Ele retribui o sorriso, mas, passado um momento – cedo demais –, desvia o olhar e solta a mão dela.

– Cillian sempre disse que você era inteligente – observa ele. – Dizia que suas cartas eram das coisas mais espirituosas que ele já lera... e ele lia muito, então pode considerar isso um grande elogio.

As palavras pesam como alcatrão na boca do estômago. Ela não quer pensar no príncipe morto, aquele para quem ela escreveu cartas à luz de velas, aquele por quem ela nem consegue chorar.

– É? – ela se força a dizer. – E você concorda?

Ele ri, mas soa vagamente desconfortável.

– Talvez inteligente até demais. Diga-me, você teria deixado Cillian vencer no arco e flecha também? Ou é porque eu sou muito ruim mesmo?

Daphne fica quieta.

– Eu não sabia que isso era uma disputa – diz ela. – Achei que estávamos apenas praticando.

– Sério? – replica ele, erguendo as sobrancelhas. – Porque seus olhos dizem o contrário. E você se encolhe assim que dispara a flecha... quase como se soubesse exatamente para onde ela vai. Então é pena? Ou falsa bajulação? Porque eu acho que já tive minha cota de ambas as coisas nas últimas semanas.

Isso a faz hesitar e, por um momento, ela apenas fica olhando para ele, vislumbrando além da testa franzida, da mandíbula tensa de raiva e do ressentimento nos olhos. Pela primeira vez, ele parece um garoto que perdeu o irmão e teve a vida virada de cabeça para baixo de uma só vez.

– Desculpe – pede ela, e dessa vez não há sarcasmo em sua voz. – Eu não... Podemos tentar de novo?

Ele hesita por um segundo antes de assentir e encaixar outra flecha.

Dessa vez, seu desempenho é melhor. Ela repara que ele está se ajustando às correções que ela fez na sua postura, embora uma parte dela ainda queira uma desculpa para pôr a mão em seu ombro ou quadril – em qualquer lugar do corpo dele, na verdade. Estrelas do céu, ela está ficando tão sem-vergonha quanto Beatriz!

Quando ele dispara a flecha, ela passa rente à mosca, cravando-se bem perto.

– Muito bem – elogia ela, com sinceridade.

– Melhor do que eu costumo me sair – admite ele. – O ajuste do cotovelo ajudou.

– De nada – diz Daphne antes de se posicionar e erguer o arco.

Ela confere os pontos principais: ombros relaxados, cotovelo no lugar, quadris alinhados. Ela mira e solta a flecha, fazendo-a voar e se cravar na mosca.

Quando olha para Bairre, ela sente um segundo de pânico. A expressão dele é insondável e ela se lembra de como sir Aldric ficou quando ela o venceu, quando ele disse à mãe que a achava pouco atraente por causa disso. Por um segundo, ela se preocupa que seu orgulho tenha arruinado quaisquer sentimentos que Bairre possa ter tido – se é que eles já existiram; teme que tenha matado completamente os planos de sua mãe.

Mas então algo em seu rosto muda e ele quase sorri.

– Impressionante – elogia ele. – Você poderia até ser páreo para Cillian. Ele teria ficado louco por você. Bom, só através das cartas; pessoalmente, ele não teria a menor chance.

Daphne desvia o olhar antes de se forçar a encontrar o olhar dele.

– E você? Você tem alguma chance?

Bairre sustenta o olhar dela por um momento antes de desviar os olhos, flexionando a mandíbula.

– Vou deixá-la em paz – anuncia, depois de um momento. – Não tive a intenção de interromper.

Ela abre a boca para dizer que ele não está interrompendo, para pedir que fique, mas ele já está voltando para o castelo, a resposta para sua pergunta ainda insondável.

Sophronia

Sophronia mergulha um pequeno pão de ló em sua xícara de café e dá uma mordida sem tirar os olhos da página que está estudando há quase uma hora. O novo rascunho do código tributário atualizado é um monstro de tão denso – propositalmente, suspeita Sophronia –, e ela encontrou erro após erro. Será que lorde Covier acredita que, se esconder as informações importantes em palavras desnecessárias, ela não vai ver?

Na verdade, ela não ficaria surpresa se ele acreditasse exatamente nisso.

Ela pousa o café e o bolo na mesa e pega a pena, circulando uma frase particularmente verborrágica que divaga tanto a ponto de ocupar metade da página.

– De que adianta anunciar impostos mais baixos se as pessoas não entendem uma só palavra da nova política? – resmunga ela em voz alta.

Leopold olha para ela do outro lado da sala de estar, curvado sobre um pedaço de pergaminho, ele também com uma pena na mão.

– Não será uma questão da barreira do idioma? – pergunta ele.

Ela lhe dirige um olhar irritado.

– Eu garanto a você, Leopold, que meu vocabulário temarinense é maior do que o de muitos aldeões. Quantos você acha que saberão o significado de *verossimilhança*?

Ele franze a testa.

– Covier jogou isso aí? *Eu* não sei o que isso significa.

– Nem ele, ao que parece, pois usou incorretamente – diz Sophronia, riscando toda a frase. – Dá quase para pensar que ele *espera* que ninguém entenda uma só palavra disto. Devíamos mesmo considerar substituir tanto ele quanto Verning.

Sophronia não é tola o bastante para sugerir que ele substitua a mãe e, além disso, é mais conveniente manter Eugenia por perto. Sophronia ainda não recebeu uma resposta de sua mãe, e tem certeza de que a imperatriz terá suas próprias ideias sobre como evitar que Eugenia arruíne seus planos.

– Vamos passar por esta tarde primeiro – diz Leopold.

À tarde eles vão a Kavelle junto com Eugenia e os irmãos de Leopold para anunciar a redução de impostos. É algo que ela espera ao mesmo tempo com empolgação e temor, e sabe que Leopold também está ansioso. Ele passou a manhã inteira retocando seu discurso e comeu quase todo o prato de pão de ló que ela fez.

– Você está dando boas notícias – ela lembra a ele. – Eles vão aplaudir e gritar o seu nome quando você terminar.

Há uma batida à porta da sala de estar e, sem esperar resposta, Eugenia entra de supetão. Seus olhos caem primeiro em Leopold e ela o cumprimenta com um sorriso largo e caloroso, mas, quando nota a presença de Sophronia, o sorriso morre.

– Ah, vocês dois estão aqui – comenta ela. – Que ótimo.

– Na verdade – diz Leopold, olhando o relógio pendurado acima da lareira de mármore –, estou atrasado para encontrar Gideon e Reid. Eu disse a eles que explicaria tudo que vai acontecer hoje. Tudo bem se eu levar o restante dos pães de ló comigo? Pode ajudar a tranquilizá-los.

– Sei muito bem *quem* vai ficar tranquilo com os bolinhos – brinca Sophronia.

Leopold dá um beijo em sua bochecha.

– Você terminou aí? – pergunta ele, apontando para o documento que ela tem nas mãos. – Posso deixá-lo com Covier no caminho.

– Praticamente – diz Sophronia, riscando outra frase e passando a pilha de papéis para Leopold. – Diga a ele que precisa ser mais simples... uma linguagem que até crianças possam entender. Não queremos nenhum mal-entendido.

– Vou dizer – replica Leopold.

Ao passar pela mãe na saída, ele para e lhe dá um beijo rápido na bochecha também.

– Não dê doces *demais* para seus irmãos! – adverte Eugenia, mas a porta se fecha antes que ela termine a frase.

Ela suspira e se volta para Sophronia, que pode ver o instante em que a máscara cai e Eugenia passa de mãe amorosa a adversária.

– Sophie – diz ela, inclinando a cabeça.

– Genia – replica Sophronia, correspondendo ao sorriso frio da sogra. – Hoje deve ser um dia bem emocionante... mas Leopold está nervoso. Mal pude acreditar quando ele me disse que nunca fez um discurso em Kavelle! Era de esperar que ele fosse um rosto familiar para seu próprio povo.

Por um momento Eugenia não responde. Ela apenas inclina a cabeça para o lado e dirige a Sophronia um olhar crítico.

– Não vai adiantar nada, sabe? – diz ela.

Sophronia franze a testa.

– Reduzir os impostos? Não vejo por que não, mas podemos revisar os números novamente, se quiser...

– Eles nunca vão te amar – interrompe Eugenia, indo se sentar diante de Sophronia e se servindo de uma xícara de café, como se estivessem discutindo as últimas modas. – Ah, Leopold pode estar apaixonado agora, mas vamos ver a rapidez com que ele vai se cansar assim que você o aceitar entre suas pernas... Não me insulte mentindo, os criados comentam, você sabe disso.

Sophronia, que de fato se preparava para mentir, torna a fechar a boca.

– E Temarin – prossegue Eugenia, estalando a língua. – Se os corações dos reis são inconstantes, o coração de Temarin é extremamente tempestuoso, especialmente em relação a estrangeiros.

Algo em suas palavras penetra na pele de Sophronia como um ferrão. É a amargura em sua voz; mais do que isso, é o ódio. Ela ouviu Eugenia falar de Temarin com cautela antes, mas nunca com tal virulência. Ocorre a Sophronia que esta é a verdadeira Eugenia, aquela que trama com o irmão para conquistar um país que ela odeia. E, se está deixando que Sophronia veja além de todas as fachadas, isso significa que ela sabe que o jogo acabou.

– Eu não sou você – diz Sophronia a ela.

Eugenia ri.

– Não, você não é – concorda. – Exatamente. Meu marido nunca me amou, tampouco este país esquecido pelas estrelas, mas a verdadeira diferença entre nós, Sophie, é que eu nunca precisei que me amassem. Você está tão desesperada para ser amada que cortaria a própria garganta para cativar os abutres.

Sophronia tem o cuidado de não demonstrar como ficou magoada com aquelas palavras. Ela suspeita que a dor provocada se deva ao fato de que há alguma verdade nelas.

– Ah, não precisa se preocupar comigo, Genia – diz Sophronia com um sorriso que ela nem tenta passar como autêntico. – Posso garantir que sou bastante hábil em reconhecer os abutres *justamente* pelo que são.

Violie ajuda Sophronia a se vestir para ir a Kavelle, as duas debatendo qual o vestido mais adequado para a ocasião – nada de ostentação, o que exclui a maior parte de seu guarda-roupa, mas mesmo assim algo régio e forte. Por fim, elas optam por um vestido de veludo simples em um tom de ameixa profundo, com um discreto bordado prateado no corpete. Também excluem todas as joias, exceto uma tiara, a mais simples que Sophronia possui, feita de prata fina e delicada, salpicada de pérolas.

– Você está bem neutra – declara Violie, enfiando a ponta da trança de Sophronia em um coque simples e prendendo-a com um alfinete. – Mas ainda cem por cento uma rainha.

Sophronia faz um muxoxo.

– Sinceramente? Eu prefiro isto – admite ela, examinando seu reflexo no espelho. – Você pode pedir às outras camareiras que comecem a trabalhar no restante do meu guarda-roupa? Retirem todas as joias e enfeites. A corte inteira, com certeza, estará chateada comigo e eu gostaria de dar o exemplo. E... – diz ela, mordendo o lábio e pensando na conversa que teve com Eugenia. Ela não ficaria surpresa se a sogra tivesse outra carta na manga; se estiver ficando desesperada, ficará ainda mais perigosa. Sophronia tem certeza de suas suspeitas a ponto de compartilhá-las com a mãe, mas precisa de provas incontestáveis caso precise revelar a traição de Eugenia a Leopold. – Você descobriu sobre o vinho espumante do brunch? De onde ele veio?

Violet pisca.

– Receio ter encontrado certo mistério aí. Perguntei ao pessoal da cozinha e eles disseram que era do vinhedo Cosella, no sul de Cellaria.

– Nenhum mistério nisso – diz Sophronia. – Os melhores espumantes vêm dessa região.

Violie assente, mordendo o lábio.

– Mas eles não conseguiram me passar um endereço. Acabei encontrando o endereço de outro vinhedo na área, aquele do qual o palácio costuma comprar o espumante. Eles nunca ouviram falar de um vinhedo chamado Cosella.

Sophronia franze a testa.

– Curioso – diz ela. – Se estão cobrando tanto por garrafa, era de esperar que tivessem uma reputação.

– Como eu falei, um mistério – replica Violie.

– Vou escrever para minha irmã – comenta Sophronia. – Talvez eles sirvam o vinho no palácio de lá.

– Talvez – concorda Violie antes de franzir os lábios. – Mas não é muito trabalho por causa de uma garrafa de espumante?

Sophronia balança a cabeça, dirigindo a Violie um sorriso constrangido.

– Uma peculiaridade minha, receio. Uma vez que me interesso por um mistério, não consigo descansar até vê-lo resolvido. Para meu próprio aprendizado.

Antes que Violie possa responder, uma criada enfia a cabeça pela fresta da porta.

– Vossa Majestade, a duquesa Bruna está aqui para vê-la...

A duquesa Bruna não espera a criada concluir, passando por ela e entrando no quarto de vestir de Sophronia, seu rosto quase da cor do vestido roxo de Sophronia.

– Tia Bruna – diz Sophronia, oferecendo-lhe um sorriso agradável. – Estou atrasada, mas podemos conversar esta noite, talvez...

– Aquela *vaca* cellariana cortou minha pensão! – explode a duquesa Bruna. – Você consegue *acreditar* no atrevimento? Ela *sempre* me odiou, Sophie, mas agora foi longe demais. Você precisa acabar com isso imediatamente.

Sophronia olha para Violie e a dispensa com um aceno de cabeça antes de se voltar para Bruna.

– Na verdade, tia Bruna – começa ela, o mais gentilmente possível –, a decisão não foi de Eugenia... foi minha e de Leopold.

Bruna olha para Sophronia como se ela estivesse falando frívio.

– Eu sou a irmã do falecido rei, Sophie – argumenta ela, a voz gelada. – É uma total falta de consideração me tratar dessa maneira. Esse dinheiro é o que me devem.

Sophronia solta um longo suspiro, olhando para o relógio pendurado na parede.

– Infelizmente, tia Bruna, as finanças de Temarin estão uma bagunça... Você não é a única afetada. Toda a família real vai cortar gastos, Leopold e eu mais do que ninguém. Tenho esperanças de que seja apenas uma medida temporária, até que Temarin se recupere, mas é necessária.

Bruna balança a cabeça, os dentes cerrados.

– Isso é... ilegal – diz ela, mordaz.

Sophronia tem que morder o lábio para não rir – o que certamente aborreceria a duquesa ainda mais.

– Eu lhe asseguro que não. Todos teremos que fazer sacrifícios, tia Bruna. Você precisa de ajuda para revisar seus livros e fazer os ajustes necessários?

– *Claro* que sim – retruca rispidamente a duquesa Bruna, embora Sophronia esteja aliviada ao ver que seu rosto voltou a um tom mais natural. – Você me tirou a única criada com caligrafia legível, sabia?

Sophronia franze a testa, certa de que deve ter entendido mal.

– Violie?

– As outras têm uns garranchos medonhos... como é que uma camponesa bessemiana escreve melhor em temarino do que as nascidas e criadas aqui?

Bruna parece estar falando consigo mesma, mas Sophronia fica revirando a pergunta em sua mente. Sim, como? Ainda mais porque Violie disse que não sabia ler?

Sophronia conta vinte guardas escoltando as duas carruagens da entrada do palácio até os portões, diante dos quais uma plataforma foi montada. A primeira leva Sophronia e Leopold, a segunda leva Eugenia, Gideon e Reid.

A multidão os saúda antes mesmo de a carruagem parar ao lado dos portões.

– Pronto? – pergunta Sophronia a Leopold.

Ele hesita, afastando ligeiramente as cortinas para ver o que os espera.

– Há mais gente aqui do que jamais encarei na corte – diz ele.

– Você vai se sair bem – apoia ela. – Todo mundo adora boas notícias.

Ele assente, voltando-se para a esposa.

– Um beijo de boa sorte? – pede, com um sorriso.

Sophronia ri e se inclina no interior da carruagem para beijá-lo rapidamente nos lábios, tentando ignorar as palavras de Eugenia que ecoam em sua mente: *Vamos ver a rapidez com que ele vai se cansar assim que você o aceitar entre suas pernas.* Ela força um sorriso.

– Não vamos deixá-los esperando.

Ele bate os nós dos dedos na janela e um guarda abre a porta, ajudando-os a saltar e entrar no brilhante sol da tarde. Sophronia aceita o braço que Leopold oferece e eles seguem em direção aos portões imponentes que levam a Kavelle. Através dos arabescos dourados, Sophronia pode ver a multidão reunida. Leopold estava certo – há mais pessoas do que ela pode contar esperando para ouvi-lo falar.

Uma parede de guardas os conduz através dos portões até o alto da plataforma e Sophronia dá um último aperto no braço de Leopold, no intuito de tranquilizá-lo, antes de soltá-lo e recuar para se postar ao lado da mãe dele e dos irmãos. O barulho da multidão é ensurdecedor; no entanto, ela não sabe dizer se consiste em aplausos ou xingamentos. Ambos, talvez. Mas, quando Leopold pigarreia e ergue a mão, a multidão silencia.

Por um longo momento, ele fica imobilizado, olhando para a multidão. Embora ela não possa ver seu rosto, Sophronia nota a tensão em seus ombros, como eles se elevam em direção às orelhas. Ele parece não estar respirando.

– Boa tarde, boa gente de Kavelle – diz ele antes de pigarrear novamente. – Sei que Temarin está enfrentando tempos difíceis e em nenhum lugar isso é mais claro do que aqui na capital, mas, como seu rei, farei tudo que estiver ao meu alcance para deixarmos logo essa situação para trás.

– Balela! – grita um homem no meio da multidão.

Os olhos de Sophronia o encontram imediatamente, assim como os guardas abrindo caminho entre a multidão. Quando um deles agarra o braço do homem rudemente, Leopold ergue a mão outra vez.

– Solte-o, por favor – ordena ele e, depois de um segundo de confusão, o guarda obedece. Até o homem parece desnorteado.

– Eu tenho sido... displicente em meus deveres desde que assumi o trono e não posso culpá-los por não acreditarem em mim, mas garanto que estou falando sério. A partir do próximo mês, os impostos que vocês devem serão reduzidos pela metade.

A isso, seguem-se sussurros, uma onda de vozes abafadas que zumbem pelo espaço até quase encobrir a de Leopold completamente.

— Também vamos estabelecer um sistema de distribuição de alimentos através do qual os necessitados poderão receber porções gratuitamente.

Ouvem-se mais murmúrios. Sophronia examina a multidão, tentando distinguir se as pessoas estão satisfeitas ou não, e seus olhos se fixam em um rosto familiar. Ali, nas primeiras fileiras da multidão, está Violie. O fato em si não surpreende — ela reconhece vagamente outros criados do palácio, que vêm para ouvir notícias que os afetam tanto quanto a qualquer outro. O surpreendente é que Violie não está sozinha. Um garoto de cerca de 18 anos se encontra atrás de seu ombro esquerdo, sussurrando em seu ouvido algo que parece incomodar Violie. Ela franze a testa e retruca — alguma coisa, pensa Sophronia, que parece desagradável. Uma briga de namorados, talvez. Outro segredo que Violie vem guardando.

Sophronia observa o rosto do garoto — traços angulosos e olhos castanho-escuros, cabelos pretos precisando de um corte, pele dourada de sol, uma cicatriz pálida na bochecha esquerda. Violie a vê observando e fica um pouco mais corada antes de lhe dirigir um sorriso. Sophronia se força a retribuí-lo antes de voltar sua atenção para Leopold.

— Temarin já enfrentou tempos difíceis antes e sempre saímos do outro lado mais fortes e unidos — diz ele.

Há aplausos esparsos — alguns até parecem genuínos, mas não são suficientes para encobrir as vaias. Certamente não conseguem abafar a mulher gritando "Mentiroso!" a plenos pulmões enquanto abre caminho até a frente da multidão. Ela é pequena em estatura, com cabelos crespos grisalhos presos para trás, parcialmente cobertos por um lenço azul empoeirado. Seu rosto enrugado está vermelho pelo esforço de gritar, mas os olhos estão determinados e focados em Leopold.

Os guardas na multidão começam a se mover em direção a ela, mas, novamente, Leopold levanta a mão para detê-los, permitindo que ela se aproxime da plataforma.

— Quantos não sairão do outro lado, *Vossa Majestade*? — questiona ela, a voz destilando escárnio. — Quantos de nossos filhos foram mortos por roubar para sobreviver enquanto vocês roubavam de *nós* para encher seus cofres? Quantos pais passaram fome para que seus filhos se alimentassem? Minha filha morreu em trabalho de parto porque não podia pagar um médico depois que seus homens levaram o último centavo dela em impostos. Quantos outros têm histórias como essa?

A multidão próxima que a ouviu assente e Sophronia se pergunta quantos deles perderam pessoas que amavam por causa da ingenuidade de Leopold. Uma coisa é entender o custo em termos de tinta e papel, outra é vê-lo refletido nos olhos de tantas pessoas.

Leopold deve sentir o mesmo, porque não tem uma resposta para a mulher. Sophronia também não sabe se tem, mas, antes que se dê conta do que está fazendo, ela se aproxima de Leopold, pousando a mão em seu braço.

– Lamentamos saber de suas perdas... de todas as suas perdas – diz ela, surpresa com a clareza e a firmeza de sua voz. – O rei Leopold e eu faremos tudo o que pudermos para...

Antes que possa terminar, alguém na multidão atira uma pedra – uma coisinha pequena, do tamanho de uma uva gorda – e acerta sua bochecha. Mais do que qualquer outra coisa, ela fica surpresa, mas, quando leva os dedos ao rosto, eles saem ensanguentados.

– Sophie! – exclama Leopold, puxando-a para trás dele enquanto mais pedras começam a se juntar à primeira.

– Parece justo... – grita um homem no grupo da frente, jogando uma pedra maior que acerta em cheio o ombro de Leopold, fazendo-o recuar um passo – ... pagar morte com morte!

– Volte para os portões! – grita Leopold a ela enquanto os guardas começam a se aproximar deles e a multidão vai ficando mais agitada.

Ele segura a mão dela enquanto correm em direção a Eugenia e os príncipes. Quando eles os alcançam, Sophronia agarra a mão de Reid e os cinco se juntam. Outra pedra atinge o quadril de Sophronia, uma terceira acerta a parte posterior de sua cabeça com força suficiente para que ela veja estrelas, mas ela se obriga a ignorar a dor latejante e continua andando, colocando o braço nos ombros de Reid para proteger o menino dos ataques.

Os guardas formam um círculo compacto em torno deles, mas a barreira não aguenta – antes mesmo de saírem da plataforma, o grupo sofre três baixas: um guarda esfaqueado com um punhal, outro golpeado na cabeça e um terceiro arrastado para a multidão. O coração de Sophronia troveja em seu peito enquanto as pessoas se aproximam, gritando xingamentos, ameaças e palavras temarinenses que ela não reconhece, mas que não soam positivas. Alguém agarra seu vestido, rasgando a bainha. Outra pessoa puxa o braço de Leopold, desequilibrando-o, antes que um guarda os afaste.

Eles estão quase no portão quando Reid é puxado para longe dela – em um momento está ao seu lado, no seguinte simplesmente desapareceu, e a mão dela de repente está vazia.

– Reid! – grita Sophronia, mas os guardas já os empurram pelos portões, as barras de ferro se fechando com violência assim que passam.

No entanto, nem o portão é suficiente para deter a multidão. Eles passam as mãos pelas grades, atiram pedras, gritam.

– Reid – diz ela, puxando Leopold para que fique de frente para ela.

– Você está sangrando – constata ele, parecendo atordoado. Ele também foi atingido, um fio de sangue tingindo sua têmpora. – O que tem Reid? – pergunta ele, franzindo a testa. – Onde ele está?

– A multidão o tirou de mim – diz ela, lágrimas de pânico ardendo em seus olhos. – Ele se foi!

Leopold grita uma imprecação e a solta, virando-se para chamar os guardas.

– Encontrem-no – ordena ele, a voz falhando. – Agora.

Os guardas sacam suas espadas e voltam para a multidão enfurecida.

– Leopold – diz Eugenia, correndo para ele, os olhos vermelhos de lágrimas. – Onde ele está? O que aconteceu? Eu o vi apenas alguns segundos atrás e então... – Ela olha para Sophronia. – Você.

– A multidão – argumenta Sophronia debilmente, a culpa já superando qualquer tipo de lógica. – Eles o agarraram... tentei segurá-lo, mas...

– Isso foi ideia *sua* – acusa Eugenia, furiosa, dando um passo na direção de Sophronia até ficarem a poucos centímetros de distância.

Sophronia espera que Eugenia bata nela, mas antes que isso aconteça Leopold se interpõe.

– Basta – diz ele, a voz firme. – Se você está procurando um culpado, eu assumo a culpa maior – diz ele à mãe, passando pelos cabelos a mão que sai manchada de sangue.

– Vossa Majestade está ferido – comenta um guarda, aproximando-se. – A rainha Sophronia também. Os dois precisam ser examinados.

– Eu estou bem – retruca Leopold. – Mas leve Sophie, minha mãe e Gideon.

Pela primeira vez, Sophronia olha para o outro irmão de Leopold. Gideon aparenta estar ileso, mas com o rosto pálido e os olhos arregalados. Parece muito mais jovem do que seus 14 anos.

– Eu vou ficar – diz Sophronia, pegando a mão de Leopold. – Estou bem também.

Isso é apenas uma meia-verdade – a parte posterior de sua cabeça lateja e provavelmente deveria ser examinada –, mas com certeza ela está tão bem quanto Leopold. Se ele não vai receber cuidados médicos, ela também não vai.

– Majestade! Majestade! – grita uma voz nos portões e um segundo depois os guardas se separam o suficiente para que Sophronia possa ver Reid, assustado porém ileso, com as mãos de um estranho em seus ombros. Ou melhor, não de todo estranho. Sophronia o reconhece como o garoto com quem Violie estava falando pouco antes, com a cicatriz atravessando a bochecha. – Aqui está ele, não se machucou.

Os guardas abrem o portão e tanto Reid quanto o garoto passam, Reid correndo imediatamente para os braços de Eugenia, aos soluços.

– Você tem minha gratidão – diz Leopold ao estranho, estendendo a mão. – Eu temi... Ele balança a cabeça. – Obrigado... Qual o seu nome?

– Ansel, Majestade – responde o garoto, curvando a cabeça e apertando a mão de Leopold. – E nenhum agradecimento é necessário... qualquer um teria feito o mesmo.

Leopold olha para trás, para os portões, onde a multidão enfurecida ainda pode ser vista e ouvida.

– Não creio que isso seja verdade – comenta ele.

– Diga-me, Ansel – fala Sophronia, encontrando sua voz. – Acho que vi você com minha camareira, Violie. Ela está em segurança?

– Acredito que sim, Majestade. Eu a vi com algumas das outras criadas do palácio escapando pelos portões pouco antes de tudo dar errado. Pelo que percebi, cerca de metade da multidão veio armada e pronta para uma luta. Eu disse a Violie que levasse as outras para um lugar seguro e tentei avisar os guardas, mas era tarde demais. – Ele balança a cabeça. – Desculpe, se eu tivesse agido mais rápido...

– Não é necessário pedir desculpas, Ansel – diz Leopold. – Você fez o que podia e mais. Meu irmão está vivo por sua causa. Poderia jantar conosco na semana que vem, por favor, para que possamos demonstrar nosso agradecimento? Vou pedir a alguém que lhe dê os detalhes.

Ansel sorri e se curva novamente.

– Se Vossa Majestade insiste, seria uma honra.

Enquanto os guardas conduzem Sophronia e Leopold em direção ao palácio, ela olha para trás, para Ansel, que simplesmente acena, mas isso pouco faz para aplacar sua suspeita corrosiva. Se ela não pode confiar em Violie, certamente não confia nele. No fundo, não sabe se pode confiar de verdade em alguém.

Passa-se quase uma hora antes que Sophronia volte para seus aposentos, os músculos doloridos e todo o corpo exausto, embora as feridas físicas tenham sido curadas com algumas pitadas de poeira estelar do empyrea da corte. Ela queria ficar enquanto ele cuidava do ferimento na cabeça de Leopold, mas o rei, o empyrea e o médico real insistiram que ela fosse descansar.

No entanto, assim que vê Violie sentada ao lado do fogo crepitante, ela sabe que o descanso terá que esperar um pouco mais.

– Você está de volta – diz Sophronia, enquanto tira as sandálias e as luvas. – Ouvi dizer que conseguiu retornar em segurança, mas fico feliz em testemunhar isso com meus próprios olhos.

Enquanto pronuncia as palavras, Sophronia percebe que não está mentindo. Talvez ela seja uma tola – e sua mãe certamente diria que é mesmo –, mas não importa quem Violie realmente seja nem a quem ela se reporta, Sophronia está feliz por vê-la sã e salva.

Violie balança a cabeça.

– Não corri nenhum risco real – comenta ela. – Como *você* está?

Sophronia ainda pode sentir a dor leve vinda do ponto onde a pedra atingiu sua cabeça. O médico disse que ela ficaria bem, mas o choque permanece. Alguém a *agrediu*. Alguém, um estranho, a odeia tanto que a quer morta. Muitos alguéns, ela supõe, se as vaias da multidão servirem de parâmetro. Só de pensar nisso ela sente náuseas, mas força um sorriso.

– Vou sobreviver – responde ela. – O ferimento de Leopold foi pior... ele ainda está sendo atendido. – Ela faz uma pausa. – Reid desapareceu, levado pela multidão.

Os olhos de Violie se arregalam.

– Ele é só uma criança... ele está bem?

– Está – diz Sophronia, observando com cuidado a expressão da camareira. – Tudo graças ao seu amigo.

Violie franze a testa.

– Meu amigo? – pergunta ela.

– Ansel, acredito que seja esse o nome dele – explica Sophronia. – Eu vi você falando com ele apenas um instante antes de o tumulto começar.

Uma leve faísca de reconhecimento cintila nos olhos de Violie.

– Ah, ele – diz ela. – Eu nunca o vi; ele simplesmente começou a falar comigo... a flertar, para ser mais exata. Eu não estava interessada e foi o que falei para ele. Isso é tudo.

Sophronia inclina a cabeça, escolhendo com cuidado as palavras que vai usar. De nada servirá deixar Violie saber de suas suspeitas, mas ela gostaria de obter algumas respostas.

– Ele relatou que contou para você e para as outras criadas do palácio que o tumulto estava prestes a acontecer, que vocês deveriam voltar correndo para cá.

Violie hesita apenas o suficiente para que Sophronia possa vê-la reformular sua história – é sutil, um lampejo atrás dos olhos, algo que Sophronia não distinguiria se não soubesse ela mesma como fazê-lo.

– Claro que ele disse isso – replica Violie, dando uma risada leve. – Alguns garotos, Sophie, gostam de fazer o papel de herói... salvar o príncipe não foi heroísmo suficiente para ele, suponho. Ele teve que reivindicar o fato de salvar um bando de criadas também.

É uma boa mentira, Sophronia tem que admitir, mas assim mesmo é uma mentira.

– Como você sabia que tinha que voltar correndo para cá, então? Alguém mais lhe contou sobre o tumulto?

Violie suspira e dirige a Sophronia um sorriso breve e tenso.

– O temperamento volúvel das multidões não me é estranho – revela ela. – Eu o vi muitas vezes em Bessemia.

Sophronia franze a testa.

– Havia multidões se manifestando em Bessemia?

– Não assim – diz Violie rapidamente, então hesita. – Minha mãe era... é... uma cortesã. Às vezes, os homens que iam à casa de prazer em que ela trabalhava ficavam bravos com as meninas, às vezes um grupo de vizinhos se reunia para tentar "remover a mancha do pecado de nossas ruas", como diziam. Eles não costumavam ficar violentos, veja bem, mas suponho que aprendi a reconhecer os sinais de quando ficariam, para que eu pudesse ir buscar ajuda. Acontece uma mudança na energia. Senti isso naquela multidão, então reuni as outras criadas e voltamos. Mal tínhamos chegado à entrada de serviço quando aquele homem atirou a primeira pedra.

Sophronia observa enquanto ela fala, notando cada leve arqueamento das sobrancelhas, cada dilatação das narinas, cada mudança na inflexão da voz. Ela se pergunta onde Violie aprendeu a mentir tão bem ou se é um talento natural.

— Bem, estou feliz que você esteja segura — diz Sophronia, deixando de lado o assunto. — Eu gostaria de descansar um pouco agora... Foi um dia difícil.

— Claro — diz Violie, indo até o guarda-roupa pegar uma das camisolas de Sophronia. Rápida e silenciosamente, ela a ajuda a se trocar e escova-lhe os cabelos, o tempo todo Sophronia observando seu rosto no espelho de maquiagem.

Quem é essa garota? E, mais importante, para quem ela trabalha? A mãe de Sophronia parece uma opção plausível, embora novamente Sophronia pense que é um pouco óbvio para ela enviar uma criada bessemiana como espiã. A duquesa Bruna é outra possibilidade, embora Violie tenha ajudado Sophronia a trabalhar explicitamente contra o interesse da duquesa. A outra possibilidade que lhe vem à mente é Eugenia, embora isso também não faça sentido.

— Ah — comenta Violie, arrancando Sophronia de seus pensamentos. — Antes que eu me esqueça: chegou uma carta para você, da sua mãe.

O coração de Sophronia acelera, mas ela tenta parecer desinteressada.

— É mesmo? Acho que vou dar uma olhada antes de dormir.

Sophronia espera até que Violie se retire e então abre a carta, recostada nos travesseiros enquanto a desdobra e lê as palavras de sua mãe. A carta não está em código, ela observa, e não há sinal de que tenha sido adulterada, o que levanta mais questões.

O que você está me dizendo é que Eugenia se saiu melhor do que você desestabilizando Temarin. Deixe-a comigo. Parece que você está tendo problemas com as ordens mais simples, então vou ser bem clara: eu não me importo com as finanças de Temarin; não me importo com os camponeses de Temarin. Portanto, você também não deve se importar. Não se iluda acreditando que é uma rainha de verdade, minha querida. O papel não lhe cai bem.

Sophronia imediatamente amassa a carta, sem precisar ler uma segunda vez – as palavras ficarão gravadas em sua memória por muito tempo.

Não é a crueldade que a atinge – ela está acostumada a *isso*, vindo da mãe. Não é nem mesmo a insinuação de que a imperatriz está vigiando Sophronia, que há alguém próximo o suficiente para lhe entregar uma mensagem fechada. Sophronia conhece a mãe bem o bastante para esperar essas duas coisas dela. Não, o que mais a atinge é o aniquilamento da esperança, que deixa Sophronia se sentindo uma tola por sequer ousar ter esperança.

Talvez sua mãe esteja certa, talvez ela tenha um coração mole e fraco.

A questão, porém, é que Sophronia não se sente fraca. Pela primeira vez na vida, a desaprovação de sua mãe não parece letal. *O papel não lhe cai bem*, escreveu a mãe referindo-se a Sophronia como rainha. Mas, nos últimos dias, isso não parece verdade.

Sophronia põe a carta da mãe na xícara de chá quente que Violie deixou em sua mesa de cabeceira, observando as palavras dissolverem até ficarem ilegíveis. Por mais satisfatório que isso pareça no momento, Sophronia sabe que não pode silenciar a imperatriz tão facilmente.

Beatriz

Poeira estelar.

Esse é o presente que a mãe de Beatriz enviou para ela, oculto no fundo falso de uma pequenina caixa de música cravejada de pedras preciosas, junto com um bilhete:

> Sua hora chegou. Plante isso em lorde Savelle. Quando for descoberto com ele, o conselho de Cesare o exortará a ter misericórdia e enviar Savelle de volta a Temarin para evitar a guerra. Eu confio que você será capaz de convencê-lo do contrário. Aja rápido; eu odiaria que você fosse pega com isto, minha pombinha.

Beatriz não consegue fingir surpresa, na verdade. Nos dois dias que se seguiram à chegada do presente, ela percebeu que isso era, de muitas maneiras, inevitável. A imperatriz não teria lhe dito que se aproximasse de lorde Savelle sem uma razão, e não há maneira mais segura de começar uma guerra do que executando o embaixador de um país.

Ainda assim, por dois dias Beatriz evitou a rotina das caminhadas matinais no jardim marinho com lorde Savelle, ciente de que a cada momento que ela permanece de posse da poeira estelar, sua própria vida está em risco. Sua mãe a ameaçou – e Beatriz não tem ilusões de que a última linha da carta da mãe seja outra coisa que não uma ameaça. Ela diz a si mesma que sua hesitação se deve ao tempo de que precisa para elaborar um plano, que está esperando o momento certo, mas essa não é toda a verdade.

Hoje, porém, Beatriz obriga-se a se levantar com o sol. Ela se encaminha para o jardim marinho e o encontra deserto, exceto por uma figura solitária que se destaca entre as plantas aquáticas coloridas, as costas voltadas para ela e as mãos enterradas nos bolsos.

Beatriz se aproxima de lorde Savelle, cada passo parecendo mais pesado que o anterior. Quando ela alcança a areia molhada, tira os sapatos, segurando-os na mão enquanto percorre o restante do caminho.

– Ah, princesa – diz lorde Savelle, virando-se para ela e parecendo levemente surpreso. – Achei que tivesse se cansado de mim.

– Eu jamais ficaria – retruca Beatriz com um sorriso. – Mas tive problemas para dormir nas últimas noites e não estava com disposição para sair tão cedo.

Isso não é uma mentira completa. Desde que leu a carta da mãe, há dois dias, os pensamentos a vêm mantendo desperta, embora ela não tivesse sentido aquela estranha inquietação desde a noite anterior à sua convocação pelo rei.

– Confesso que estou feliz. Estava começando a me preocupar com você – revela lorde Savelle.

Isso deixa Beatriz desconfortável, embora ela não saiba dizer por quê. Não tem certeza se alguém já se preocupou com ela antes. Suas irmãs, talvez, mas não mais do que ela se preocupa com elas. E duvida que a mãe tenha algum dia se preocupado com ela, pessoalmente.

Lorde Savelle volta o olhar para o horizonte onde o sol está começando a despontar.

– Muitas partes de Cellaria perderam seu charme para mim, você sabe... Só isto nunca perde.

Beatriz fica parada ao lado dele enquanto observam o sol nascer em silêncio, tingindo o céu e o mar de tons laranja e rosa.

– Eu costumava trazer Fidelia comigo para assistir ao nascer do sol aqui – diz ele depois de um momento. Beatriz olha para ele, franzindo ligeiramente a testa. Ele menciona Fidelia muitas vezes nessas caminhadas, mas nunca contou isso a ela. – Era nosso ritual. Ela também tinha problemas para dormir – acrescenta, olhando para Beatriz. – Em geral, depois, ela conseguia dormir... às vezes até o meio-dia, mas eu nunca tive coragem de forçá-la a acordar mais cedo.

– Você foi um bom pai – elogia Beatriz.

Ela pode não ter nenhuma experiência com pais, mas certamente não consegue se imaginar procurando a mãe quando não conseguia dormir. A imperatriz Margaraux aprecia suas oito horas de sono mais do que quase todas as outras coisas, incluindo as filhas.

– Eu fui, suponho... até que não fui mais – diz ele, o sorriso tornando-se triste. – É uma coisa difícil para um pai, princesa, ser incapaz de proteger o filho.

Beatriz está ciente do frasco de poeira estelar em seu bolso. Ela sabe o que precisa fazer – fingir perder o equilíbrio e então, quando ele estender os braços para segurá-la, colocar o frasco no bolso dele. Isso pode ser feito em questão de segundos. No entanto, ela está paralisada.

– Eu não me lembro do meu pai – diz, em vez de agir. – Ele morreu quando eu tinha apenas alguns dias de vida. Dizem que ele nunca nem me pegou no colo, nem as minhas irmãs, de tão desapontado que ficou por não sermos meninos.

Lorde Savelle olha para ela, surpreso. Beatriz também está surpresa – essas três frases devem ser mais do que já falou sobre o pai até hoje.

– Não acho que a morte da sua filha tenha sido culpa sua – continua ela, desviando os olhos e voltando-os para o sol. – Se houvesse uma maneira de você protegê-la, tenho certeza de que a teria encontrado.

Por um momento, lorde Savelle não diz nada. Por fim, ele solta um longo suspiro.

– Obrigado, princesa.

– Eu já disse: me chame de Beatriz – comenta ela com um sorriso suave.

Ele retribui o sorriso, mas não registra suas palavras.

– Recebi uma carta do rei Leopold ontem à noite – informa ele. – Sua irmã está bem, mas houve um tumulto na cidade. A família real foi atacada por uma multidão de plebeus furiosos.

Beatriz olha para ele, alarmada.

– Mas Sophronia está em segurança? – pergunta ela.

– Aparentemente ela foi atingida na parte posterior da cabeça com uma pedra. Aqui, uma lesão desse tipo poderia ser grave, mas me disseram que o empyrea real usou poeira estelar para curá-la rapidamente. Ela está bem.

– Graças às estrelas – murmura Beatriz.

– Diga-me, princesa... – começa lorde Savelle.

– *Beatriz* – insiste ela, mas ele apenas sorri antes de continuar.

– Suas irmãs também têm dificuldade para dormir à noite?

Beatriz pisca.

– Como?

– Você disse que tinha dificuldade para dormir à noite – lembra ele. – Eu estava me perguntando se suas irmãs têm o mesmo problema.

– Não – responde Beatriz depois de um momento. – Bem, às vezes Sophronia não consegue dormir, mas sempre diz que é porque sua mente está muito ocupada, mesmo quando está exausta. Para mim, é diferente. A noite cai e eu não me sinto nem um pouco cansada, mas às vezes sinto que poderia dormir um dia inteiro.

– Isso vem acontecendo com mais frequência? – insiste ele.

Beatriz reflete um pouco.

– Acho que sim – diz ela, forçando uma gargalhada. – Meu corpo ainda não se ajustou a Cellaria... Aqui fica claro por mais tempo, você sabe. A noite tem menos horas para dormir.

Lorde Savelle produz um grunhido displicente.

– Como eu disse, minha filha tinha problemas semelhantes – repete ele. – Você virá me ver se piorar?

Beatriz franze a testa.

– Piorar? – pergunta ela.

– Eu costumava fazer um chá com uma mistura de ervas para Fidelia... Talvez ajude você também – diz ele, dando de ombros.

As rugas na testa de Beatriz se aprofundam.

– Por quê? – pergunta antes que possa se conter.

– Porque eu esperaria que alguém fizesse isso por ela – responde ele, simplesmente. – E porque acredito que seu pai gostaria que alguém cuidasse de você.

Baseado em tudo que ouviu sobre o pai, Beatriz não crê que isso seja verdade, mas não consegue corrigi-lo.

O relógio da torre do palácio começa a repicar.

– Ah, preciso voltar – avisa lorde Savelle. – Tenho uma reunião com o conselho do rei no café da manhã para atualizá-los sobre a situação em Temarin.

Ele se vira para começar o caminho de volta para o castelo e Beatriz vê sua oportunidade escapulindo.

– Espere! – chama ela.

Ele se vira, as sobrancelhas arqueadas. Está perto o suficiente para que ela ainda possa fazer o que planejou – basta um pequeno tropeço. Ele vai ampará-la. Então basta ela colocar o frasco de poeira estelar no bolso dele. Deve ser fácil.

Mas não é. De repente, parece uma tarefa impossível.

– Obrigada – diz ela apenas.

Lorde Savelle faz um rápido aceno com a cabeça antes de voltar para o palácio.

Beatriz tenta afastar do pensamento lorde Savelle e sua inquietante preocupação com o bem-estar dela. Amanhã de manhã ela voltará ao jardim marinho, diz a si mesma, e então cumprirá seu dever. Toda vez que repete isso a si mesma, porém, ela acredita um pouco menos. Sobretudo porque, quando a noite começa a cair, ela se vê sentindo aquele formigamento familiar no corpo, aquele estado de alerta que lhe diz que essa será mais uma noite em que não vai dormir.

Se isso é o que vai acontecer, ela está determinada a não ficar entediada e a manter outras pessoas com ela o maior tempo possível. Motivo pelo qual convida Pasquale, Ambrose, Gisella e Nicolo para um jantar improvisado na praia. Para uma refeição ao ar livre, o evento acaba se tornando bastante pródigo, com uma manta de seda estendida na areia, grande o suficiente para acomodar três vezes mais pessoas confortavelmente. Os chefs do palácio prepararam uma cesta com faisão assado, pãezinhos, cenouras e nabo, além de tortinhas que cabem na palma da mão recheadas com frutas vermelhas. E, claro, Gisella conseguiu garantir bastante vinho.

O jantar é consumido rapidamente, os cinco devorando as iguarias, mas o vinho dura um pouco mais. Quando a lua está alta no céu, Beatriz sente que a energia da festa está diminuindo e Pasquale começa a se remexer, inquieto, ao lado dela. Ela sabe que é apenas uma questão de tempo até que ele sugira irem dormir.

E, assim, ela se vê explicando as regras de um jogo de bebida bessemiano, Confissões e Blefes. Nos últimos dois anos ela o jogou com frequência em bailes e festas, embora nunca tenha jogado com as irmãs – afinal, é um jogo muitíssimo desinteressante para jogar com pessoas que você conhece bem. Mas Beatriz não conhece essas pessoas, exceto talvez Pasquale, e às vezes acha que até ele parece muito misterioso.

Ela diz a si mesma que está sugerindo o jogo por diversão, para conhecer melhor seus novos amigos, mas sabe que essa não é toda a verdade. Sua mãe não a criou para fazer coisas por diversão e certamente não a criou para fazer amigos. Confissões e Blefes é uma boa maneira de coletar informações.

– Funciona assim – começa ela, sentada de pernas cruzadas na manta, a saia verde-azulada espalhada à sua volta em um círculo de seda ondulada. A garrafa de vinho que ela tem nas mãos está meio vazia, mas há várias outras ainda cheias. – Eu começo, fazendo uma confissão. Tem que ser algo interessante, nada de fatos bobos como qual sua sobremesa favorita ou qual o nome do seu animal de estimação na infância... E vocês decidem se minha confissão é verdade ou se eu estou blefando. Para cada pessoa que acerta, eu tomo um gole, mas quem errar é que bebe. Simples, não?

– Ilusoriamente simples – diz Nicolo, sentado à esquerda dela, as longas pernas estendidas à sua frente e as mãos apoiadas atrás, de modo que seu rosto está voltado para o céu.

Beatriz tenta não notar quanto a perna dele está perto da sua, mas seria mais fácil ignorar uma chama tocando a palma da sua mão.

– Perigosamente simples – acrescenta Gisella, sua voz um ronronar baixo na noite.

Ela abraça as pernas junto ao peito, o queixo apoiado nos joelhos. Os cabelos louros estão soltos, diferentemente de seu estilo usual, e caem em ondas suaves em torno dos ombros.

Beatriz pisca para ela.

– Os melhores jogos de bebida não são todos perigosamente simples? – pergunta. – Eu começo, para que vocês vejam como funciona. Uma vez, em um baile em Bessemia, desafiada, atravessei os jardins correndo só de camisola.

Os quatro se entreolham, mas Pasquale é o primeiro a falar.

– Verdade – diz ele. – Não acho que você seja o tipo que recusa um desafio.

Após um segundo refletindo, Gisella e Ambrose concordam com Pasquale, mas Nicolo franze a testa.

– Blefe – conclui ele, finalmente.

Beatriz franze os lábios e, depois de um segundo, leva a garrafa aos lábios para um gole antes de passá-la a Pas, que parece surpreso.

– Vocês três erraram – diz ela, acenando para Gisella e Ambrose também.

Pasquale ri, mas toma um gole antes de passar para Ambrose.

– Eu tinha certeza de que era algo que você faria – afirma ele.

Beatriz dá de ombros, apoiando-se nas mãos.

– Quase fiz – replica ela. – Mas o verdadeiro desafio foi correr pelos jardins de espartilho. Minha irmã não achou que eu fosse aceitar, mas, como você disse, eu nunca recuso um desafio.

– Como você sabia que ela estava blefando? – pergunta Pas a Nicolo, balançando a cabeça.

Nicolo dá de ombros.

– Pura sorte, acho.

– E agora é a sua vez – diz Beatriz a ele. – Qual será a sua confissão?

Nicolo sustenta o olhar dela enquanto pega a garrafa de vinho com a irmã e ela percebe que as palavras se assemelham mais a um flerte do que deveriam. Não que alguém mais pareça ter notado; afinal, é assim que Beatriz fala com todo mundo.

– Sabem o tesoureiro da corte? – pergunta Nicolo, inclinando-se para a frente e desviando o olhar de Beatriz para os outros. – Lorde Nodreno?

– Homem repugnante – diz Gisella, franzindo o nariz. – Eu o peguei tentando encurralar uma criada uma vez. Ele parou quando me viu, mas duvido que tenha sido a primeira ou a última vez.

– Esse mesmo – confirma Nicolo. – Ele estava se opondo a uma moção que meu pai apresentou ao rei, então eu... coloquei algumas ervas em sua taça de vinho do meio-dia. Não lhe causou nada sério, mas o impediu de ficar a mais de 30 centímetros da privada pelas horas seguintes e ele perdeu a reunião do conselho.

Gisella solta um grunhido muito alto, nada feminino.

– Não sei se isso é verdade, mas espero que seja, então vou acreditar em você.

Pasquale reflete por um momento e Beatriz pode praticamente ver as engrenagens girando na mente do marido, sem dúvida pesando a moralidade da atitude, bem como a sua credibilidade.

– Quais ervas? – pergunta ele depois de um segundo.

Nicolo olha para Beatriz.

– Perguntas são permitidas? – questiona.

Ela inclina a cabeça.

– Um bom blefador sabe defender suas mentiras. Vou permitir.

Nicolo volta a atenção para Pasquale.

– Folhas de pau-de-boia e helve.

Pasquale franze a testa.

– Blefe – diz ele.

Ambrose se inclina para a frente.

– Pas conhece as ervas – diz ele. – Estou com ele nessa. Beatriz?

Beatriz morde o lábio inferior e olha para Nicolo, pensativa.

– Verdade – conclui depois de um momento.

Nicolo sorri antes de beber dois goles rápidos da garrafa e passá-la sobre a manta para Pasquale.

– Não – diz Pasquale, mas pega a garrafa. – Pau-de-boia e helve não causariam isso.

– Elas não... mas mascaram o sabor da raiz-de-sílxen – replica Nicolo.

– Mas você não disse...

– Não precisava – intervém Beatriz, impressionada. – Ele não era obrigado a dizer toda a verdade nas perguntas complementares.

Pasquale solta um gemido e toma seu gole antes de passar a garrafa para Ambrose, que franze a testa, olhando para Nicolo e Beatriz, antes de beber.

– Vocês dois são muito bons nisso. Não é justo – diz ele, limpando o líquido vermelho dos lábios.

– É um jogo de bebida... Não é para ser justo, é para fazer você beber – argumenta Gisella, pegando a garrafa de suas mãos. – Minha vez agora. Eu nunca beijei ninguém.

Beatriz tem que sufocar uma risada, por saber que Gisella está contando uma mentira descarada. Mas segura a língua, deixando os outros responderem primeiro para não estragar o jogo. Os outros declaram Gisella uma mentirosa imediatamente e ela sorri, tomando quatro goles.

– Tudo bem – diz com um suspiro alto. – Acho que essa foi um pouco fácil. Pas? Ambrose? – pergunta, estendendo a garrafa para eles.

Ambrose a pega primeiro, as pontas dos dedos tamborilando no vidro enquanto ele pensa em sua confissão. Mesmo antes que ele fale, porém, Beatriz sabe que o que ele disser será verdade. Ela não acredita que Ambrose seja capaz de mentir sobre qualquer coisa. Essa percepção a deixa vagamente desconfortável. Afinal, ela sabe o que esperar de mentirosos, mas a sinceridade já é outra questão.

– Eu não sei nadar – diz ele finalmente.

Por um segundo, Beatriz fica tentada a dizer a ele que essa não é uma confissão suficientemente escandalosa. Mas, quando olha para Ambrose, sente o coração amolecer um pouco. Ele não é feito para escândalos, então talvez não saber nadar seja suficiente.

– Verdade – declara ela.

– Consta nas regras que podemos jogá-lo no oceano para testar? – pergunta Gisella.

Todos riem, exceto Ambrose, cujos olhos se arregalam antes que ele perceba que ela só está brincando.

– Deixa para lá – diz Gisella, fazendo um gesto com a mão. – Já tenho minha resposta. Verdade.

Depois de pensar por um segundo, Pasquale e Nicolo também votam na verdade e, com um sorriso tenso, Ambrose toma quatro goles rápidos da garrafa de vinho.

– Receio que eu não seja bom nisso – comenta ele, passando para Pasquale.

– Depende do objetivo – rebate Pasquale, com um sorriso. – Você e Gigi estão empatados por terem bebido mais... Alguns diriam que vocês estão ganhando.

É difícil ver com certeza ao luar, mas Beatriz poderia jurar que um leve rubor cobre a pele de Ambrose.

Pasquale segura a garrafa de vinho em uma das mãos, apoiando-se no outro cotovelo e olhando para o céu por um segundo antes de balançar a cabeça.

– Eu não quero ser rei – diz por fim.

Um instante de silêncio segue suas palavras antes de Gisella dar uma gargalhada.

– *Todo mundo* quer ser rei – diz ela. – Blefe.

Ambrose e Nicolo concordam com a avaliação, ambos votando em blefe, mas Beatriz hesita. Ele nunca lhe disse essas palavras exatas, no entanto ela tem certeza de que ele as deixou implícitas, esboçando a verdade. Pasquale não quer ser rei – na verdade, não gostaria nem de ser príncipe.

– Verdade – diz ela, baixinho.

Pasquale encontra seu olhar acima do fogo que arde e ela vê ali surpresa e vulnerabilidade, que faísca por um instante antes que ele a encerre por trás de um sorriso e balance a cabeça.

– Claro que é um blefe. Como Gigi disse, quem não quer ser rei?

Ele toma três goles antes de passar a garrafa para Beatriz para que ela também beba.

Por um segundo, ela pensa em contestar sua confissão. Afinal, ela reconhece mentirosos, e a mentira que Pasquale acabou de contar era tão palpável, tão flagrantemente óbvia, que ela se surpreende de ninguém mais a ter percebido. Mas talvez eles não queiram ver. Nada de bom acontecerá se insistir no assunto, então ela força um sorriso e toma seu gole sem reclamar.

– Você estava indo tão bem, Triz – diz Gisella, balançando a cabeça. – Mas suponho que Nico ganhou essa rodada, não é?

– Eu não sabia que havia vencedores ou perdedores – diz Nicolo. – E, como Pas disse, não me sinto muito vencedor, sendo o mais sóbrio aqui. Pode me passar a garrafa, Triz?

Ela entrega o vinho a ele e, por um segundo, seus dedos se tocam e ele demora, ou talvez ela demore. Beatriz não tem certeza, mas sabe que o contato dura um pouco mais do que deveria antes de ser interrompido. Ela tem consciência de que lamenta o fim do contato entre eles quando isso acontece.

Ambrose é o primeiro a encerrar a noite, logo após o relógio da torre bater meia-noite, alegando a necessidade de acordar cedo no dia seguinte. Gisella segue meia hora depois, dizendo que precisa de seu sono de beleza. Pasquale aguenta até quase duas da manhã antes de começar a cochilar na praia e Beatriz tem que insistir para que ele vá para a cama, prometendo segui-lo em breve.

Restam então apenas Beatriz e Nicolo, passando a última garrafa de vinho de um para o outro até esgotarem os assuntos e ficarem apenas sentados juntos em silêncio.

– Está tarde – diz Beatriz por fim. – Você me acompanha de volta aos meus aposentos?

Nicolo assente e se levanta, estendendo a mão para ajudá-la a se levantar. Ela oscila ao ficar de pé – nada surpreendente depois de todo aquele vinho –, mas Nicolo continua segurando sua mão. Mesmo quando ela encontra o equilíbrio, ele não a solta por mais alguns segundos e, quando o faz, o desejo de Beatriz é que ele a segurasse por mais tempo.

Então começam a voltar para o palácio, caminhando lado a lado.

– Pas deve estar sentindo sua falta – diz Nicolo quando o silêncio se estende entre eles.

Beatriz mal contém uma gargalhada, então se controla e lhe dirige um sorriso tímido.

– Eu reconheço que é bom passar algumas horas separados – diz ela, balançando a cabeça. – Ninguém avisa que, quando você se casa, nunca tem um momento sozinho. Eu achava que ser trigêmea era uma coisa, mas pelo menos dormia no meu próprio quarto, na minha própria cama.

Ela percebe quanto soa amarga e logo corrige o comentário, antes que ele possa ver a verdade de seu casamento.

– Eu realmente amo Pasquale, mas é bom ter um momento apenas com meus pensamentos.

– Tenho certeza de que são fascinantes – diz Nicolo com um leve sorriso.

Beatriz hesita, observando-o ao luar, a forma como seu rosto está desenhado em alto-relevo. Ele é todo ângulos agudos, olhos escuros e lábios cheios. Bonito.

Sophronia sempre gostou de dizer que Beatriz tomava decisões ruins na presença de rostos bonitos. Se estivesse ali, diria a Beatriz que o deixasse ir embora, porque ele tem um tipo perigoso de beleza.

Mas Sophronia não está ali para lhe incutir bom senso. O silêncio cai sobre eles enquanto percorrem o palácio agora quieto – até os criados parecem estar dormindo e não há nenhuma outra alma por perto. É quase sinistro, diante da vida e da energia que em geral inundam os salões do palácio, mas também traz uma sensação de paz.

– Você ainda sente falta delas? Das suas irmãs? – pergunta Nicolo, arrancando-a de seus pensamentos.

– Você não sentiria falta de Gigi? – retruca ela.

– Às vezes, tenho certeza de que sim – diz ele. – Mas outras provavelmente não.

Beatriz morde o lábio.

– Eu costumava desejar um pouco de distância, sabe? – admite ela. – Quando estávamos crescendo, eu ficava muito irritada. Elas estavam sempre tão perto. Às vezes parecia que estavam me sufocando. Eu mal podia esperar até ter idade suficiente para sair e vir aqui ver todo tipo de coisas novas e empolgantes.

– E agora? – pergunta ele.

Ela reflete sobre a pergunta com cuidado, ciente de que, mesmo gostando de Nico, não pode confiar nele. Ele é um alpinista social, determinado a conquistar a aprovação do rei. Ela desconfia que ele a entregaria se tivesse a chance e, embora o entenda, ela certamente não está disposta a ser essa oportunidade.

– Sinto falta delas, é claro que sinto, mas Cellaria é um sonho inebriante. É tudo o que imaginei crescendo. Eu sempre quis ver mais do mundo.

Ele ri.

– É engraçado... eu também, mas nada parece mais exótico do que Bessemia. Para mim, Cellaria é entediante. Quero mais clima ameno, ar seco e palácios brancos e brilhantes. Parece um conto de fadas.

– E é – concorda ela, sorrindo suavemente antes de balançar a cabeça. – Há tantos lugares que eu gostaria de visitar se pudesse... Friv, Temarin e as ilhas orientais, sem falar de todos os outros lugares, lugares para os quais nem temos nomes.

Ele não diz nada por um momento e ela teme ter falado demais, ter sido muito sincera, tê-lo assustado de alguma forma.

– Às vezes – diz ele finalmente –, sinto que tenho tanta fome do mundo que o engoliria inteiro se pudesse.

Os lábios de Beatriz se distendem em um sorriso.

– Você teria que dividi-lo comigo – brinca ela. – Meio a meio.

Ele olha de lado para ela, um largo sorriso em seus lábios também. E, nesse olhar, Beatriz tem a sensação de que ele a vê por inteiro, cada centímetro dela, por dentro e por fora. Eles se encontram agora adentrando a ala real, ambos cumprimentando com um gesto de cabeça os guardas postados diante da entrada, embora mesmo esses guardas pareçam meio adormecidos e mal lhes dirijam um segundo olhar.

– Meio a meio – concorda ele.

Então param diante da porta dos aposentos que ela compartilha com Pasquale, mas nenhum dos dois faz menção de se despedir. Na parede oposta, as amplas janelas foram deixadas abertas, e a lua e as estrelas lançam um brilho etéreo no corredor.

Ela quer que ele a beije – deseja tanto isso que acha que daria qualquer coisa para sentir os lábios dele nos dela.

– Eu queria que você me beijasse.

Ela não percebe que falou em voz alta até ver a surpresa estampada no rosto dele. E então ele dá um passo na direção dela e leva a mão ao seu rosto, as pontas dos dedos roçando tão de leve sua pele que ela mal as sente.

– Eu estava torcendo para que você dissesse isso – confessa ele, as palavras mais respiração do que voz.

– Não deveríamos – diz ela, embora, ao proferir essas palavras, incline o rosto em direção ao dele.

– Não deveríamos – concorda ele. – Mas eu torcia por isso e é o que você deseja, e aqui estamos.

O beijo é inevitável. Assim que os lábios dele roçam os dela, ela percebe que nunca houve como evitar. Eles estão convergindo para esse momento desde que ele beijou a mão dela no casamento. Tentar fingir o contrário era tempo perdido e, agora que está acontecendo, agora que os braços dele estão em torno da sua cintura, suas mãos estão nos cabelos dele e o beijo não tem previsão de fim, ela não consegue se lembrar por que tentou resistir.

As palavras da cortesã Sabine ecoam em sua mente num sussurro: *Se puder se tornar o que eles querem que você seja, vão incendiar o mundo por você.*

Mas neste momento, Nicolo parece apenas querer beijá-la. Ela não precisa se tornar ninguém, somente ser ela mesma. E isso parece um tipo de poder totalmente diferente. Um poder em que ela mergulharia se pudesse.

Quando se separam, porém, e seus olhos encontram os dele, a percepção de algo a faz estremecer. Ele a quer, sim, mas ela também o quer. Com a mesma intensidade. E sua mãe e as cortesãs nunca ensinaram como lidar com essa situação.

– Desculpe, eu não devia ter...

A voz de Nico se extingue e Beatriz sente que ele quer beijá-la novamente. Dessa vez, porém, o bom senso vence e ele lhe dá as costas, voltando em disparada pelo corredor e deixando-a sozinha.

Ela se vira para entrar em seus aposentos, mas, quando a mão está na maçaneta, ela vê algo brilhando no chão de pedra sob seus pés. Beatriz se agacha, estendendo a mão para tocar a substância, e as pontas de seus dedos também saem brilhando. Seu estômago se contrai.

O que foi que ela disse? *Eu queria que você me beijasse.* Palavras simples, uma frase bastante comum. Nenhum poder real nela.

Mas à luz das estrelas, ela fez o pedido, que se tornou realidade, e agora há poeira estelar no chão onde ela estava e uma dor aguda já começando no espaço entre seus olhos, como a dor de cabeça que se segue à bebedeira, só que muito pior. Como na manhã em que Pasquale a acordou para lhe dizer que o rei queria falar com ela porque haviam encontrado poeira estelar no peitoril de sua janela. Em uma noite igual a esta, quando ela não conseguia dormir.

Beatriz dirige-se a uma das janelas estreitas do corredor, espreitando o céu noturno. Lá está o Urso Dançarino, cruzando o céu. E também a Rosa Espinhosa. E as estrelas da Mãos dos Amantes, entrelaçadas no meio do céu, mas algo nelas não está certo. Ela leva um momento para perceber, mas, quando isso acontece, o mundo se desloca sob seus pés: falta uma estrela no polegar de uma das mãos.

Ela recua da janela, cambaleando, uma dezena de justificativas surgindo em sua mente. Outra pessoa poderia ter tirado a estrela do céu, não poderia? E quem deixou a poeira estelar no peitoril da sua janela antes pode tê-la deixado diante da porta do quarto agora, em outro ardil para incriminá-la. A dor de cabeça que vai se instalando pode ser apenas uma dor de cabeça, causada por excesso de vinho. Há uma dezena de justificativas, mas Beatriz sabe que está mentindo para si mesma.

Ela fez um pedido e tirou uma estrela do céu. E essa não foi a primeira vez que isso aconteceu. Ela se lembra da ocasião anterior, quando fez um pedido a uma estrela na Roda do Andarilho. Mas seu desejo era ir para casa e isso não aconteceu. Os pedidos, no entanto, funcionam de maneiras misteriosas, não é? E foi logo depois desse pedido que ela conheceu lorde Savelle, a chave para seu retorno para casa.

Lorde Savelle. Ele perguntou sobre suas noites insones, pareceu particularmente interessado nelas porque sua filha havia sofrido a mesma aflição. O que foi que ele disse? *Eu acredito no fundo da minha alma que ela era tão inocente quanto você.* Ela deduzira que isso significava que ele acreditava que as duas eram inocentes, mas talvez ele quisesse dizer o contrário: que ele sabia que a filha era uma empyrea e que Beatriz também é.

Será mesmo? Parece impossível, de todo incompreensível, mas aqui está ela com a prova nos dedos e no céu. Uma pessoa em cada dez mil tem o potencial de tirar estrelas do céu, somente uma fração delas consegue controlar esse poder e, no entanto, aqui está ela, sabe-se lá como. Duas coisas ficam muito claras para Beatriz. Primeiro, ela precisa sair de Cellaria o mais rápido possível, antes que seu poder seja descoberto e, segundo, o fato de lorde Savelle saber disso o torna uma ameaça.

Ela recolhe o restante da poeira estelar do chão e leva para seus aposentos, tentando ignorar a dor de cabeça crescente. Desejar que Nicolo a beijasse era um pedido ingênuo – certamente não maior do que seu desejo de ir para casa –, então ela suspeita que o efeito sobre ela será o mesmo. Ela já pode sentir a dor de cabeça se tornando mais intensa. Precisa agir agora. Um fogo baixo queima no quarto e ela olha para Pasquale, que dorme profundamente, antes de lançar a poeira estelar no fogo e vê-la queimar. Em seguida, pega o frasco que a mãe lhe enviou, escondido em seu estojo de cosméticos, junto com alguns potes de pigmentos e cremes. Então se senta à penteadeira e começa a trabalhar.

Beatriz nunca se considerou covarde, mas, quando entra furtivamente nos aposentos de lorde Savelle logo após o sol nascer, enquanto ele está no jardim marinho, ela se dá conta de que talvez seja, sim. Ela sabe que não pode plantar a poeira estelar nele pessoalmente – se tentar, vai perder a coragem, como da última vez. E isso a levou a cobrir o rosto com cremes e pós suficientes para fazê-la parecer uma mulher com pelo menos três vezes a sua idade. Em seu vestido cinza mais simples, ela consegue se passar por uma criada, se ninguém olhar muito de perto.

Em seu disfarce – com uma postura corcunda para combinar, porque Beatriz não faz nada pela metade –, ela entra sem dificuldade nos aposentos de lorde Savelle. Há menos guardas ali do que na ala real, ela nota, e com os criados começando a cuidar de suas tarefas, ela se mistura com bastante facilidade.

Talvez *seja* mesmo covardia, ela pensa enquanto coloca o frasco de poeira estelar dentro de uma das botas de lorde Savelle, mas prefere ser uma covarde viva a uma heroína morta.

Ela deixa os aposentos dele tão rapidamente quanto entrou e perambula pelos corredores até encontrar um guarda. Então esbarra nele de propósito, fingindo que foi por acidente.

– Olhe para onde está indo – repreende ele com rispidez.

– Oh! – exclama ela, fingindo agitação. – Sinto muito, senhor, estou distraída.

O guarda não morde a isca, como Beatriz achava que ele faria se ela tivesse sua aparência real – ele ignora, feliz, uma mulher que já passou da meia-idade.

– Senhor, por favor – insiste ela, antes de hesitar e morder o lábio. – O senhor sabe como é o aspecto da poeira estelar? – pergunta ela, baixando a voz a um sussurro.

Isso chama a atenção dele e seus olhos se dirigem rapidamente para ela, como se a estivesse vendo pela primeira vez.

– Por que quer saber?

Ela finge hesitar novamente.

– Acho que talvez tenha visto um pouco nos aposentos do lorde embaixador de Temarin. Havia um pequeno frasco de um tipo de pó prateado...

– Onde? – interrompe ele, ficando mais aprumado.

– Enfiado em uma de suas botas. No guarda-roupa, um par de botas pretas de cano longo.

As palavras mal saíram da boca de Beatriz e o guarda já passa correndo por ela, em direção aos aposentos de onde ela acabou de sair.

Ao voltar para os seus próprios aposentos, Beatriz de repente se sente tão exausta, a cabeça latejando e todos os músculos doloridos, que o sono a domina assim que ela sobe na cama e se deita ao lado de Pasquale. Ela só acorda ao cair da noite, quando a prisão de lorde Savelle é o assunto de que todos estão falando no castelo.

Daphne

Daphne encontra Cliona na floresta próxima ao palácio, sentada com as costas apoiadas no tronco de uma árvore com um livro aberto nos joelhos e, na mão, uma maçã comida pela metade. Quando ouve Daphne se aproximando a cavalo, ela ergue os olhos, nem um pouco surpresa.

– Você foi seguida? – pergunta Cliona, com a boca cheia de maçã.

Daphne revira os olhos e desmonta, segurando as rédeas do cavalo. A égua que ela costuma montar, Mánot, machucou a pata e a montaria que o cavalariço selou para ela não é tão bem treinada. Foi muito difícil mantê-la selada no trajeto até aqui.

– Claro que não – responde ela. – O rei acredita que a área do castelo é segura e diz que não preciso de um guarda desde que permaneça dentro dos limites.

– Ótimo – diz Cliona, fechando seu livro e pondo-se de pé. – Meu pai ficou impressionado com você.

Daphne tem que morder a língua para não dar uma resposta sarcástica sobre quanto ela valoriza a opinião do pai de Cliona. *Lembre-se de manter seus inimigos por perto, minha pombinha – e os inimigos de nossos inimigos ainda mais próximos*, escreveu a imperatriz, em resposta à atualização semanal de Daphne contando sobre os rebeldes e suas frustrações com o rei Bartholomew.

Eles não terão sucesso, mas, se Daphne puder alimentar sua raiva, eles terão chance de enfraquecer o domínio de Bartholomew sobre Friv e facilitar sua tomada por Margaraux.

– Você não estava mentindo sobre o contrato de casamento – diz Cliona, a voz suave.

Daphne balança a cabeça.

– Na verdade... – Ela se interrompe, enfiando a mão no bolso para pegar a carta forjada do rei para sua mãe, com selo real e tudo. Ela a entrega a Cliona. – Eu estava providenciando o envio de algo para minha irmã quando vi isso na mesa do encarregado da correspondência, junto com outros envelopes. Peguei quando ele virou as costas.

– Muito bem – diz Cliona, parecendo impressionada. Ela abre a carta e a examina, o vinco em sua testa se aprofundando. – Você leu? – pergunta ela, olhando para Daphne, que finge hesitar antes de concordar.

– Bartholomew sabe sobre sua pequena rebelião. Ele está se preparando para uma guerra – informa Daphne.

Cliona limita-se a dar de ombros.

– Então vamos lhe dar uma.

Daphne arqueia as sobrancelhas. Por mais que a reação de Cliona se preste ao objetivo de sua mãe de desestabilizar o governo de Bartholomew, ela está surpresa com a rapidez com que a outra garota acreditou.

– Você acha que vai ser fácil assim? – questiona ela, perguntando-se se não está subestimando o poder dos rebeldes, se é algo com o que a mãe deveria se preocupar. – A carta diz que ele está solicitando ajuda não apenas de Bessemia, mas de Temarin também.

– E...? – replica Cliona. – A rebelião tem a maioria nas montanhas.

Ou talvez os rebeldes tenham exatamente tanto poder quanto Daphne pensava e Cliona seja só uma tola. Ela está comparando uma poça com o mar. Não é de surpreender – Friv se orgulha de se manter independente e isolado, de agir como se o resto do mundo não existisse. Ninguém na corte fala sobre o que está acontecendo em Temarin, Bessemia ou Cellaria – ela sabe, ela pergunta a um e a outro, tentando se informar sobre o que suas irmãs e sua mãe estão fazendo, mas sem sorte. Enquanto Daphne cresceu estudando todo o continente, seria uma surpresa se Cliona soubesse citar as capitais, sem falar da reputação de Temarin como uma impressionante potência militar.

– Bartholomew pode ter conhecimento sobre a rebelião, mas ele não sabe sobre você – diz Cliona. – Você está em uma posição que permite nos ajudar. Você roubou esta carta, mas, quando ele não receber uma resposta, vai escrever para ela novamente. Você poderia falar com ela primeiro, convencê-la a não enviar tropas.

Daphne ri.

– Por que exatamente eu deveria fazer mais alguma coisa para ajudar você? – pergunta ela.

É óbvio que Daphne vai ajudá-la, pois isso também favorece os objetivos de sua mãe, mas ela está interessada em ver o que Cliona tem a lhe oferecer.

– Você nos faz outro favor e ganha mais poeira estelar.

É preciso todo o autocontrole de Daphne para não rir.

– Quanto? – pergunta.

– Um frasco – oferece Cliona. – Por enquanto.

– E tudo que tenho que fazer é escrever para minha mãe? – indaga Daphne.

– Bem, não vou confiar exclusivamente em sua palavra – diz Cliona, revirando os olhos. – Eu vou escrever a carta, você vai copiá-la e assiná-la e então eu a entrego ao encarregado da correspondência. E mais uma coisa: eu gostaria que você dançasse – diz ela, um sorriso se abrindo lentamente em seu rosto.

Daphne pisca.

– Como?

– No banquete do seu noivado, amanhã à noite – diz Cliona. – O rei convidou os chefes dos clãs das montanhas. Alguns estão do nosso lado, outros são leais ao rei, mas há um punhado que acreditamos que talvez sejam receptivos à causa da rebelião. Três em particular.

– Você acha que eu posso convencê-los em uma única noite? – pergunta Daphne, arqueando as sobrancelhas. – Eu me sinto lisonjeada, de verdade, mas acho que você está superestimando minhas habilidades.

– Acho que não – contesta Cliona. – E você não vai tentar convencê-los, apenas me dizer, na sua opinião, se acredita que é *possível* convencê-los.

Daphne finge considerar a proposta por um minuto. Ela sabe que sua lealdade está sendo testada mais do que a de qualquer outra pessoa.

– Quais são os nomes?

– Vou deixar uma lista com a carta que você vai copiar... palavra por palavra – explica Cliona.

– Algo mais? – pergunta Daphne, embora já esteja ajeitando as rédeas do cavalo.

– Apenas um lembrete geral de que estamos observando, estamos em toda parte, não faça nenhuma besteira.

– Sim, sim, acredite, estou apavorada.

Ela apoia o pé no estribo para montar no cavalo, mas, assim que desloca o peso do corpo, a cilha se rompe e a sela se solta, derrubando-a de costas, o ar escapando de seus pulmões. Ela olha para cima bem a tempo de ver cascos pretos erguidos sobre ela e ouve o cavalo soltar um grito de arrepiar os cabelos. O instinto a faz virar o rosto e ela fecha os olhos com força, à espera do impacto inevitável. Em vez disso, porém, as mãos de Cliona agarram seu braço e a puxam, tirando-a do caminho com uma força surpreendente.

Os cascos dianteiros do cavalo batem no chão onde ela estava deitada um instante antes, e então ele dispara floresta adentro.

Daphne se senta, estremecendo de dor ao fazê-lo.

– Não precisava de uma demonstração literal – diz rispidamente a Cliona. – Eu já tinha acreditado em suas ameaças.

– Você acha que eu estou por trás disso? – pergunta Cliona, parecendo tão brava que Daphne acredita que ela é inocente. – Foi um acidente.

Daphne balança a cabeça, olhando para a sela caída ao lado dela. Então pega a cilha e a estende para Cliona ver – o couro tem um corte limpo em três quartos da largura, com o restante grosseiramente rasgado.

– Não foi um acidente – diz Daphne, levantando-se com as pernas trêmulas. – O cavalariço disse que a égua que costumo montar torceu uma das patas, mas, pensando bem, eu não reconheci o homem.

– E você não achou isso suspeito?

– Até agora não – admite Daphne, franzindo a testa. – Afinal, não estou aqui há tempo suficiente para conhecer todos os cavalariços. E não estava esperando uma tentativa de assassinato...

– *Tentativa de assassinato* soa muitíssimo dramático – observa Cliona.

– Desculpe, quase morri pisoteada por um cavalo – rebate Daphne. – Como exatamente você chamaria isso?

Cliona revira os olhos.

– Você não está fazendo a pergunta certa – diz ela. – Quem quer ver você morta, princesa?

– Além de você? – pergunta Daphne.

– Se eu quisesse vê-la morta, não a teria salvado... A propósito, não há de quê – retruca Cliona.

É um argumento válido.

– Então eu não sei – retruca Daphne. – Mas certamente vou descobrir.

Ela se abaixa e pega a sela danificada, colocando-a sobre o ombro, e entra na floresta, começando o caminho de volta para o castelo.

– Um pouco de gratidão não mataria! – grita Cliona atrás dela.

– Talvez não, mas uma experiência de quase morte é suficiente para mim e prefiro não arriscar! – berra Daphne por cima do ombro.

Por um momento, Daphne pensa em alertar o rei sobre o atentado contra sua vida, mas imediatamente descarta a ideia. Ele nunca mais lhe daria um momento sem guardas e isso tornaria impossível cumprir quaisquer novas ordens que sua mãe lhe desse. Além disso, sabotar a sela do seu cavalo? Se alguém a quer ver morta, terá que se esforçar mais.

Quando chega de volta ao estábulo, ela procura o cavalariço que selou o cavalo nessa manhã, mas ele não está em lugar nenhum. No entanto, lá está Mánot em sua baia, sem nenhum sinal de entorse na pata, e um dos cavalariços que ela reconhece.

– Gavriel – chama ela, sorrindo quando o vê escovando outro cavalo. – Parece que Mánot está melhor.

– Melhor, Alteza? – pergunta ele, franzindo a testa.

– Sim, o cavalariço esta manhã disse que ela torceu a pata. Acho que não sei o nome dele.

– Hoje de manhã só eu estava aqui – diz ele, as rugas em sua testa se aprofundando. – Ian está doente e não veio trabalhar hoje, então fiquei mais ocupado do que de costume... Vossa Alteza diz que outra pessoa a ajudou?

Daphne sustenta o sorriso, tentando ler a expressão de Gavriel, mas, se ele tem algo a ver com a cilha danificada, é um mentiroso melhor do que ela, e disso ela duvida.

– Sim, deve ter sido outro criado tentando ajudar – sugere ela, fazendo com a mão um gesto que significava que não tinha importância. – Mas ele selou um cavalo diferente para mim... mais alto que Mánot, castanho, crina preta...

Com isso, Gavriel fica pálido.

– Vrain? – indaga. – Mas ele não está pronto para montar. Acabou de chegar como um presente de noivado. Excelente linhagem, mas selvagem.

– Um presente para mim? – pergunta Daphne. Gavriel assente. – De quem?

– Rei Bartholomew – responde ele antes de desviar o olhar, as bochechas corando. – Desculpe, Alteza, acho que era para ser surpresa.

Daphne sorri, embora sua mente esteja dando voltas, tentando encaixar as peças.

– Ah, eu não vou contar para ele – promete. – No entanto, no passeio, ele fugiu de mim. Parei para ajustar a sela e... bem, espero que ele não tenha ido longe.

– Vou mandar irem atrás dele agora mesmo – diz Gavriel. – Temos sorte por ter sido só isso... Vrain derrubou os últimos que tentaram montá-lo.

– Sim – diz Daphne. – Muita sorte mesmo.

Naquela noite, Daphne encontra a lista e a carta que Cliona lhe prometeu. Ela decide lidar com a carta para a mãe primeiro, lendo o que Cliona redigiu para ela.

Minha querida mãe,

Espero que você esteja bem. Escrevo a você porque temo que o rei Bartholomew não tenha deixado a guerra para trás – ele vê inimigos em toda parte, está sempre falando sobre facções rebeldes conspirando contra ele. Até mencionou que ia escrever para você e solicitar tropas! Eu sei que ele foi um grande herói em seu tempo, mas imploro que ignore seus apelos. Não há ninguém conspirando contra ele – todos que conheci até agora foram maravilhosos comigo, e todos parecem ansiosos pelo meu governo com o príncipe Bairre.

Daphne

O texto não parece em nada com uma carta que Daphne enviaria à mãe, mas isso não é um problema – a imperatriz saberá que é falsa assim que a ler. Daphne copia literalmente o texto, acrescentando apenas um fecho – *Que as estrelas brilhem sobre você e Bessemia* – antes de virar o pergaminho e pegar o frasco de tinta escondido no fundo da gaveta da escrivaninha. Então começa a escrever a mensagem real.

Querida mamãe,

Ignore isso, é um ardil. Tenho tudo sob controle com nossos amigos rebeldes. Mais notícias, em breve.

Daphne

Quando ela termina, a tinta seca, tornando-se invisível. E assim vai permanecer até que a mãe a polvilhe com o pó que acompanha a tinta – uma invenção de Nigellus feita a partir de poeira estelar, indicada pelo fecho de Daphne na carta falsa.

Ela deixa a carta de lado e desdobra a lista de nomes. Todos os três lhe são familiares.

Lorde Ian Maives, escreveu Cliona. Daphne acrescenta mentalmente: *cunhado da rainha, amigo íntimo do rei.*

Não existe nenhuma possibilidade de lorde Maives ficar do lado dos rebeldes, e Daphne suspeita que Cliona o incluiu como parte de seu teste, para ver se as informações de Daphne são confiáveis. Então passa para o nome seguinte.

Lorde Rufus Cadringal

Eis aí um que pode ir tanto para um lado quanto para o outro. O novo lorde Cadringal é pouco mais velho que Daphne e tem cinco irmãos mais novos. O pai morreu de repente e Daphne apostaria que o menino está perdido e é influenciável.

O terceiro nome da lista faz Daphne se deter para pensar.

Haimish Talmadge

Não é um lorde – pelo menos não ainda, mas Daphne sabe que seu pai foi um dos generais mais leais ao rei Bartholomew durante a guerra. Foi assim que ele passou de terceiro filho de ferreiro a senhor de uma das regiões mais prósperas de Friv. Se fosse o nome de lorde Talmadge na lista de Cliona, Daphne o descartaria sem nem pensar, mas não é, e ela percebe que não sabe muito sobre Haimish Talmadge.

Então supõe que seja hora de mudar isso.

Sophronia

O pacote enviado por Daphne foi meticulosamente examinado, como Violie explica a Sophronia, desculpando-se pela demora na entrega. Mas, por mais meticulosamente que o pessoal do palácio tenha revistado a caixa, eles não descobriram o selo do rei Bartholomew com a amostra de sua caligrafia escondidos no compartimento falso. Daphne cumpriu seu dever e, assim que Beatriz cumprir o dela, será a vez de Sophronia; mas, por enquanto, ela esconde a caixa inteira no fundo do armário. Parte dela torce para que Beatriz aja logo, a fim de que possa ver as irmãs de novo, mas fica surpresa ao perceber que a outra parte teme esse momento. Embora as palavras duras da carta da mãe reverberem em sua mente, lembrando-lhe que *rainha* não é uma função que ela deva assumir, Sophronia sabe que exerceria bem a função em Temarin e, mais ainda, que Leopold também está a caminho de se tornar um bom rei, agora que está tentando.

Temarin é uma terra alquebrada – em parte, pelo menos, por culpa dele –, mas Sophronia sabe que podem dar um jeito nisso. Depois de ver em primeira mão como o povo tem sofrido, ela percebe que não está ansiosa para entregar a coroa e a responsabilidade à mãe. Ela tem a sensação de que a coroa é *dela*.

O tumulto foi um passo atrás, mas, em retrospecto, Sophronia sabe que nunca deveriam ter organizado o discurso para início de conversa.

– Queríamos crédito – disse ela a Leopold na noite que se seguiu à revolta, quando foram se deitar, os dois exaustos e contemplativos.

– Tentamos ajudar – contrapôs ele, balançando a cabeça. – Eles não quiseram.

– Poderíamos ter reduzido os impostos pela metade sem dizer nada, deixar que nossas ações falassem por nós – disse ela. – Mas não fizemos isso. Porque queríamos crédito, queríamos aprovação. Mas, Leo, não podemos ter isso sem assumir a culpa também. E a culpa das coisas ruins é muito maior do que o bem que tentamos fazer para contrabalançar.

– Mas estamos *tentando* – retrucou ele, falando, de forma alarmante, como criança; embora, talvez, isso não fosse tão alarmante assim. Em vários aspectos, Leopold é mais criança do que Sophronia jamais foi. – Eles não apreciam o que tentamos fazer?

– Queríamos crédito por termos tentado – corrigiu ela, com um profundo suspiro. – Mas, depois de tanta traição, de tanta mágoa, de tantas mortes, por que nos dariam crédito por fazer o mínimo para resolver a bagunça que nós mesmos criamos?

Leopold não disse nada por um momento.

– Então como podemos fazê-los mudar de ideia?

– Não sei – respondeu Sophronia. – Mas acho que podemos começar admitindo que talvez não sejamos capazes, que o dano causado pode ser irreversível. E então continuamos tentando consertar mesmo assim. Não pela glória, mas porque é o certo.

Leopold não comentou nada por tanto tempo que Sophronia achou que ele tinha adormecido. Mas, quando ela mesma estava prestes a cair no sono, ele voltou a falar:

– Você sempre diz *nós*. Não fomos *nós*. Fui eu. Sinto muito que você tenha sido ferida por minha causa.

Sophronia rolou na direção dele para ficarem cara a cara. O luar que entrava pela janela lançava um brilho prateado no rosto dele, tornando-o espectral. Ele parecia mais velho do que no dia anterior, como se tivesse vivido toda uma existência nas últimas horas.

– Estamos nisso juntos, Leo – disse ela, suavemente.

Ela pensa nisso agora, sozinha em seu quarto – a oportunidade perfeita para pegar o selo e forjar uma carta com a letra do rei Bartholomew, atraindo-o também para a guerra iminente. Sua mãe sempre disse que é bom estar preparada, e Sophronia tem certeza de que Beatriz terá Cellaria espumando, sedenta de guerra, qualquer dia desses. Ela deveria escrever a carta, deixando-a pronta para ser entregue quando a hora chegar. Deveria fazer o que a mãe lhe disse, não se preocupar com Eugenia e suas tramas, deixar que ela faça mais ainda para enfraquecer Bessemia. Não deveria se importar caso Eugenia destrua o país. Deveria fazer o que a mãe mandou.

Em vez disso, ela codifica para Beatriz uma carta em que pergunta a origem do vinho cellariano em que a rainha tem gastado milhões de ásteres e depois chama um criado para enviá-la com o correio do dia.

A única coisa boa no jantar com Ansel é que Eugenia desconfia dele ainda mais do que Sophronia. Toda vez que ele sorve ruidosamente a sopa ou usa o garfo errado, ela estremece como se ele a agredisse fisicamente – não que Ansel perceba. Ele está ocupado demais encantando os príncipes com histórias da época que passou como aprendiz de pescador navegando pelo oceano de Vixania.

– Ouvi dizer que há monstros naquelas águas! – diz Reid, os olhos arregalados.

Ansel faz um muxoxo.

– É no que os marinheiros frívios querem que você acredite... assim eles podem ficar com todo o peixe – garante ele. – O pior monstro que encontrei naquelas viagens foi o capitão. Roncava como um urso furioso e era rápido com os punhos.

– Ele *bateu* em você? – pergunta Gideon.

Eugenia interrompe, o olhar raivoso que lança a Ansel deixando a sala mais gelada.

– Essa não é uma conversa adequada para a mesa do jantar.

– Desculpe – diz Ansel, com um sorriso tímido que não combina com a diversão em seus olhos.

– Você ainda é pescador? – pergunta Leopold, usando a faca e o garfo para cortar um pedaço de carne.

O modo como segura os talheres de ouro, o modo como sabe exatamente como cortar a comida, até o modo como mastiga o marcam como rei. Leopold provavelmente nem percebe que age assim, mas Ansel percebe. Ele segura seus talheres com mãos desajeitadas e, se tivesse que dar um palpite, Sophronia diria que ele nunca comeu um bife na vida.

– Não, Majestade – responde ele. – Pegávamos principalmente rabo-de-fogo, um bom peixe, de preço moderado, mas no último ano ele ficou caro demais para a classe mais baixa e não é bom o suficiente para nobres como os senhores. O capitão demitiu quase todos nós.

Leopold dá uma olhada em Sophronia e, embora ela fique contente ao ver o desconforto nos olhos dele, a ânsia de *fazer alguma coisa*, ela desconfia demais do mensageiro. Ansel tem sido educado desde que chegou para o jantar e é possível que sua conversa com Violie tenha sido coincidência, mas Sophronia não confia nele. E ela aprendeu a dar ouvidos a seus instintos.

– Então, o que você faz hoje? – pergunta Sophronia, pegando o cálice de vinho e tomando um golinho, o tempo todo de olho em Ansel.

Ele sustenta o olhar dela.

– Bicos, em geral – responde, dando de ombros. – Acho que o último foi lavar a forca depois das execuções.

Ele diz aquelas palavras de maneira bastante casual, mas Sophronia tem que reprimir um arrepio. Eugenia, porém, não reprime nada.

– Já *basta* – censura ela, limpando delicadamente a boca com o guardanapo, a expressão nauseada. – É péssimo debater coisas tão desagradáveis enquanto jantamos.

Sophronia não consegue evitar e revira os olhos. Eugenia pode impedir a menção de todas as *coisas desagradáveis* que quiser, mas teve participação ativa nelas. E, caso tenha esquecido, Sophronia não se importa de lembrar a ela.

– Ah, Genia – diz ela, mordendo o lábio. – Você não parece bem... sei como deve se sentir culpada. Gostaria de se deitar? – pergunta.

Leopold lhe dirige um olhar de advertência, ainda leal à mãe. É por isso que Sophronia precisa que Beatriz confirme suas suspeitas sobre o vinhedo. Sem provas, ele não vai acreditar que a mãe é capaz de traição e perfídia.

– Estou bem – retruca Eugenia.

– Fico contente em saber – diz Sophronia, antes de voltar a Ansel. – Você passou muito tempo em Friv enquanto trabalhava no navio? Ou Bessemia, talvez?

Ansel olha de Sophronia para Eugenia, que ainda o fita com raiva.

– Não posso dizer que sim... Só trabalhei no navio durante um ano e, como tripulante mais novo, nunca me permitiam desembarcar quando atracávamos. Nunca pus os pés em terra que não fosse temarinense.

Sophronia assente e mordisca o pãozinho do jantar. Ela gostaria que Daphne estivesse aqui – Daphne era capaz de extrair informações de qualquer um, a mãe sempre dizia. Ela podia perguntar sobre o tempo e, no fim da conversa, não se sabe como, conhecer os segredos mais sombrios da pessoa. Sophronia, por outro lado, não tem certeza nem se o nome Ansel é verdadeiro, muito menos a quem o rapaz está ligado.

– Podemos lhe arranjar emprego – diz Leopold de repente, parecendo muito satisfeito consigo mesmo. – Aqui no palácio, talvez? Você tem alguma habilidade além da pesca?

A última coisa que Sophronia quer é Ansel espreitando pelo palácio, mas por enquanto ela segura a língua.

– É muita bondade sua, Majestade – diz Ansel, balançando a cabeça.

– Não é bondade suficiente – retruca Leopold. – Muito provavelmente você salvou a vida do meu irmão – acrescenta, olhando para Reid, que se afunda na cadeira, as orelhas ficando vermelhas.

– Bom, agradeço do mesmo modo – diz Ansel e faz uma pausa. – Sou bom com cavalos. Haveria uma vaga no estábulo?

Leopold sorri.

– Eu mesmo falarei com o responsável pelo estábulo amanhã de manhã – promete ele.

– Leopold, na verdade não acho... – começa Eugenia, mas é interrompida pela porta da sala de jantar, que se abre, deixando entrar um mensageiro afobado, que faz uma rápida reverência.

– Vossa Majestade, Vossa Majestade – diz ele a Leopold e Sophronia, um de cada vez. – Acabamos de receber notícias preocupantes de Cellaria. Nosso embaixador, lorde Savelle, foi preso por feitiçaria... Dizem que vão executá-lo.

O restante da mesa – até Eugenia – mostra-se chocado, mas Sophronia não se surpreende com a notícia. Ela vê a conspiração da mãe se realizando, vê uma guerra inevitável no horizonte. Uma guerra para a qual ela deve empurrar Temarin. Daphne cumpriu seu dever, agora Beatriz cumpriu o dela. Por fim, é a vez de Sophronia.

Depois do anúncio do mensageiro, todos entram em ação. Criados são enviados para buscar lorde Covier e lorde Verning, os príncipes são mandados de volta para seus aposentos e Sophronia, Leopold e Eugenia são levados para a câmara do conselho. Somente quando se aproximam da porta é que Sophronia percebe que Ansel ainda está com eles.

– Sinto muito que nosso jantar tenha sido interrompido, Ansel, mas se voltar amanhã, podemos colocá-lo nos estábulos – diz ela, na esperança de que ele entenda as palavras como uma despedida.

Ansel olha para Leopold.

– Na verdade, Majestades, eu esperava acompanhá-los.

Eugenia bufa ruidosamente, sem nem tentar disfarçar.

– Por que, em nome das estrelas, você faria isso? – pergunta ela. – Essa é uma questão de grande importância nacional e você é... um aprendiz de pescador fracassado.

– Mãe – interrompe Leopold, dirigindo-lhe um olhar de advertência antes de se voltar para Ansel. – Infelizmente receio que ela esteja certa.

– Com todo o respeito, Vossa Majestade está tomando decisões que afetam o país inteiro, enquanto consulta apenas um segmento muito pequeno da população. Quem sabe a voz de alguém que tenha nascido em berço menos privilegiado não seja bem-vinda...

Sophronia tem vontade de discutir, mas sabe que o argumento é válido. A mãe tem vários integrantes da classe dos comerciantes de Bessemia no conselho e sempre diz que pontos de vista diferentes podem ser úteis. Sophronia só não quer o ponto de vista de *Ansel*. Leopold franze a testa por um instante e lança um olhar inseguro à mãe, depois a Sophronia.

– Leopold, você não pode estar levando isso a sério – diz Eugenia.

– Ele tem um bom argumento – pondera Leopold. – Estamos discutindo a possibilidade de uma guerra aqui, mãe. Uma guerra que afetará principalmente os que estão fora dos muros do castelo. Se quiser um Temarin melhor, preciso ouvir os que vivem no coração do país. Ele fica.

Com isso, Leopold entra na sala e se afunda na cadeira à cabeceira da grande mesa de carvalho.

– Obrigado, Majestade – diz Ansel, fazendo uma reverência antes de seguir Leopold e entrar na sala, ocupando a cadeira à sua esquerda, o lugar que, em geral, pertence a Eugenia.

Com os dentes trincados e um olhar assassino, Eugenia se senta ao lado de Ansel, enquanto Sophronia ocupa o lugar de sempre, à direita de Leopold.

Segundos depois, chegam lorde Covier e lorde Verning e ocupam duas das cadeiras restantes à mesa. Ambos dirigem a Ansel um olhar perplexo, mas não questionam sua presença. Em vez disso, lorde Covier pigarreia e começa.

– Segundo nossas fontes, lorde Savelle foi preso alguns dias atrás. Acharam um frasco de poeira estelar em suas coisas, e dizem que ele o adquiriu porque é um empyrea que usa a magia das estrelas para prejudicar o rei Cesare. Nunca houve qualquer indício de que Savelle fosse empyrea e, quanto à poeira estelar... bom, ele sabia que abrir mão da magia lhe seria exigido ao ocupar o cargo. Ele agiu assim durante duas décadas sem o menor problema, fora aquele caso infeliz com sua bastarda. Acho difícil acreditar que ele tenha mudado de repente.

Eugenia interrompe:

– Como eu já disse, Cesare sempre foi volúvel e sabemos que está ficando cada vez mais paranoico. No máximo, essas acusações são invenções suas e, na pior das hipóteses, uma desculpa esfarrapada para nos levar a outra guerra. Mas, se é o que ele quer, podemos lhe dar uma.

– Com que dinheiro, Eugenia? – pergunta Sophronia, sem conseguir se controlar.

Esse pode ser o plano de sua mãe, mas é o de Eugenia também, e ela sabe melhor do que ninguém como Temarin está mal equipado. Não venceriam nem uma guerra de bolas de neve.

– Encontraremos o dinheiro – diz Eugenia, como se pudesse simplesmente tirá-lo do sofá da sala. – Se executarem Savelle, estarão declarando guerra. Não temos opção a não ser a defesa, nossa e de nossos conterrâneos.

– Seus conterrâneos é que vão suportar o custo e o fardo – pontua Ansel, inclinando-se para a frente. – Na última guerra com Cellaria, eu ainda não tinha nascido, mas ouvi as histórias de meus pais, que disseram que os impostos subiram significativamente. Em alguns meses, até dobraram.

– Com certeza você não está insinuando que há um preço que não se disponham a pagar pelo seu país... – começa lorde Covier. Então, ele franze a testa. – Quem é você?

Leopold faz apresentações rápidas e distraídas, e lorde Covier e lorde Verning trocam olhares de desdém.

– Majestade... Temarin não pode custear uma guerra – insiste Ansel. – O povo já está sofrendo.

Leopold franze a testa.

– Quanto custa uma guerra? – pergunta, correndo os olhos em torno da mesa.

– Bom... hã... é uma pergunta complicada – diz lorde Verning, pigarreando.

– Então vamos descomplicá-la – replica Leopold. – Diga-me o custo mensal médio da última guerra com Cellaria, assim como uma visão detalhada de onde veio o dinheiro. Quanto do tesouro, quanto dos impostos, quanto de outras fontes.

Lorde Verning pisca.

– Não tenho essas informações aqui, Majestade.

– Então vá buscá-las – ordena Leopold, mais resmungando do que dizendo as palavras enquanto passa a mão pelo cabelo.

Lorde Verning hesita alguns segundos antes de empurrar a cadeira para trás e sair às pressas da sala, olhando, perplexo, para Leopold por cima do ombro.

– E onde está o embaixador cellariano? – continua Leopold. – Quero um guarda junto dele o tempo todo.

– Quer aprisionar lorde Fiorelli? – pergunta lorde Covier, lançando um olhar de incerteza para Eugenia.

– Lorde Fiorelli talvez seja a única carta que temos para barganhar e não vou deixá-lo escapulir de volta a Cellaria quando souber dessa confusão – explica Leopold, olhando um dos guardas em pé junto à porta. – Vá, ponha um de seus homens de olho nele.

O guarda faz uma rápida reverência e sai.

– Por mais simpático que eu seja à questão do custo, Ansel – diz Leopold, virando-se de volta para ele –, há outros fatores em jogo. O rei Cesare planeja matar meu embaixador. Minha mãe tem razão; por si só, essa é uma declaração de guerra. Quem sabe se em seguida ele não invadirá as fronteiras de Temarin? E há também o aspecto pessoal – acrescenta.

– Sim, em relação à princesa Beatriz... – diz lorde Covier, olhando os documentos à sua frente. O coração de Sophronia dá um pulo. Beatriz está bem, tem que estar. – Alguns relatórios de nossos espiões informaram que lorde Savelle e a princesa Beatriz se tornaram... próximos. Jantaram juntos a sós e adotaram o hábito de caminhar um na companhia do outro pelo jardim marinho sem ninguém por perto. Um de nossos espiões especula que essa proximidade pode ser o verdadeiro motivo de sua prisão.

Sophronia se esforça para manter o rosto impassível, embora saiba que há verdade nesse boato. A própria Beatriz lhe contou que apreciava os passeios dos dois, até gostava do homem. *E ainda assim o traiu*, pensa Sophronia, *porque essa era sua missão*.

Assim como a missão de Sophronia é instigar Leopold a declarar guerra. Assim que ela forjar uma aliança entre Friv e Temarin com o selo do rei Bartholomew, Friv virá em seguida e entrará numa guerra que deixará os três países tão vulneráveis que as forças bessemianas conseguirão vencê-los sem muita luta.

Sophronia entendia isso em termos abstratos, quando via a situação se desenrolar como peças num tabuleiro de xadrez, figuras frias de mármore caindo uma por uma; mas agora que está aqui, vê o custo pessoal que há por trás desses movimentos, que essa guerra não devastará apenas a segurança e a economia de Temarin, mas matará seu povo – tanto em combate quanto de fome.

Sim, sua mãe estará lá para recolher as peças; sim, ela por fim reconstruirá o país; sim, como resultado ele pode até se tornar mais forte. Mas quantos temarinenses sobreviverão para ver isso?

A ideia não deveria incomodá-la. *Bessemia acima de tudo.* Mas, embora a coroa que usa seja oca, embora esteja apenas encenando o papel de rainha, ela não consegue deixar de sentir que esse povo é *dela*. E que ela irá traí-lo.

Lorde Covier continua, alheio à mente agitada de Sophronia.

– Como mencionei na última reunião, há muitos nobres conspiradores querendo deserdar Pasquale. Acredito que usarão os laços da princesa Beatriz com Savelle contra ela e também contra o príncipe Pasquale. Concordo com sua mãe. Se atacarmos logo, se atacarmos *agora*, poderemos pegá-los de surpresa. Podemos trabalhar com o príncipe e a princesa para depor o rei Cesare e colocar os dois no trono em seu lugar antes que percam mais apoio. Todos saem ganhando.

Nem todos, pensa Sophronia. Talvez, se Eugenia não tivesse esgotado o tesouro de guerra de Temarin, se a imperatriz não estivesse aguardando para declarar sua própria guerra assim que Temarin estivesse enfraquecido, talvez o plano de lorde Covier tivesse algum mérito. Sophronia sabe que, ao fim e ao cabo, só quem sairá ganhando é a imperatriz. Sophronia pensou que venceria com ela, ao lado de Daphne e Beatriz – e a vitória não é assim? As três juntas de novo, novamente em casa. As irmãs ficarão tão surpresas quando se reunirem, pensa Sophronia. Ela se tornou tão competente em defender suas ideias que elas nem a reconhecerão. Talvez ela também não as reconheça.

A vitória é assim, como sempre foi. Mas agora não parece uma vitória, não quando ela entende o custo.

– Sophie? – chama Leopold, arrancando-a de seus pensamentos. – Você está muito calada. O que está pensando?

Sophronia ergue os olhos para ele e, na mesma hora, se arrepende. A expressão dele é franca, os olhos absolutamente sinceros. Ele confia nela, quer sua ajuda, e ela sabe sem nenhuma sombra de dúvida que o conselho que deveria lhe dar vai arruiná-lo. Arruinará Temarin. Ela pode não gostar de Ansel, mas ele tem razão: Temarin não tem como custear essa guerra. E quem mais sofrerá será o povo mais vulnerável. Tudo isso para que a mãe dela possa reivindicar uma coroa – *outra* coroa – e mais terra, mais poder.

Ela costumava pensar que Temarin ficaria melhor sob o controle da mãe, e talvez fosse verdade antes, mas agora? Leopold pode não ser perfeito, mas está tentando. Ele se importa com o povo. E Sophronia sabe que, juntos, eles conseguiriam tirar Temarin do buraco em que se afundou. Sabe que podem melhorar o país, mais até do que sua mãe, no mínimo porque não terão que destruí-lo primeiro.

Sophronia sabe a resposta que deveria dar. Imagina-se dizendo: *Você deveria declarar guerra.* Quatro palavras. Palavras que nem são dela, na verdade, mas que lhe foram designadas desde antes de respirar pela primeira vez. Palavras que sempre esteve destinada a dizer.

– Ansel tem razão – é o que ela diz, porém. – Temarin não pode custear uma guerra... Entrar nela vai nos destruir.

Leopold franze a testa.

– Mesmo que não fazer isso ponha Pasquale e Beatriz em perigo? – pergunta ele.

Sophronia engole em seco.

– Beatriz pode cuidar de si mesma – responde ela, torcendo para que seja verdade. – Temarin, não.

Beatriz

Beatriz tenta ignorar a culpa persistente que a importuna, no entanto ela se torna sua companheira constante nos dias que se seguem à prisão de lorde Savelle. A culpa a segue até o chá com Gisella no jardim de inverno do palácio. Anda a seu lado quando ela passeia pelo jardim marinho com Pasquale. Até se deita a seu lado na cama, deixando-a acordada durante horas e assombrando seus sonhos quando consegue dormir.

Ele não será executado, ainda não. Parece que o rei Cesare está envolvido numa disputa com Temarin, do tipo de quem fica mais tempo sem piscar, e sabe que executar o embaixador seria uma declaração de guerra, embora se sinta tentado a arriscar mesmo assim.

A carta que Beatriz encontra enfiada nas pétalas de uma rosa seca que a mãe lhe enviou não ajuda em nada.

Você arrumou suas peças de dominó, minha pombinha. Só resta agora derrubar a primeira. Cuide para que não haja misericórdia para lorde Savelle.

A imperatriz foi paciente durante quase duas décadas, mas agora essa paciência está se esgotando. Beatriz sabe quanto seria fácil convencer o rei a executar lorde Savelle; ela se imagina fazendo isso no café da manhã com o rei e com Pasquale – pensa em como fingiria um suspiro melodramático e deixaria escapar que lorde Savelle a fazia se sentir insegura, que ele tentou convencê-la a usar magia, mas que, obviamente, ela resistiu. Qualquer coisa para atiçar a fúria virtuosa do rei Cesare contra o homem, qualquer coisa para declarar guerra com Temarin parece valer a pena.

Em vez disso, ela segura a língua, come o ovo pochê e deixa o rei Cesare divagar sobre temarinenses sacrílegos, sobre quais cortesãos ele desconfia que estão conspirando contra ele hoje e se alguém está ou não tentando assassiná-lo. Pelo menos, esta última paranoia é nova.

– Quem desejaria matá-lo, Majestade? – pergunta Beatriz, com seu sorriso mais encantador.

Ela não esqueceu a mão boba nem o olhar lascivo dele, embora ele pareça ao menos evitá-los quando Pasquale está por perto.

Mas, em vez de retribuir o sorriso, o rei Cesare a olha com raiva.

– Posso pensar em duas pessoas que teriam muito a ganhar se me matassem – diz ele friamente.

Beatriz troca um olhar com Pasquale antes de se forçar a rir. Não há nada engraçado em ser acusada de tentar assassinar um rei, mas Beatriz está ciente dos guardas em pé junto à porta, dos criados que andam de um lado para outro para distribuir e recolher pratos. Ela sabe que, se não reagir como se fosse uma piada, os boatos criarão pernas, e essa é a última coisa de que ela precisa.

– Vossa Majestade é muito engraçado – diz ela. – De verdade, nada nos deixaria mais feliz do que se o senhor vivesse para sempre. Reinar parece um fardo terrível. Prefiro ser princesa a rainha. Todo o glamour, nada da responsabilidade. Não é mesmo, Pas?

Pasquale assente, mas não tem a capacidade que ela tem de pensar rápido sob pressão. Mas, com a bênção das estrelas, ele se esforça ao máximo.

– Não consigo imaginar que alguém queira matar o senhor, pai – diz ele, embora fique olhando para ela, como se pedisse instruções. – Ora, sem o senhor, Cellaria com certeza deixaria de existir.

Talvez ele tenha pesado muito a mão, mas o rei Cesare faz um muxoxo antes de pegar seu vinho outra vez, parecendo pelo menos um pouco apaziguado.

– Você está certíssimo, Pasquale – diz ele antes de terminar o vinho e fazer um gesto para que o copeiro real lhe traga mais.

Não é Nicolo, observa Beatriz com uma mistura de alívio e decepção, mas outro garoto. Este, recorda ela, é um primo em quarto grau de Pasquale.

– A vaca da minha irmã em Temarin fica me escrevendo sobre Savelle – diz o rei, assim que sua taça volta ser reabastecida. – Quer que eu conceda misericórdia a ele; pelo menos é o que diz.

Eis a oportunidade de Beatriz – a abertura perfeita para instigá-lo a executar lorde Savelle –, mas a confusão toma conta dela. No dia seguinte à prisão do embaixador, ela recebeu a carta de Sophronia que falava de Cesare e Eugenia conspirando juntos para a tomada de Temarin e lhe perguntava sobre um rótulo de vinho. Beatriz não dera muito importância – provavelmente, era algo irrelevante, com a guerra tão próxima. Mas, se Cesare e Eugenia estavam conspirando, a explosão do rei não fazia sentido. Eles estariam se coordenando melhor? É claro que é possível que a memória do rei Cesare esteja falhando, mas, se tem condições de tramar um cerco, ele não pode estar tão mal assim, não é?

E o rótulo de vinho... Beatriz já tomara um justo quinhão dos vinhos de Cellaria, mas nenhum era de *Cosella*, e algumas indagações casuais aos criados só geraram confusão.

– Como assim? – questiona Beatriz agora, perguntando-se se Sophronia estaria recebendo informações erradas.

O rei Cesare faz um gesto com a mão e ri, o mau humor de segundos atrás repentinamente esquecido. Isso também não é raro nesses dias – seu mau humor é como as tempestades cellarianas: violento, mas passageiro.

– Eugenia deve achar que sou idiota – afirma ele. – Dizer que quer que eu liberte Savelle para que ele retorne a Temarin, me lembrando o tempo todo as razões para eu queimá-lo e acabar com isso. Estou começando a desconfiar que ela quer que eu o mate.

Isso faz Beatriz franzir a testa. Se estão conspirando para começar uma guerra, por que Eugenia fingiria lhe dizer que não executasse Savelle? Mais ainda: por que teria que convencê-lo de alguma coisa? Se Cesare quisesse mesmo uma guerra com Temarin, como pensa Sophronia, por que não executou lorde Savelle de imediato?

– Talvez ela só esteja implicando com o senhor – tenta Beatriz, embora as engrenagens da sua mente ainda estejam girando. – É isso que irmãos fazem, não é? Sei que eu e minhas irmãs sempre nos divertimos muito implicando umas com as outras. Talvez ela simplesmente não perceba a gravidade da situação.

– E você, percebe? – pergunta o rei Cesare com um tom de zombaria na voz. – Fale-me sobre a gravidade da situação, Beatriz.

Ela pode perceber que o humor dele está piorando de novo e, mesmo que não percebesse, o olhar que Pasquale lhe dirige é aviso suficiente.

– Bom... – começa ela, com a sensação de que está andando numa ponte apodrecida: um passo em falso a fará despencar. Mas Beatriz ouve as palavras da mãe ecoarem em sua mente. *Você arrumou suas peças de dominó, minha pombinha. Só resta agora derrubar a primeira.* – Parece uma coisa muito grave – diz ela. – O embaixador de um país estrangeiro que vem para suas terras, para seu lar, na verdade, com tanto desrespeito. Não é como se ele só tivesse falado fora da sua vez ou não lhe demonstrasse a devida deferência, Majestade. Ele desrespeitou a lei que muitos diriam que é a mais séria de Cellaria. Além de desrespeitar Vossa Majestade, ele desrespeitou as estrelas. Isso não é grave?

Ela sente que a sala inteira prende a respiração – não somente ela e Pasquale, mas os criados e guardas também. Até o próprio ar parece particularmente parado.

– Você está certíssima, Beatriz... quase tão inteligente quanto bonita – diz o rei, e Beatriz solta a respiração. Então, de repente, o rei Cesare bate a mão na mesa, o som ecoando pela sala e fazendo todos pularem. – A ofensa de lorde Savelle não pode ser tolerada. Ele será executado na próxima fogueira. Se Temarin quiser trazer a guerra à nossa porta, que traga. Estaremos prontos.

Beatriz deveria se sentir aliviada: fez tudo que devia fazer. Arrumou seus dominós e derrubou o primeiro. Agora só resta observar Cellaria tombar. Ela deveria se sentir aliviada – orgulhosa, até –, mas só sente pavor e culpa.

– Você está bem? – pergunta Pasquale a ela quando se dirigem para seus aposentos depois do café da manhã.

– Estou, sim – responde ela, balançando a cabeça. – Eu só... nunca imaginei que ele faria isso, acho. É tolice, eu sei, mas...

– Você e lorde Savelle passaram algum tempo juntos. Você gosta dele. Mas, se dissesse qualquer outra coisa, sabe que podia acabar sendo executada ao seu lado.

Beatriz hesita antes de assentir.

– Ele disse que eu o lembrava sua filha – admite ela.

O semblante de Pasquale se enche de compreensão.

– Eu me lembro de Fidelia. Eu vi, sabe?

Beatriz franze a testa.

– Ela morrer?

Existe muita gente que gosta de assistir às fogueiras, gente que as transforma em espetáculo, com festas antes e depois. Mas Pasquale não parecia ser esse tipo.

– Ah, não, não isso – diz Pasquale, desviando os olhos e baixando a voz. – Eu a vi... sabe... usar a magia.

Beatriz quase para de andar.

– Você viu? – pergunta ela. – O que... o que foi que ela fez?

– Era a noite do solstício de verão – conta Pasquale. – Ela era cerca de um ano mais velha do que eu e, bom, você conhece meu pai e seus excessos.

Beatriz mal esboça uma reação, mas Pasquale deve ter notado, porque continua.

– Ele tentou levá-la para fora da festa, mas ela não quis ir... Eu vi, tenho certeza de que muitos outros viram também, mas ninguém fez nada. Eu queria intervir, Triz, mas fiquei paralisado. Não conseguia nem me mexer. Ela disse alguma coisa... não sei o quê, mas vi seus lábios se movendo e os olhos correndo à sua volta loucamente, à procura de ajuda. Olhava as estrelas, penso agora, convocava-as. Então tudo aconteceu bem depressa. Uma vela se apagou, embora não houvesse nenhum vento. Uma briga começou no outro canto do salão de baile. Uma árvore caiu lá fora, atravessando uma janela. Qualquer uma dessas coisas poderia ser coincidência, mas tudo junto? – Ele balança a cabeça. – *Eu queria que me soltasse*. Foi o que ela disse, eu acho. Meu pai nunca falou nada, ele simplesmente a chamou de empyrea e mandou executá-la, mas acho que foi o que ela deve ter dito. Ela queria tanto que ele tirasse as mãos dela que fez uma estrela cair. Você pode ver que falta uma no Coração do Herói. E deu certo. Ele a largou, mesmo que tenha sido só para os guardas a prenderem.

Beatriz engole em seco, incapaz de falar. Fidelia sabia o que estava fazendo, diz a si mesma. Foi uma escolha, cujas consequências ela compreendia.

As palavras que o rei disse mais cedo ainda incomodam Beatriz, conflitantes com as de Sophronia. Beatriz sabe que deveria deixá-las de lado, que elas não têm mais importância, mas não consegue.

– Pas, você já ouviu falar do vinhedo de Cosella?

Ele franze a testa.

– Cosella? – repete ele, balançando a cabeça. – Parece vagamente familiar, mas acho que não soaria familiar para mim se fosse um vinhedo. Por quê?

– Não é nada – diz ela, apertando o braço dele. – Não tem importância.

∾

Naquela noite, o rei Cesare dá um banquete improvisado – uma comemoração, embora, vindo dele, isso possa significar várias coisas, muitas delas ruins. Ainda assim, ela e Pasquale se vestem para a ocasião, como se espera deles, e se sentam nos lugares indicados no salão, imediatamente à direita do rei. Enquanto observa a sala lotada, Beatriz nota que a maioria das pessoas também parece um tanto confusa com a reunião, embora ninguém se disponha a questionar uma festa.

Quando o vinho é servido, o rei pega o seu das mãos de Nicolo – que parece se esforçar ao máximo para evitar o olhar de Beatriz – e se levanta. O silêncio cai sobre o salão e o rei Cesare pigarreia.

– Como devem saber, descobrimos um herege em nosso meio – anuncia ele, provocando algumas vaias. – Houve alguma dúvida sobre o que fazer com lorde Savelle: a execução seria uma conclusão inevitável para qualquer um, mas me disseram que eu deveria considerar as consequências dessa decisão. Com certeza, executar um embaixador trará os temarinenses em peso às nossas fronteiras, espumando pela boca, sedentos de sangue e guerra. Há muitos em meu conselho que desejam evitar tal situação, mesmo que isso signifique um desrespeito às leis cellarianas em minha própria corte.

O rei Cesare faz uma pausa e seu olhar pousa em Beatriz. Ela sente o resto da multidão seguir o olhar dele, sente os olhos de todo o salão sobre ela.

– Mas como disse a... divinamente encantadora princesa Beatriz – continua ele, e Beatriz tem que se esforçar para reprimir uma ânsia de vômito –, não devemos ter misericórdia com hereges. As estrelas verão lorde Savelle ser queimado por seu comportamento sacrílego.

Essas palavras foram recebidas com aplausos avassaladores e deram a Beatriz a oportunidade de se inclinar para Pasquale e perguntar por trás do sorriso colado no rosto:

– Eu disse isso?

– Acredito que não – responde Pasquale, soando mais cansado do que confuso.

Embora não conheça o rei tão bem quanto Pasquale, Beatriz também se sente um pouco cansada disso tudo – da sensação de andar na corda bamba, de suas palavras serem distorcidas, de nunca saber a que lado do rei serão submetidos a cada noite.

A culpa ameaça afogar Beatriz novamente, mas uma pequena parte dela também está aliviada, como se sua própria armadura criasse mais uma camada. Quem a acusaria de usar magia agora, com o próprio rei a mostrando como a mais devota defensora das estrelas?

No entanto, ela pensa, lançando ao rei Cesare um olhar de soslaio, ela não está nem um pouco perto da segurança. Só lhe resta torcer para que a afeição do rei por ela não diminua – nem cresça. De fato, é uma corda bamba.

Pasquale, Nicolo e Gisella, todos disseram que nem sempre ele foi assim, que piorou com o passar do tempo, e ela sabe que muitas vezes a mente das pessoas começa a se ir antes do corpo, mas o rei Cesare só tem 50 e poucos anos. Não pode ser velhice e, se fosse algum tipo de enfermidade, com certeza alguém já teria feito o diagnóstico.

Quando os aplausos terminam, Beatriz vê o rei estender a mão de novo para a taça de vinho. Os olhos dela seguem a taça – enchida tantas vezes esta noite que ela já perdeu a conta. Nicolo mencionou que os copeiros reais passaram a diluir o vinho. Assim que ela se lembra disso, outro pensamento lhe ocorre: se quisesse envenenar o rei, o vinho dele seria um meio excelente – ele nunca está distante da taça e ela nunca teria que manipular a substância. Se a garrafa fosse envenenada, seria impossível rastrear o culpado. Talvez, quando diluem o vinho, Nico e os copeiros estejam, na verdade, diluindo um veneno, fazendo a mente do rei se degradar em vez de matá-lo de uma vez.

"É o que eu faria" não significa nada, pensa Beatriz. Mas algo na ideia não a deixa, e a mãe sempre disse, a ela e às irmãs, que confiassem em seus instintos. Ela só gostaria de conhecer melhor os venenos, mas nunca foi tão boa com eles quanto Daphne e, com algo assim, era melhor não correr riscos.

Ela olha a taça de vinho quando o rei Cesare a devolve a Nicolo.

– Então eu digo: morte ao herege que ousou insinuar-se em minha casa, e morte a qualquer temarinense que queira vingá-lo. E, pasmem – continua o rei, enfiando a mão no bolso para tirar, com um floreio teatral, um envelope cor de creme. Beatriz está perto o bastante para distinguir o vago formato do selo: um sol moldado em cera amarela, com um ponto roxo no centro, para marcá-lo como régio. – Parece que meu jovem sobrinho é tolo a ponto de declarar guerra antes mesmo que eu derrame sangue! Bom, se o rei Leopold quer declarar guerra contra nós, ensinaremos algumas coisinhas a esse menino sobre o que é a guerra. A Cellaria! – grita ele, erguendo novamente a taça.

O restante da corte o imita, ecoando seu brinde, e Beatriz faz os mesmos movimentos, embora sua mente esteja girando.

Guerra com Temarin, exatamente como a mãe projetou, exatamente como ela e Sophronia puseram em ação. Vagamente, ela se pergunta o que Daphne está aprontando em Friv, mas não pode desperdiçar seus pensamentos com isso – seja o que for, é claro que Daphne vai deixar a mãe orgulhosa. Assim como Beatriz deixou, assim como Sophronia deve ter deixado ao convencer Leopold a declarar guerra. Seus pensamentos vão para lorde Savelle, sua pena de morte decretada agora, mas ela se força a ignorá-lo. Logo Cellaria cairá e Bessemia reivindicará os cacos. Logo Beatriz voltará para casa.

Seu sorriso falso parece um pouco mais real quando ela leva a taça aos lábios e toma um gole.

Beatriz supõe que realmente não importa se alguém está ou não envenenando o rei Cesare, se ele está ou não conspirando com a irmã – provavelmente, Cellaria estará sob o controle de sua mãe muito antes desse possível envenenamento dar certo. Isso não deveria ter importância... mas a curiosidade de Beatriz a vence. No fim do banquete, ela diz a Pasquale para voltar para seus aposentos sem ela porque seu xale ficou no salão. É claro que Pasquale não notou que ela não estava usando xale; talvez nem saiba o que é um xale.

Depois, é bastante fácil esperar num canto até ouvir a voz ribombante do rei Cesare vindo em sua direção. Ela avança no momento certo, colidindo com ele.

– Ah! – diz ela, fitando o rei Cesare com olhos arregalados. – Mil perdões, Majestade, estava pensando em como seu discurso foi maravilhoso e me distraí um pouco – desculpa-se ela, com um sorriso animado.

Atrás dele, o costumeiro séquito de cortesãos afetados se alvoroça em torno dele, como se a colisão com Beatriz pudesse causar ao rei um grave dano corporal. Ele os afasta com um gesto impaciente e mantém os olhos nela. Beatriz tem que se forçar a não recuar diante da luxúria dele e sustentar o sorriso.

– Foi um discurso maravilhoso, não foi? – diz ele, parecendo satisfeito consigo.

– Foi, sim – confirma Beatriz, antes de ter um leve ataque de tosse. – Oh, desculpe, minha garganta está um pouco seca...

– Nico! – chama o rei Cesare, estendendo a mão para o cálice.

Nicolo a encara com a testa franzida, mas passa o cálice ao rei, que o entrega a Beatriz. Ela explicará depois a Nicolo, pensa, quando souber com certeza.

Beatriz pega o vinho e franze a testa, como se um pensamento acabasse de lhe ocorrer.

– Ah, se eu estiver ficando doente, a *última* coisa que quero é deixar Vossa Majestade doente também – diz ela, dando uma olhada nos cortesãos, todos levando seus próprios cálices.

Uma mulher, a duquesa Lehey, segura o seu inclinado, sinal de que não há conteúdo que ela tenha medo de derramar.

– Duquesa Lehey... pode me ceder sua taça? Parece que já terminou – diz ela.

– Eu... é claro, Alteza – diz a mulher, embora não pareça satisfeita.

Mas, quando o rei faz um gesto para que se apresse, ela passa rapidamente o cálice a Beatriz, que despeja um pouquinho do vinho do rei no cálice vazio. Ela finge dar um gole no vinho e sorri para o rei.

– Obrigada, Majestade. É muito refrescante.

Assim que volta a seus aposentos, ela dá um breve olá a Pasquale, que está distraído, lendo um livro, e vai para o quarto de vestir, onde pega um frasquinho de vidro no fundo falso da caixa de joias. Então transfere o vinho do cálice para o frasco e começa a redigir uma carta a Daphne.

Sophronia

Leopold guia Sophronia pelos corredores labirínticos do palácio, nos quais ela ainda não aprendeu direito a se orientar, mesmo estando ali há quase um mês. Eles sobem tantas escadas serpenteantes que os músculos de suas pernas gritam de dor e o fôlego encurta.

– Só mais um pouquinho – diz ele por sobre o ombro, embora também pareça estar sem ar.

Sophronia faz uma careta para ele, mas, enchendo-se de coragem, continua a segui-lo, subindo, subindo, até que, enfim, ele abre uma porta de madeira e a faz entrar numa salinha, iluminada apenas pelo sol da tarde que se despeja por uma única e ampla janela.

A sala é circular, talvez a menor que ela já viu no palácio; se ela e Leopold se dessem as mãos, cada um conseguiria tocar a parede oposta com facilidade. Também não contém nenhuma mobília, apenas um tapete puído e desbotado estendido no piso de pedra.

– É a torre de guarda mais alta do reino – explica ele, respondendo à pergunta que ela não fez. – Não tem muita utilidade desde o fim da guerra com Cellaria, mas tem a melhor vista.

Ele a puxa para a janela aberta e aponta. Quando olha para fora, Sophronia não pode evitar o arquejo diante da vista que a aguarda. É como se Temarin inteiro se estendesse diante dela, prolongando-se até o horizonte. Tudo é tão pequeno que, de repente, ela se sente criança outra vez, brincando com bonequinhos. Mal consegue distinguir os pontinhos que devem ser as pessoas lá embaixo, aglomeradas nas ruas apinhadas de Kavelle.

– Parecem formigas – diz ela, a voz cheia de espanto. – E todos parecem iguais. Não dá para distinguir aqui de cima quem é plebeu e quem é duque.

– Duvido que algum duque ouse perambular por Kavelle – observa Leopold, a voz baixa.

Ele está em pé ao lado dela, a cabeça pouco acima de seu ombro, tão perto que ela sente a respiração dele contra o rosto quando ele fala.

Sophronia aponta um grupo maior de pontinhos numa das praças. Devem ser centenas de pessoas.

– O que está acontecendo lá?

– Ah, era isso que eu queria lhe mostrar – diz ele, soando bastante satisfeito consigo. – Lembra-se de quando falamos da possibilidade de um fundo público? Em teoria, o estabelecimento das tarifas para financiá-lo levaria algum tempo, mas decidi começar logo. Você reduziu um valor significativo do orçamento do palácio este mês e eu consegui... incentivar muitas famílias nobres da corte a doar...

– Incentivar? – pergunta Sophronia, dando-lhe uma olhada sobre o ombro com a sobrancelha erguida.

– Com significativa pressão – admite ele, com um sorriso tímido e sem muito entusiasmo. – Talvez eu tenha ameaçado vagamente alguns com a perda do título ou de várias propriedades. Disse à tia Bruna que estava pensando em fazer dela minha nova embaixadora em Cellaria... um posto de muito prestígio, veja bem.

– Não importa que o rei de lá seja maluco, a magia seja ilegal e que tenham aprisionado o último embaixador que mandamos para lá – comenta Sophronia, mordendo o lábio para não rir.

Ela só pode imaginar como Bruna recebeu a oferta.

– Ela não ficou... muito entusiasmada – admite ele. – E me deu 300 mil ásteres para mudar de ideia. Eu nem sabia que ela possuía tanto dinheiro, considerando que vive me pedindo um aumento da pensão.

– Aposto que tem muito mais do que isso para ter se disposto a abrir mão dessa quantia tão depressa – ressalta Sophronia. – Quanto você levantou no total?

– Quase 2 milhões – responde ele, parecendo um pouco presunçoso. – O suficiente para custear cinco depósitos de alimentos como aquele por todo Temarin – diz ele, direcionando a atenção de Sophronia de volta à janela e à multidão reunida. – Nas cinco maiores cidades agora, mas tenho esperanças de que logo conseguiremos expandir o programa para as cidades e aldeias menores.

– Como funciona? – pergunta ela.

– Toda manhã uma fila se forma e todos recebem uma quantidade específica de mantimentos, dependendo do número de pessoas na família. Hortaliças variadas, carne e cereais obtidos com agricultores temarinenses.

Sophronia olha para Leopold.

– E como está indo? – pergunta ela.

Ele dá de ombros.

– É um trabalho em andamento. Abrimos o primeiro ontem pela manhã e foi um caos: ninguém sabia formar uma fila ordenada. Mas, quando ficou claro que seria a única maneira de receber comida, a situação se acalmou um pouco. Há certa discussão agora sobre como verificar que as pessoas só levem o que precisam. Eu soube que alguns levaram rações extras e tentaram vendê-las, com um lucro astronômico, aos que perderam a oportunidade. Não é um sistema perfeito, mas estamos trabalhando para aprimorá-lo.

Sophronia sente um puxãozinho nos lábios.

– Olhe só você – diz ela.

O rosto dele fica corado, mas ele também sorri.

– Pois é, parece que levo jeito para a coisa. Ninguém está mais surpreso com isso do que eu – diz ele, e aponta outra vez para a praça, onde várias formas grandes se deslocam rumo à loja.

Ela leva um segundo para perceber o que são.

– Carroças? – pergunta, franzindo a testa.

– Isso mesmo. Carregadas com caça fresca. Ansel me apresentou um grupo de trabalhadores desempregados de várias formações. Suas habilidades variam, mas, com um pouco de treinamento com o pessoal da minha cozinha, todos são capazes de preparar um ensopado decente.

Sophronia observa as carroças se aproximarem da loja.

– São tantas – diz ela, olhando-o de volta. – Onde encontrou tanta caça?

– Lancei um desafio – informa ele, radiante. – No fim de semana, os cavalheiros da corte costumam querer caçar. Então eu disse que quem trouxesse mais peso em caça até as três da tarde ganharia um prêmio. Todos ficaram muito motivados.

– Como os convenceu a doar o resultado da caça? – pergunta ela.

Ele dá de ombros.

– Tecnicamente, as presas não são deles. Foram apanhadas nos terrenos do palácio, então me pertencem. Ou melhor, pertencem a nós. Além disso, permiti que ficassem com as peles, e eles sabem de onde virão suas próximas refeições. Assim, ninguém reclamou.

– E o prêmio? – pergunta ela. – Como você disse, parece que ficaram bem motivados. E, como temos tão pouco dinheiro...

– O prêmio não nos custa nada – diz ele. – Achei que poderíamos usar suas excursões à cozinha tarde da noite... eles ficaram muito interessados na possibilidade de servir na próxima festa um bolo preparado pela própria rainha.

– Ah, gostei dessa ideia – diz Sophronia com um sorriso.

– Sabia que gostaria – rebate ele. Então sua expressão muda. – O que achou do restante? – pergunta ele, quase hesitante, como se temesse a resposta dela.

Sophronia se aproxima e ergue a mão em forma de concha, segurando o rosto dele.

– Achei brilhante... *Você* é brilhante – elogia ela.

Ele cobre a mão dela com a sua e suspira.

– Obrigado por me dizer para não declarar guerra a Cellaria. Você e Ansel tinham razão. Detesto que a situação tenha chegado a esse ponto. Não sei como... – Ele se cala, balançando a cabeça. – Não é verdade. Sei exatamente como.

– Seu pai morreu de repente – diz Sophronia. – Ele era jovem e saudável, ninguém esperava que caísse do cavalo...

– Sim, mas você foi plenamente preparada. Embora você nem esteja na linha de sucessão para herdar o trono de sua mãe, ela a preparou – ressalta ele.

Sophronia morde o lábio para não revelar a verdade: que foi preparada para algo bem diferente. Algo contra o qual agora ela age. Ainda não acredita que fez isso, mas fez, e não é tola a ponto de acreditar que não haverá consequências.

– Meu pai nunca me preparou para ser rei – continua ele. – Acho que ele não acreditava que eu seria capaz.

– Se o via como criança, Leo, é porque você era uma – diz ela, com suavidade. – Ele providenciou um conselho...

– Foi minha mãe quem formou o conselho – interrompe ele. – Meu pai não conseguiu fazer nem isso.

Sophronia franze a testa.

– Ela disse que seu pai pediu pessoalmente a Covier e Verning que o guiassem – diz ela. Mais do que isso, Eugenia culpava o rei Carlisle pela incompetência dos dois.

Leopold dá de ombros.

– Eu também achava isso. Imagino que ela estava tentando me proteger da verdade: da antipatia que meu pai sentia. Mas Covier deixou a verdade escapar hoje de manhã: ela chamou os dois depois que meu pai morreu. Sei que são incompetentes, mas minha mãe é como eu. Também nunca precisou ser política... Não me surpreende que não soubesse como agir.

Sophronia não diz nada, as engrenagens da sua mente girando. Ela já desconfiava que Covier e Verning trabalhassem em favor dos objetivos de Eugenia, mas com que fim? Como entregar Temarin ao domínio cellariano lhes seria útil?

– Mas você estava certa – continua Leopold, tirando-a de seus pensamentos. – O passado não pode ser modificado. Somente o futuro. Quero um novo conselho, com você e Ansel... talvez também alguém da classe dos comerciantes.

Sophronia toma o cuidado de moldar em seu rosto uma expressão neutra à menção de dar a Ansel tanto poder. Ela supõe que ele é o primeiro plebeu com quem Leopold já conversou e tem que admitir que Ansel aproximou-se de forma brilhante do rei ao salvar seu irmão e defender Leopold o suficiente para parecer ousado e corajoso. É claro que Leopold é ingênuo para acreditar, mas Sophronia não.

– E meus irmãos – continua Leopold –, pois quero ter certeza de que não vou cometer os erros de meu pai. Agora Gideon é o próximo na linha de sucessão. Se alguma coisa me acontecer, quero que ele esteja preparado.

– Acho uma ótima ideia – diz Sophronia, alisando o rosto dele com o polegar. – Embora Gideon não vá ficar para sempre na primeira posição da linha de sucessão – acrescenta.

Leopold balança a cabeça.

– Não há pressão quanto a isso, Sophie – garante ele, inclinando-se para encostar a testa na dela. – Falei sério em nossa noite de núpcias. Não há pressa. E sei que já quebrei sua confiança.

Por um momento, Sophronia não fala. Ele não está errado – suas ações a feriram e feriram Temarin. O garoto que ela conheceu pelas cartas não era quem ela encontrou, o garoto com quem se casou. Ele não é perfeito... mas está *tentando*.

A mãe a alertou para não entregar seu coração a ele, mas essa possibilidade agora parece ridícula, não porque ela tenha renunciado à mãe, não porque ela não tenha mais tramas e conspirações contra ele, mas porque se dá conta de que já está apaixonada por ele. Sophronia não sabe quando aconteceu nem o que o futuro lhes reserva. Ela só sabe que o que há entre eles agora é muito mais forte do que uma ilusão perfeita criada em papel e tinta. É real.

Ela inclina a cabeça e captura os lábios dele em um beijo que a arrepia até os dedos dos pés. Poderia beijá-lo assim todos os dias pelo resto da vida, ela percebe. A ideia a deixa tonta. Ela afasta o rosto alguns milímetros e sorri para ele.

– Por que não nos retiramos para nossos aposentos? – pergunta.

A testa de Leopold se franze em confusão.

– Ainda não é nem hora do jantar... Você está cansada? – pergunta ele.

Sophronia sustenta seu olhar e balança a cabeça negativamente.

– Não – diz ela, beijando-o outra vez. – Não estou nem um pouco cansada.

De mãos dadas, quase chegando a seus aposentos, Sophronia e Leopold ouvem gritos no corredor. Leopold olha Sophie e franze a testa.

– Conheço essa voz – diz ele, puxando-a pelo corredor na direção dos gritos.

Sophronia o segue, embora o que mais quisesse fosse arrastar Leopold para seus aposentos e deixar o resto do mundo de fora por algumas horas. Ela também conhece a voz e sabe, bem no fundo, que nada de bom virá disso.

Eles dobram uma esquina do corredor e encontram Ansel se debatendo, contido por dois guardas do palácio. Quando vê Leopold, ele se debate com mais força ainda.

– Seu mentiroso! – grita.

O guarda que segura seu braço direito faz menção de pegar a espada, mas Leopold ergue a mão.

– Parem – diz aos guardas. – Soltem-no.

Os guardas trocam olhares, mas obedecem. Ansel parece tão confuso quanto os dois, soltando-se de suas mãos, embora não faça nenhum movimento na direção de Leopold e de Sophronia.

– Do que está falando? – pergunta Leopold, mantendo a voz firme e tranquila.

Ansel franze a testa e olha dele para Sophronia.

– Você está brincando – diz, mas, como Leopold não responde, fica um pouco mais ereto. – Você declarou guerra a Cellaria, depois de dizer que não declararia. É só o que se fala em Kavelle.

– Então é um boato sem fundamento – diz Leopold, balançando a cabeça. – Você estava lá quando tomei a decisão de evitá-la. Nada mudou.

Um dos guardas pigarreia.

– Com o devido respeito, Majestade, fui um dos guardas que colaram os cartazes da guerra na cidade hoje de manhã. O palácio está recrutando soldados enquanto conversamos.

Desnorteado, Leopold olha para Sophronia, que suspira baixinho.

– Sua mãe – murmura ela, de forma que os outros não ouçam. – Ela agiu por trás de nós.

Leopold balança a cabeça.

– Ela não faria isso. Covier e Verning, talvez...

– Covier e Verning não sabem sequer amarrar os sapatos sem ajuda... sem a ajuda da sua mãe, no caso. Ela queria a guerra e, como você não cedeu, ela deu um jeito – afirma Sophronia.

O restante está na ponta da língua: a carta de Cesare, como Eugenia passou o ano desde que Leopold assumiu o trono, drenando o tesouro de guerra de Temarin, como vem tramando secretamente contra ele e contra todo o país. No entanto, ela se detém. Esse não é o lugar, não quando eles têm uma plateia. Ainda assim, as palavras que ela diz já o deixam chocado.

Ela olha para os guardas e para Ansel.

– Nós não vamos para a guerra – diz. – Houve uma... falha de comunicação. Resolveremos isso agora.

– É tarde demais – anuncia uma nova voz atrás deles.

Sophronia e Leopold se viram e veem Eugenia se aproximar, a saia de seda violeta ondulando em torno dela. Ela não tem uma expressão presunçosa, percebe Sophronia. O que é uma surpresa – afinal de contas, ela conseguiu aquilo a que vem se dedicando há pelo menos um ano.

– Espero que você não tenha nada a ver com isso, mãe – diz Leopold, a voz baixa.

– *Eu?* – pergunta Eugenia, erguendo as sobrancelhas. – Eu não mandei uma declaração de guerra para Cellaria.

– Nem eu! – retruca Leopold.

– Mas parece que uma chegou lá. Pelo que eu soube, assinada por você – diz Eugenia.

– Assinaturas podem ser falsificadas – intervém Sophronia.

Ela sabe bem; estava incumbida da tarefa de falsificar a assinatura do rei Bartholomew para forçar Friv a entrar na guerra também, embora uma assinatura sozinha não signifique nada.

– Pelo que meus espiões na corte cellariana me contaram, a carta também estava selada – acrescenta Eugenia, como se lesse a mente de Sophronia. – Marcada com uma gota de sangue.

– Não o *meu* – diz Leopold.

Eugenia dá de ombros.

– Um empyrea seria capaz de resolver isso facilmente – argumenta ela.

– Mas a feitiçaria é ilegal em Cellaria – conclui Sophronia, o entendimento lhe chegando –, então eles nunca saberiam. E eles tinham uma assinatura, o selo de Leopold marcado com o sangue que supostamente é dele e um rei louco e paranoico no trono que aproveitará qualquer desculpa para reacender a Guerra Celestial.

Essa situação tem as impressões digitais de sua mãe, mas Sophronia não entende como elas chegaram ali.

Eugenia assente devagar, incapaz de reprimir um sorriso.

– Portanto, agora estamos em guerra com Cellaria, quer vocês gostem, quer não.

Leopold balança a cabeça.

– Vou avisar que foi um engano – declara.

Eugenia olha para Sophronia, que vê que *agora* a sogra tem a expressão presunçosa.

– Você não pode – diz Sophronia a Leopold, o medo empoçando em sua barriga. – Esse tipo de indecisão lhe tirará toda a credibilidade diante do povo. E Cellaria não vai acreditar que foi um engano. Podemos nos recusar a ir à guerra com eles, mas eles ainda virão contra nós.

É uma jogada brilhante, que encurralou Temarin. Eugenia afirma que não foi ela, e Sophronia acredita. Ela reconhece o trabalho da mãe quando o vê e, com uma sensação de naufrágio, se dá conta de que sabe exatamente como a mãe a executou e quem a ajudou. Sem dizer palavra, ela passa por Eugenia, deixando Leopold, os guardas e Ansel para trás enquanto corre para seus aposentos. De longe, ouve Leopold chamá-la, mas o ignora. Ela atravessa correndo sua sala de estar, entra no quarto e vai até o guarda-roupa onde escondeu o selo do rei Bartholomew.

Ali, na caixa enviada por Daphne, ela encontra a carta da irmã e a amostra da letra do rei. Mas o aplicador do selo contendo seu sangue sumiu.

O selo de Friv é a Estrela do Norte – diferente do sol brilhante de Temarin, mas Sophronia visualiza os dois em sua mente, e vê como, se fosse ela, levaria uma agulha à cera do selo antes que endurecesse e transformaria as pontas da estrela em raios do sol. Quem olhasse com atenção talvez visse a diferença, mas por que olhariam? Não quando havia o nome de Leopold na carta, a assinatura de Leopold, com a notícia que o rei Cesare estava esperando e para a qual vinha se preparando há tanto tempo.

É exatamente o que Sophronia teria feito. Mas não fez. Portanto, foi outra pessoa.

Sophronia encontra Violie no quartinho ao lado do seu, que lhe foi dado quando se tornou sua camareira. Sophronia não bate e surpreende Violie, fazendo-a pular de seu lugar na cama, onde está sentada com um livro aberto no colo. Um livro que Violie lhe disse não saber ler.

Mas parece que Violie não se lembra disso ou espera que Sophronia não se lembre, porque segura o livro na frente do corpo e sorri.

– Sophie. Desculpe... precisa de mim? Pensei que estivesse com o rei.

Os olhos de Sophronia seguem para o livro e se voltam a Violie.

– Quero que vá embora – diz, calma e friamente. – Agora. Você tem alguns minutos para embalar suas coisas e então mandarei os guardas a escoltarem para fora do palácio.

– Sophie... – começa Violie, dando um passo em sua direção.

– É *Vossa Majestade* – corrige Sophronia, detendo-a com a mão erguida. – Sei que encontrará sozinha o caminho de volta a Bessemia. E, quando vir minha mãe, dê-lhe lembranças minhas. Espero que o que ela lhe ofereceu valha a pena.

Sophronia se vira e começa a andar na direção da porta. Quando sua mão toca a maçaneta, Violie fala, a voz baixa:

– A vida da minha mãe.

Sophronia olha para trás, por sobre o ombro.

– O quê?

– Foi o que ela me ofereceu – explica Violie. – Minha mãe está doente. O médico disse que é véxis.

Sophronia se retrai. Véxis é uma doença do cérebro e, embora ninguém saiba a causa, à medida que ela avança, a mente do portador se fragmenta. O passado se torna o presente, o presente se torna o passado; muitas vezes, a pessoa não sabe quem é nem reconhece o rosto dos amigos e parentes mais próximos. É quase sempre fatal, e só há um tratamento.

– Não tínhamos dinheiro para poeira estelar e, de qualquer forma, não é certo que tenha resultado. Achei que, se era para furtar poeira estelar, era melhor eu pôr as mãos no tipo mais forte possível. Então invadi o laboratório de Nigellus no palácio. Fui presa imediatamente – conta Violie, em meio a uma risada amarga. – Eu sabia que provavelmente seria. Eu só... não me importava. Pensei que iam me levar para a prisão, mas imagine meu choque quando me levaram até a imperatriz.

– E ela se ofereceu para curar sua mãe em troca de quê? Me espionar? Há outras como você, espionando minhas irmãs? – pergunta Sophronia.

– Não, só eu – responde Violie, e ela parece envergonhada, embora isso pouco sirva para acalmar a ira de Sophronia. – Você era o elo fraco, foi o que ela disse, a única em quem não podia confiar. Eu só devia observá-la, garantir que ficasse no caminho certo.

– Foi você que me ajudou a sair dele – diz Sophronia. – Você me deu aqueles orçamentos.

– Porque você pediu – contrapõe Violie. – O que eu deveria fazer? Recusar? Achei que, quando sua mãe lhe dissesse para deixar aquilo de lado, você...

– Mas não deixei – diz Sophronia.

Violie solta o ar, os ombros caindo.

– Não – diz ela. – Então a imperatriz me pediu que fizesse mais uma coisa antes que ela curasse minha mãe. Encontrar o selo que ela disse que estava com você, forjar um bilhete com a letra do rei Leopold e declarar guerra a Cellaria. Era algo tão pequeno... Fiz em poucos minutos.

– Como? – pergunta Sophronia. – Como conseguiu forjar a assinatura dele?

– Do mesmo modo que você faria, imagino – diz Violie. – Trabalhei dois anos com sua mãe antes de vir para cá. Muitas lições que você aprendeu eu também aprendi. Falsificar assinaturas, abrir fechaduras, disfarces.

– E você sabe ler – afirma Sophronia, indicando o livro com a cabeça.

Violie lhe dirige um sorriso arrependido.

– Ninguém desconfia de criados iletrados – diz ela. – Você estava tão ocupada tentando me salvar que nunca pensou... – Ela se cala, mordendo o lábio. – Eu sinto muito. Não queria fazer isso, mas não tive escolha.

Sophronia segura a maçaneta com mais força.

– Você tinha uma escolha, sim, Violie – diz ela. – Você trocou a vida de sua mãe pela de milhões de temarinenses que não sobreviverão a essa guerra, não sobreviverão ao cerco da minha mãe. Que morrerão em combate, de fome, de doenças. Você salvou sua mãe, mas quantas mães matou?

Violie empalidece, mas mantém sua posição.

– Sinto muito – repete, e Sophronia sabe que, se pudesse, Violie faria tudo outra vez.

– Os guardas estarão aqui em meia hora para escoltá-la – diz Sophronia, abrindo a porta e saindo. – Se algum dia a vir de novo, mandarei prendê-la.

Com isso, ela sai, batendo a porta com força.

Há uma última esperança, pensa ela. Então volta ao quarto, senta-se à escrivaninha e começa a escrever às irmãs.

Daphne

Daphne está calçando as sandálias de cetim quando uma camareira entra com uma caixinha.
– Da sua irmã – avisa, e quando Daphne arqueia uma sobrancelha, ela acrescenta rapidamente: – Princesa Beatriz.

Daphne tenta parecer contente, mas já está atrasada para o baile de noivado e a lista de nomes de Cliona pesa em sua mão. Seja o que for que Beatriz quer – e Daphne conhece a irmã bem o bastante para ter certeza de que ela quer alguma coisa –, Daphne não tem tempo agora.

– Obrigada – diz à criada, pegando a caixa. – Pode buscar minha estola?.

Quando a camareira vai até o guarda-roupa, Daphne abre a caixa e encontra uma carta e um frasquinho com o que parece ser vinho tinto. Aparentemente, ninguém mexeu no pacote, mas isso não surpreende Daphne; em Friv, a segurança é um pouco mais frouxa do que em Bessemia. Ela imagina que, por se tratar de uma monarquia nova, ainda não aprenderam a ver inimigos em cada esquina. Daphne supõe que isso facilita as coisas para ela, embora também tenha levado àquela tentativa de assassinato.

Ela deixa o pensamento de lado e abre a carta.

Caríssima Daphne,

Encontrei um tratamento cellariano para enxaquecas e queria passá-lo a você – sei que a sua lhe causa muitos problemas quando ocorre. O próprio rei jura que essa mistura funciona, embora eu não tenha a mínima ideia do que há nela. É claro que não me surpreenderia se você descobrisse a receita. Ficarei contente em lhe mandar mais, se precisar.

Sua irmã,
Beatriz

Daphne procura um sinal do código usado na carta, mas não encontra. Ela revira os olhos. É bem coisa de Beatriz deixar de codificar a carta – ela nunca foi tão talentosa nisso quanto Sophronia e Daphne. Daphne a lê de novo, identificando as mentiras na tentativa de ver a verdade.

Para começar, Daphne nunca sofreu de enxaqueca na vida e até onde ela sabe o rei de Cellaria também não. Com certeza isso teria sido mencionado nos relatórios dos espiões.

Não me surpreenderia se você descobrisse a receita. Então é isso. O rei está bebendo o que está no frasco e Beatriz quer saber o que é. Alguns passos lógicos foram pulados, ela sabe, mas conhece muitíssimo bem as irmãs. Às vezes não precisam de lógica. Em Bessemia, era comum se comunicarem sem nenhuma palavra. É consolador saber que, com toda essa distância entre elas, algumas coisas não mudaram, mas a irritação de Daphne é ainda maior. Ela já tem muito a fazer sem também assumir o trabalho de Beatriz. Ela põe o frasco na gaveta da escrivaninha e joga a carta no fogo.

Precisa se infiltrar em uma rebelião, pensa, enquanto deixa a criada arrumar a estola de arminho sobre seus ombros, pois a noite está bem fria. Beatriz terá que descobrir como por conta própria.

O castelo frívio tem estado silencioso como uma cripta desde que Daphne chegou; no entanto, ela não tinha se dado conta da intensidade do silêncio até entrar no salão de banquetes onde ocorre o baile de noivado. O amplo salão está lotado com os grupos das doze famílias nobres das montanhas, seis famílias nobres das planícies e todos os nobres moradores do castelo que observaram o mês obrigatório de luto.

Daphne tinha ouvido falar de Friv como um lugar selvagem e não refinado, mas só entendeu o que isso significava ao se ver envolvida pelos aromas avassaladores de cerveja e carne assada e o som de inúmeras conversas, em um volume muito alto, algumas em sotaques tão fortes que ela não consegue nem distinguir as palavras.

O salão está cheio de corpos, em sua maioria muito mais altos do que o de qualquer bessemiano, todos vestidos de lã e veludo. Todos os homens parecem estar precisando desesperadamente de um corte de cabelo e as mulheres usam poucas joias. Daphne passou a maior parte da vida aprendendo os costumes e as comemorações frívias, mas é bem diferente se ver lançada no meio deles. Ela toma o cuidado de fixar um sorriso educado no rosto e esconder qualquer sinal de desagrado ao examinar a sala, buscando um rosto conhecido.

– Ah, Daphne! – chama uma voz.

Daphne segue a voz e encontra o rei Bartholomew em pé no meio da sala, acompanhado por Bairre e dois homens que ela não reconhece. Quando se junta a eles, o rei faz rápidas apresentações.

– Lorde Ian Maives e lorde Vance Panlington – diz ele.

Daphne faz uma reverência para cada um deles. Ela praticamente cortou lorde Maives da lista de Cliona, mas ainda é bom dar um rosto ao nome, e lorde Panlington deve ser o pai de Cliona.

– Foi muita gentileza sua enviar lady Cliona para me acompanhar na viagem a Friv – diz ela, dirigindo-lhe seu sorriso mais encantador. – Ficamos logo amigas.

Ela observa atentamente a expressão dele – a sra. Nattermore insinuou que ele era o chefe dos rebeldes, portanto devia saber do que tinha acontecido no ateliê de costura e, agora, do seu próprio envolvimento, mas Daphne também se pergunta se ele sabe algo da tentativa de assassinato contra ela. Ela acreditou quando Cliona jurou que não estava envolvida, mas é possível que lorde Panlington não quisesse envolver a filha num assunto tão desagradável.

No entanto, se sabe qualquer coisa sobre ela, lorde Panlington não revela. Em vez disso, faz uma profunda reverência e beija sua mão enluvada.

– Fico muito feliz em saber disso, Alteza – diz ele.

Enfim, ela se volta para Bairre. Não o viu muito na semana anterior, desde que se encontraram no campo de prática de arco e flecha. Ele esteve entocado em reuniões com o pai, tentando compensar em poucos dias a falta de uma vida inteira de estudo e treinamento principesco.

Ele fica muito bem arrumado, vestido de veludo azul-noite, que lhe cai melhor do que tudo o que ela já o viu vestir – Daphne se pergunta se é a primeira peça dele a ser feita especificamente para ele. O cabelo está escovado, embora ainda comprido demais. Daphne descobre que se sente aliviada por ele não o ter cortado. Combina com ele.

– Príncipe Bairre – diz ela, com outra mesura.

Bairre retribui a reverência e murmura algo que lembra seu nome. Ela percebe que ele está nervoso, e não pode condená-lo. Daphne foi treinada para eventos como este, para sorrir, se socializar e causar impressão favorável. Bairre foi criado para ficar nos arredores, observando sem participar. Deve estar se sentindo péssimo.

– As crianças precisam começar o baile, Bartholomew – diz lorde Maives, dando um tapinha no ombro do rei.

Se alguém ousasse tocar sua mãe assim, Daphne calcula que perderia a mão, mas Bartholomew apenas sorri.

– É claro – diz ele, erguendo o cálice bem alto. Em segundos, todos se calam. Quando ele volta a falar, sua voz é retumbante, alta o suficiente para alcançar os cantos mais distantes do salão. – Não vou me estender e impedir que vocês comam, bebam e se divirtam – acrescenta, olhando o salão. Daphne também observa, em busca do mais leve indício de ressentimento. Encontra bastante. Bartholomew, contudo, não demonstra ter notado. – Tem sido uma época difícil para minha família e nosso país, mas espero que hoje marque a virada para todos nós. Espero que todos vocês se juntem a mim para dar boas-vindas à princesa Daphne em sua chegada a Friv e à minha família, e se juntem a mim para desejar a ela e a meu filho, o príncipe Bairre, uma união abençoada pelas estrelas. A Daphne e Bairre.

– A Daphne e Bairre – repete a multidão, erguendo os cálices na direção dos dois.

Com a atenção de todos voltada para ela, Daphne decide oferecer-lhes um espetáculo. Desliza a mão para a de Bairre e lhe dirige um sorriso adorável. Por um instante, ele fica chocado, mas então o retribui, com certa cautela.

– A dança! – grita Bartholomew e, no canto, um quarteto pega os instrumentos e começa a tocar.

Daphne reconhece que é um carrundel e solta um gemido baixinho. Bairre ouve e olha para ela, as sobrancelhas erguidas.

– Não sou muito boa nessa – admite.

Ela aprendeu as danças frívias tradicionais, assim como as bessemianas, mas seus pés nunca as aceitaram da mesma maneira. Ela acha as danças frívias rudes e aleatórias, sem a suavidade e a elegância das que se desenrolavam nos salões de baile de Bessemia.

– Então acho que você terá que me deixar conduzi-la – sugere ele, erguendo suas mãos unidas para levá-la até um pequeno espaço que se abriu no centro do salão.

– Se pisar nos meus pés – adverte ela, com um sorriso que é só exibição –, saiba que sou vingativa.

– Eu não esperaria outra coisa.

Então muda a posição das mãos unidas dos dois para que os dedos se entrelacem e põe sua outra mão na cintura dela. Ela pousa a mão em seu ombro, sentindo os músculos firmes sob o casaco de veludo.

Ele dá um passo em direção a ela e, ao mesmo tempo, ela dá um passo em direção a ele, e o resultado é a colisão do queixo dele com a testa dela.

– Ui – diz ela, erguendo a mão do ombro dele para esfregar a cabeça.

– Eu avanço primeiro, você recua – indica ele, a testa franzida, concentrado.

– Por que seu queixo é tão pontudo? – pergunta ela com uma careta.

Ela nunca tinha notado quanto era pontudo, mas agora tem certeza de que deixou uma marca permanente em sua testa.

– Você é que tem uma cabeça dura feito pedra – dispara ele de volta. – Aqui, me siga.

Ele fala como se fosse fácil, mas, na verdade, a cada dois passos que ele dá, Daphne tem sorte se consegue completar um sem tropeçar. Em Bessemia, era considerada boa dançarina, embora não tão graciosa quanto Sophronia nem tão animada quanto Beatriz. No entanto, as danças frívias são algo muito diferente.

Ela tropeça, erra e pisa nos pés de Bairre a cada poucos segundos – embora ele não reclame nem uma só vez. Por sorte, assim que começam, outros pares se juntam a eles, de modo que ela tem a sensação de que seu fracasso não fica tão visível. Passados os primeiros momentos, ela começa a se divertir, a batida rápida da música penetrando sua pele, os passos ficando mais confiantes, a mão de Bairre em suas costas funcionando como uma âncora. Quando ele solta a cintura dela para fazê-la girar pela pista de dança, ela não consegue conter o gritinho de alegria que irrompe de seu peito.

Quando a música alcança seu *crescendo*, Daphne está sem fôlego e sorri tanto que as bochechas doem. Bairre também está sorrindo, o sorriso mais verdadeiro que ela já viu em seu rosto. Ela conclui que gosta do que vê: é um sorriso que ela não pode deixar de retribuir. Embora a música chegue ao fim, a mão dele permanece em sua cintura, segura, firme e quente através do vestido de veludo.

– Você me surpreendeu como dançarino – elogia ela, sem tentar sair de seus braços, nem quando os casais em volta se separam.

Com o feitiço da música se desfazendo, a máscara plácida começa a voltar a seu lugar.

– Pois é, até os bastardos recebem aulas de dança – diz ele, tirando as mãos da cintura dela.

Daphne recua um passo, as mãos caindo ao lado do corpo.

– Não ponha palavras em minha boca – adverte ela. – Eu estava tentando lhe fazer um elogio.

– Alteza – interrompe uma voz. Ao se virar, Daphne vê um rapaz de uns 20 anos se aproximar, o cabelo escuro puxado para trás e preso com uma tira de couro, destacando seus traços bem definidos. – Eu estava me perguntando se teria a honra de dançar com a princesa Daphne.

Bairre desvia o olhar de Daphne e dá de ombros.

– Você terá que perguntar a ela, Haimish – diz ele antes de dar meia-volta e se afastar.

Haimish, pensa Daphne, sorrindo para o homem e aceitando sua mão. O terceiro nome da lista de Cliona. Ela sabe que deveria se concentrar nele, mas não consegue evitar que seus olhos sigam Bairre, que atravessa a pista de dança, os ombros curvados, pronto para voltar às sombras. Mas ele não é mais um bastardo e ninguém permite isso, os olhos de todos seguindo cada movimento seu. Daphne quase tem pena dele.

– Então, uma dança, princesa? – pergunta Haimish, trazendo a atenção dela de volta.

Ela cola no rosto um grande sorriso.

– Eu adoraria – diz antes de morder o lábio. – Mas temo ter torcido o tornozelo na última dança. Tenho certeza de que não é nada de mais – acrescenta ela quando os olhos dele se arregalam de preocupação. – Mas acho que talvez seja melhor eu me sentar um pouco, só por garantia.

– É claro – concorda ele, oferecendo-lhe o braço.

Daphne o aceita e se deixa levar até a parede do outro lado, onde foram dispostas algumas cadeiras. Ele a ajuda a se sentar e depois se vira para ir embora.

– Espere! – exclama ela. Quando ele se vira, ela mostra um sorriso tímido. – Você se sentaria comigo um instante? Creio que não conheço muita gente aqui.

– Vossa Alteza também não me conhece – observa ele, mas mesmo assim se senta a seu lado.

– Então teremos que mudar isso, não é? – replica ela. – Haimish, é isso? Ele assente.
– Meu pai é lorde Talmadge.
Daphne abre um sorriso mais animado.
– Ah, eu o conheço, pelo menos de nome – diz ela, examinando com atenção o rosto de Haimish. – Sua habilidade na última Guerra dos Clãs é lendária... Até mesmo em Bessemia cantavam baladas a seu respeito.
– Verdade? – pergunta Haimish, olhando-a com as sobrancelhas arqueadas.
– É, sim – confirma ela. – Faz séculos que não temos nenhuma guerra em Bessemia... O povo vivia com fome de histórias de heróis valentes de outras terras lutando por seu país.
Ali está – uma expressão de zombaria que ele mal pode segurar, embora consiga não revirar os olhos.
– O que foi? – pergunta ela, de olhos arregalados e sorriso vazio. – Não acha que ele é um herói?
– Acho que a guerra é algo mais complicado do que Vossa Alteza pensa, tendo ouvido apenas histórias e baladas – responde ele, os olhos percorrendo o salão de baile.
Ela registra o tom condescendente de sua voz, mas o ignora. Ele não está errado – ela não conhece sobre guerras tanto quanto os frívios.
– E você? – pergunta ela. – Não parece ter idade para se lembrar da última Guerra dos Clãs.
Ele sorri, embora os olhos ainda estejam na multidão.
– Eu tinha 2 anos quando Bartholomew foi coroado rei – diz ele. – Embora haja os que dizem que a guerra nunca acabou, há os que acreditam que a guerra faz parte de Friv, como o solo, as árvores e a neve.
Daphne lhe dirige um olhar de soslaio, uma pergunta nos lábios, mas então ela vê que o olhar errante dele parou e ela o segue até Cliona, em pé perto de Bairre, a cabeça inclinada para ele enquanto sussurra algo que o faz sorrir – não sorrir de verdade como ele fez no campo de prática de arco e flecha ou mesmo um momento atrás, mas mesmo assim isso provoca algo desagradável na boca do estômago de Daphne, embora ela tenha certeza de que Cliona só está explorando aquela amizade pelo bem da rebelião. O fato de Cliona manipulá-lo não deveria incomodá-la – as estrelas sabem que ela faz a mesma coisa –, mas uma parte estranha e desconhecida dela sente vontade de proteger Bairre. Ninguém pode chamá-lo de ingênuo; ela

duvida que algum bastardo real o seja, mas ele ainda não aprendeu que todos querem algo dele.

– Cliona disse que eles são amigos desde que eram crianças. De Cillian também – diz Daphne a Haimish, na tentativa de se desviar dessa linha de pensamento perturbadora. – Fico contente que possam contar um com o outro em seu pesar.

Assim que diz as palavras, ela se pergunta quanto há de verdade nelas. Bairre amava o irmão, ela sabe disso, mas Cliona? Se estiver trabalhando ativamente contra a família real, isso incluiria Cillian. E a doença que o matou conseguiu escapar de todos os médicos que o examinaram. Ela sabe em primeira mão que os frívios não são tímidos nas tentativas de assassinato. E se os rebeldes fossem responsáveis pela morte de Cillian? O que isso significaria agora para Bairre? Talvez tivesse razão de se sentir protetora em relação a ele. Afinal de contas, esse noivado é a única coisa que mantém Friv ao alcance de sua mãe e Bartholomew não tem outros filhos bastardos por aí, até onde ela sabe.

– Ele era uma boa pessoa, o príncipe Cillian – comenta Haimish, arrancando Daphne de seus pensamentos.

Ele tenta esconder, mas ela vê que seus olhos sempre voltam a Cliona na multidão, como se atraídos para ela por alguma força invisível.

– Sim, acredito que fosse – diz Daphne, e faz uma pausa. Escolhe as palavras seguintes com cuidado: – Bairre também é uma boa pessoa. Se alguma coisa lhe acontecesse, seria desastroso.

Isso chama a atenção dele, que a olha e ergue a sobrancelha, parecendo confuso.

– Sua devoção ao príncipe Bairre é comovente, Alteza.

– É? – pergunta Daphne, inclinando a cabeça. – E aqui estava eu pensando o mesmo de sua devoção a Cliona.

Haimish fica paralisado – Daphne até duvida que ele esteja respirando. A única mudança nele é um rubor que começa a lhe subir pelo pescoço.

– Ora, você mal conseguiu parar de olhá-la a noite toda. E ela parece estar fazendo o possível para *não* olhar para você. O pai de qual de vocês desaprova? Eu apostaria que é o dela. Soube que ele é muito protetor, e há a questão de seu pai tão leal, um herói de guerra. Foi por isso que você se juntou à rebelião? Para provar que é mais do que o filho de seu pai?

Haimish fica mais alguns segundos em silêncio, mas então surpreende Daphne ao sorrir.

– É por aí, eu acho – diz ele. – Como descobriu?

Ela dá de ombros.

– Você me subestimou e baixou a guarda – explica ela. – Na verdade, foi bem fácil. Por que Cliona poria você em minha lista? Ela deve conhecer sua lealdade melhor do que ninguém.

Haimish esfrega a nuca.

– Fizemos uma aposta. Perdi.

– Então para você tudo não passa de um jogo – observa Daphne, revirando os olhos. – Acredite se quiser, tenho coisa melhor a fazer.

– Relaxe – diz ele, soltando o ar com força pelo nariz. – Nem *tudo* é um jogo. Pense em mim como um teste. Muito bem. Os outros dois nomes são genuínos.

– Bom, duvido que vocês consigam convencer lorde Maives. Ele é ainda mais íntimo do rei do que seu pai, sem falar que é cunhado da rainha. Tentar seria tolice.

Haimish emite um grunhido discreto do fundo da garganta e Daphne se força a não revirar os olhos. Se quiser tentar influenciar lorde Maives, que tente.

– E Rufus Cadringal? – sugere ele.

Daphne nota que Haimish não usa o título de Cadringal. Lorde Cadringal só o recebeu recentemente, mas ela se pergunta se ele e Haimish são tão próximos que é difícil mudar de hábito.

– Pelo que sei, acho que é possível influenciá-lo. Mas ainda não o conheci, portanto é difícil saber com certeza – diz Daphne, examinando a multidão. – O senhor o vê?

– Infelizmente, eles tiveram um problema com a carruagem e se atrasaram. Soube que mandaram um mensageiro à frente para avisar que chegariam antes do amanhecer.

– Que pena – concorda Daphne, as engrenagens girando em sua cabeça. No outro lado do salão, Bairre diz algo a Cliona e se esgueira pela porta principal. – Muito obrigada por me fazer companhia, Haimish. Se não se importa, preciso dar uma palavrinha com meu noivo.

Ela encontra Bairre encostado no muro de pedra fora do salão de banquetes, ao lado de uma arandela acesa, o rosto de traços marcantes lançado em alto-relevo pela chama tremeluzente. Mais do que nunca, ele parece meio selvagem, mas, quando seus olhos encontram os dela, há um instante de suavidade – tão rápido que ela nem tem certeza de que existiu.

– Está se escondendo aqui fora? – pergunta ela. – O povo das montanhas não me parece tão ruim, por mais barulhento que seja.

Ele balança a cabeça, um sorriso tremulando nos lábios.

– Eu só precisava de um minuto – diz ele. – O que achou de Haimish? – pergunta.

Daphne revira os olhos para mostrar como o achou difícil e Bairre explode numa risada.

– É justo – diz ele.

– Ele mencionou que uma das famílias, os Cadringals, estava atrasada. Achei que poderíamos levá-los para caçar amanhã para compensar – diz ela.

– Os Cadringals? – pergunta Bairre, os olhos se iluminando. – Não vejo Rufus desde... bom, desde que tínhamos títulos diferentes, suponho.

– Desde que vocês dois perderam pessoas queridas – acrescenta ela.

Ele assente e desvia os olhos.

– Não precisa, sabe.

– O quê? – pergunta Daphne.

– Tentar encantá-lo – diz Bairre, dando de ombros. – Os Cadringals estiveram entre as primeiras famílias a jurar lealdade a meu pai e Rufus era amigo tanto meu quanto de Cillian. Fazíamos aulas juntos sempre que ele vinha à corte. Nunca me tratou de forma diferente de Cillian. Se há alguém em cuja lealdade posso confiar, é ele.

Daphne considera essas informações, acrescentando as que já coletou sobre Rufus Cadringal e também aquelas que já coletou sobre Bairre – sob o exterior rude, há muito que ele não entende sobre sua nova posição. Se alguém estiver tentando matá-la, se alguém já conseguiu matar Cillian, ele também pode estar com um alvo nas costas, e no momento é um alvo fácil. Ela se recosta no muro oposto a ele.

– Um governante forte não depende da lealdade de ninguém, Bairre – diz ela, baixinho.

Ele não sabe que Cliona está tramando contra sua família, afinal de contas. Ele não sabe da própria Daphne. Sua ignorância dos motivos dela é uma vantagem, mas, se ele olha o rosto dos cortesãos de Friv e não vê inimigos, isso pode matá-lo. Ela tem certeza de que a mãe veria isso como culpa de Daphne.

Ele balança a cabeça, ficando em silêncio por um momento.

– Como se faz isso? – pergunta ele, enfim.

Ela franze a testa.

– Isso o quê?

Ele dá de ombros.

– Olhar todos à sua volta e ver como usá-los, como podem traí-la. Você e meu pai conversando sobre as pessoas naquele salão, como se seu valor pudesse ser tabulado numa folha de papel, quanto valem para a Coroa e para Friv. Sempre achei que ele era mercenário nesse aspecto, mas talvez você seja ainda mais.

Daphne o observa por um instante, tentando preparar uma resposta. As cortesãs de Bessemia ensinaram que o segredo da sedução era entender o que o homem queria e se transformar nessa coisa. Mas o que Bairre quer que ela seja? Ele quer que ela se desculpe por sua natureza? Ou está verdadeiramente assombrado? Esse é o desafio com Bairre – ela nunca sabe *o que* ele espera dela. Assim, decide lhe dar a verdade para variar.

– Ao contrário de você, ao contrário até do seu pai, fui criada para usar uma coroa desde o momento do meu nascimento – explica ela, devagar. – Você, por outro lado, foi criado para se esconder no fundo, na periferia. Talvez Cillian lhe desse algum lugar no conselho, lhe desse até um título de nobreza, mas você nunca teria poder de verdade. E o que se aprende depressa quando se tem poder é que todo mundo, em algum grau, quer tirá-lo de você. Ah, podem nunca agir nesse sentido, podem nunca admitir para si mesmos, mas todos querem o que você tem. E isso os torna fáceis de entender, fáceis de lidar, mas sempre, *sempre*, perigosos. Cada pessoa naquela sala, Bairre, nos esfaquearia pelas costas se achasse que poderia escapar impune.

Ele considera essas palavras por um momento antes que toda a sua boca se contorça num esgar.

– E aqui a chamam de encantadora – diz ele, secamente.

– Você não quer que eu seja encantadora. Quer que eu seja franca – rebate ela. Ele não nega. – Pois aqui está a verdade: todos querem o poder.

– É exatamente isso – diz ele, encostando a cabeça na pedra. – Eu não. Eu estava perfeitamente feliz à sombra de Cillian, perfeitamente feliz como o irmão bastardo.

Daphne o fita por um momento, os olhos dela acompanhando os traços de seu rosto, a tensão nos maxilares, a abertura das narinas.

– Você está mentindo – diz ela, afastando-se do muro e indo parar diante dele.

– Como é? – diz ele, seus olhos encontrando os dela.

Ela faz um gesto com a mão no ar.

– Tudo isso: o amuo, a amargura. Não é ressentimento, é culpa. Porque você não era feliz à sombra de seu irmão, porque você queria tudo isso, desesperadamente. E agora você tem tudo o que queria e seu irmão está morto.

Bairre a fita, mudo, com um ódio tão intenso nos olhos que Daphne tem a sensação de ficar sem ar nos pulmões.

– Você não me conhece – diz ele.

– Não – concorda ela. – Ninguém o conhece de verdade, imagino.

Ela faz uma pausa e algo dentro dela se abre. Daphne sabe o que é ter ciúmes de irmãos: passou a vida inteira com inveja da confiança de Beatriz, da bondade natural de Sophie. Mas basta pensar nelas para perder o fôlego. Se algo lhes acontecesse, ela não sabe o que faria.

– Você não o matou – diz ela, a voz se suavizando. – Se só a inveja bastasse para matar, não restaria mais ninguém no mundo. Talvez tenha sido *ele* quem nasceu para isso, talvez ele tivesse sido um príncipe melhor, mas Cillian morreu e você não. Você pode se esconder por aí, sentindo pena de si mesmo ou pode ocupar esse papel de um modo que deixaria seu irmão orgulhoso. A escolha é sua.

Durante um longo momento, ele não diz nada, os olhos baixos. Finalmente, volta a olhá-la, com uma expressão de vulnerabilidade nua e pura que racha algo no peito de Daphne.

– Eu não sei como – confessa ele, baixinho.

Ela se aproxima, a mão estendida. Diz a si mesma que faz parte de seu plano conquistar sua confiança, seduzi-lo, que é parte de um longo jogo. No fundo, ela sabe que essa não é toda a verdade.

– Bem, como você mesmo ressaltou, eu sei. Assim, amanhã vamos caçar com lorde Cadringal e vou ajudá-lo a agir como o príncipe que você está destinado a ser.

Ele olha a mão dela por um momento, como se ela estivesse empunhando uma faca, antes de finalmente tomá-la na dele. Ela sente os calos ásperos da palma de Bairre contra a dela. Não é tão desagradável quanto deveria.

Beatriz

Beatriz lê a carta de Sophronia tantas vezes que pode citá-la de cor, mas as palavras continuam não fazendo muito sentido.

Eu não poderia seguir com o nosso plano. Sei que mamãe vai me considerar fraca por isso, mas acredito que pelo menos você vai entender. Não estava certo e o custo era muito alto. Não pude seguir.

Mas parece que mamãe me conhece muito bem e ela tirou essa escolha de mim. Tenho certeza de que a essa altura vocês já receberam a declaração de guerra de Leopold. É falsa, mas isso não importa. Minha única esperança é você libertar lorde Savelle e mandá-lo para casa. Não tenho o direito de lhe pedir isso, eu sei, mas acredito que no fundo do seu coração você também sabe que isso é errado.

Acho que nenhuma de nós tem chance em um confronto com mamãe, não sozinhas, mas, se trabalharmos juntas – se por algum milagre das estrelas Daphne trabalhar conosco –, acho que temos uma chance de escapar ao controle dela. Libertar lorde Savelle é o primeiro passo, e prometo que ficarei ao seu lado, não importam quais sejam as consequências.

Eu te amo, confio em você e sinto muito sua falta.

Partes dessa carta não surpreendem – a mãe delas sempre chamou Sophronia de mole, embora Beatriz ache *sensível* uma palavra melhor. De qualquer forma, não é uma qualidade que tenha utilidade para uma princesa bessemiana e a imperatriz fez tudo o que pôde para endurecer a filha. Nada funcionou.

Não, o que surpreende Beatriz é a força das palavras da irmã. Não apenas a culpa ou a preocupação se o que elas estão fazendo é certo – isso Beatriz esperaria de Sophronia. Mas ação? Que ela realmente se levantasse e se rebelasse contra a mãe? Isso é impensável na garota que Beatriz conheceu.

Mas é claro que essa rebelião foi em vão – Sophronia deveria ter previsto isso. A vida toda a mãe esteve um passo à frente delas, sempre onipresente e onisciente. E mais: era sempre Beatriz quem discordava, quem se rebelava.

Acredito que no fundo do seu coração você também sabe que isso é errado. Essas palavras permanecem na mente de Beatriz muito tempo depois que ela queima a carta na lareira do seu quarto e se prepara para dormir. Ela sabe que é errado? Sim, ela vem sendo atormentada pela culpa por incriminar lorde Savelle; sim, ela vem sendo assombrada por imagens dele preso, sendo queimado, tudo por causa dela. Mas trata-se de algo desagradável, porém necessário, não é? Uma maneira de salvar sua própria vida, sim, mas também uma forma de salvar Cellaria – de salvar outras pessoas como ela e a filha de lorde Savelle e todos os outros que foram ou serão executados por agir contra as leis rígidas de Cellaria. Beatriz pode não concordar com a mãe a respeito de muitas coisas, mas acredita que o país ficará melhor sob seu governo. Isso não vale o custo da vida de um homem?

Beatriz não tem mais certeza disso.

– Você parece estar preocupada – comenta Pasquale, entrando no quarto vindo do salão.

Ele estava jantando com seu tio, pai de Gisella e Nico, e com outros membros do conselho real. Pela expressão dele, ela duvida que tudo tenha corrido bem.

– Você também – observa ela. – Eu queria ter ido com você.

– Acredite, eu também queria, mas eles insistiram muito em falar comigo a sós. Talvez tenham desconfiado de que você conseguiria atrair alguns deles para o nosso lado – diz ele com um sorriso irônico.

– Nosso lado? – pergunta Beatriz. – Agora temos lados diferentes?

– Acredito que há algo muito errado com meu pai. Acho que essa guerra com Temarin é a última coisa de que alguém precisa. A trégua tem sido boa para os dois países... É imperativo que ela continue. Eles discordam. Meu tio, especificamente, parece determinado a partir para a guerra. Assim, suponho que agora haja lados – diz Pasquale, desabando na cama ao lado dela. – Eu conheço meu pai, Triz. Conheço seus humores. Conheço o temperamento dele. Mas isso é outra coisa. Ele está doente. Eu sei disso, e acho que eles também sabem, mas não podem admitir.

– Claro que não – diz Beatriz com um muxoxo de desdém. – O poder deles depende do dele. É por isso que ninguém diz não a ele.

De repente Beatriz se pergunta se sua mãe é a responsável pelo agravamento da condição do rei. Ela acha que a imperatriz seria capaz disso e um rei louco serviria a seus propósitos. Seria mais fácil conquistar a lealdade do país hostil se ela o libertasse de tal tirano. *Acredito que no fundo do seu coração você também sabe que isso é errado.* As palavras de Sophronia ecoam de novo na sua mente.

– Você quer ser rei? – pergunta Beatriz.

Embora estejam sozinhos na sala, ainda assim ela faz a pergunta em voz baixa.

Pasquale olha para ela com a testa franzida.

– Que tipo de pergunta é essa? – questiona ele.

Beatriz se lembra do jogo na praia, quando ele disse que estava mentindo sobre não querer ser rei, como Beatriz sabia que era verdade.

– Eu acho que você seria um bom rei – diz ela, suavemente. – Talvez não o que seu pai foi, mesmo em seu auge, mas um bom rei. Um rei justo. Você poderia criar uma Cellaria melhor.

A testa de Pasquale se enruga ainda mais.

– Não estamos falando sobre isso – diz ele, com mais firmeza do que o necessário.

Beatriz olha para ele, para o rapaz com quem se casou sabendo que acabaria por traí-lo. O marido que não é nada do que ela esperava, nada do que ela sonhava, mas que, de alguma forma, é o amigo de que ela precisava.

– Estamos falando sobre isso, sim – insiste ela, sustentando seu olhar. – É exatamente disso que estamos falando. Seu pai não está bem. Ele está tomando decisões ruins para Cellaria. A única maneira de isso terminar bem é com você no trono. Então eu estou te perguntando: é isso que você quer?

Pasquale solta um longo suspiro. Ele desvia o olhar dela, mas, quando seus olhos retornam, ela se lembra de quando se conheceram, de como ele parecia um cachorrinho assustado. Agora, porém, ela acha que o cachorrinho pode ter dentes.

– Nunca pensei que quisesse. Ainda acho que não. Mas acredito que é o que preciso fazer, ou melhor, o que precisam que eu faça. E com você ao meu lado, a perspectiva parece menos assustadora.

Beatriz assente devagar, um plano tomando forma em sua mente. Um plano louco, um plano impossível, talvez, mas a única chance de ajudar sua irmã. *Que as estrelas te amaldiçoem, Sophie. Você e a droga da sua consciência.* Ela olha para o garoto cuja vida ela ligou irrevogavelmente à dela e um sorriso frágil se forma em seus lábios.

– Muito bem, então – diz ela. – Suponho que teremos que planejar um golpe.

Confiar não é algo fácil para Beatriz. Sua mãe nunca a encorajou a fazer isso, nem mesmo entre ela e as irmãs, embora isso pelo menos fosse inevitável. Mas Daphne, Sophronia e ela nunca tiveram amigos – sempre que se aproximavam de outros da mesma idade, a mãe fazia algo para destruir a amizade que surgia. Beatriz se lembra de quando tinha 8 anos e começou a fazer amizade com a filha de um conde que compartilhava seu amor tanto pela moda quanto pelo teatro, e como a família da menina logo se mudou da corte para sua propriedade rural, e Beatriz nunca mais teve notícias dela. Embora tenha parecido uma cruel reviravolta do destino na época, agora Beatriz vê claramente as impressões digitais de sua mãe nesse incidente e em muitos outros semelhantes.

Não confie em ninguém além de mim, a mãe parecia estar sempre dizendo, mesmo que nunca tenha dito exatamente essas palavras. Ainda assim, a lição foi aprendida. Beatriz e as irmãs não têm amigos, não têm confidentes – só têm a si mesmas e a mãe.

Eu te amo, confio em você e sinto muito sua falta, disse Sophronia em sua despedida, e são essas palavras que se repetem na mente de Beatriz quando ela e Pasquale encontram-se sentados em sua sala, à espera de seus convidados. Ela confia em Sophronia, talvez mais do que em qualquer um – certamente mais do que em Daphne, que Beatriz acredita que nunca vai dizer algo negativo sobre a mãe, muito menos agir contra ela. Nesse ponto, Beatriz sabe que Sophronia está enganada, mas esse é um problema para outro dia.

Ela confia em Pasquale também, pensa enquanto observam a porta. Em parte, trata-se de uma confiança mercenária; eles não têm escolha, a não ser confiar um no outro, pelo menos por enquanto. Mas não é isso, não totalmente. Ela confia nele porque ele é Pasquale e, a partir do momento em que foram forçados a se unir, seus destinos foram forjados.

E quando Gisella e Nicolo entram na sala seguidos por Ambrose, Beatriz percebe que confia neles também, em parte porque ela tem pouca escolha, mas também porque eles são seus amigos. Talvez, com Ambrose principalmente, trata-se de uma confiança tangencial – Pasquale confia nele, portanto Beatriz também. Mas Gisella e Nicolo confiaram nela o suficiente para avisá-la sobre as propensões do rei – Nico até arriscou a própria segurança para protegê-la delas.

Quando estão todos sentados diante da lareira, Beatriz e Pasquale trocam um olhar. Eles não discutiram essa parte, mas ela sabe que terá que tomar as rédeas. Ela olha para os outros três e pigarreia.

– O rei Cesare é instável – diz ela. – Todos nós sabemos disso, não é?

Ambrose parece inseguro, enquanto Gisella e Nicolo têm uma de suas conversas silenciosas, mas ninguém discorda. Depois de um momento, todos os três assentem. Beatriz pensa em mencionar que acredita que alguém esteja envenenando o vinho do rei, o que poderia já ter sido fatal se Nicolo e os outros não o estivessem diluindo, mas se cala. É melhor esperar até ter uma resposta de Daphne antes de dizer qualquer coisa a esse respeito.

– Se ele continuar sem controle, vai arruinar Cellaria – garante Beatriz. – Essa guerra com Temarin será apenas o começo.

– Temarin declarou guerra contra nós – replica Ambrose, a voz suave. – Não parece que isso possa ser evitado agora.

Beatriz morde o lábio.

– Recebi notícias da minha irmã, Sophronia... A declaração é falsificada. Ela e Leopold não desejam brigar conosco, assim como nós não devemos desejar brigar com eles. Somos uma família, em mais de um sentido. É do interesse de Cellaria e Temarin manter a trégua.

Beatriz respira fundo, preparando-se para continuar.

– Se lorde Savelle for executado, aí sim não haverá mais volta, não haverá como deter essa guerra. – *Nada impedirá minha mãe de reivindicar os dois países destruídos como seus*, acrescenta ela silenciosamente. Porque é isso que ela está fazendo ao apoiar Sophronia. Beatriz nunca se esquivou de se rebelar contra a mãe, mas foram pequenas rebeldias, rebeldias sem importância, feitas para se exibir e pouco mais. Disso, porém, não há como voltar atrás. Beatriz sabe disso, mas, por mais assustador que seja romper com a imperatriz, virar as costas para Sophronia não é uma possibilidade. Ela se prepara e continua: – Se o rei Cesare deseja condenar a todos nós cruzando essa linha, cabe a nós detê-lo.

Nico olha para cada um deles à sua volta.

– Estamos falando de traição aqui – diz ele.

– Nico – começa Gisella.

– Eu não estou julgando – acrescenta ele, rapidamente. – Eu só quero ser muito claro. O que estamos discutindo aqui é traição. Pessoas são queimadas por essa razão.

– As pessoas estão sendo queimadas por muito menos hoje – replica Beatriz.

Nicolo a censura com o olhar.

– Isso não é engraçado.

– Não, não é – concorda ela, sustentando seu olhar. – Você acha certo? Queimar pessoas por usar magia?

Ela descobre que deseja desesperadamente saber o que ele vai dizer – não apenas para saber se ele vai apoiá-los, mas para saber o que ele pensaria se soubesse a verdade sobre ela. Ele olharia para ela de forma diferente? Ele ficaria feliz em vê-la ser queimada? Ela acredita que não, mas não tem certeza.

– Nem mesmo por usar magia – acrescenta Pasquale. – Todos nós sabemos que as evidências apresentadas contra a maioria delas são frágeis.

Beatriz faz um gesto, afastando as palavras dele.

– Mas, além disso – prossegue ela –, quando falamos sobre isso antes, Gigi e Nico, vocês pareceram achar mais escandaloso do que sacrílego. Pas, você nunca expressou o mesmo nível de ódio que ouvi de outras pessoas. Se lorde Savelle é culpado do que o rei o acusou, vocês acham que ele deveria morrer por isso?

Por um momento, nenhum deles diz nada, mas, para surpresa de Beatriz, é Ambrose quem fala primeiro:

– É muito poder para uma pessoa só – diz ele, baixinho. – Mas eu li muitos livros... muitos mesmo, mais do que provavelmente eu admitirei, e muitos deles são ilegais aqui. Li histórias de coisas terríveis que os empyreas fizeram com esse poder, mas também há coisas boas. Coisas grandiosas. Os milagres. – Ele hesita, olhando em volta para os outros com certo grau de desconfiança. Beatriz não pode culpá-lo. O que ele está dizendo pode matá-lo. Mas ele continua: – Não, acho que se lorde Savelle tem o poder de tirar as estrelas do céu, de dobrá-las à sua vontade, talvez devêssemos considerar que as estrelas acharam conveniente abençoá-lo. Se for esse o caso, matá-lo então contaria como sacrilégio?

É uma resposta prolixa e um debate sobre lógica que Beatriz não entende bem, mas até onde ela compreende, Ambrose não a quer morta, e isso é bom o suficiente para ela, que encara os outros.

– Não tenho certeza de tudo isso – diz Gisella, olhando para Beatriz. – Mas eu estaria mentindo se dissesse que eu mesma não fiz pedidos a algumas estrelas, só para ver se eu tinha o dom. Você também, Nico, não finja que não.

Nicolo faz uma careta para a irmã antes de olhar para Beatriz.

– Ela tem razão. Eu já fiz – admite. – Imagino que a maioria das pessoas tenha feito, mesmo em Cellaria. Não é motivo para uma pessoa ser queimada.

Beatriz se sente um tanto validada, embora não seja uma afirmação tão enérgica quanto ela gostaria de ouvir. É o suficiente, ela supõe. Então se vira para Pasquale, que a encara com surpreendente firmeza.

– Faz muito tempo que sei que as leis do meu pai estão erradas, e penso na filha de lorde Savelle com frequência. Ela não merecia morrer pelo que fez. Eu queria tê-la ajudado naquela vez, mas com certeza quero ajudar o pai dela agora.

Nicolo olha de Pasquale para Beatriz.

– Então? – pergunta ele. – O que vocês têm em mente?

Beatriz encara Pasquale. Essa é a parte do plano que ele considerou loucura, mas está disposto a confiar nela. Ela espera que os outros também estejam.

– Vamos tirar lorde Savelle da prisão e mandá-lo de volta para Temarin.

Beatriz

Beatriz mergulha um pincel macio e chanfrado em um pote de pó apenas um tom mais escuro que a pele de Gisella, passando-o logo abaixo das maçãs do rosto da garota. Na luz brilhante de seu quarto, Gisella parece uma atriz em uma das farsas que o rei encena de vez em quando – seu rosto tão pintado e empoado que ela não se parece mais consigo mesma. Aparenta uns bons vinte anos a mais, com sobrancelhas espessas, pálpebras pesadas e bochechas encovadas.

– Não entendo por que você não pode me deixar mais bonita – queixa-se Gisella, olhando-se no espelho dourado da penteadeira. – Um pouco de rouge nas bochechas... um pouco de cor nos lábios, talvez.

– Porque – explica Beatriz, trocando o pincel chanfrado por um maior e mais macio e mergulhando-o em um pote de pó translúcido... *Pense nisto como um selador, para finalizar qualquer ilusão*, disse-lhe a Senhora dos Disfarces bessemiana, madame Curioux. – As pessoas reparam nas garotas bonitas... você sabe disso tão bem quanto eu. Mas tendem a ignorar e esquecer as mulheres comuns. Ou, melhor ainda, mulheres acima de certa idade. E esta noite queremos ser ignoradas e esquecidas.

Dois dias se passaram desde que Nicolo, Gisella e Ambrose concordaram em ajudar Beatriz e Pasquale a tirar lorde Savelle da masmorra. Pasquale queria esperar mais, planejar melhor, mas, com o humor imprevisível do rei, Beatriz não quer correr o risco de ele antecipar a data de execução do embaixador.

Gisella solta um suspiro dramático.

– Tudo bem – diz ela, tornando a olhar o próprio reflexo e franzindo a testa. – Embora eu pudesse ter passado sem esse lembrete da minha própria mortalidade. Você acha mesmo que vou ter tantas rugas assim?

Antes que Beatriz possa responder, Nicolo, de seu lugar, descansando na *chaise*, bufa.

– Gigi, estamos prestes a cometer traição. Se vivermos o suficiente para você ter rugas, considere-se uma pessoa de sorte.

Gisella revira os olhos.

– Sempre otimista.

– No entanto, estou aqui me perguntando – diz Nicolo, olhando para Beatriz. – Como uma princesa bessemiana veio a ser tão hábil com cosméticos? Com certeza havia uma camareira para aplicá-los, se você quisesse.

Beatriz sabia que essa pergunta viria à tona e tinha uma resposta pronta.

– Minhas irmãs e eu gostávamos de sair do castelo de vez em quando para ir a uma taverna na cidade. Às vezes era bom passar uma noite com pessoas que não sabiam quem éramos.

Isso não é totalmente mentira – Beatriz de fato usou seus talentos com um pincel cosmético em várias ocasiões para esse propósito, só não foi o motivo original de seus estudos com madame Curioux. Mas Nicolo parece aceitar o argumento.

– Ainda não vejo por que vocês duas têm que fazer isso sozinhas – insiste ele. – É a parte mais perigosa.

– Porque as pessoas subestimam as mulheres, Nico – explica Gisella. – Elas não vão pensar que somos capazes de tirar um homem da prisão. Você está desapontado porque não vai se divertir?

Ele bufa novamente.

– Acredite em mim: brincar de vigia parece exatamente o nível certo de diversão para mim esta noite.

Gisella abre a boca para dar uma resposta mordaz, Beatriz tem certeza, então a interrompe com um sorriso.

– Você está pronta, Gigi – diz, pousando o pincel. – Importa-se de checar Pasquale e Ambrose enquanto disfarço Nico? A essa altura eles já deveriam ter voltado.

Gisella ergue as sobrancelhas para Beatriz, mas se levanta.

– Tudo bem – concorda ela. – Mas tentem não acrescentar adultério à nossa lista de crimes esta noite, sim? – adverte ela por cima do ombro quando chega à porta.

E ela parte antes que qualquer um deles possa responder.

As bochechas de Nicolo ficam vermelhas e ele não olha para Beatriz enquanto caminha na direção dela, sentando-se no banco da penteadeira que a irmã acabou de desocupar.

– Eu não contei nada a ela – murmura.

– Não achei que tivesse – diz Beatriz, concentrando-se nos potes de pigmentos diante de si. Ele e Gisella têm quase exatamente o mesmo tom de pele, então ela pode reutilizar as mesmas cores, o que torna as coisas mais simples. – Minhas irmãs sempre sabiam quando eu tinha beijado alguém – admite ela. – Era como se eu tivesse uma placa pendurada no pescoço.

– Você... beijou muitos, então? – pergunta ele.

Beatriz o encara. Se não soubesse que não se trata disso, ela pensaria que ele está com ciúmes, mas, considerando que ela é casada, os garotos que ela beijou antes são o menor dos seus problemas.

– Alguns – diz ela, dando de ombros e mergulhando o pincel em um tom um pouco mais escuro. Ele não vai dar tanto trabalho quanto Gisella, apenas o suficiente para que ninguém o reconheça. Ela vai adicionar algumas rugas para envelhecê-lo, escurecer as olheiras, talvez sombrear o nariz para alterar o formato. – Eu sempre soube que ia me casar com Pasquale e o tempo todo eu tinha consciência de que deveria ser virgem, mas, mesmo em Cellaria, não há nada que diga que eu não poderia beijar ninguém. Acho que via isso como prática.

Ele se mantém perfeitamente imóvel quando ela começa a pintar e empoar seu rosto.

– Eu ainda não lhe agradeci – diz ela, depois de um momento. – Sei que está nervoso com esse plano e não o culpo por isso. Foi um imenso favor o que Pasquale e eu pedimos a vocês. Sou muito grata por sua ajuda.

Ele balança a cabeça.

– Não me agradeça, Triz – comenta ele. – De verdade. Isso não é nada.

– É traição – ela lembra a ele. – Você mesmo disse. Não são muitos que arriscariam a vida por outra pessoa, mesmo que essa pessoa seja seu primo...

– Não estou fazendo isso por Pasquale – ele a interrompe, a voz tensa. – Não me entenda mal... Eu jamais trairia a confiança dele, mas não ofereci ajuda por causa dele. Ofereci por sua causa.

Beatriz fica ainda mais consciente de quão próximos eles estão um do outro – o suficiente para que o cheiro dele invada seus sentidos: algodão limpo, maçãs e algo mais, que é simplesmente Nicolo. Ela se lembra do que sentiu quando ele a beijou no corredor. E se pergunta se ele vai fazer isso de novo agora. Não seria aconselhável; no entanto, ela quer que isso aconteça mais do que imaginou que pudesse querer.

Ela se concentra em seus cosméticos, mergulhando um pincel menor em um pó violeta-azulado.

– Olhe para cima – pede ela, sem pensar ou se preparar para o que pode acontecer quando ele olhar, e então eles se encaram, os olhos ficando presos nos do outro, e o desejo cresce tanto que Beatriz acha que vai se afogar nele.

Ela engole em seco e aplica delicadamente a cor sob os olhos dele, exagerando as sombras leves que já se veem ali.

– O que é ainda mais nobre – diz ela, forçando a voz a sair leve e zombeteira. – Arriscar tanto por alguém que você mal conhece.

– Eu não sou nobre – retruca ele, a voz suficientemente cortante para encerrar qualquer discussão. – Se você tivesse alguma ideia do que estava passando pela minha cabeça, Triz, saberia que não há nada de nobre em mim.

Beatriz pega outro pincel, esfumando as bordas de algumas das rugas que fez nele. Ele deveria parecer ridículo assim, com suas rugas pintadas e os semicírculos violeta sob os olhos. E de fato ele *está* ridículo, diz Beatriz a si mesma. Só que ela quer beijá-lo assim mesmo, e que se danem as consequências.

– Talvez, então – insinua ela devagar, deixando o pincel de lado –, devêssemos ser ignóbeis juntos.

Por mais que tente, Beatriz não consegue banir a presença da mãe de sua mente. Mesmo ali, a milímetros de um garoto com quem não deveria estar sozinha, Beatriz imagina a desaprovação da mãe. A quase 200 quilômetros de distância, ela imagina os olhos semicerrados da imperatriz, as narinas dilatadas. E pode ouvir a voz escaldante em seu ouvido:

Nem você seria tão tola a ponto de se apaixonar, Beatriz. Eu não criei você para se alvoroçar com um de seus próprios peões tão descaradamente. Quando penso que você não pode me decepcionar mais, você encontra novos caminhos para explorar.

A voz não deveria irritá-la – sobretudo agora que decidiu destruir o resto dos planos da mãe para ajudar a irmã. Mas, sim, ela lhe dá nos nervos. Beatriz não tem certeza se chegará o dia em que a voz da mãe não a perseguirá, oferecendo opiniões que ela não quer nem precisa.

Beatriz diz a si mesma que beija Nicolo porque quer, porque vem querendo beijá-lo de novo desde a última vez. Diz a si mesma que o beija porque ela o quer e ele a quer, e nada mais importa – apenas a pressão dos lábios e o toque das línguas e as mãos fortes e firmes de Nicolo roçando a parte inferior das suas costas, puxando-a para baixo, para o colo dele.

É a verdade, mas não toda a verdade. Ela também o beija porque sabe que não deveria, porque sua mãe vai ficar aborrecida se descobrir, porque, como Sophronia uma vez observou, para convencer Beatriz a pular de um penhasco, tudo que a mãe precisa fazer é dizer a ela que não pule.

A porta se abre e Beatriz e Nicolo se separam, Beatriz se levantando e saindo dos braços de Nicolo mais rápido do que um raio cruza o céu. Mas não rápido o suficiente, ela percebe quando Gisella lhe dirige um olhar sagaz imediatamente.

– Parece que ninguém está conseguindo se segurar por esses dias – murmura Gisella, entrando na sala, seguida um instante depois por Pasquale e Ambrose, ambos enrubescendo com suas palavras.

No que exatamente eles se meteram, Beatriz se pergunta, embora uma parte dela esteja feliz por Pas, por mais perigoso que aquilo possa ser. Talvez ela devesse ficar alarmada com o fato de Gisella, ao que tudo indica, ter acabado de testemunhar tanto Pasquale quanto ela beijando outras pessoas, mas isso não acontece. Estão todos cometendo traição juntos – com a promessa de destruição mutuamente assegurada.

Mais que depressa, Beatriz pega o pincel e espalha um pouco de pó translúcido no rosto de Nico.

– Pronto – diz ela rapidamente. – Acabou. Ambrose, Pas, vocês conseguiram as roupas?

Pasquale assente, as orelhas ainda vermelhas, enquanto deixa cair uma trouxa de roupas em vários tons de cinza em cima da cama.

– É o dia da lavagem das roupas, então pegamos algumas coisas nos varais. Quase fomos apanhados, mas conseguimos escapar.

– Então vamos nos vestir – ordena Beatriz, olhando os trajes dos criados. – Se a troca de guardas acontece à meia-noite, temos apenas uma hora para chegar lá.

O plano, se é que se pode chamá-lo assim, é simples.

Ambrose e Pasquale preparam o barco da família de Ambrose, atracado no porto da cidade, e não naquele reservado à realeza e à nobreza. Trata-se de um barco pequeno, mas Ambrose o navegou sozinho muitas vezes para visitar a propriedade de sua família na costa norte, perto da fronteira de Temarin. Ele disse ao tio que faria exatamente isso – para que ninguém estranhe sua ausência nas semanas seguintes enquanto ele transporta lorde Savelle para a segurança do solo temarinense. Será uma viagem mais longa do que as que Ambrose fez antes, mas ele se sente confiante.

Nicolo é o vigia, desempenhando o papel de um criado varrendo o corredor diante da masmorra do palácio. Se vir alguém que não deveria estar ali, ele deve detê-lo da maneira que puder.

Gisella e Beatriz, vestidas e maquiadas como criadas de meia-idade, levam o jantar e o vinho para os guardas – uma tarefa da qual Beatriz dispensou duas jovens criadas ao exigir, no tom mais digno de uma princesa, que elas esquecessem tudo o que tinham a fazer e organizassem as estantes de Pasquale naquele exato momento.

Mas, quando Beatriz e Gisella pousam as bandejas que carregam diante dos dois guardas que vigiam as celas da masmorra, o nó no estômago de Beatriz se recusa a afrouxar. Tanta coisa pode dar errado, ela sabe – e se der? Não se trata mais apenas da sua vida em jogo. É a de Pasquale, Gisella, Nicolo e Ambrose também. Pensar nisso a deixa enjoada, mas Beatriz se força a sustentar seu sorriso insosso e entabular uma conversa fiada sobre o tempo com os guardas, até os dois homens esvaziarem as taças de vinho. Apenas alguns segundos depois, ambos estão caídos, a cabeça pendente e os olhos fechados.

– Acha que exageramos na dose? – pergunta Gisella, mordendo o lábio, embora não pareça muito preocupada.

Beatriz verifica a pulsação dos dois homens.

– Eles estão bem – assegura. – Apenas dormindo. Devem ficar assim por cerca de meia hora, mas se acordarem antes...

– Eu sei – diz Gisella, dirigindo-lhe um sorriso rápido. – Vou demonstrar minha preocupação e dizer a eles que você correu para buscar ajuda e, então, muito sutilmente... – Ela se detém, segurando o anel de Beatriz que contém veneno, com sua agulha escondida. – E, quando acabarmos com isso, você precisa me dizer onde posso conseguir um destes.

– Quando acabarmos com isso – ecoa Beatriz, tirando o chaveiro do pino ao lado dos guardas.

Agora ela tem trinta minutos – de preferência pouco mais que vinte, por segurança – para descobrir qual das cerca de cinquenta chaves abrirá a cela de lorde Savelle.

Beatriz se apressa pelo corredor, afastando-se de Gisella, lançando um olhar a cada cela apenas para confirmar se lorde Savelle não está lá dentro. A maioria delas está vazia – a prisão principal fica na cidade, e ambas são esvaziadas a cada duas semanas, no Dia da Fogueira –, mas algumas estão ocupadas por criados ou cortesãos de segundo escalão que irritaram o rei de uma forma ou de outra. Alguns a chamam quando ela passa, mas Beatriz os ignora, ciente do pesado molho de chaves que segura e da rapidez com que vinte minutos podem transcorrer.

Ela quase passa correndo pela cela de lorde Savelle, parando abruptamente quando reconhece os cabelos castanho-claros ao luar que entra pela pequena janela acima dele. Despojado de suas roupas finas habituais e vestido com o mesmo traje cinzento e surrado que o restante dos prisioneiros, ele parece um estranho.

– Lorde Savelle – sussurra ela, aproximando-se das barras e começando a testar a primeira chave.

Lorde Savelle pisca, fitando-a. Ele leva um momento para reconhecê-la através do disfarce.

– Vossa Alteza? – pergunta ele. – O que está...? – Sua voz morre quando seus olhos pousam nos dedos dela, testando a primeira chave, depois a segunda, e ele tem sua resposta. – Por quê? – pergunta, então.

Beatriz não responde a princípio, tentando uma terceira e depois uma quarta chave, sem sucesso. Ela repassou os eventos desta noite incontáveis vezes em sua cabeça durante o último dia, revendo cada detalhe que poderia dar errado e pensando em uma saída para cada um deles. No entanto, ela não pensou no que dizer a ele. Então decide lhe contar a verdade – ela sente que deve isso a ele pelo menos.

– Porque nós dois sabemos que, se um de nós deveria estar preso por usar a magia, essa pessoa sou eu – diz ela, sua voz um sussurro na escuridão, uma confissão que jamais havia feito em voz alta.

É muito mais difícil ignorar uma vez que ela diz as palavras. Também é impossível recolhê-las.

Lorde Savelle não está surpreso, porém. Claro que não. Ela achou que ele poderia ter adivinhado, mas agora ela tem certeza.

– Eu temia que contasse a alguém que suspeitava de mim – diz Beatriz, concentrando-se na fechadura para não ter que encará-lo. – Então, quando surgiu a oportunidade de... tirá-lo do caminho, eu aproveitei. Me desculpe.

Ela não conta o restante, o plano de sua mãe, embora se sinta tentada a fazê-lo.

Por um longo momento, lorde Savelle não responde. Beatriz consegue experimentar seis chaves nesse intervalo, nenhuma delas é a certa.

– Não posso culpá-la por isso, Beatriz – diz ele, suavemente. – Se minha filha pudesse ter mentido para se salvar... mesmo que isso significasse jogar a culpa em outra pessoa... que as estrelas me ajudem, mas eu queria que ela tivesse feito isso.

Beatriz estava preparada para a fúria e a condenação, esperava que ele reagisse como sua mãe reagiria. Mas, se tivesse tido mil anos para adivinhar, ela não poderia ter imaginado que ele a perdoaria. Em sua perplexidade, seus dedos se atrapalham com uma das chaves e ela as deixa cair, soltando uma imprecação. Ela recolhe o chaveiro, mas não tem certeza de qual chave tentou por último, então precisa recomeçar.

Ela cogita contar a ele o restante. Lorde Savelle deve presumir que a poeira estelar que ela plantou em seu quarto foi criada por ela mesma – ele não tem como saber que a mãe dela teve algo a ver com isso. Nesse momento, Beatriz descobre que esse é um segredo que ela não pode entregar. É grande demais, uma parte profunda demais de si mesma. Se a deixar sair, Beatriz não tem certeza do que restará.

– Meu amigo tem um barco – diz ela então, deixando outra chave errada na fechadura para que ela possa enfiar a mão em sua sacola e pegar a capa de outro criado, passando-a através das barras para ele. – Coloque isto – acrescenta ela antes de voltar às chaves.

Quanto tempo se passou desde que ela deixou Gisella? Cinco minutos? Dez? Ela não tem certeza.

– Um barco? – ecoa ele.

– Para levá-lo a Temarin – explica ela. – É a única maneira de salvá-lo... e de evitar uma guerra.

Com isso, lorde Savelle dá uma risada surpresa.

– Uma guerra talvez seja um exagero – diz ele. – Somente um rei louco ou um idiota faria... – Ele se interrompe.

– O rei Cesare não parece muito são, não é? – pergunta ela. – E embora eu tenha ouvido o suficiente sobre o rei Leopold para questionar sua inteligência, minha irmã me contou que a declaração de guerra enviada por ele foi falsificada. Se conseguirmos levá-lo de volta a Temarin, talvez baste para evitar a guerra. Mas temos que nos apressar.

Lorde Savelle não precisa que ela lhe diga duas vezes. Em alguns movimentos rápidos, ele joga a capa sobre os ombros. É comprida o bastante para cobrir quase por completo suas roupas de prisioneiro e está escuro o suficiente lá fora para que ninguém o olhe muito de perto. Beatriz experimenta mais algumas chaves, mas a porta continua trancada. Seu coração começa a pulsar ruidosamente em seus ouvidos, abafando todos os outros pensamentos.

– Você virá também? – pergunta ele.

Beatriz ergue os olhos, surpresa, e quase deixa o chaveiro cair de novo.

– O quê? – pergunta ela.

– Para Temarin – esclarece ele. – Certamente você não pretende ficar aqui.

Ela pisca. O pensamento jamais havia lhe ocorrido, embora agora que ele o manifestou, ela se pergunta se devia ter pensado nisso.

– Beatriz, se ficar aqui, eles vão descobrir o que você é, mais cedo ou mais tarde – diz ele, devagar. – E vão matá-la por isso.

Beatriz franze a testa, experimentando mais uma chave, depois outra.

– Não é assim tão simples – argumenta ela, pensando em Pasquale, Gisella e Nicolo. Beatriz não quer deixá-los, abandoná-los aos caprichos de um rei temperamental. – Acho que alguém está envenenando o rei, provocando sua loucura. Ainda não posso provar, mas quando conseguir...

– Ah – diz ele, fitando-a com olhos avaliadores. – Eu sou apenas a primeira parte do seu plano, então. Você pretende se tornar rainha.

Beatriz morde o lábio, a vergonha queimando-lhe o rosto. Daphne sempre disse que ela não tinha vergonha – se a vir de novo, Beatriz vai gostar de dizer à irmã que ela estava errada.

– Você não pode negar que Cellaria será um lugar muito melhor se Pas e eu estivermos no trono – argumenta ela. – Nós poderíamos mudar as coisas, consertá-las.

Ocorre a Beatriz, ao dizer aquilo, que é o que a mãe sempre disse – a mesma justificativa que ela dá para todos os seus atos horrorosos. *Não é a mesma coisa*, teima Beatriz consigo mesma, sem acreditar muito. E depois, há a ameaça que a mãe representa agora – Beatriz sabe que a imperatriz não vai desistir sem lutar de seu sonho de unificar o império. Mas, se Beatriz e Sophronia formarem uma aliança, elas podem ter uma chance. Uma parte pequena e otimista dela imagina Daphne se juntando às duas, embora duvide dessa possibilidade. Beatriz ama a irmã, mas sabe que Daphne é a marionete da imperatriz, cem por cento.

– Cellaria seria um lugar muito melhor até com um porco no trono – responde lorde Savelle e, mais por hábito do que por medo, Beatriz corre os olhos ao redor para se certificar de que ninguém mais ouviu isso. Lorde Savelle percebe e ri. – Já estou condenado à execução, Beatriz. Não há muito sentido em segurar minha língua.

Ela chega à última chave do molho, mas essa também não funciona. Beatriz franze a testa. Será que deixou passar alguma? Talvez a fechadura tenha travado e ela devesse ter insistido... Não há tempo para tentar todas elas de novo; os guardas vão acordar a qualquer momento, e se Gisella não conseguir subjugá-los sozinha... ela afasta esse pensamento da mente. Beatriz não vai deixar a amiga pagar por seu erro.

Como se convocado por seus pensamentos, ela ouve o som de botas pesadas no chão de pedra, vindo em sua direção. Ela solta uma série de palavras que decididamente *não* faziam parte de suas aulas de cellariano.

– Me deixe aqui – diz lorde Savelle, os olhos sombrios. – Talvez, se você se esconder em algum lugar, eles vão pensar...

Ele se interrompe quando Beatriz deixa cair as chaves, os dedos se dirigindo para a pulseira em seu braço. *Use-as com sabedoria*, disse a mãe. *Vocês só precisam quebrar a pedra e fazer seu pedido.* Mas Beatriz sabe que, se a mãe pudesse vê-la agora, *sábia* seria a última coisa de que ela a chamaria. Beatriz não se importa. Ela joga a pulseira no chão.

– Encontre minha irmã – diz a lorde Savelle. – Diga a ela que eu o enviei. Diga... diga a ela que eu tentei.

Lorde Savelle abre a boca para dizer alguma coisa, a testa franzida, confuso, mas Beatriz não lhe dá chance.

– Quero que lorde Savelle possa chegar em segurança às docas e seguir para Temarin.

– Beatriz... – começa lorde Savelle, mas, antes que ele possa continuar, um raio atravessa o céu limpo, atingindo a parede de pedra da masmorra e criando na estreita cela de lorde Savelle uma rachadura larga o suficiente para ele se espremer por ela.

Ouvem-se gritos dos outros prisioneiros e o ritmo dos passos que se aproximam torna-se mais rápido... vários pares, ela pensa.

– *Vá* – ordena ela a lorde Savelle. – Ou eles matarão nós dois. Há um barco esperando no porto da cidade. Corra.

Lorde Savelle hesita por apenas um segundo, mas ele também deve ouvir as botas, saber quão perto estão, saber que não há onde Beatriz possa se esconder. Então ele lhe dirige um rápido aceno de cabeça antes de se espremer pela rachadura na parede e desaparecer de vista.

Um mero instante depois, os guardas dobram a esquina e surgem. Beatriz se vira para encontrá-los, forçando-se a parecer calma, apesar da pulsação acelerada. Ela ergue as mãos para mostrar que está desarmada.

Um dos guardas dá um passo à frente, uma insígnia dourada na manga do casaco marcando seu posto mais alto. Seus olhos se arregalam um pouco quando ele vê a cela vazia com o buraco na parede e Beatriz com poeira estelar aos pés. Seus olhos examinam seu rosto e ela sente que ele vasculha através das camadas de cosméticos, embora pareça já saber o que vai encontrar.

– Vossa Alteza – diz ele, a voz sem vacilar, mesmo quando ela o encara de maneira desafiadora –, está presa por traição.

Ela não protesta quando o guarda segura seu braço enquanto outro amarra seus pulsos. Tudo o que pode fazer é esperar que os outros estejam em segurança, que Ambrose e lorde Savelle consigam fugir, que talvez Pasquale tenha decidido se juntar a eles – ele certamente está mais seguro lá do que aqui.

Mas enquanto os guardas a conduzem pelo corredor em direção à entrada, ela ouve as palavras do guarda novamente. *Vossa Alteza, está presa por traição.* Não por tirar um homem da prisão, não por fazer uso de magia – embora ela tenha certeza de que pelo menos essa última contravenção será adicionada às suas acusações –, mas por traição. Por conspirar contra o rei.

Somente quatro pessoas sabem de sua traição, as quatro que participaram com ela. No momento em que chegam à entrada da masmorra, Beatriz não se surpreende ao ver Gisella e Nicolo parados perto da porta, as cabeças próximas enquanto sussurram. Ambos erguem os olhos quando os guardas passam com ela, e Nicolo, pelo menos, tem a decência de desviar o olhar, envergonhado demais para encará-la.

Gisella, não. Seus olhos castanho-escuros sustentam o olhar de Beatriz, inabaláveis e incontritos. Ela dá de ombros e Beatriz precisa de todo o seu controle para não se lançar sobre a outra garota e golpeá-la como puder. Mesmo com as mãos amarradas, ela aposta que conseguiria machucá-la. Não o suficiente, porém.

Então ela desvia o olhar dos dois e o fixa à frente, mantendo a cabeça erguida e a boca cerrada, e vai ao encontro de seu destino.

Daphne

Daphne encontra-se sentada diante da lareira em seu quarto, com a carta de Sophronia na mão. Ela a leu uma vez, mas não consegue se forçar a ler de novo. *Preciso da sua ajuda, Daph*, escreveu Sophronia, resumindo em seguida como tudo deu errado em Temarin – como ela estragou tudo ao ir de encontro ao plano da imperatriz. *A essa altura você já deve ter visto como ela está errada, como estamos erradas em cumprir as ordens dela.*

Para Daphne, que não viu nada desse tipo, isso é ridículo. O que ela viu é que Friv é uma terra turbulenta, que precisa de uma mão mais forte do que a do rei Bartholomew. Ela não consegue entender por que Sophronia não pôde simplesmente fazer o que lhe foi incumbido. Daphne cumpriu seu dever: roubou o selo do rei Bartholomew, teve uma faca pressionada no pescoço, bajulou rebeldes que, com certeza, a querem morta – foi até além das ordens que recebeu. Sophronia não conseguiu sequer forjar uma simples carta, levar à guerra o rei que se supõe esteja loucamente apaixonado por ela.

E quanto a Bairre?, sussurra uma voz em sua mente, embora ela rapidamente a sufoque. O que tem Bairre? Ele não quer governar, ele mesmo confessou isso. De certa forma, ela estará lhe fazendo um favor.

Não posso depender de suas irmãs, disse a imperatriz a Daphne pouco antes de partirem para cumprir seus destinos. *Sophronia é fraca e Beatriz é volúvel. Você, minha pombinha, é a única com quem eu posso contar, e a única em quem confio para governar em meu lugar quando eu não estiver mais aqui.*

Daphne pensa em enviar a carta para a mãe, para que ela possa lidar com quaisquer problemas que Sophronia tenha causado, mas hesita. Parece que a imperatriz já tem a situação sob controle e Daphne não quer pôr mais lenha na fogueira dos problemas de Sophronia com a mãe, por mais zangada que esteja. Mas também não pode responder à carta de Sophronia e certamente não pode lhe oferecer nenhum tipo de ajuda. Ela sente apenas uma rápida pontada de culpa quando joga a carta de Sophronia no fogo antes de se levantar e chamar uma camareira para ajudá-la a vestir o traje de montaria.

∞

– Lembre-se de nunca prometer nada... nem mesmo os ásteres em seu bolso. Eu sei que você e lorde Cadringal são amigos, mas as coisas mudaram. Vocês dois agora são responsáveis por muito mais pessoas do que apenas vocês mesmos – diz Daphne a Bairre enquanto esperam que os Cadringals os encontrem no limite dos campos de caça do castelo. Lorde Cadringal e seus cinco irmãos chegaram uma hora antes do amanhecer, de forma que a caçada foi organizada para a tarde, dando-lhes bastante tempo para descansar e se recuperar da árdua viagem. Daphne luta para expulsar da mente Sophronia e sua carta, para ignorar a culpa que a incomoda. Ela percebe que o conselho que deu a Bairre também se aplica a ela... Ela ama muito a irmã, mas, se Sophronia se desviou do caminho que deveriam seguir, Daphne não pode acompanhá-la. Sua mãe está contando com ela. Sophronia vai cair em si, ela tenta se convencer. Vai perceber seu erro e a mãe vai acabar perdoando-a.

Ela expulsa Sophronia de seus pensamentos e se concentra em Bairre, que a olha de testa franzida, uma expressão com a qual Daphne já se acostumou e à qual até se afeiçoou. Ele passou os últimos minutos andando de um lado para outro, as mãos cruzadas atrás das costas.

– Você não conhece Rufus... Ele não vai me pedir nada.

Daphne sabe que deveria se sentir aborrecida com ele, mas fica surpresa com a ponta de inveja que a espeta, por ele aparentemente acreditar mesmo nisso. Talvez ele estivesse certo sobre ela. Talvez ela seja mercenária, mas é somente porque ela teve que ser assim. A voz de Sophronia invade seus pensamentos novamente – *Preciso da sua ajuda, Daph* –, mas, de novo, Daphne a expulsa.

– Posso lhe garantir que, antes do fim da caçada, ele vai importuná-lo para falar com seu pai sobre reduzir os impostos da região dele – diz ela a Bairre.

Bairre reflete sobre suas palavras.

– Não vejo por que não poderíamos – comenta ele. – Tenho ouvido histórias sobre como esse último inverno foi mais difícil do que o esperado. Muitos dos clãs das montanhas estão enfrentando dificuldades.

Mais do que enfrentando dificuldades, reflete Daphne. *Eles estão conspirando.*

– Só não faça promessas que não será capaz de cumprir – insiste ela, seus pensamentos vagando novamente para a irmã.

Sophronia prometeu lealdade à mãe, prometeu cumprir as ordens recebidas. Mas agora essas promessas foram quebradas e, embora Daphne sinta pena dela, também sente raiva. Qual a dificuldade de Sophronia em simplesmente seguir as ordens?

– Daphne? – chama Bairre, olhando para ela de forma estranha.

Ela balança a cabeça, tentando mais uma vez tirar Sophronia de sua mente, embora sinta que a irmã permanece nos cantos como teias de aranha.

– Desculpe, o que foi que você disse?

– Você está bem? – pergunta ele, franzindo a testa. – Não parece muito bem.

– Estou bem – garante ela, com um sorriso tenso. – Só não dormi direito essa noite...

Bairre abre a boca para replicar, e ela suspeita que ele vai insistir, diante dessa desculpa esfarrapada, mas seus olhos captam algo por cima do ombro dela. Sua expressão muda e ele ergue a mão em um aceno. Daphne se vira para seguir seu olhar e vê seis pessoas vindo na direção deles – todas com os mesmos cabelos em tom de vermelho-vivo. Ela conta três meninas e três meninos, o mais velho dos quais deve ser Rufus. Ela sabe que ele e Bairre têm a mesma idade, mas, à medida que se aproximam, ela percebe que ele deve ser quase 30 centímetros mais alto que Bairre e praticamente o dobro disso a mais que ela.

– Rufus – diz Bairre, estendendo a mão para ele, mas Rufus a ignora e o esmaga em um abraço.

– Que bom te ver, Bairre – diz ele quando eles se separam, seu sotaque das montanhas tão forte que Daphne mal consegue distinguir as palavras. – Lamento muito sobre Cillian.

– Lamento sobre seu pai também – replica Bairre.

Rufus acena com a cabeça, agradecendo, antes de se virar para Daphne.

– E você deve ser a encantadora princesa Daphne, sobre a qual ouvimos tanto ao longo dos anos – diz ele, tomando sua mão estendida e beijando o dorso dela antes de soltá-la e se aprumar. – Permita-me apresentar minhas irmãs: Liana, Della e Zenia. E meus irmãos: Verne e Teddy – continua ele, indicando com a cabeça cada um deles.

– Theodore, agora – corrige o garoto mais novo.

– Certo – concede Rufus, com um sorriso. – Theodore. Vocês se lembram de Bairre... *Príncipe* Bairre. E esta é sua noiva, a princesa Daphne.

O grupo de irmãos inclina a cabeça na direção dela e de Bairre.

– Vossas Altezas – murmuram.

Daphne sorri em resposta.

– Muito bem – diz. – Vamos caçar?

A sensação do arco nas mãos de Daphne é boa. No segundo em que dispara sua primeira flecha, atingindo um faisão gordo em pleno voo, ela sente uma estranha paz tomar conta dela. Tudo mais pode estar bagunçado e confuso, mas isso ela sabe.

– Belo tiro, princesa – elogia Rufus por cima do ombro e com um sorriso de apreciação.

– Daphne – corrige ela, levando a mão às costas para puxar outra flecha da aljava. – Nada mais justo, Rufus.

– Daphne, então – diz Rufus, virando-se para Bairre. – Uma atiradora e tanto, não é?

– De fato – replica Bairre, seus olhos examinando a floresta ao redor deles, à procura de qualquer sinal de movimento. – Daphne é certeira de todas as formas.

Do jeito que ele diz isso, Daphne não tem certeza se sua intenção era proferir um elogio ou um insulto. Ela decide entender como um elogio.

– Você caça com frequência, Rufus? – pergunta ela. – Ouvi dizer que a caça na região norte é ainda mais abundante.

Ela ainda não tem certeza sobre ele, pelo menos não se ele tem alguma simpatia em relação aos rebeldes. Sua afeição por Bairre parece genuína, mas Daphne sabe que é bem possível uma pessoa sorrir para você em um momento e apunhalá-lo pelas costas no outro.

– Nossos cervos crescem quase o dobro do tamanho dos daqui – diz ele. – Embora estejam escassos nos últimos meses.

– Psiu – diz a irmã do meio de Rufus, Della. Ela os fuzila com o olhar por cima do ombro. – Vocês vão assustar as presas.

– Ela é muito séria, a Della – comenta Rufus, sua voz um sussurro sombrio. Ainda assim, a irmã ouve e o fuzila com o olhar mais uma vez. – Você também tem irmãs, não é? – pergunta ele a Daphne.

– Sim, duas – responde ela, mantendo a voz baixa enquanto vasculha a floresta com o olhar em busca de algum sinal de movimento.

A menção a suas irmãs parece uma facada em seu peito, embora ela tente não demonstrar isso.

– Mais velhas ou mais novas? – pergunta Rufus.

Ela olha para ele, surpresa. Ninguém nunca lhe fez essa pergunta, ela se dá conta. Todos sempre a conheceram, e a suas irmãs, quase como uma unidade.

– Somos trigêmeas – responde ela. – Embora, tecnicamente, eu seja a do meio. Beatriz é a mais velha, Sophronia é a mais nova, apesar de separadas por apenas alguns minutos.

Preciso da sua ajuda, Daph. A voz ecoa na mente de Daphne, por mais que ela tente abafá-la.

– Você deve sentir falta delas – diz Rufus, alheio aos pensamentos de sua interlocutora. – Embora eu admita que muitas vezes gostaria de estar a algumas centenas de quilômetros de meus irmãos.

Liana é a única dos irmãos a ouvir isso e o encara com um olhar furioso.

– O que está achando de ser um novo lorde? – pergunta Daphne, mudando de assunto. Se não afastar o tema sobre as irmãs, ela acha que vai enlouquecer. Ela precisa se concentrar na tarefa à sua frente e reunir informações para Cliona. – Tenho certeza de que é muita responsabilidade para assumir assim, tão de repente.

Rufus se retrai.

– É uma posição para a qual fui criado, embora não tenha pensado que fosse assumir tão cedo – diz ele, e então faz uma pausa. – E esse foi um ano difícil, mesmo antes de meu pai falecer. Nossas colheitas não foram tão boas quanto costumam ser e, como eu disse, a população de cervos e outros animais parece ter diminuído. Nosso povo está enfrentando dificuldades.

Daphne intercepta o olhar de Bairre e ergue um dos ombros muito sutilmente, como se falasse *Eu te disse*.

– Lamento ouvir isso – diz Daphne.

Rufus espera um momento para ver se ela vai complementar, oferecer alguma coisa, mas, quando percebe que ela não vai – ela *não pode* –, ele dá de ombros.

– Friv é um país teimoso, Daphne. Sobrevivemos a coisas piores. Tenho certeza de que sobreviveremos a isso.

No entanto, ele não parece tão seguro assim. Daphne não duvida que, se o pai de Cliona se aproximasse dele, se prometesse a Rufus coisas que Bairre e Daphne não podem, Rufus teria que considerar sua oferta. Tirar mais aliados de Bartholomew também favorecerá os objetivos de sua mãe.

– Podemos parar para tomar um pouco d'água? – interrompe Zenia, fazendo beicinho. Ela é a mais nova, tem apenas 10 anos. Carrega seu arco pela corda, pendurado ao lado do corpo, de uma forma que faz Daphne se encolher. Não disparou uma só flecha a tarde toda e parece perfeitamente satisfeita com isso.

– Ainda não vimos nenhum cervo – observa Verne. – Deveríamos pegar pelo menos um antes de fazer uma pausa.

– Teríamos conseguido mais do que isso se vocês ficassem *quietos* – alfineta Della.

Dos irmãos de Rufus, Della é a favorita de Daphne. Deve ser camaradagem de irmã do meio.

– Zenia está certa – diz Bairre, dando um suspiro. – Vamos tirar cinco minutos e depois tentar mais um pouco.

Della faz uma careta, mas baixa o arco, enfiando de volta na aljava a flecha que havia encaixado.

Liana abre a bolsa que carrega, tirando vários odres de água e distribuindo-os. Quando entrega o de Daphne, não olha para ela.

– Diga-me, Daphne, suas irmãs são tão chatas quanto as minhas? – pergunta Rufus, fazendo com que Liana jogue seu odre nele, quase atingindo-o no rosto.

– Ah, com certeza – responde Daphne, desenroscando a tampa do odre. – Uma vez, Beatriz ficou tão brava comigo que entrou no meu quarto, tirou tudo que havia no meu guarda-roupa e jogou no gramado pela janela. Foi uma surpresa e tanto quando voltei do banho.

E minha outra irmã decidiu jogar fora uma década e meia de planejamento cuidadoso na primeira oportunidade que teve, acrescenta silenciosamente.

Todos riem, até mesmo a amuada Liana. Satisfeita, Daphne leva o odre aos lábios e toma um grande gole. Depois de caminhar e cavalgar por uma hora, a água é fria e refrescante. Ela começa a tomar outro gole, mas, antes que possa terminá-lo, ouve o estalo de um galho à sua esquerda e fica paralisada, o odre a meio caminho dos lábios.

Ali, no meio da floresta exuberante, está o cervo mais lindo que Daphne já viu. Havia muitos cervos em Bessemia, mas eram esguios, mais tendões do que carne. Esse animal tem facilmente o dobro do tamanho daquelas criaturas, parecendo ainda maior por causa da galhada que coroa sua cabeça. É uma bela criatura e ainda não os viu – de alguma forma não captou a conversa deles. Continua pastando, a cabeça abaixada sobre um trecho gramado.

Bem devagar, Daphne abaixa o odre, pousando-o suavemente no chão aos seus pés antes de pegar uma flecha e encaixá-la.

– O que... – começa Verne, olhando para ela, perplexo, antes de Rufus cobrir sua boca com a mão, fazendo um gesto com a cabeça na direção do cervo.

Os outros seguem seu olhar, mas ninguém se move para pegar uma flecha. Esse é todo de Daphne.

Ela puxa a flecha para trás, mantendo os olhos no cervo e, especificamente, na longa extensão de seu pescoço. Os músculos de seu braço se contraem e tensionam, mas ela se força a respirar fundo e a se concentrar no cervo e em nada mais.

Então dispara a flecha, lançando-a pelo ar com um leve assovio.

A flecha erra por 1 metro, indo encontrar o tronco de uma árvore atrás do cervo. Com o ruído, o animal se empertiga, seus olhos encontrando Daphne. Por um segundo, ele a encara, imóvel, antes de partir floresta adentro.

Della e Rufus estão prontos, perseguindo-o com os irmãos em seus calcanhares, mas os pés de Daphne estão ancorados no chão. De repente, eles parecem muito pesados, assim como seu corpo todo. O braço que segura o arco cai ao lado do corpo e sua cabeça gira.

– Daphne? – chama Bairre. – Você está bem?

– Tudo bem – diz ela, rápido demais. Balança a cabeça para tentar clarear a mente, mas isso só faz Bairre olhar para ela de forma mais estranha. – Por que está perguntando?

– Porque você não deveria ter errado aquele cervo – diz ele antes de fazer uma pausa. – E parece prestes a cair a qualquer instante.

– Não seja ridículo – replica ela, embora tenha que forçar as palavras através da névoa que vai tomando conta de sua mente. Por que está tão cansada? Não estava há um segundo, mas agora tudo o que ela quer é encontrar um trecho macio no chão, em algum lugar, e se deitar, só por um momento.

– Estou bem – tenta dizer a ele, mas as palavras não saem de sua boca antes que seus joelhos cedam subitamente e sua mente fique silenciosa e escura.

A última coisa de que tem consciência é dos braços de Bairre pegando-a antes que ela atinja o chão.

Daphne

A consciência se esvai de Daphne como fumaça, mas de vez em quando ela a agarra o suficiente para abrir os olhos. Toda vez que isso acontece, ela não está sozinha. Bairre encontra-se sentado em uma cadeira ao lado de sua cama; às vezes ele está sentado ereto, as mãos entrelaçadas no colo, a testa franzida; em outras, ele se encontra esparramado com a cabeça para trás e os olhos fechados, o peito subindo e descendo em uma respiração longa e regular. Nesses momentos, ele parece um estranho, sua expressão tranquila, pacífica e aberta. Nesses momentos, a mente enevoada e febril dela se pergunta como seria tocar o rosto dele, passar os dedos por seu cabelo bagunçado, pressionar os lábios nos dele.

Em uma dessas vezes, ela abre os olhos e o encontra observando-a, seus olhos prateados pousados nos dela.

– Por que você está aqui? – pergunta ela.

Sua voz sai rouca e ele rapidamente lhe passa um copo d'água que estava na mesa lado dele.

Ela não bebe, olhando o conteúdo.

– Foi testada – garante ele, lendo sua expressão cautelosa. – Você se lembra do que aconteceu?

Daphne franze a testa, tomando um pequeno gole da água, depois outro. Ela não confia totalmente nele, mas a sede vence seu bom senso. Em poucos segundos, ela esvazia o copo, devolvendo-o a ele. Bairre puxa uma corda pendurada ao seu lado. Ao longe, ela ouve o som metálico de um sino.

– Vagamente – diz ela. Sua voz ainda soa áspera, mas a garganta dói um pouco menos. Ela se recosta no travesseiro. – O odre... estava envenenado.

Esse pensamento incomoda como um espinho sob a pele – como sua mãe ficaria desapontada, especialmente depois das aulas que Daphne e suas irmãs receberam para detectar venenos e preparar os seus próprios.

Sobretudo considerando que Daphne sempre se destacou nessas aulas. Sua falha em reconhecer o fato de que estava sendo envenenada é constrangedora.

Ele assente.

– Meu pai está interrogando todo mundo, tentando descobrir quem é o responsável.

– Imagino que sejam as mesmas pessoas que tentaram antes – diz ela.

É só quando ele olha para ela alarmado que Daphne percebe que falou em voz alta. Ela se encolhe e se senta um pouco mais ereta.

– O que você quer dizer com *antes*? Alguém mais tentou envenenar você? – pergunta ele.

– Não – Daphne apressa-se a dizer. Ela faz uma pausa, procurando uma mentira plausível, mas nada lhe ocorre. Sua mente parece enevoada, como se nada estivesse visível, exceto o que está diretamente à sua frente: nesse caso, a verdade. – Mas na semana passada, a cilha da minha sela foi danificada e quase acabei pisoteada.

Bairre solta um longo suspiro.

– Talvez você tenha apenas caído.

Ela o fulmina com o olhar.

– Garanto que não. Pode perguntar a Cliona; ela estava lá.

Estrelas do céu, o que havia *naquele* veneno? Soro da verdade? Ela fecha os olhos por um momento e torna a abri-los.

– Não conte ao seu pai. Não é nada tão grave quanto parece; eles falharam nas duas vezes.

– E você está disposta em deixá-los tentar uma terceira vez? – replica ele, rispidamente.

Daphne abre a boca, depois torna a fechá-la, engolindo as palavras. Ela sabe que ele está certo, mas não pode evitar sentir que os atentados contra sua vida a apontam como um fracasso. Como se ela fosse vulnerável e, portanto, fraca. A ideia de alguém saber disso a enche de vergonha.

– Se tentarem uma terceira vez, falharão uma terceira vez – diz ela.

– Desta vez, as pessoas só falharam porque, por acaso, você viu aquele cervo antes de beber toda a água. O médico disse que mais alguns goles... e não estaríamos tendo esta conversa.

Daphne de repente se sente nauseada, qualquer resposta que poderia dar acabou sendo roubada pela compreensão do quanto esteve perto da morte.

Ela se lembra da garota que passou o odre para ela, a irmã mais velha de Rufus, Liana. Lembra que a garota não olhou para ela. As palavras de sua mãe voltam à sua mente. *Os homens dizem que o veneno é uma arma de mulher. Dizem isso como um insulto, porque acham que envenenar alguém é um ato covarde, mas o veneno é limpo, é secreto. É muito mais fácil controlar os efeitos de um veneno do que a ponta de uma lâmina no calor do combate. É fácil de se escapar impune e, se usado corretamente, é impossível de rastrear. O veneno é uma arma de mulher porque é uma arma inteligente.*

– Liana – diz ela lentamente. – Ela pareceu não gostar de mim.

Bairre solta um longo suspiro.

– Zenia confessou.

Zenia. Daphne se lembra da menina mais nova, com o cabelo ainda preso em duas tranças pendendo de cada lado do rosto redondo e sardento. Ela não podia ter mais do que 10 anos.

– Pensei que você tivesse dito que seu pai ainda estava tentando descobrir o responsável – diz Daphne.

– Zenia estava apenas seguindo ordens. Ela não sabia o que o veneno faria. Tudo o que precisou fazer foi esvaziar na água um frasco que lhe deram. Alguém lhe ofereceu conceder um pedido tão poderoso que traria seu pai de volta dos mortos. Esse alguém é a pessoa que estamos tentando encontrar.

– Um pedido não pode fazer isso – diz Daphne.

– Não, mas ela estava desesperada o suficiente para acreditar que poderia – explica ele, passando a mão pelos cabelos. Seus olhos estão cansados; qualquer que tenha sido o tempo que ele conseguiu dormir, não foi o suficiente. – Ela está sendo mantida nos aposentos da família até que seja decidido o que fazer com ela. Rufus está implorando por misericórdia, é claro.

– Claro – repete Daphne.

Ela tenta se sentar, mas a dor ricocheteia por seu corpo e seus braços cedem.

– Cuidado – diz Bairre, inclinando-se para a frente.

Ele estende a mão como se quisesse tocá-la, mas pensa melhor e deixa a mão cair de volta ao lado do seu corpo.

– Ela é uma criança – diz Daphne, ignorando-o. – Não sabia o que estava fazendo.

– Ela tentou matar você – afirma Bairre, seus olhos brilhando com algo que ela não consegue identificar.

– Se alguém lhe dissesse que poderia trazer Cillian de volta, você teria feito o mesmo, eu aposto.

Ele balança a cabeça.

– Você mesma disse: isso não é possível.

– Mas se você achasse que era, se houvesse a mínima chance, não há nada que você não teria feito – argumenta ela.

Bairre não nega.

– Mantenham-na sob vigilância – sugere Daphne. – Interroguem-na o mais minuciosamente possível para descobrir quem a colocou nisso. Então deixem o irmão disciplina-la como achar melhor.

Bairre parece pronto para protestar quando alguém bate à porta.

– Entre – ordena Bairre, e um criado entra, trazendo uma jarra d'água em sua bandeja.

Ele faz menção de despejá-la no copo que Bairre segura, mas o príncipe o impede.

– Você bebe primeiro – diz Bairre.

O homem faz uma pausa, seu rosto ficando um pouco mais pálido.

– Vossa Alteza...

– Uma precaução necessária – explica Bairre, com um sorriso que poderia muito bem estar costurado com arame farpado. – Você compreende. Tenho certeza de que não há nada a temer.

O criado engole em seco antes de tomar um gole pela lateral da jarra. Satisfeito, Bairre estende o copo de Daphne e o deixa enchê-lo antes de colocar a bandeja na mesa.

– Mais... mais alguma coisa? – pergunta o criado, a voz vacilando.

– No momento não – responde Bairre, passando o copo para Daphne. – Obrigado.

O criado sai apressado, fechando a porta ao passar.

Daphne toma um gole do copo d'água reabastecido, observando Bairre por cima da borda.

– Por que você está aqui? – pergunta ela de novo.

Ele franze a testa.

– Alguém tentou envenenar você, lembra?

Ela balança a cabeça.

– Por que você não está lá fora, interrogando o restante do castelo?

– Meu pai está cuidando disso – diz ele.

– Ainda assim, seu tempo seria mais bem empregado ajudando-o do que bancando minha babá – replica ela.

É a vez de Bairre balançar a cabeça.

– Zenia não preparou aquele veneno sozinha, não foi ideia dela. Logo, alguém... talvez sejam muitos... ainda quer você morta. Eu não ia deixá-la sozinha, à mercê dessas pessoas, mesmo antes de saber sobre a outra tentativa.

– Há guardas – observa ela.

– Também não tenho certeza se confio neles – diz ele. Daphne relembra sua ida à costureira, quando três dos quatro guardas que as acompanhavam estavam do lado dos rebeldes, segundo Cliona. Bairre não está errado em desconfiar. – Como está se sentindo?

– Minha cabeça parece que foi partida em duas – responde ela. – E estou com muito frio. Ao mesmo tempo, também parece que o meu corpo todo está pegando fogo.

Bairre se inclina para a frente, tocando sua testa com o dorso da mão.

– Você ainda está com febre – diz ele. – Deveria tentar dormir mais.

Ele pega um pedaço de pano da mesa ao lado dele e passa pela testa dela, pelas bochechas e pelo pescoço. O tecido fica úmido de suor. Assim de perto, ela pode ver o cansaço nos olhos dele, quanto sua pele está pálida.

– Faz quanto tempo? – pergunta ela.

– Um dia – responde ele.

Daphne pisca, surpresa. Um dia inteiro se foi.

– Você precisa dormir também – diz ela.

– Estou bem – replica Bairre. – Não fui eu quem foi envenenado.

– Não – concorda ela. – Mas, por algum motivo, você está sentado aí há um dia inteiro, cuidando de mim. Qualquer que tenha sido o tempo que você dormiu nessa cadeira, não pode ter sido confortável.

– É uma cadeira pequena – admite ele. – Mas eu estou bem. Você precisa dormir.

Ela sustenta o olhar dele enquanto termina o segundo copo d'água.

– Eu não vou dormir se você não dormir – diz a ele.

– Você não pode estar falando sério – retruca Bairre, arqueando as sobrancelhas.

Ela dá um tapinha no espaço ao seu lado na cama grande.

– Você não vai querer pagar para ver – responde ela. – Vamos lá, tem espaço suficiente aqui e eu não quero ouvir você reclamando da dor nas costas amanhã.

– Não é apropriado – replica ele.

Ela ri, mas sua risada sai fraca. Ela sente que sua mente está ficando confusa novamente, o sono querendo pegá-la.

– Não achei que você se importasse muito com isso – observa ela. – Além do mais, estamos noivos, e não acho que você terá dificuldade em manter as mãos longe de mim. Devo estar parecendo um monstro.

– Isso é um eufemismo – diz ele com um suspiro exagerado, erguendo-se da cadeira e deslizando para a cama ao lado dela, embora permaneça por cima das cobertas. – Você parece estar a um passo da morte.

Daphne tenta lhe dar um empurrão, mas seu braço está tão pesado e fraco que ela não consegue.

– Apenas durma – manda ele, rolando de lado para ficar de frente para ela, sua bochecha espremida no travesseiro.

Ela deveria dormir – a exaustão está pronta para sugá-la a qualquer momento –, mas, em vez disso, ela deixa seus olhos examinarem o rosto dele, percorrendo as maçãs do rosto acentuadas e os cílios longos e escuros. No maxilar, veem-se os pontinhos da barba por fazer. Depois de um segundo, ele abre os olhos de novo, encontrando os dela com uma intensidade silenciosa que a impossibilita de desviar o olhar.

– Estou feliz que você não esteja... você sabe – comenta ele, suavemente.

– Não esteja o quê? – pergunta ela.

– Morta – diz ele.

Ela puxa os cobertores, apertando-os mais ao seu redor, abraçando-se para afastar o frio.

– Verdade? – pergunta ela. – Achei que seria um alívio... você mesmo disse. Você nunca quis isso, nunca me quis.

– Você também não me queria – lembra ele. – Não quis Cillian nem quis vir para Friv para começar. Você foi simplesmente jogada no meio de tudo. Você não quis nada disso.

Você não quis nada disso.

É a primeira vez que lhe ocorre de verdade. Ela nunca protestou, nunca se rebelou, mas também não quis voluntariamente nada disso. Sua mãe decidiu seu destino antes que ela existisse, e ela se deu por satisfeita em seguir o que a mãe traçou, mas não é a mesma coisa. Ela nunca teve escolha.

Um pensamento atravessa sua mente febril, parecendo verdadeiro – se ela tivesse tido escolha, poderia ter escolhido outra coisa, uma vida sem venenos ou subterfúgios, sem aprender a arrombar fechaduras ou codificar cartas, uma vida sem mentiras.

De repente, ocorre a Daphne que ela está cansada de mentiras, de fingimentos. Ela quer tocá-lo, então o faz. Pousa uma das mãos na bochecha dele, sentindo a barba áspera em sua palma.

– Daphne – diz ele, o nome dela um sussurro.

A princípio, ela acha que sua intenção ao dizer isso é a de uma advertência, mas ele não se afasta.

– Eu sei que eu teria gostado de Cillian – diz ela, embora não tivesse a intenção de falar. As palavras saem de seus lábios antes que ela possa pensar em detê-las. – Mas não acho que ele teria olhado para mim do jeito que você me olha.

– E como é que eu olho para você? – pergunta ele.

Ele fala como se não soubesse se realmente quer ouvir a resposta.

Daphne sorri, embora até isso doa.

– Como se eu fosse um relâmpago – diz ela, correndo os dedos ao longo do maxilar dele. – E você não consegue decidir se eu vou matá-lo ou trazê-lo de volta à vida.

Ele não diz nada, mas ela sente o movimento de sua garganta sob sua mão quando ele engole em seco.

– Daphne – repete ele, e dessa vez não há dúvida, o suspiro em sua voz, o significado logo abaixo da superfície.

– Com certeza é assim que eu olho para você também – confessa ela, baixinho.

Ele fecha os olhos, então os abre novamente.

– Você está doente. Precisa dormir – diz. – Você disse que dormiria.

Daphne assente, abraçando-se com mais força.

– É que estou com muito frio, Bairre – diz ela. – Por que está fazendo tanto frio?

– Não está – replica ele. – Está abafado aqui. É o veneno que está saindo do seu corpo, deixando você febril.

Bem distante, ela sabe que isso faz sentido, mas saber disso não alivia seus tremores. Ela se enfia ainda mais debaixo das cobertas.

– Aqui – diz Bairre com um suspiro. – Role para cá.

Quando ela o faz, ele a toma nos braços, acomodando-a contra seu peito.

– Melhor? – pergunta ele.

Não está, na verdade, mas ela gosta da sensação de ter os braços dele em torno de si. Pode não ajudar os calafrios que a afligem, mas faz com que ela se sinta segura. Ela sente a respiração dele, firme e profunda, sente o ritmo de seu coração batendo, e isso a acalma.

– Muito – diz ela, fechando os olhos.

O silêncio cai sobre eles e o sono começa a sugá-la mais uma vez.

– Por que você está aqui? – ela se ouve perguntar novamente, embora não se lembre de ter decidido formular a pergunta.

As palavras deslizam por seus lábios, meio pergunta, meio bocejo.

Bairre não responde – já está dormindo, ela pensa –, mas, antes que ela possa segui-lo, sente o ronco baixo do peito dele quando fala, sua voz suave em seu ouvido.

– Estou aqui porque quero estar. Porque você é um relâmpago... aterrorizante e lindo, perigoso e brilhante, tudo ao mesmo tempo. E eu não gostaria que você fosse nem um pouco diferente.

Sophronia

Um baile é o último lugar onde Sophronia quer estar. A multidão ao redor dela é frívola e barulhenta, bebericando seus drinques e falando amenidades, discutindo a iminente guerra com Cellaria como se fosse a mais recente fofoca, e não um erro devastador para o país. Se mais um cortesão parabenizar Sophronia por isso, ela não sabe se conseguirá se controlar e não bater nele. No entanto, ela compreende que a perspectiva é importante – se eles vão ser mesmo arrastados para uma guerra com Cellaria, é preciso que pareça ter sido escolha deles. Ninguém pode saber que foi Violie quem falsificou a declaração ou que Leopold tentou voltar atrás na declaração falsificada. Então ela mantém seu sorriso pregado no rosto, embora o que queira mesmo é gritar.

Leopold entrega a ela uma taça de cristal com champanhe.

– Não tive notícias de Pasquale – diz ele, mantendo a voz baixa. – Você teve alguma da sua irmã?

Sophronia balança a cabeça. Depois de enviar cartas codificadas para Beatriz e Daphne, ela sugeriu a Leopold que escrevesse também para Pasquale. Isso foi apenas há alguns dias, mas Sophronia tem estado atenta à chegada da correspondência com um crescente sentimento de desespero.

– Vamos enviar nossas primeiras tropas amanhã – diz Leopold. – Como parece que não temos saída, eu gostaria que a guerra acabasse o mais rápido possível. Se os emboscarmos em suas terras, teremos mais chances.

Sophronia assente, embora sua mente esteja em outro lugar. Seus olhos seguem Eugenia enquanto ela atravessa o salão de baile em um vestido dourado resplandecente. Não há nada de forçado em seu sorriso – ela está absolutamente radiante, feliz como Sophronia jamais a viu. E por que não estaria? Em sua mente, ela está um passo mais perto de conseguir exatamente o objetivo por que vem trabalhando: Temarin sob o domínio de

Cellaria. Sophronia, porém, não duvida que sua mãe também tenha um plano para isso, e saber que a felicidade de Eugenia será de curta duração lhe dá uma alegria mesquinha.

– Desculpe-me um momento – diz ela a Leopold, antes de seguir Eugenia.

Quando alcança a rainha viúva do outro lado do salão de baile, Sophronia dá o braço a ela e passa a caminhar ao seu lado.

– Eu sei o que você fez – acusa Sophronia.

Eugenia revira os olhos.

– Por favor, minha querida, isto é uma festa. Eu gostaria de aproveitá-la.

– Então por que não pegamos uma taça de espumante para você? Diga-me, foi comprado de Cosella? – pergunta Sophronia.

Eugenia fica rígida por um instante antes de dar uma risada.

– Você é mesmo paranoica. Não, como Leopold pediu, qualquer compra do palácio que possa ser feita em Temarin, assim é feita. Inclusive o espumante. Posso sugerir que você tome uma taça? – indaga ela, pegando uma da bandeja de um criado que passa e entregando-a a Sophronia. – Você precisa mesmo relaxar.

Sophronia segura a taça com tanta força que teme que ela possa se estilhaçar.

– Eu sei que você está conspirando com seu irmão – diz ela a Eugenia, mal se preocupando em manter a voz baixa.

Eugenia estreita os olhos e puxa Sophronia para longe da multidão, levando-a para uma sacada isolada.

– Eu não sei do que você está falando – rebate Eugenia, mas é a mentira mais descarada que Sophronia já ouviu.

– Eu sei que você vem intencionalmente provocando a falência de Temarin, que você drenou nosso tesouro de guerra para que, quando esta guerra chegasse, Cellaria pudesse nos conquistar com facilidade. Tenho uma carta do seu irmão endereçada a você e, se não deixar o palácio esta noite, vou mostrá-la a Leopold.

É um blefe, mas Eugenia não sabe disso. Sem a carta, Sophronia não pode provar a traição de Eugenia – não de forma conclusiva o suficiente para que Leopold acredite nela, e não na mãe, não sem revelar sua própria duplicidade. Mas Sophronia quer que ela vá embora.

Eugenia encara a nora por um longo momento, mas Sophronia não se intimida com seu olhar. Ela o sustenta com firmeza.

– Que engraçado – comenta Eugenia por fim, seu sorriso parecendo uma armadilha. – Sua mãe me contou que você enviou a carta para ela.

O chão se move sob os pés de Sophronia. O que foi que sua mãe disse? *Deixe-a comigo*. Antes que ela possa começar a entender o que essas palavras realmente significam, Eugenia prossegue:

– Ela explicou que tínhamos objetivos semelhantes, ela e eu – esclarece. – Mas queria saber por que eu estava tendo tanto trabalho para servir a outro rei quando podia servir a mim mesma. Então nós... reconfiguramos nossos planos. Devo dizer que gosto mais do dela.

Pela porta aberta da sacada, Sophronia ouve uma taça de vinho se espatifar no chão, mas para ela é como se o barulho estivesse vindo de um mundo distante.

– Qual? O de nos levar à guerra? É o mesmo plano – diz Sophronia, mas algo não se encaixa. Ela pode sentir isso na boca do estômago.

– Ah, não vai ter guerra nenhuma – retruca Eugenia, rindo. – Você parece estar precisando se hidratar, Sophie. Beba um pouquinho.

É uma inferência bizarra, mas é só quando a mão de Eugenia se fecha em torno da sua que segura a taça de vinho, forçando-a a levá-la aos lábios enquanto outra taça se espatifa no chão do salão, dessa vez seguida por um grito, que Sophronia compreende. Ela luta para se afastar de Eugenia e da taça, mas a rainha viúva a encurrala contra a grade da sacada.

– Está envenenado – Sophronia consegue dizer.

A distância, ela ouve Leopold chamá-la, mas percebe que Eugenia a levou para um lugar oculto da visão do salão de baile. Ainda assim, ela sente alívio – se está chamando por ela, ele deve estar bem.

– Sua mãe disse que você era inteligente – afirma Eugenia através dos dentes cerrados. – Ansel estava tão chateado com Leopold que foi fácil convencê-lo de que a aristocracia era uma ameaça que precisava ser extinta. Foi fácil para ele convencer muitos outros plebeus.

Sophronia consegue empurrar o braço de Eugenia com força suficiente para que a taça voe, indo se estilhaçar no chão de pedra, mas ela dá apenas dois passos quando Eugenia puxa uma pequena pistola da manga volumosa do seu vestido e a aponta para Sophronia.

Desta vez, porém, Sophronia está preparada. Ela se lança sobre Eugenia antes que a sogra possa ajustar a pontaria e agarra o braço que segura a pistola, torcendo-o para trás, em um ângulo agudo que deixa Eugenia sem escolha a não ser largar a pistola e soltar um grito de dor. Sophronia pega a arma do chão e a pressiona contra a têmpora da sogra rapidamente.

– Eu mataria você aqui e agora, sabe? – diz a Eugenia. – Mas estaria fazendo um favor à minha mãe.

Em vez disso, ela move a mão e dá uma coronhada com força na cabeça de Eugenia, que desmorona no chão, inconsciente.

Deixando a rainha viúva para trás, Sophronia dirige-se para as portas, mas, ao se aproximar, vê que o salão de baile já foi invadido por um grande grupo que devia ser os camponeses rebeldes mencionados por Eugenia, alguns vestidos com a libré dos criados. Eles verificam os pulsos dos nobres caídos. Quando o duque de Ellory tenta se sentar, um homem de pé diante dele tira uma pistola do casaco e atira em seu peito, o som da arma ecoando no salão. Ela não vê Leopold, mas há tantos corpos no chão que ela não chega a se sentir confortada.

Sophronia cambaleia para trás, afastando-se da porta, correndo os olhos pela sacada, em busca de outra saída. Ela está apenas no terceiro andar – descer pela parede pode ser sua melhor opção. Ela está prestes a pular a grade quando ouve alguém sussurrar seu nome no canto escuro, a poucos metros da porta.

– Sophie, por aqui – sussurra a voz, um pouco mais alto.

Sophronia se aproxima na ponta dos pés, mas, antes que possa ver quem é, uma mão agarra seu braço e a puxa para uma passagem escura cuja existência ela desconhecia. É só quando a porta se fecha novamente e seus olhos se ajustam à escuridão que ela vê Violie.

– Onde estamos? – murmura Sophronia.

– Passagem dos criados – sussurra Violie, começando a conduzi-la pelo corredor.

Sophronia não tem motivos para confiar nela, mas, como não há outras opções no momento, ela a segue.

Um milhão de perguntas passa pela cabeça de Sophronia enquanto elas caminham em silêncio, mas apenas uma chega aos seus lábios.

– Como você voltou? – pergunta. – Eu disse que mandaria prendê-la.

Violie olha para ela, às suas costas, e dá de ombros.

– Se conseguirmos sobreviver a isso, você pode levar a cabo essa ameaça. Mas, para responder à sua pergunta, a rainha Eugenia mandou que me levassem até ela antes de eu deixar o palácio. Aparentemente, sua mãe contou a ela sobre mim e me passou uma última tarefa: trazer escondidos para o castelo os camponeses e o vinho.

Sophronia detém-se bruscamente.

– *Você* envenenou o vinho? – pergunta ela.

Violie olha para ela.

– Já estava envenenado, mas eu não sabia. De início, não sabia o que elas tinham planejado... Sua mãe não é do tipo que gosta de ser questionada, sabe?

Sophronia sabe disso, mas mesmo assim...

– Você não presumiu que havia uma razão para o vinho ser trazido às escondidas? Com certeza você deve ter suspeitado que estava contaminado de alguma forma.

Violie se retrai, mas não nega.

– Eu evitei pensar sobre isso – admite ela. – Mas, assim que percebi que seria letal, que o plano era matar todos os aristocratas do palácio, vim à sua procura. Para salvá-la.

Se Violie espera gratidão por isso, Sophronia não tem nenhuma para oferecer.

– Onde está Leopold? E os irmãos dele?

– Eugenia tirou os príncipes do palácio esta tarde... não sei muito bem para onde os levou, mas acredito que tenha feito isso para garantir a segurança deles.

Como ela não continua, Sophronia insiste:

– E Leo?

– A taça dele era a única não envenenada – revela Violie depois de um momento. – Quando os corpos começaram a cair, Ansel o levou de volta para os seus aposentos e o colocou sob forte vigilância.

O alívio imediato de Sophronia é logo ofuscado pelo pavor.

– Por quê? – pergunta, embora suspeite que já saiba a resposta.

– Sua morte precisa ser pública – responde Violie. – Está marcada para depois de amanhã, ao pôr do sol. Os rebeldes queriam garantir que houvesse tempo para a notícia se espalhar. Eles querem uma plateia.

Sophronia a encara por um momento, o choque percorrendo seu corpo.

– Não – diz, por fim.

– Sophie...

– Não. Isso não vai acontecer. Eu não vou deixar... *nós* não vamos deixar – protesta Sophronia, balançando a cabeça.

– Não há como evitar – diz Violie. – Ele está sob forte vigilância. Tenho sorte de ter conseguido te encontrar. Não, precisamos sair do palácio, desta cidade, deste país esquecido pelas estrelas...

– Não – repete Sophronia, balançando a cabeça. – Não, tem que haver uma maneira.

Ela faz um inventário rápido – ela tem a pistola de Eugenia, Violie tem seu conhecimento dos túneis dos criados do palácio e há um pedido em seu pulso.

Seus dedos seguem para a pulseira que a mãe lhe deu. *Para o caso de vocês precisarem*. Ela sabe que não era a isso que a mãe se referia, mas aqui está ela, precisando de um milagre.

Um plano se forma em torno desse pedido – um plano maluco, sim, e para o qual ela precisa de Violie. Ela estende o braço e agarra a mão da outra garota, apertando-a com força.

– Estou feliz por você ter me salvado, Violie, mas isso não nos deixa quites – diz Sophronia. – Não chega nem perto de compensar sua traição.

Violie olha para ela como se Sophronia a tivesse golpeado fisicamente, mas, depois de um segundo, ela assente.

– Eu sei disso – concorda ela.

Sophronia se prepara para ouvir mais desculpas, mas nenhuma vem.

– Quero que me ajude a salvar Leopold – pede Sophronia. – Se você me ajudar a salvá-lo, eu perdoo tudo.

Violie olha para Sophronia por um longo momento e Sophronia teme que esteja pedindo demais, mas, enfim, a mulher assente.

– O que quer que eu faça?

Uma hora depois, Violie conduz Sophronia pelo corredor deserto do palácio com as mãos amarradas atrás das costas por uma tira de tecido do próprio vestido e a pistola pressionada em sua têmpora. Elas param diante do salão que leva à ala real, onde dois homens montam guarda – camponeses, deduz Sophronia, a julgar pelas roupas e as armas discrepantes que empunham. Um segura um machado enferrujado; o outro, um rifle.

– O que isso significa? – pergunta o homem com o rifle, olhando de Violie para Sophronia.

– *Esta* é a rainha Sophronia – responde Violie. – Eu a encontrei tentando escapar do palácio. Ao que tudo indica, ela não bebeu o vinho, mas pensei que Ansel pode querer que ela seja executada ao lado do rei.

Os dois homens se entreolham e dão de ombros antes de deixar Violie e Sophronia passarem.

– Esta é uma ideia horrível – sussurra Violie enquanto elas caminham em direção aos aposentos que Sophronia e Leopold compartilham.

Sophronia tenta ignorá-la, embora tema que ela esteja certa. *Não posso deixar Leopold morrer pelos meus erros*, pensa, expulsando a dúvida de sua mente.

Há mais guardas posicionados diante dos quartos, mas, quando Violie repete o que disse para a primeira dupla, um dos homens entra, e Violie ouve uma conversa breve e abafada antes que o guarda retorne acompanhado por Ansel. Quando ele vê Sophronia, seus olhos se iluminam.

– Ah, Vossa Majestade, temíamos tê-la perdido – diz ele, como se estivessem tendo uma conversa agradável durante o chá. Sophronia lhe dirige um sorriso forçado, mas não se dá ao trabalho de responder. Ansel se vira para Violie: – Muito bem, Violie. É melhor executar dois membros da realeza do que um.

Com isso, ele segura o ombro de Sophronia e a empurra para dentro do aposento.

Sophronia

Sophronia entra cambaleando na sala onde ainda esta manhã ela e Leopold tomaram juntos o café. A nuvem da guerra iminente pairava sobre eles enquanto aguardavam ansiosamente que a correspondência fosse trazida, esperando notícias de Beatriz e Pasquale ou de Daphne. Agora, ela daria qualquer coisa para voltar no tempo.

Leopold está ali, no sofá, com as mãos amarradas atrás das costas, mas, depois de uma rápida inspeção, ela percebe que ele está ileso – ainda está vestido com o traje que usou para o baile e não há rasgos ou manchas visíveis. O alívio a invade, e é o que ela também vê refletido no rosto dele quando seus olhos a examinam, embora esse alívio seja rapidamente substituído pelo pavor.

A porta se fecha atrás dela e Sophronia ouve o murmúrio abafado de vozes do outro lado, as de Violie e de Ansel.

– Sophie, graças às estrelas, você está bem – diz Leopold, enquanto ela atravessa a sala, indo sentar-se ao lado dele. É estranho com os braços amarrados atrás das costas. Violie deixou os nós frouxos, para que ela pudesse se libertar facilmente... embora não ainda. – Eu temi que você tivesse bebido o champanhe.

– Não – diz Sophronia. Eles não têm muito tempo, e há tanta coisa que ela precisa contar a ele. – Embora sua mãe tenha tentado me obrigar a bebê-lo.

Leopold parece desnorteado.

– Minha mãe fez o quê?

O ímpeto de mentir sobe aos lábios dela. É um hábito tão natural, e ela sabe que poderia inventar uma história para ele e transferir toda a culpa para Eugenia enquanto mantém as próprias mãos limpas, mas ele precisa da verdade agora e Sophronia está muito cansada de mentiras.

– Sua mãe vem conspirando com o rei Cesare para falir Temarin e drenar seu tesouro de guerra para que Cellaria possa conquistá-los facilmente. Ela vem trabalhando contra Temarin desde que você assumiu o trono, talvez antes.

– Não – diz Leopold, franzindo a testa. – Não, ela não faria isso.

– Faria e fez – responde Sophronia antes de respirar fundo, preparando-se. – Eu sei porque eu deveria fazer algo semelhante.

A expressão de Leopold fica ainda mais confusa, embora agora haja um quê de cautela também.

– Você... o quê? – pergunta ele.

Sophronia morde o lábio.

– É uma longa história, Leo, e você não vai gostar de mim no final, mas eu preciso que você ouça.

Sophronia deseja desesperadamente poder usar as mãos, mesmo que apenas para se mexer. Com elas imobilizadas, seus olhos percorrem a sala, examinando as pinturas centenárias nas paredes, a mesa do café com sua toalha de linho branco impecável, o fogo crepitando na lareira – ela olha para todos os lugares que pode para evitar encarar Leopold, mas o olhar dele acaba atraindo o dela de volta e ela solta um suspiro profundo.

– Minha mãe não nasceu com o destino de ser imperatriz – começa ela. – Com certeza você conhece a história dela o suficiente para saber disso. Ela lutou e persistiu até chegar ao trono e então decidiu que ainda não estava satisfeita, que Bessemia não bastava. Assim, quando deu à luz Beatriz, Daphne e eu, quando meu pai morreu, ela planejou reconstruir o Império Bessemiano. Foi aí que surgiram os noivados. O nosso e os das minhas irmãs. Ela começou a tramar e a planejar o domínio de todo o continente, usando-nos como seus peões, enviados para Temarin, Cellaria e Friv, com o objetivo de destruir esses lugares.

Leopold senta-se mais empertigado.

– Ela mandou você aqui para... me assassinar?

– Não – Sophronia apressa-se a dizer. – Não, claro que não. Seria fácil demais... a participação dela estaria evidente e o reinado dela teria sido tumultuado. – Ela faz uma pausa, respirando fundo. – Não, ela me enviou aqui para arruinar seu país, para instigá-lo a uma guerra com Cellaria, guerra esta que enfraqueceria os dois países para que ela pudesse conquistá-los.

Leopold balança a cabeça.

– Mas eu não precisava de você para isso – observa ele. – Eu estava destruindo Temarin por conta própria. – Ele faz uma pausa. – Espere, você me aconselhou a *não* declarar guerra.

Sophronia ri.

– Minha mãe gosta de dizer que as estrelas pregaram uma peça cruel nela ao lhe darem uma filha como eu – comenta ela depois de um momento. – Daphne pode ser fria como gelo quando quer e Beatriz tem seu próprio estilo de crueldade, mas mamãe sempre disse que tenho um coração mole. Agora eu penso que ela sempre soube que eu a decepcionaria, que eu chegaria aqui e me apaixonaria por Temarin, por você. Foi por isso que ela enviou Violie.

– Sua camareira – diz Leopold, parecendo mais confuso ainda.

– Minha mãe exerce um... efeito nas pessoas. Ela pressente fraquezas e sabe exatamente como explorá-las. Ela já fez isso comigo muitas vezes; ao que tudo indica, fez com Violie também. – Ela dá uma pausa. – Foi Violie quem enviou a declaração de guerra para Cellaria. Ela falsificou sua caligrafia, selou a carta com um selo real roubado.

– Como você sabe?

Sophronia o fita com o olhar firme.

– Porque foi tudo planejado, Leo. Daphne roubou o selo real do rei Bartholomew e o enviou para mim... eu sou a melhor na falsificação, então deveria escrever uma carta na letra dele, oferecendo-se para apoiar você na cruzada contra Cellaria e forçando Friv a entrar na guerra também.

Leopold balança a cabeça.

– Porque Friv nunca se envolveria espontaneamente nas disputas de outros países – comenta ele.

– Exato – confirma Sophronia. – Enquanto isso, Beatriz se aproximou do embaixador, chegando perto o bastante para incriminá-lo por feitiçaria, de modo que eu pudesse empurrar você para uma guerra que Temarin não pode suportar. Em poucos meses, os três países estariam tão destruídos que minha mãe poderia chegar e recolher os cacos sem muita resistência.

– E depois? – indaga Leopold.

Sophronia franze a testa.

– Depois minhas irmãs e eu voltaríamos para casa em Bessemia – diz ela.

– E quanto a mim? – questiona ele. – E Pasquale? E aquele príncipe bastardo de Friv?

Sophronia se obriga mais uma vez a olhar para ele.

– Ela não deixaria pontas soltas por aí – responde ela, baixinho. – Ela exilaria você em alguma terra distante, pelo menos foi o que ela disse. Não sei se realmente acreditei nisso. Minha mãe não deixa as coisas pela metade.

– Então ela teria me matado – diz ele. – E você teria permitido.

– Eu não sei – admite Sophronia. – Se tivéssemos chegado a esse ponto, não sei se poderia tê-la impedido... não sei se teria tentado. Como eu disse, minha mãe exerce um efeito sobre as pessoas.

– Mas não chegamos a esse ponto – diz Leopold. – Porque você mudou de ideia.

Sophronia assente.

– Mas antes de mudar de ideia, escrevi para minha mãe sobre o que descobri a respeito da *sua* mãe, incluindo uma carta que o rei Cesare havia enviado às escondidas para ela, agradecendo pelo trabalho que ela fizera drenando o tesouro de guerra de Temarin e semeando a discórdia. – Ela não conta a ele os pontos mais duros da carta, as crueldades pessoais que eles trocaram sobre o próprio Leopold. – Achei que minha mãe gostaria de estar ciente das tramas dos dois, mas o que ela fez foi recrutar sua mãe para o lado dela, assim como os rebeldes, organizando o motim, o champanhe envenenado e, aparentemente, nossas execuções.

– Você acha que nossas mães querem que nos matem? – pergunta ele, balançando a cabeça.

– Não posso falar por Eugenia, mas minha mãe não é do tipo que perdoa – responde Sophronia. – No entanto, eu tenho um plano para nos tirar disso. Apesar de tudo o que acabei de dizer, preciso que confie em mim.

Por um longo momento, ele apenas a encara, como se nunca a tivesse visto. De muitas maneiras, ela supõe, essa é a primeira vez que ele a vê de verdade.

– Quanto disso tudo era real? – pergunta Leopold por fim.

Ela apoia a cabeça no encosto do sofá e fecha os olhos por um momento antes de olhar para ele mais uma vez.

– Eu lutei muito para manter meu coração fechado para você. No começo, você até facilitou as coisas. Havia tantas mentiras, Leo. Eu sei disso, e lamento por elas. Mas, quando chegou a hora, eu escolhi Temarin. Escolhi você. Eu te amo. Essa é a verdade.

O silêncio se estende entre eles e Sophronia quase prende a respiração, esperando que ele fale algo, se mova ou faça *alguma coisa* que não seja encará-la como se ela fosse uma estranha. Depois do que parece uma eternidade, ele solta um longo suspiro, relaxando os ombros.

– Depois que sobrevivermos a isso – diz ele –, vou ficar furioso com você.

Sophronia força um sorriso.

– Depois que sobrevivermos a isso – ecoa ela.

Daphne

Quando Daphne volta a abrir os olhos, sua cabeça não lateja mais; agora há apenas um resquício de dor e ela pode sentar-se na cama sem que espasmos dolorosos percorram seu corpo. Bairre está sentado novamente na cadeira ao lado da cama, com um livro aberto no colo. Quando ela se mexe, os olhos dele se erguem, indo ao encontro dos dela, e ele fecha o livro.

– Tudo bem? – pergunta ele.

Daphne faz uma rápida verificação. Sua garganta está seca e áspera, os músculos um pouco doloridos. Ela anseia desesperadamente por um banho e alguma comida, embora nada pareça apetitoso no momento.

– Mais ou menos – responde ela. As palavras soam roucas, porém inteligíveis. – Quanto tempo eu dormi dessa vez? – pergunta, temendo a resposta.

– Você teve uma noite de sono normal – assegura-lhe Bairre, com um leve sorriso.

Ela inclina a cabeça para trás, recostando-a no travesseiro, e olha para o teto.

– Alguma novidade?

– A babá de Zenia com o marido e o irmão – diz Bairre. – Todos executados agora.

Ela sente que ele observa sua reação e se pergunta o que deveria mostrar a ele. Horror diante da notícia de suas mortes? Tristeza? Culpa? Ela está exausta demais para fingir qualquer uma dessas coisas.

– Eles tentaram me matar – diz. – Não lamento que estejam mortos.

Ele assente, desviando o olhar.

– Foram minuciosamente interrogados antes, mas não disseram para quem estavam trabalhando – informa ele.

Ele diz *interrogados*, mas Daphne ouve *torturados*. Ela se pergunta se ele também sabe disso.

– Mas não foram os rebeldes – diz ela.

– Não – confirma Bairre. – Não foram os rebeldes.

Embora um desses rebeldes tivesse segurado uma faca em sua garganta há uma semana, ela acredita nisso.

– Preciso falar com Cliona – diz ela.

Bairre franze a testa ligeiramente com a mudança de assunto.

– Ela veio algumas vezes ver como você estava – comenta ele. – Mas você deveria descansar um pouco mais, sério.

– Estou bem – afirma ela. – Na verdade, eu gostaria de tomar um pouco de ar fresco. Pode pedir a Cliona que me encontre para um passeio no jardim?

– Você quase morreu, Daphne – argumenta ele, como se ela não tivesse consciência disso.

– Mas não morri – replica Daphne, tentando parecer mais segura do que se sente. – Vamos tomar cuidado, é apenas o jardim.

– *Tomar cuidado* não basta. *Tomar cuidado* não vai deter uma flecha, uma bala ou um gás venenoso ou...

– Talvez os assassinos devessem consultá-lo... Parece que você passou algum tempo pensando na melhor forma de me matar – brinca ela.

Bairre a encara com um olhar sombrio, um olhar que a lembra de outras coisas que foram ditas enquanto ela estava doente. *Estou aqui porque quero estar*, disse ele.

– Isso é sério, Daphne – insiste ele.

É diferente, ela pensa, o modo como ele pronunciou o seu nome antes, quando ela pôs a mão no rosto dele.

– Eu também estou falando sério – diz ela, afastando o pensamento. – Eu sei quais são os riscos; foi a mim que tentaram matar. Mas estou presa na cama há um dia e meio e me recuso a deixar o medo me manter isolada neste quarto por mais tempo.

Ele sustenta o olhar dela por um longo momento, a mandíbula contraída.

– Tudo bem – concorda finalmente, pondo-se de pé. – Mas você vai levar guardas para o passeio.

Daphne abre a boca para protestar, depois torna a fechá-la. Foi por isso que ela não contou a ninguém sobre a primeira tentativa – ela sabia que isso significaria perder sua liberdade. Mas agora que eles ultrapassaram esse ponto, não há mais como voltar.

– Tudo bem – responde ela. – Mas eu quero Mattlock e Haskin – exige, lembrando-se dos guardas que a acompanharam com Cliona até o ateliê de costura, dois dos que Cliona disse que estavam com os rebeldes. Eles vão ficar quietos sobre qualquer coisa que possam ouvir.

Ele assente uma vez.

– Fechado – diz, indo em direção à porta. – Acho que também vou me juntar a vocês... um pouco de ar fresco parece bom.

Daphne abre a boca para protestar, mas ele já saiu, a porta se fechando com firmeza atrás dele. Ela desaba de volta contra os travesseiros e solta um gemido. Não vai poder conversar com Cliona se Bairre estiver lá também.

Se ao menos ela não tivesse sido envenenada, já teria conseguido falar com Cliona. Esse pensamento ainda a irrita – das três irmãs, ela sempre foi a mais hábil em criar e identificar venenos. É constrangedor pensar que um quase acabou com ela.

Daphne franze a testa, uma lembrança voltando à sua mente. Beatriz. O frasco que ela enviou. O veneno que ela pensou que Daphne poderia identificar. Depois de falhar tão miseravelmente com um veneno, ela está determinada a se redimir. Vai até a caixa de joias em sua penteadeira e a vasculha, encontrando o fundo falso e tirando o frasco que Beatriz enviou, cheio do líquido vermelho-escuro.

Daphne abre o frasco e o cheira. Vinho. Ela coloca a tampa de volta e o segura contra a luz do sol que entra pela janela, virando-o de um lado para outro. Então estreita os olhos, fitando o líquido, as partículas finas, parecendo sedimentos, que descem para o fundo.

Alguém está adicionando algo ao vinho do rei Cesare. Daphne franze a testa e vasculha o compartimento escondido de sua caixa de joias novamente. Está cheio de outros frascos de líquidos e pós, funis e outros itens essenciais que o boticário de sua mãe reuniu para ela. Daphne encontra uma tira de tecido branco e uma lupa e senta-se à penteadeira.

Depois de agitar o frasco, ela derrama um pouco do vinho no tecido e observa enquanto o líquido é absorvido, deixando alguns grãos de resíduo. Ela pega a lupa e a leva até o tecido, seu coração batendo tão alto no peito que ela se pergunta se todo o castelo pode ouvi-lo. Os grãos são irregulares e de tamanhos diferentes, como se algo tivesse sido moído com um pilão e almofariz, embora ela saiba, pela cor uniforme, que eles vêm da mesma fonte.

Com dois dedos, ela pega alguns dos minúsculos fragmentos no tecido e os leva à língua – mesmo que *sejam* venenosos, uma quantidade tão pequena não vai lhe fazer mal. Esse sabor. Ela conhece esse sabor.

Suas mãos começam a tremer enquanto ela vasculha seu laboratório em miniatura, procurando um frasco. Ao encontrá-lo, ela o abre e derrama algumas sementes na palma da mão, comparando sua cor com os resíduos no vinho. Elas são do mesmo tom de marrom – tão escuro que é quase preto. Ela coloca uma das sementes na boca e morde, esmagando-a com os dentes de trás. O gosto é o mesmo.

A mente de Daphne é um borrão quando ela fecha tudo de novo. Então chama a camareira e deixa a garota arrumá-la com um vestido limpo e tranças no cabelo, o tempo todo um pensamento ecoando em sua mente.

Ela precisa falar com Beatriz. Agora.

Quando finalmente chega ao jardim, suando por estar envolta em tantas camadas de lã e pele, Daphne encontra Cliona, Bairre e Haimish à sua espera, Mattlock e Haskin parados a poucos metros de distância. Talvez ela devesse se surpreender com o fato de Haimish estar ali, mas não se surpreende. Ela não consegue pensar muito além de Beatriz, embora saiba que a presença de Haimish é muito menos preocupante que a de Bairre. Ela precisará encontrar uma maneira de se livrar do príncipe se quiser conseguir a poeira estelar prometida por Cliona.

Quando a vê, Cliona sorri, e embora Daphne saiba que não é bem assim, ela quase poderia jurar que a outra garota parece genuinamente aliviada por ela estar viva.

– Olhe só para você – diz Cliona, pegando suas mãos e beijando-a de cada lado do rosto. – Ninguém diria que quase morreu há apenas um dia.

– Como você é gentil – replica Daphne, e Haimish tem que disfarçar sua risada com uma tosse.

Cliona o fuzila com o olhar assim mesmo.

– Se você não estiver se sentindo bem para isso... – começa Bairre, a testa franzida.

– Acho que um pouco de ar fresco é justamente do que preciso – interrompe Daphne, embora esteja começando a sentir frio. Não importa, lembra a si mesma. Beatriz é o que importa. Se Daphne tiver que sentir um pouco de frio para ajudá-la, que seja. – Vamos caminhar?

Bairre ainda não parece convencido, mas lhe oferece o braço e ela o aceita, deixando cair uma de suas luvas. Ninguém percebe. Cliona pega o braço de Haimish e, por um momento, eles caminham em silêncio. Quando já se afastaram o suficiente do palácio, Daphne solta o braço de Bairre e finge procurar a luva.

– Ah, não! – exclama. – Minha luva! Devo tê-la deixado cair.

Bairre olha para o chão em torno deles.

– Sabe onde?

Daphne morde o lábio e balança a cabeça.

– Eu *sei* que estava com ela quando saí. Você se importa de voltar? – pergunta ela. – Desculpe, odeio pedir isso, mas está tão frio aqui fora e eu não quero pegar um resfriado.

É um truque barato, usar sua doença recente, e quando o rosto dele fica um pouco mais pálido, uma pontada de culpa a atravessa.

– Claro – concorda ele. – Vocês três fiquem aqui com os guardas. Eu já volto.

Assim que ele fica fora do alcance de sua voz, Daphne se vira para Haimish e Cliona.

– As terras de lorde Cadringal estão conturbadas; ele está sobrecarregado com seus novos deveres. Se a rebelião se aproximasse dele, ele poderia ser convencido a aderir, apesar de sua amizade com Bairre – diz ela. – Fiz o que você pediu. Agora eu preciso da poeira estelar.

Os dois trocam um olhar que ela não consegue interpretar.

– Teremos que ver se sua leitura de Rufus está certa...

– Eu preciso da poeira estelar agora – interrompe Daphne. Ela faz uma pausa, apertando os lábios em uma linha fina. Ela odeia mostrar-se tão desesperada, à mercê deles, mas não pode negar que está. – Por favor – pede ela, suavizando a voz. – Preciso dela para falar com minha irmã. É urgente.

Haimish e Cliona tornam a se entreolhar.

– Um pedido como esse exigirá muito poder – observa Cliona. – A poeira estelar talvez não seja suficiente...

– Eu sei – diz Daphne. – Mas tenho que tentar.

Cliona parece pronta para fazer perguntas, mas depois de um momento, ela balança a cabeça.

– Estará debaixo do seu travesseiro depois do almoço – diz.

Daphne assente.

– Obrigada.

– Pode economizar seus agradecimentos... está nos devendo – diz Cliona.

Daphne abre a boca para argumentar, mas vê Bairre se aproximar correndo, trazendo a luva na mão. Ela engole seu protesto e assente.

– Tudo bem – responde com os dentes cerrados antes de receber Bairre com um sorriso.

Daphne dá a desculpa de não estar se sentindo bem no meio do almoço. Depois do acontecimento recente, ninguém a questiona. Dois guardas a escoltam de volta ao quarto e inspecionam todos os cantos, o guarda-roupa e debaixo da cama antes de deixá-la sozinha. Ela supõe que a atenção deles deveria fazê-la se sentir mais segura, mas, em vez disso, a irrita. Eles estão tentando mantê-la viva, ela sabe disso, mas ela tem segredos demais para esconder.

Assim que se vê sozinha, ela vai até a cama e passa a mão sob os travesseiros. Demora um momento, mas Daphne encontra o frasco de poeira estelar de Cliona, junto com um conjunto de instruções sobre como usá-lo para falar com alguém a distância.

Daphne mais que depressa abre o frasco. Ela lê as instruções e despeja o pó preto cintilante nas costas da sua mão.

– Quero falar com a princesa Beatriz – diz.

Assim que as palavras saem de sua boca, tudo ao seu redor fica abafado: o vento assoviando lá fora, as vozes dos guardas do outro lado da porta, até o som de seus próprios batimentos cardíacos.

– Triz? – chama ela.

Então ouve um arquejo, seguido de uma risada enlouquecida que só pode ser de Beatriz.

– Daphne? – responde a irmã.

– Sou eu – diz Daphne. – Não tenho muito tempo... Os frívios têm um jeito de usar poeira estelar para se comunicar, mas não sei quanto tempo vai durar.

– O que...?

– Sem perguntas agora – interrompe Daphne. – Eu examinei o vinho que você me enviou. Você tem razão: tem algo errado nele. Sementes de maçã moídas.

Daphne fala tão rápido que se pergunta se suas palavras estão fazendo algum sentido. Por um momento, Beatriz não responde.

– Sementes de maçã? – pergunta ela finalmente. – Mas...

– São fonte de cianeto – diz Daphne. – Certamente você se lembra disso das nossas aulas.

– Nunca prestei muita atenção, ao contrário de você – admite Beatriz. – Mas lembro que o cianeto é letal. O rei Cesare está bem vivo, embora tenham me dito que seu vinho vem sendo diluído pelos serviçais.

Daphne balança a cabeça, mesmo sabendo que Beatriz não pode vê-la.

– O vinho que você me enviou não foi diluído, mas a dosagem é pequena... vai matá-lo lentamente. Se usassem mais do que usaram, a adição seria perceptível. A substância também pode estar afetando sua mente, dependendo de quanto ele ingere todos os dias.

Beatriz fica em silêncio mais uma vez.

– Ele ingere bastante – diz, por fim. – E está se tornando cada vez mais volúvel. Pasquale diz que isso vem acontecendo há meses.

– Vai matá-lo – conclui Daphne. – Talvez não de imediato, mas em breve.

Beatriz deixa escapar um longo suspiro.

– Queria que você tivesse me dito isso dias atrás – diz ela, parecendo irritada.

Daphne revira os olhos.

– Desculpe, eu estava me recuperando de um envenenamento que eu mesma sofri. Talvez, se *você* tivesse prestado mais atenção...

– Você foi envenenada? – intervém Beatriz.

– Estou bem – afirma Daphne de maneira enfática, cansada de ser paparicada. – Como você está?

Beatriz faz uma pausa para pensar.

– Ah, sob prisão domiciliar, no momento. Por traição.

– Você... está brincando? – pergunta Daphne.

– Receio que não.

– Mas você tem o seu pedido para se livrar de problemas – diz Daphne.

– Eu *tinha* um pedido – revela Beatriz. – É possível, porém, que você tenha acabado de me dar o que eu preciso para sair desta encrenca.

Daphne morde o lábio.

– Beatriz – diz ela, bem devagar. – Qual a extensão do problema em que você se meteu?

Por um longo momento, Beatriz não responde.

– É só um problema que eu mesma criei, Daph. Você sabe que sempre fui boa nisso, assim como sempre fui boa em sair deles.

Ela fala isso com descontração e Daphne sabe que é verdade, mas isso não ajuda a desfazer o embrulho em seu estômago.

– Teve notícias de Sophie? – indaga Beatriz, mudando de assunto.

Sophie. As lembranças de Daphne do dia em que foi envenenada são confusas, mas, à menção de Sophronia, a carta volta à sua memória. Ela fecha os olhos.

– Ela enviou uma carta – admite. – Por favor, me diga que você conseguiu enfiar um pouco de bom senso naquela cabeça.

Por um momento, Beatriz não fala nada e Daphne teme que tenham perdido a conexão.

– Você e eu sabemos que não sou lá muito sensata, Daph – comenta Beatriz, por fim. – Além disso, eu por acaso concordo com ela.

A frustração cresce em Daphne e ela pega um travesseiro na cama e o lança do outro lado do quarto. Ele aterrissa com um ruído delicado, sem causar dano e sem fazer Daphne se sentir melhor. Apropriado, ela supõe, dado quanto se sente impotente no momento.

– Não é de admirar que você tenha se metido em um problema tão grande, Triz – retruca ela. – Vocês duas podiam simplesmente ter feito o que mandaram...

– Você acha que é a coisa certa, Daphne? – Beatriz a interrompe. – Diga-me sinceramente agora: acha que mamãe assumir o controle de Vesteria é o melhor para todos? Ou só para ela?

Da próxima vez que Daphne vir Beatriz, vai estrangulá-la.

– Não é a coisa certa nem a coisa errada – replica Daphne. – É a *única coisa*. Você está em prisão domiciliar, Triz, então claramente sua maneira de fazer as coisas não está funcionando tão bem. Eis o que você vai fazer: escreva para mamãe, peça desculpas, implore pela ajuda dela e conserte o dano que você causou.

Beatriz fica em silêncio novamente, mas desta vez Daphne sabe que ela ainda está ali. São centenas de quilômetros de distância, mas ainda pode sentir a fúria da irmã.

– Não fui eu quem te colocou nessa encrenca – continua Daphne, porque sabe que essa fúria é direcionada a ela. – E você sabe que tenho razão... Mamãe é sua única esperança agora.

Outra longa pausa.

– Claro – responde Beatriz, novamente com aquela falsa leveza que faz Daphne querer arrancar os cabelos. – Vou sair dessa encrenca. Tente evitar ser envenenada de novo, está bem?

E ela parte antes que Daphne possa responder.

Sophronia

Sophronia se mantém atenta ao relógio enquanto a noite se transforma em manhã, que suavemente se dissolve no meio do dia. A execução não vai acontecer antes do pôr do sol do dia seguinte; embora Sophronia não queira chegar muito perto desse prazo, ela precisa dar a Violie tempo suficiente para alcançar o ponto de encontro, o mais longe possível do palácio. Ela conta a Leopold o plano que ela e Violie criaram, simples como é: quando o relógio bater três horas, ela vai soltar os pulsos e quebrar sua pulseira, pedindo que ela e Leopold sejam transportados para uma caverna do outro lado da floresta de Amivel, onde Violie estará esperando por eles.

Como Violie, Leopold não tem certeza se o pedido a ser concedido será forte o suficiente para esse feito, mas ela assegura a ambos que será.

Faltam poucos instantes para as três horas quando a porta se abre e Ansel entra. Ele parece ter trocado de roupa, mas Sophronia acha que ele não dormiu. Há círculos escuros sob seus olhos que não estavam lá na noite passada. Ele olha de um para o outro e passa a mão pelos cabelos. Não parece saber o que dizer, o que é bom, pois Sophronia tem uma pergunta para ele e essa será a única chance de ela obter uma resposta.

– Quando foi que minha mãe o recrutou, Ansel? – pergunta ela.

Ansel pisca, surpreso.

– A rainha Eugenia me procurou depois que Leopold declarou guerra...

Sophronia o interrompe com uma risada.

– Desculpe – diz ela –, é que eu esperava que minha mãe contratasse um mentiroso melhor. Você estava conversando com Violie na hora do discurso e então, por acaso, você resgatou o príncipe da mesma multidão de desordeiros que você está liderando agora? Ao contrário do que minha mãe possa acreditar, eu não sou idiota.

Ansel olha para ela por um longo momento, então parece tomar uma decisão.

– Bem, você vai morrer em breve mesmo, então que mal faz? – diz ele, indo se sentar na poltrona diante de Sophronia e Leopold. – Sim, muito bem, estou em contato com sua mãe há um ano e meio. A história do barco de pesca é verdadeira, mas de fato desembarquei uma vez, quando estávamos ancorados em Friv. Então me meti numa encrenca em uma taverna... trapaceei nas cartas, entrei numa briga. Um dos homens tinha um gancho de direita perigoso e, quando acordei, eu me encontrava em um dos quartos da taverna, com um empyrea se oferecendo para me curar com poeira estelar.

– Nigellus – fala Sophronia. É claro que o capacho da sua mãe estava envolvido.

Ansel dá de ombros.

– Não perguntei quem ele era, não me importava. Mas ele sabia quem eu era... sabia meu nome, meu posto no barco, sabia da minha família em Kavelle.

– Não me diga que ele se ofereceu para curar um parente doente para você também – diz Sophronia, lembrando a história de Violie.

Ansel ri.

– Não, sou um tipo simples... Ele me ofereceu dinheiro. Tudo o que ele queria que eu fizesse era voltar para Kavelle e começar a alimentar a raiva contra os aristocratas. Nem foi difícil depois que o rei Carlisle morreu. – Ele se vira para Leopold. – Você era muito fácil de odiar, sabe? – acrescenta, descontraído.

Leopold faz uma careta, mas não responde, então Ansel continua:

– Eu não sabia que sua mãe estava envolvida até Violie me procurar. Então você chegou, rainha Sophie, e tudo se encaixou.

– Isso até desencaixar – diz Sophronia. – Até eu ir contra os planos da minha mãe.

Por um momento, Ansel a encara com o rosto inexpressivo, então explode numa gargalhada.

– Ah, talvez você não seja tão inteligente quanto pensa – diz ele. – Você seguiu à risca o plano da sua mãe.

É a vez de Sophronia ficar chocada, em silêncio, as engrenagens de sua mente girando enquanto ela tenta dar sentido àquelas palavras.

– Não, eu me recusei a empurrar Leopold para a guerra, eu até tentei reconstruir Temarin...

– Você se comportou exatamente como ela pensou que faria – interrompe Ansel. – Tim-tim por tim-tim. A única surpresa, na verdade, foi Eugenia, uma bênção inesperada. Mas isto... – ele faz uma pausa para abranger toda a sala em um gesto – ... isto sempre foi o plano da sua mãe: um palácio cercado por rebeldes, aristocratas mortos, um rei e uma rainha decapitados, o caos em cada esquina. As tropas dela chegarão no final da semana e o caminho estará livre para eles. Graças a você.

Sua mãe a quer morta – Sophronia já sabia disso, foi justamente o que disse a Leopold ontem à noite –, mas acreditava que era porque havia falhado com ela. Achava que a raiva de sua mãe em relação a ela era sua culpa, como sempre. Há algo estranhamente libertador em saber que ela não tem absolutamente nada a ver com isso.

O relógio atrás de Ansel bate três horas, mas ele o ignora. Sophronia e Leopold trocam um olhar e ela faz um rápido aceno com a cabeça. Está na hora. Ela torce os pulsos no ângulo certo, com força suficiente, rompendo as amarras. Antes que Ansel tenha a chance de reagir, ela arranca a pulseira do braço e a atira no chão, posicionando-a sob o salto de sua bota.

– Desculpe – diz a Leopold, que franze a testa, confuso.

É uma magia forte o suficiente para salvar uma vida, disse a mãe a ela e às irmãs quando lhes deu as pulseiras. *Uma* vida. Não duas, como Sophronia levou Leopold e Violie a acreditar.

Ela esmaga o pedido sob o calcanhar.

– Quero que Leopold encontre Violie, longe daqui.

Por um instante, o tempo se move denso como mel. Ansel se lança em direção a Leopold, que dá um passo em direção a Sophronia. A seguir, tão rápido quanto um piscar de olhos, Leopold desaparece e Ansel agarra apenas o ar. Quando se dá conta disso, ele gira em direção a Sophronia com fúria nos olhos.

– O que você fez? – grita ele.

O sorriso de Sophronia é frágil.

– Algo que minha mãe não planejou – diz ela.

Beatriz

Beatriz anda de um lado para outro trancada em seu quarto e tenta elaborar um plano. As palavras de Daphne ecoam em seus ouvidos, mas ela se concentra nas que são realmente úteis – *sementes de maçã moídas*. Qualquer um poderia tê-las colocado no vinho do rei, ela supõe, mas há uma pessoa que ela sabe que tinha acesso direto a ele e que sempre cheira a maçãs. E se era Nicolo quem as colocava no vinho do rei, ela apostaria qualquer coisa que Gisella era quem as triturava.

À medida que o céu do lado de fora de sua janela com vitral lacrada começa a clarear, Beatriz reúne as informações que tem, transformando-as em uma arma que vai tirá-la dessa confusão – porque, ao contrário do que disse à irmã, ela prefere morrer a pedir a ajuda da mãe.

Em breve, ela será levada diante do rei Cesare, que, no mínimo, pronunciará sua sentença e ela poderá contar a ele sobre o veneno de Nicolo. Ela ensaia a história que vai contar, como Nicolo e Gisella conspiraram juntos e a ameaçaram se ela não concordasse com seus planos, como ela é simplesmente uma vítima de tudo isso, tanto quanto o próprio rei. O humor do rei é imprevisível, mas se ela conseguiu dobrá-lo antes, pode fazer isso de novo.

A porta do quarto se abre de repente e Beatriz se vira bem a tempo de ver Pasquale entrar cambaleando, como se alguém o tivesse empurrado. Em segundos, ela está do outro lado do quarto, seus braços envolvendo o pescoço dele, segurando-o com força enquanto suas emoções entram em conflito – alívio por ele estar vivo e raiva por estar aqui, tão condenado quanto ela.

– Triz – diz ele, passando os braços pela cintura dela e apertando-a tanto que ela não tem certeza se um dia vai soltá-la... nem tem certeza se quer que ele faça isso.– Desculpe – continua ele, a voz rouca e pesada. – Eu não sei o que aconteceu... Tudo estava indo bem, lorde Savelle embarcou, ele e Ambrose tinham acabado de desaparecer de vista. Então os guardas me encontraram no cais e me prenderam.

Há certo alívio nisso: lorde Savelle e Ambrose conseguiram escapar. Com sorte, eles vão chegar a Temarin; o pedido que ela usou deve colocar a sorte do lado deles.

— Não foi sua culpa — diz Beatriz, afastando-se um pouco para encará-lo. — Nicolo e Gisella nos traíram. — Ela o coloca a par de tudo, contando até o que sua irmã encontrou no vinho do rei, embora isso exija ainda mais explicações, e Pasquale ouve em absoluto silêncio enquanto ela conta mais, começando com seu nascimento e o grande plano de sua mãe. Ela espera que ele fique com raiva, que se sinta traído, que a odeie por isso, mas ele apenas a fita com olhos cansados.

— Somos todos fantoches de nossos pais, Beatriz — conclui ele.

— Você não está com raiva? — pergunta ela, piscando.

Ele fica quieto por um momento.

— Não de você — diz ele por fim. — Eu seria um hipócrita, não seria? Para criticar você por não se insurgir contra sua mãe, quando eu nunca me insurgi contra meu pai. — Ele faz uma pausa, refletindo. — Bem, suponho que nós dois acabamos nos rebelando, não é? E olhe aonde isso nos trouxe.

Beatriz morde o lábio.

— Se Nico e Gigi estão envenenando o rei, podemos usar isso — argumenta ela. — Podemos lançar dúvidas sobre eles, sobre suas acusações. Não será fácil... eles me pegaram em frente à cela vazia de lorde Savelle, com poeira estelar... mas talvez possamos pensar em uma história...

Ela se interrompe quando Pasquale balança a cabeça e pega a mão dela, apertando-a entre as suas.

— Beatriz, os guardas me prenderam ontem à noite. Depois disso, eles me levaram até meu pai, em seu leito de morte — conta ele.

Beatriz fica imóvel.

— Ele está morrendo?

Ele balança a cabeça.

— Morreu faz uma hora — responde ele e, embora esteja falando da morte do pai, sua voz está calma e firme. — Antes de morrer, ele quis ter certeza de que eu soubesse que era uma decepção, que manchei nossa linhagem familiar, que sou fraco por ser manipulado por minha esposa... é o que ele pensa... aliás, é o que todo mundo vai pensar, imagino.

– Pas...

– Fui deserdado – informa Pasquale. – Meu pai decidiu, em seus últimos momentos, que a coroa será transferida para um primo, e não para mim. E depois de meses de serviço leal como seu copeiro, enchendo-o de vinho e sussurrando em seu ouvido, adivinha qual dos meus muitos primos ele escolheu?

Beatriz fecha os olhos com força, as peças se encaixando. Ela sabia que eles a haviam traído, mas não compreendera qual era o objetivo final.

– Nico será o rei – diz ela, baixinho.

Pasquale faz que sim.

– Isso significa que será ele quem decidirá nosso destino.

Beatriz tenta não se sentir mal por drogar Pasquale naquela tarde e praticamente consegue. Ele precisa dormir, contra isso não há argumento, e é improvável que consiga fazer isso sozinho. Por sorte, os guardas que vasculharam seus aposentos em busca de qualquer coisa suspeita deixaram o estojo de cosméticos dela em paz – dentro de um dos frascos, disfarçado de pigmento para os olhos, ela encontrou um pó para dormir e colocou um pouco no chá dele. Ele caiu no sono ainda com a xícara nas mãos.

Agora, sozinha, tendo apenas o som da respiração profunda e regular dele como companhia, Beatriz anseia ela mesma tomar uma dose do pó para dormir. Ela anseia a paz que viria com a mente vazia, mas sabe que seria uma paz que ela não merece. Além disso, alguém tem que ficar de guarda para o caso de alguma notícia chegar.

Ela anda de um lado para outro no quarto mal-iluminado, onde o único indício de que o tempo passa é a lenta extinção do fogo na lareira. Decide seguir o conselho de Daphne e escrever para sua mãe, no fim das contas. Não será fácil enviar uma carta para ela nessas circunstâncias, mas certamente sua mãe tem aliados no palácio, certamente eles se apresentarão a Beatriz em breve e ela deve estar preparada para quando isso acontecer. No entanto, a simples ideia de implorar ajuda à mãe deixa um gosto amargo em sua boca.

Não é para seu próprio benefício, ela lembra a si mesma enquanto caminha em direção à escrivaninha; é para o bem de Pasquale. Beatriz pode preferir morrer a pedir ajuda à mãe, mas não vai condenar Pasquale ao mesmo destino.

Uma leve batida interrompe seus pensamentos e ela para no meio do quarto. A batida não vem da porta – o som é muito fraco, como nós de dedos batendo no vidro. Ela se vira para a janela com vitral e vai até lá, distinguindo o vago contorno de um corpo do outro lado. Ouve o som de uma chave girando na fechadura e, com o coração batendo no peito, escancara a janela, fazendo Nicolo perder o equilíbrio e quase cair dentro do quarto, segurando-se no batente no último instante.

Por um momento, Beatriz apenas o encara. Ele, por sua vez, recusa-se a encará-la, mantendo o olhar no chão de pedra.

– Precisamos conversar – diz ele, por fim.

Até um pouco antes, Beatriz queria o mesmo. Nas últimas horas, ela teve inúmeras conversas com ele em sua mente, ela o repreendeu, gritou e o xingou de todos os nomes. Exigiu respostas e, então, o esbofeteou antes que ele tivesse a chance de responder. Ela pensou em uma dúzia de comentários cortantes, cada um deles pior que o anterior, mas nenhum horrível o suficiente.

Agora, porém, com ele agachado diante dela na janela, os nós dos dedos empalidecendo onde ele agarra o batente com força, as palavras a abandonam. Em vez de dizer a ele todas as coisas que ensaiou em sua mente, ela segura a janela aberta de novo e a fecha com violência, atingindo os dedos dele, levando-o a gritar de dor.

O som a faz se sentir um pouco melhor, mas isso dura apenas um instante antes que a janela se abra mais uma vez e Nicolo ainda esteja ali, precariamente equilibrado no parapeito.

– Precisamos conversar – repete ele, e dessa vez Beatriz percebe a voz arrastada.

– Você está bêbado – diz ela, cuspindo as palavras. – Imagino que estivesse comemorando, *Vossa Majestade*.

– Triz...

Ela vai até ele rapidamente, agarrando-o pelos ombros.

– Eu poderia te jogar daqui de cima.

Ele não parece alarmado, nem mesmo fica tenso, apenas a avalia com olhos calmos e frios.

– Não, a menos que esteja ansiosa para adicionar regicídio às suas acusações – observa ele.

Beatriz não o solta.

– Você está fedendo a bebida alcoólica – diz ela. – Qualquer pessoa sã presumiria que você despencou para a morte tentando fazer alguma tolice.

– E você considera os membros da corte sãos? – pergunta ele, com um sorriso de zombaria.

– Acho que eu gostaria de testar a teoria.

Ela o empurra para trás e as mãos dele agarram o batente da janela com mais força. O medo surge em seus olhos e Beatriz sente uma onda de triunfo atravessá-la. Ela não se importaria de vê-lo morrer, pensa. Não se passou um dia sequer do beijo que os dois trocaram e ela agora se sente tentada a matá-lo com as próprias mãos. A rapidez com que tudo pode mudar...

– Pelo menos me deixe explicar...

– Pode acreditar: não sou tão idiota a ponto de já não ter entendido sozinha.

– Gigi decidiu...

As sobrancelhas de Beatriz se arqueiam.

– Escondendo-se atrás da irmã agora? Que corajoso.

Ele balança a cabeça, finalmente erguendo os olhos para encará-la.

– Eu não vim aqui para dar desculpas, Triz...

– Não me chame assim – dispara ela, ríspida.

Ele solta um longo suspiro antes de tentar novamente:

– Eu vim aqui para consertar as coisas.

Beatriz endireita os ombros e cruza os braços.

– Ah, é? – diz ela. – Como exatamente você se propõe a fazer isso? Vai deixar que Pas e eu fiquemos livres? Ceder o trono que você roubou para a pessoa a quem ele pertence?

Ela sente alguma satisfação ao vê-lo corar de vergonha. Ele se força a continuar:

– Seu casamento nunca foi consumado. Se você o anular e se casar comigo...

– Você deve estar brincando. – Beatriz dá uma risada, depois olha para onde Pasquale ainda está dormindo e baixa a voz: – Eu não me casaria com você nem se você fosse a última pessoa neste país miserável.

Ele não diz nada por um longo momento, mas ela pode ver que o feriu. *Ótimo.*

– É a única maneira de você se livrar. Podemos virar as coisas, dizer que seu casamento com Pas foi uma farsa e que você estava desesperada. Que nada disso foi ideia sua. Que ele usou você.

Beatriz achava que nada que Nicolo pudesse dizer a enfureceria mais, achava que sua raiva havia chegado ao limite. Estava errada.

– Deixe-me ver se entendi – diz ela, devagar. – Você quer que eu jogue toda a culpa em Pas para me salvar?

– Não há como salvá-lo – retruca Nicolo, balançando a cabeça. – Existem pessoas poderosas na corte que o querem no trono; perdoá-lo é muito perigoso para mim.

O estômago de Beatriz se contrai.

– Você vai executá-lo, então – conclui ela.

Ele faz uma pausa, apenas por tempo suficiente para subentender que considerou a possibilidade.

– Não – diz ele. – Não seria bom fazer dele um mártir. Ele será exilado para as montanhas. Há uma Fraternia lá que o receberá. Ele será destituído de seu título, até mesmo do nome, e passará o resto de seus dias estudando as escrituras e refletindo sobre sua redenção espiritual entre aquelas paredes.

Não é a morte, pensa Beatriz, mas Pasquale não vai considerar isso muito melhor. Ela ouviu histórias sobre Fraternias e Sororias cellarianas – estruturas frias e minimalistas, despojadas de todo e qualquer conforto ou luxo, onde o único entretenimento se encontra nas páginas das escrituras e a única conversa permitida é quando um irmão ou irmã diz as orações noturnas às estrelas. Há também Fraternias e Sororias em Bessemia, onde homens e mulheres se dedicam às estrelas e à sua leitura, decidindo viver uma vida sem apegos pessoais ou materiais, mas não são exatamente a mesma coisa. *Decidir* é a principal diferença, ela supõe. Talvez algumas pessoas escolham ir para a Sororia ou a Fraternia em Cellaria, mas, para a maioria, trata-se de uma punição. Como agora.

– Então são essas as minhas opções? Casar com você ou... o quê? Ser enviada para a Sororia vizinha à Fraternia de Pas? Posso ver por que Cesare escolheu você para sucedê-lo... Banir uma garota para aquele lugar por rejeitá-lo parece algo que ele faria.

Nicolo se encolhe.

– Não estou tentando lhe dar um ultimato, mas Pasquale é capaz de cuidar de si mesmo. Ele não precisa de você sofrendo ao lado dele.

Beatriz aperta os lábios em uma linha fina.

– Quero deixar uma coisa perfeitamente clara, Nico. Prefiro sofrer ao lado dele a reinar ao seu lado.

Nicolo esmorece, murchando contra o batente da janela como se fosse a vela de um barco quando para o vento.

– Eu tentei – diz ele após um momento. – Lembre-se disso.

– Não creio que haja a possibilidade de eu esquecer esse momento – retruca Beatriz. – Vou me lembrar dele até meu último suspiro. Dizem que o tédio é um companheiro constante em uma Sororia, mas não sei se algum dia ficarei entediada, não quando me lembrar de você aparecendo no meu quarto, bêbado, desesperado e desapontado. Um arremedo patético de pessoa brincando de ser rei. Ouso dizer que essa lembrança me trará alegria mesmo nos meus momentos mais sombrios. Agora saia, antes que eu grite chamando os guardas. O que eles diriam se encontrassem seu novo rei se esgueirando no quarto de traidores?

Por um momento, ela acha que ele vai pagar para ver, mas por fim ele se vira, tornando a subir no parapeito da janela sem dizer mais nada. Quando ele se vai, Beatriz bate a janela com força, o som ecoando pelo quarto.

– Triz – chama Pasquale suavemente da cama.

Ela se encolhe.

– Quanto disso você ouviu?

– O suficiente para saber que você acabou de cometer um erro. Deveria ter aceitado a oferta dele.

Beatriz balança a cabeça, sentando-se na cama ao lado dele.

– Não – diz ela. – Estamos nisso juntos, Pas, e encontraremos uma saída juntos.

Pasquale fica quieto por um momento.

– Você não disse a ele que sabia sobre o veneno – observa ele.

– Não, teria sido uma tolice – replica ela. – Neste momento, somos inconvenientes, mas, se ele souber que temos conhecimento desse segredo, passamos de uma inconveniência a um perigo.

Pasquale assente com um gesto lento, a testa franzida.

– Cosella – diz ele após um momento.

Beatriz franze a testa e leva um minuto para se lembrar do vinhedo sobre o qual perguntou.

– O que tem ele?

— Quando Gigi e Nico eram crianças, não passavam um só momento sem o outro... Cosella era seu apelido coletivo. Nicolo e Gisella combinados. Eu tinha esquecido totalmente, mas foi por isso que me soou familiar quando você perguntou.

Beatriz fecha os olhos, tentando entender essa nova informação. É incrivelmente fácil – é claro que o rei Cesare nunca conspirou com a irmã; Beatriz já desconfiava que ele não tinha capacidade mental para isso. Mas a informação de Sophronia era válida, afinal. Nicolo deve ter usado sua posição de copeiro real para interceptar as cartas. Ela não tem certeza se a rainha Eugenia sabia com quem ela realmente estava se correspondendo, mas supõe que isso não importa agora. São mais informações que não vão salvá-los, e ela duvida que consiga enviar uma carta para Sophronia.

Pasquale olha para ela novamente e tenta sorrir.

— Parte de mim está feliz que você não tenha aceitado a oferta de Nico, por mais que isso faça de mim uma pessoa egoísta.

Beatriz morde o lábio.

— Bem, parte de mim ficou feliz por você não ter ido com Ambrose, então parece que nós dois somos egoístas.

Quando o pó para dormir arrasta Pas de volta ao sono, ela sai do quarto na ponta dos pés, vai para a sala ao lado e se senta à escrivaninha. Ali pega uma folha de pergaminho na gaveta e mergulha a pena no tinteiro antes de começar a escrever.

Querida mãe,

Prefiro morrer a pedir sua ajuda

Ela amassa a carta e a lança no fogo.

Querida mãe,

Eu me encontro em apuros terríveis por sua causa

Com um gemido, Beatriz amassa e queima também aquela carta. Então respira fundo e tenta mais uma vez.

Querida mãe,

Sei que tivemos nossas diferenças no passado e que nem sempre fui a mais obediente das filhas. Eu me encontro agora em uma circunstância terrível, que eu mesma causei, acusada de traição junto com o príncipe Pasquale. Temo por nossas vidas e imploro sua ajuda.

Beatriz olha aquelas palavras, o estômago se revirando a ponto de ela pensar que pode estar passando mal. Está exagerada demais, pensa, sua mãe não vai acreditar. Ao amassar e jogar mais essa carta no fogo, ela percebe o problema – a mãe não se deixará comover por emoção ou súplica. Então Beatriz torna a pegar a pena.

Querida mãe,

Nossos planos deram errado e tudo pelo que você trabalhou corre perigo. Se nos ajudar agora, ficarei eternamente em dívida com você.

Escrever tais palavras também a deixa enjoada, mas Beatriz sabe que, se alguma coisa pode convencer a mãe, será isso. Ela coloca a carta de lado e pega uma nova folha de papel, olhando para ela por um longo momento enquanto bate a pena na bochecha.
A seguir, transcreve cuidadosamente a carta, usando o código favorito da mãe, o Embaralhamento de Delonghier, para escondê-lo dentro de uma carta afetada na qual ela implora à mãe para manter o tratado com Cellaria mesmo diante de sua prisão.
Quando termina, ela sela a carta e queima a original antes de se sentar na cadeira e soltar um longo suspiro.
A imperatriz virá, diz a si mesma. E repete o pensamento tantas vezes até quase acreditar.

Daphne

Nas horas que se seguem à conversa com Beatriz, Daphne não para de pensar nas irmãs.

O que elas estão fazendo é perigoso, Daphne sempre soube disso – é por isso que foram ensinadas a sempre levar consigo um punhal em uma bainha presa à coxa, e é por isso que ela passou a esconder um outro na bota desde seu episódio com o veneno. Mas o perigo para ela parece inconsequente. É com as irmãs que ela se preocupa e, a cada hora que passa sem notícias do exterior, essa preocupação aumenta, ao lado da frustração crescente por elas mesmas terem se colocado nessa situação.

Felizmente Cliona decidiu passar o dia seguinte com ela. A moça chega logo depois do café da manhã e ajuda Daphne a ler as cartas que se empilharam enquanto ela se recuperava. A princípio, Daphne desconfia que Cliona tenha algum motivo oculto, mas, à medida que o dia passa, não consegue identificar o que poderia ser. É enervante, por isso decide confrontá-la enquanto tomam o café matutino.

– Nós não somos amigas – diz ela a Cliona. – Você deve saber que não contarei a ninguém sobre os rebeldes. Não posso fazer isso sem me incriminar.

Cliona a encara por cima de uma das cartas de Daphne – esta de uma conhecida na Bessemia em busca de fofocas.

– Tem certeza de que não somos amigas? – pergunta ela, deixando a carta de lado.

– Tenho – responde Daphne, a testa franzida. – Amigas gostam uma da outra. Não ameaçam, chantageiam nem subornam.

– Humm – diz Cliona, os lábios franzidos, como se a ideia nunca tivesse lhe ocorrido. – Acho que não tenho como saber. Não tenho muitos amigos. Pensando bem, nem você.

— Eu tenho amigas — replica Daphne, rispidamente.

Mas assim que as palavras saem de sua boca ela se dá conta de que se trata de uma meia-verdade. Ela não tem amigas, tem irmãs. Em certos aspectos, é a mesma coisa; em outros, não. Um espinho afiado de arrependimento a espeta quando pensa na última conversa com Beatriz, mas logo passa. É assim que falam uma com a outra; sem dúvida, Beatriz já esqueceu.

— É interessante passar o tempo com você — diz Cliona, dando de ombros. — E gostando ou não de você, com certeza a respeito. Talvez isso baste para a amizade.

Daphne olha a carta que tem em mãos, a testa tão franzida que a faz ouvir a voz da mãe na mente, alertando-a contra as rugas.

— Além disso — continua Cliona —, se eu não achasse que éramos amigas, não teria lhe dado aquele pedido para falar com sua irmã.

Daphne faz um muxoxo.

— Não foi um presente, lembra? Você disse que eu teria que pagar. Portanto, não é amizade.

— Lembro — diz Cliona, devagar. — Mas ainda não lhe pedi nada, não é?

— Aí está — replica Daphne, apontando a outra. — Talvez eu não saiba muito sobre amizade, mas sei que amigos não ficam por aí se ameaçando.

Cliona só ri.

— Por favor, você sabe que ficaria irremediavelmente entediada sem minha companhia, com ou sem ameaças.

Daphne trinca os dentes, mas percebe que não pode negar.

Depois de examinarem a correspondência, Daphne e Cliona saem para um passeio pelo castelo. Com o casamento se aproximando depressa, está tudo um caos; o dobro do número de criados regulares anda de um lado para outro e, para onde quer que Daphne olhe, encontra alguém dos clãs das montanhas, que vieram de visita. Cliona a apresenta a todos por que passam e, embora reconheça os nomes aprendidos em seus estudos, ela finge que não. Também percebe que os sotaques deles ficaram um pouco mais claros. Quando comenta isso com Cliona, a outra garota ri.

— Espere só até eles tomarem uma cerveja — diz Cliona. — Nem *eu* consigo entender o que dizem quando começam a beber.

Daphne sorri, e elas entram na capela do castelo, onde ela se casará com Bairre dali a apenas três dias. É um pensamento estranho, embora ela não saiba por quê. Estava pronta para se casar com Cillian quando chegou a Friv e sente que conhece Bairre melhor do que conhecia o irmão dele. E essa é a última coisa que precisa fazer para levar adiante o plano da mãe. Mesmo assim, sente certa apreensão quando entram no lugar.

O telhado de vidro deixa passar a luz do sol matinal, fazendo o espaço parecer um pouco mais quente do que o restante do castelo. Uma dúzia de criados trabalha com afinco: penduram flores, dão polimento nos castiçais, estendem um tapete dourado no corredor central, por onde ela vai passar. Daphne observa tudo e tenta imaginar como ficará quando terminarem, como estará na noite de seu casamento, com as estrelas brilhando acima dela vestida de noiva, enquanto Bairre a aguarda lá na frente. Ela torce para que ninguém o obrigue a cortar o cabelo até lá – passou a gostar do cabelo dele do jeito que é.

Ela é arrancada de seus pensamentos pela sensação clara de que está sendo observada. Isso não deveria perturbá-la – é claro que está sendo observada: ela é a princesa. Os olhos de todos os criados grudaram nela no instante em que pisou na capela. Mas algo nesse olhar faz os pelos de sua nuca se arrepiarem.

– Acho que vai ficar esplêndida quando estiver pronta – diz Cliona ao lado dela, correndo os olhos pela capela.

– Sim, sugeri as guirlandas de lírios brancos... O florista disse que em Friv eles são usados no luto e me pareceu um tributo adequado à memória de Cillian – comenta Daphne, embora mal escute as próprias palavras.

Ela segue o olhar de Cliona, observando os detalhes do espaço, mas também procura outra coisa.

Lá está ele, em pé junto ao banco da frente com uma vassoura na mão. Altura mediana, cabelos claros, ombros largos. Ela não deixa o olhar se demorar nele, pois não precisa: o reconhecimento é instantâneo.

– Cliona – diz Daphne, baixando a voz enquanto mantém o sorriso vazio e o olhar vago. – Vê o homem varrendo junto ao banco da frente? Não deixe que perceba que está olhando.

Cliona lhe dirige um olhar indignado por causa da última frase, mas em seguida passeia os olhos pela capela.

– Sim, estou vendo. Por quê?

– Há alguma possibilidade de que seja um dos rebeldes do seu pai? – pergunta Daphne.

– Não – responde Cliona, sem hesitar.

– Tem certeza? Você não pode conhecer todos eles.

– Juro que conheço. Gosto de saber em quem posso ou não confiar. Por quê? Quem é ele? – pergunta Cliona.

Daphne conduz Cliona de volta à entrada da capela e baixa ainda mais a voz:

– É o homem que fingiu trabalhar no estábulo e me deu um cavalo selvagem e uma sela com defeito. Aquele – acrescenta ela, para ser perfeitamente clara – é o homem que tentou me matar.

Cliona espera na primeira esquina depois da capela, usando um espelho de mão para ficar de olho na porta caso o aspirante a assassino saia. Daphne corre de volta a seus aposentos o mais depressa que pode, olhando o relógio pendurado na parede. É quase meio-dia quando os criados trocam de turno e os trabalhadores diurnos fazem uma pausa para almoçar. Ela não tem muito tempo.

Revirando sua caixa de joias, pega um grande anel de esmeralda que esconde uma agulha e um reservatório de veneno dentro da pedra e o enfia na mão direita antes de acessar o compartimento secreto e enfiar um frasco de soro da verdade no bolso. Ela odeia agir sem um plano, mas também sabe aproveitar as oportunidades que aparecem, e não está disposta a esperar outro atentado contra sua vida.

Ela pega duas capas de pele do armário, uma branca e outra cinza, sai do quarto e colide com Bairre, que a segura pondo as mãos em seus ombros.

– Daphne, vim avisar que a costureira chegou para a última prova do vestido. Devo mandá-la subir?

Ela força um sorriso.

– Na verdade, pode pedir desculpas a ela? Prometi a Cliona que a ajudaria com outra coisa.

Bairre franze a testa.

– Com o quê? – pergunta ele, olhando as capas no braço dela. – Vocês vão a algum lugar?

– Só uma caminhada – diz ela, a voz animada.

– Uma caminhada é mais importante do que a prova do vestido de noiva? – indaga ele, erguendo uma sobrancelha cética.

Daphne abre a boca, pronta para discutir, mas o som do relógio badalando a interrompe. Isso significa que o turno da manhã acabou, o que por sua vez significa que o homem que tentou matá-la sairá do castelo na próxima hora. Logo, não há tempo para discutir.

– É – responde ela, passando por ele e apressando-se pelo corredor.

No entanto, Bairre a acompanha, passo a passo, e Daphne percebe que ele não se deixará convencer por nada além da verdade. Então, ela lhe conta o mais rápido que pode.

– Temos que falar com meu pai – diz ele, quando ela termina.

Daphne bufa.

– Ele não ajudou muito da última vez, não foi?

– E o que você acha que pode fazer então? – contrapõe Bairre.

– Segui-lo. Ver aonde vai, com quem fala.

Ela não menciona os punhais ocultos em seu corpo, o anel com veneno, o frasco de soro da verdade.

– Você vai seguir alguém que quer matá-la, sozinha...

– Sozinha, não – interrompe ela. – Cliona vem também.

Ele não parece muito aliviado com isso.

– Não creio que consiga convencê-lo a não ir conosco – diz Daphne.

– Não, acho que não – responde ele com um suspiro profundo.

Eles dobram uma esquina no corredor e encontram Cliona em pé exatamente onde Daphne a deixou, o espelho de mão ainda erguido. Quando os ouve se aproximando, ela se vira, absorvendo a presença de Bairre com as sobrancelhas erguidas.

– Uma complicação inevitável – grunhe Daphne enquanto enfia a capa cinzenta nas mãos de Cliona e veste a branca. Então pega o espelho de Cliona e olha além da esquina, enquanto Cliona põe a capa cinzenta.

– A maneira como você diz isso faz quase parecer um elogio – observa Bairre, mas Daphne lhe faz um sinal para ficar calado.

Ali, no reflexo do espelho, ela vê o homem de cabelos claros sair da capela. Os outros trabalhadores se agrupam, falam dos planos para o almoço e riem, mas o homem está sozinho. Parece que não conhece nenhum dos outros.

– Vamos – diz ela, enfiando o espelho no bolso. – Ele está indo.

É facílimo passar pelos guardas do castelo em meio ao êxodo de criados. Daphne supõe que saiba por quê: ninguém espera que os três saiam da área do castelo voluntariamente. Em circunstâncias normais, a segurança frouxa a incomodaria; agora, porém, ela se sente agradecida.

Enquanto ela, Bairre e Cliona seguem o assassino a uma distância segura, Daphne percebe que seria muito mais fácil não ser notada se estivesse sozinha; no entanto, uma parte dela se sente agradecida por não estar.

– Cliona, você tem uma arma – diz ela.

Uma afirmativa, não uma pergunta.

Cliona lhe dirige um sorriso e arregaça a manga comprida do vestido, exibindo um fino punhal preso por uma correia ao interior do antebraço esquerdo.

Daphne leva alguns segundos a mais para desembainhar os dela, tirando-os dos esconderijos na bota e na perna, e faz uma anotação mental para perguntar a Cliona onde comprou aquela correia para o braço. Quando entrega um dos punhais a Bairre, ele franze a testa.

– Você... sempre carrega punhais? – pergunta ele.

Ele não pergunta a Cliona sobre o dela, Daphne nota.

– Alguém *está* tentando me matar – argumenta ela, embora essa seja apenas uma meia-verdade.

A maior parte dos criados se mantém no caminho que leva à aldeia, mas o assassino serpenteia sozinho rumo ao bosque nos arredores do terreno do castelo. Daphne ergue a mão e indica a Cliona e Bairre que esperem.

– Vamos deixar que se afaste mais, para não nos ver – indica ela.

O terreno está coberto por um manto de neve fresca, de modo que eles conseguirão seguir seus passos.

– Ainda não gosto disso – murmura Bairre.

– Então volte – diz Daphne.

Ele resmunga algo ininteligível entre dentes, mas não faz menção de se afastar, e Daphne descobre que está contente. Ela pega a mão dele e, embora os dois estejam de luvas, de repente ela se sente um pouco mais quente.

– Confie em mim – pede ela, e assim que as palavras saem de sua boca, ela se odeia.

Porque ele não deveria confiar nela, nem Cliona. Mais cedo ou mais tarde, ela terá que traí-los, mas hoje, pelo menos, os três estão do mesmo lado.

– Acho que ele já se afastou o suficiente – diz Cliona, e Daphne tira sua mão da de Bairre.

É fácil encontrar os rastros das botas do assassino na neve fresca e os três assumem seus papéis sem discussão: Daphne segue os rastros, enquanto Cliona presta atenção a qualquer som estranho; Bairre mantém o punhal na mão e os olhos correndo ao redor, procurando o mais leve sinal de ameaça. Bairre está acostumado a caçar, recorda Daphne. É claro que sabe seguir rastros. E ela desistiu de se surpreender com as habilidades de Cliona. Eles continuam assim por meia hora, até que Daphne para de repente.

– O que houve? – pergunta Cliona.

Daphne não responde de imediato. Ela se agacha ao lado das pegadas e toca a borda de uma delas com o dedo enluvado.

– São botas diferentes – diz ela, franzindo a testa. – São maiores do que as que estávamos seguindo e o formato do calcanhar é bem diferente.

– Esperem, há mais aqui – diz Cliona, olhando para baixo. – Mas são muito pequenas.

– Há mais aqui também – afirma Bairre.

O pânico cai sobre Daphne um instante antes que a primeira flecha cruze o ar e fira o ombro de Cliona. A moça já estava se virando na direção do arqueiro, o punhal na mão, e mal se encolheu com o impacto da flecha antes de atirar a arma. Um segundo depois, um homem grita.

– Cuidado, há mais – avisa Daphne quando Cliona se enfia no bosque para recuperar o punhal.

Como se estivessem esperando um sinal, os homens começam a sair das sombras das árvores em torno deles – Daphne conta seis à medida que se aproxima lentamente de Bairre até colarem as costas um no outro, empunhando as lâminas. O assassino que ela reconheceu no castelo está ali e, quando os olhos dela o encontram, ele sorri.

– E eu pensando que seria mais difícil atraí-la para uma armadilha, princesa! – grita ele. – Mas gostaria que não tivesse trazido amigos. É uma pena, fui pago para matar somente você. Mas suponho que posso acrescentar mais alguns corpos à conta. Meu patrão tem o bolso fundo.

Os olhos do homem passam para Bairre e se estreitam.

– Aonde foi a outra moça? – pergunta ele, olhando os outros homens... aqueles ali são seus homens, percebe Daphne.

Eles o olham e aguardam instruções. Um deles dá de ombros e afasta os olhos.
– Acho que Murtag a acertou.
O homem franze a testa.
– Procure...

Mas ele não consegue concluir a ordem. Seu corpo desmorona e revela Cliona atrás de si, o punhal bem firme na mão, agora gotejando sangue. Os olhos dela encontram os de Daphne, que faz um gesto afirmativo com a cabeça antes que o caos se instale.

Daphne não sabe o que esperar de Bairre; nunca o viu erguer uma arma que não fosse o arco. Mas, assim que o primeiro assassino avança na direção dele, Bairre reage com um soco rápido entre as costelas e se aproveita da surpresa do homem para agarrar seu braço que empunha uma lâmina e usá-la contra ele, cortando-lhe a garganta.

Daphne gostaria de poder observá-lo mais – há algo quase artístico na simplicidade com que ele se livrou do homem. Mas outro assassino vem na direção dela, erguendo uma pistola na mão trêmula. Ela vê imediatamente que ele nunca atirou em ninguém e usa o instante de hesitação para arrancar a arma da mão dele com uma cotovelada e enterrar o punhal em sua barriga, até o punho.

Quando se endireita, ela vê Bairre olhá-la com o mesmo choque e admiração que ela sentiu por ele segundos antes. *Se sobrevivermos a isso*, pensa ela, *teremos muito que conversar*.

Restam três homens, e dois convergem para Cliona, enquanto o terceiro parte na direção de Bairre.

– Vá – diz Bairre a Daphne enquanto ergue novamente o punhal e indica Cliona com a cabeça.

Daphne não hesita, detendo-se apenas para pegar a pistola no chão coberto de neve. A arma já está engatilhada, e ela mira e atira, acertando um dos assassinos no peito enquanto Cliona corta a garganta do outro. Ela se vira bem a tempo de ver o último assassino cair, com Bairre bastante ofegante, pairando sobre ele com o punhal ensanguentado.

Os três estão em pé, observa ela, ao fazer uma rápida verificação. O ombro de Cliona sangra pelo ferimento da flecha; Bairre tem um corte na perna que provavelmente precisará de pontos; e ela nota vagamente que alguém a feriu na barriga em algum momento, embora ela mal sinta o corte, que não parece muito fundo.

Daphne abre a boca para falar, mas, com o canto do olho, vê o assassino de cabelos claros se apoiar no cotovelo e erguer a pistola com a outra mão, o cano voltado diretamente para ela. Antes que possa reagir, ele dispara e seu mundo fica silencioso e desfocado. Friamente, ela olha para baixo e vê o sangue desabrochar no corpete do vestido.

Sangue demais, pensa, antes de seus pensamentos escurecerem.

Beatriz

A manhã se arrasta com Beatriz e Pasquale trancados em seus aposentos. As refeições são servidas regularmente; as criadas arrumam os cômodos e esvaziam os urinóis; um criadinho acende o fogo na lareira. Ainda são tratados com respeito e dignidade, ainda recebem todos os luxos disponíveis. Não há sinal algum de que estão presos, a não ser, é claro, o fato de não terem permissão de sair.

Quando estão se preparando para almoçar, soa uma batida à porta principal. Eles se entreolham no quarto, ele deitado na cama recém-feita com um livro nas mãos, ela à escrivaninha redigindo uma mensagem a Sophronia, embora duvide que a carta sairá do castelo.

Antes que um deles possa atender, a porta se abre e Gisella entra e atravessa a sala de estar e a porta aberta do quarto, com um vestido mais elegante do que qualquer outro que Beatriz já a viu usar – um vestido diurno de seda azul-claro, o corpete bordado com centenas de aljôfares e mangas exageradamente volumosas que terminam acima dos cotovelos. Os cabelos louros muito claros estão cacheados e afastados do rosto num coque elaborado, encimado por uma tiara de ouro e safiras que parece estranhamente familiar a Beatriz.

– Essa é... Você está usando uma de minhas tiaras, Gigi? – pergunta, tentando manter a voz calma enquanto olha friamente a ex-amiga.

Gisella ignora o tom ácido de Beatriz e lhe dirige um sorriso radiante.

– Tecnicamente, a tiara nunca foi *sua*. Pertence a Cellaria e à família real, da qual vocês dois não fazem mais parte.

– Já vai tarde – diz Pasquale entre os dentes.

– Cuidado, Pas – avisa Gisella. – Seu pai pode estar morto, mas não lhe fará nenhum bem falar mal dele.

– Duvido que você esteja aqui para transbordar sabedoria, Gisella –

rebate Beatriz. – Veio implorar perdão, como seu irmão? Não imagino que você também pretenda me pedir em casamento.

As sobrancelhas de Gisella arqueiam.

– Foi mesmo? – pergunta ela, mais cansada do que surpresa. – Não sei quem foi mais tolo: ele por pedir ou você por recusar.

– Na minha opinião, a maior tola é você – retruca Beatriz, recostando-se na cadeira, os olhos voltando à tiara. – Acha que agora é uma princesa? Que, depois de todas as traições e conspirações, está a salvo? Acima de censuras? Intocável? Não está, sabe? Você está apenas sozinha.

As palavras são como punhais e Beatriz não pode deixar de sentir a herança da mãe ao brandi-las com tanta habilidade, ao encontrar as inseguranças de Gisella e atingi-las, ao deleitar-se com o olhar de puro medo que cruza o rosto da moça.

– Não estou sozinha – diz Gisella, erguendo o queixo. – Tenho Nico, e nós temos poder. Não há mais ninguém que controle nosso destino, ninguém que me force a me casar com um velho desconhecido ou que o faça se humilhar diante de um rei ingrato.

Ao se lembrar de Nicolo na noite anterior, da rapidez com que culpou a irmã, Beatriz se pergunta se Gisella realmente o tem a seu lado.

– A que custo? – pergunta Pasquale em voz baixa.

Gisella balança a cabeça.

– Acha que comemoro porque o rebaixei? – pergunta ela. – Não, não comemoro. Mas não vou pedir desculpas por aproveitar a única oportunidade que provavelmente teria de subir.

Beatriz quer se lançar da cadeira e esbofetear Gisella, mais do que tudo que já quis na vida. Mas isso só lhe daria uma satisfação momentânea. A longo prazo, pioraria a situação deles. Assim, ela segura com força os braços da cadeira e fixa em Gisella um olhar frio.

– Você foi muito gentil em nos oferecer conselhos, então me permita retribuir o favor – diz ela, cada palavra tão afiada a ponto de cortar uma pedra. – Acha que está segura porque tem poder? Você nunca estará segura, Gigi, por mais tiaras que use, por mais perto que esteja do trono. O poder é uma ilusão, e quanto mais as pessoas acharem que você o tem, mais determinadas ficarão em derrubá-la. Você deveria saber disso melhor do que ninguém, já que esteve no outro lado. Quanto tempo acha que terá até que outra pessoa como *você* chegue com tramas e conspirações? Você subiu muito, mas isso só significa que a queda vai matá-la.

– Você está errada – diz Gisella. – Agora Nico é rei. Quem ficaria contra ele?

Beatriz ri, mas o som é cruel.

– Quem não ficaria? – pergunta ela. – E você parece esquecer que *você* não é o rei. Você não é nem uma princesa. É a irmã do rei e *não* tem nenhum poder. Nico já se ressente de você por conspirar...

– Eu fiz dele o rei!

– Quanto tempo vai demorar para que ele se volte contra você também? Antes que fique totalmente sozinha?

Gisella fuzila Beatriz com um olhar capaz de dobrar o aço, mas Beatriz o sustenta, ódio contra ódio.

– Eu lhe desejo toda a felicidade que você merece, Gigi – afirma Beatriz, com um sorriso frio. – Acho que você já pode sair.

Gisella permanece ali, firme, encarando Beatriz, a mandíbula cerrada.

– Eu não vim brigar com vocês. Vim avisar que os dois deixarão o palácio daqui a uma hora, rumo à Fraternia e à Sororia das montanhas de Alder.

– Prefiro morrer a entrar para a Sororia – diz Beatriz.

Gisella dá de ombros.

– Tenho certeza de que isso pode ser providenciado. Mas acredito que a palavra que você procura é *obrigada*.

Beatriz ri.

– Ah, eu *sei* que prefiro morrer a dizer isso.

– Obrigado, Gisella – diz Pasquale um instante depois, a expressão ilegível. – Transmita nosso agradecimento ao rei, por favor. Sim?

Gisella olha para Pasquale, a confusão gravada no rosto, mas anui.

– É claro.

Ela se vira para sair, mas Beatriz se levanta.

– Espere, há mais uma coisa... Tenho uma carta que gostaria de enviar à minha mãe.

Gisella se volta e arqueia uma única sobrancelha.

– Acha que te ajudarei a nos mergulhar em outra guerra? – pergunta.

Beatriz pega a carta em código que escreveu para a mãe e a põe na mão de Gigi.

– Vá em frente, pode ler.

Gisella franze a testa, examina a breve carta e dá uma risada.

– Quer que eu acredite nisto? Que está pedindo à sua mãe que *não* a ajude?

– Não preciso da ajuda da minha mãe – rebate Beatriz, erguendo o queixo. – E não a aceitaria se ela oferecesse. Estou tentando lhe fazer um favor... Acha que o reinado de Nico pode sobreviver à guerra? Duas guerras, se ele não conseguir resolver a situação com Temarin? Seu próprio povo o comeria vivo diante da menor ameaça de que isso acontecesse.

A boca de Gigi se franze.

– E por que eu deveria acreditar em você? – pergunta ela.

– Não deveria – responde Beatriz. – Mas é a verdade. Não quero a ajuda dela.

Gisella não parece acreditar no blefe de Beatriz, mas mesmo assim enfia a carta no bolso e sai do quarto sem olhar para trás.

Quando ela se vai, Beatriz se vira para Pasquale.

– Não acredito que você *agradeceu* a ela. O que foi aquilo? – pergunta ela, o escárnio pingando de sua voz.

Pasquale dá de ombros.

– A mesma coisa que aposto que está por trás da sua carta – diz ele. – Deixe-os acreditar que estamos derrotados, Beatriz. Deixe-os pensar que não somos uma ameaça. Eles não vão se ver livres de nós e logo desejarão ter nos matado quando podiam.

O sol está alto no céu quando Beatriz e Pasquale finalmente são escoltados para fora do quarto, pelos corredores surpreendentemente silenciosos do palácio, até o ar livre. Nicolo provavelmente esperava evitar uma cena, mas Beatriz pode ver silhuetas de pessoas observando das janelas do palácio, o rosto atrás das vidraças, ávidas por vislumbrarem o menor desconforto neles ou por terem acesso a qualquer fofoca sórdida, por menor que seja.

Ela se recusa a satisfazê-los. Mantém a cabeça bem erguida e o braço entrelaçado, apertado, ao de Pasquale.

– Erga o queixo – diz ela entre dentes. – Temos plateia. Sorria, como se isso fosse exatamente o que queremos. Deixe que se perguntem o que sabemos que eles não sabem.

Pasquale segue imediatamente as instruções, indo um passo além ao rir alto, como se ela tivesse dito algo engraçado.

Os guardas ao lado deles trocam olhares confusos, mas Beatriz apenas sorri para eles e pisca para um em particular, cujo rosto fica vermelho. À frente está a carruagem – não aquela coisa dourada e enfeitada na qual Beatriz chegou, mas uma pequena, toda preta e com muitos anos de uso, puxada por um par de cavalos descombinados, que aparentam já ter vivido dias melhores.

Um dos guardas abre a porta da carruagem e o outro oferece a mão para ajudar Beatriz a embarcar, mas ela o ignora, erguendo a saia para subir sozinha no veículo, seguida instantes depois por Pasquale.

O guarda fecha a porta com um estrondo que ecoa no pequeno espaço escuro, então ambos os guardas sobem no assento na frente da carruagem. Sem nenhum aviso, o veículo dá um solavanco violento e eles partem.

Beatriz se deixa afundar no banco com estofamento puído e fecha os olhos um momento. Quando os abre, vê Pasquale sentado à sua frente, o mais perto possível da janela, vendo o palácio ficar cada vez menor.

– Me desculpe – diz ela dali a um instante.

Ele não a encara, mas franze a testa.

– Por que está se desculpando? – pergunta ele.

– Foi ideia minha libertar lorde Savelle, e não me arrependo disso, mas me arrependo de ter confiado em Nico e Gigi.

– Eu confiei em Ambrose – observa ele.

– Sim, mas ele não nos traiu – diz ela.

– Mas *podia* ter traído – contrapõe Pasquale, finalmente olhando para ela. – Confiar neles foi um risco que corremos juntos. Não posso lamentar isso sem lamentar por ele.

A voz de Pasquale falha na última palavra e ela toma uma das mãos dele entre as suas.

– Ele fugiu em segurança – diz ela, a voz baixa. – Pelo que sabemos, agora está em Temarin. Se conseguir chegar a Sophie, ela o protegerá, pelo menos até que seus pais o encontrem.

Pasquale assente, mas a preocupação não deixa seus olhos. Ele volta a olhar pela janela.

– É uma ideia estranha, não é? – reflete ele. – Ter problemas e buscar a ajuda dos pais. Nós não fizemos isso.

– Mandei uma carta à minha mãe – ela lhe recorda. – E você não podia exatamente correr para o seu pai, que estava no leito de morte.

Ele balança a cabeça.

– Eu me refiro a antes disso. Desde o começo, desde antes do começo. Eu poderia ter dito a meu pai que não queria me casar com você e o porquê. Quando descobriu como eu me sentia, você poderia ter escrito à sua mãe, pedindo a anulação do casamento.

Beatriz soltou um longo suspiro.

– Acho que nenhum de nós dois receberia muita ajuda – diz ela.

Ele ri, mas sem alegria.

– Exatamente. Mas, se Ambrose estivesse nessa posição, teria falado com os pais, que fariam o possível para ajudá-lo, para protegê-lo a qualquer custo. Fico pensando nisso, no quanto parece ridículo, mas é verdade. Eles fariam qualquer coisa para garantir a felicidade dele.

Beatriz não fala nada por um instante – ela *não consegue* dizer nada. A garganta está tão apertada que ela mal respira.

– Mas você tinha sua mãe – observa ela, por fim. – Pelo menos por algum tempo, você teve sua mãe.

Ele faz que não, a boca retorcida.

– Eu amo minha mãe, Triz, e sei que ela me amava, mas entre nós dois, eu era o protetor dela, não o contrário. E, no fim, ela não me protegeu... não conseguiu. Ela queria, mas esse desejo não era maior do que o medo que sentia do meu pai. Sei que não é justo, mas às vezes sinto raiva dela.

Beatriz morde o lábio.

– Às vezes eu tenho raiva do meu pai – admite ela. – E tudo o que ele fez foi morrer.

Pasquale assente devagar.

– Acho que o que quero dizer é que tenho inveja de Ambrose, de ele ter pessoas na vida que o amam de forma incondicional, pessoas que dariam a vida por ele. Nunca tive isso. Sei que você tem suas irmãs...

– Não é a mesma coisa – diz ela, balançando a cabeça e recordando a última conversa com Daphne. – Eu as protegia, mas elas nunca faziam o mesmo por mim. Não podiam. Talvez eu tenha raiva delas por isso também – admite baixinho, detestando-se por dizer essas palavras, odiando que elas tenham gosto de verdade.

Mas, por pior que se sinta ao dizê-las, não há julgamento nos olhos de Pasquale.

– Aconteça o que acontecer, Triz, farei o possível para proteger você.

Beatriz sustenta o olhar dele e abre um sorriso breve e tenso.

– E eu o protegerei – promete ela. – Aconteça o que acontecer.

Daphne

Ela deve estar morta – certamente se *sente* morta. No entanto, assim que o pensamento entra em sua mente, Daphne vê a falha na lógica. Se ela sente alguma coisa, não pode estar morta, pode? E com certeza não experimentaria a sensação de que alguém havia cavado em seu peito com uma colher afiada.

Antes de abrir os olhos, ela já sabe que não está no castelo. Está quente demais ali – quase abafado –, e ela sente o cheiro de feno, de lareira e de algum tempero que não consegue identificar. Quando abre um pouco os olhos, vê o céu escurecendo, prestes a anoitecer, por uma pequena janela.

– Daphne? – chama uma voz.

Bairre.

Ela se vira na direção dele, estremecendo, e abre os olhos um pouco mais. Eles se encontram em um cômodo pequeno, menor que a quarta parte dos seus aposentos no castelo, e ela está deitada em uma cama estreita, muito perto de uma lareira crepitante. O telhado acima deles é de palha e as paredes são de pedra rústica. Bairre está sentado ao lado da cama em uma cadeira de madeira entalhada com um cobertor de lã jogado por cima do corpo.

– Precisamos parar de nos encontrar assim – diz Daphne, lembrando como ele ficou ao lado de sua cama enquanto ela se recuperava do envenenamento. – Onde estamos?

Bairre desvia o olhar.

– Com uma amiga – responde ele com cuidado, antes de fazer uma pausa. – Depois que você foi...

– Baleada? – completa ela.

Ele assente.

– Você ia morrer – afirma ele. – Você *estava* morrendo. Eu não tinha certeza se mesmo Fergal seria capaz de salvá-la. Mas eu conhecia alguém que podia, e ela estava mais perto que o castelo.

– Quem? – pergunta Daphne, franzindo a testa.

Nesse momento, uma mulher abre a porta e entra trazendo uma bandeja. Ela parece ter a idade da imperatriz... ou pelo menos tem a aparência que Daphne acha que sua mãe deve ter assim que acorda, antes que o cabelo seja penteado e o rosto, coberto com todos os cremes e pigmentos que ela usa. Não há verniz ou polimento nesta mulher – até o cabelo dela é grisalho, embora à luz do sol pareça ter um brilho de prata.

Ela também parece familiar.

– Sua mãe – diz Daphne a Bairre, que assente.

– Pode me chamar de Aurelia – apresenta-se a mulher, colocando a bandeja ao pé da cama de Daphne e servindo o chá fumegante em uma xícara lascada.

Ela a entrega a Daphne, que toma um pequeno gole, amargo mas tolerável, enquanto olha para a mulher. Cliona disse que Aurelia era a maior empyrea de que ela já tinha ouvido falar, mas a mulher lembra a Daphne, mais do que qualquer outra coisa, sua ama na infância.

– Tenho certeza de que você está se sentindo a própria morte – continua Aurelia.

– Mas não estou – diz Daphne. – Morta, quero dizer. Suponho que é a você que devo agradecer. Cliona está bem? O ombro dela...

– Ela está bem – garante Bairre. – Voltou para o castelo a fim de contar ao meu pai o que aconteceu e avisar que estamos seguros.

Daphne assente lentamente, tomando outro gole de chá. Ela recorda os acontecimentos na floresta, que Bairre não questionou a habilidade de Cliona com um punhal, nem a de Daphne. Que ele lidou com a situação melhor do que ela esperava. Ela volta um pouco mais no tempo, lembrando a confiança implícita de Cliona nele, apesar do fato de seu pai estar tentando derrubar o dele. O ressentimento de Bairre em relação à sua nova posição.

– Há quanto tempo você trabalha com os rebeldes? – pergunta ela.

Bairre não se surpreende com a pergunta. Ele sustenta o olhar dela, seus olhos prateados fixos nos dela.

– Deve fazer uns cinco anos agora... – responde ele, olhando para a mãe em busca de confirmação.

– Por aí – confirma ela. – Você tinha 12 anos.

Bairre assente, franzindo a testa.

– Uma tarde, eu estava na floresta quando uma mulher estranha se aproximou – diz ele. – Ela revelou que era minha mãe.

Aurelia balança a cabeça.

– De início, ele não acreditou em mim, mas, como você percebeu, a semelhança é extraordinária – fala ela.

– Mas por quê? – pergunta Daphne a Aurelia. – Pelo que ouvi, você colocou Bartholomew naquele trono, você queria unir Friv. Por que se daria a todo esse trabalho e depois contribuiria para a rebelião?

Aurelia e Bairre se entreolham, mas é Bairre quem responde:

– Ela lê as estrelas.

– E...? – indaga Daphne. – Todos os empyreas leem as estrelas.

– Não como eu – explica Aurelia. – Eu nunca tive que aprender ou treinar o meu dom. As estrelas vêm falando comigo minha vida toda, contando-me histórias do mundo por vir. Durante muito tempo era guerra, derramamento de sangue e morte... tantas mortes. Eu era jovem e estava cansada de tudo, além de ser tola o bastante para acreditar que poderia cessar aquilo.

– Mas você cessou – observa Daphne. – Não há guerras em Friv há quase duas décadas.

– Não – concorda Aurelia. – Mas aprendi que a ausência de guerra não significa paz. As estrelas ainda me contam uma história de guerra, princesa, mas agora sou sábia o suficiente para saber que a guerra nunca morre, apenas adormece.

Há mais coisas que Aurelia não diz, Daphne tem certeza disso, mas Bairre parece ter aceitado seu raciocínio muito facilmente, então Daphne se cala. Por enquanto.

Ela pensa nos planos de sua mãe para Friv, na maneira como ela os está forçando a uma guerra com Cellaria que ninguém quer, as muitas pessoas que terão que morrer por um país e um conflito que não são deles. Ela não pode ficar brava com Bairre por guardar segredos, não quando os dela são muito piores. Se souber a verdade sobre ela, ele nunca a perdoará. De repente, ela entende por que as irmãs se voltaram contra a mãe – ela não pode concordar com a decisão delas, mas as entende.

– A guerra está acordando agora – continua Aurelia. – Sei disso há algum tempo. Então, quando lorde Panlington veio até mim e pediu minha ajuda, eu ajudei, e estamos trabalhando juntos desde então.

– Mas por que você se juntou? – pergunta Daphne a Bairre. – Para ir contra seu pai e Cillian?

Bairre se retrai e desvia o olhar.

– Eu acreditava que poderia converter Cillian – admite ele. – Ainda acho que teria conseguido, se tivesse tido mais tempo. Quanto ao meu pai... eu o amo. Mas você pode amar alguém e mesmo assim discordar dessa pessoa.

Daphne reflete sobre isso por um momento, recostando-se nos travesseiros.

– Você deve ter ficado horrorizado – conclui ela, lentamente. – Quando seu pai o nomeou seu herdeiro.

Aurelia olha de Daphne para Bairre, franzindo a testa.

– Você com certeza está com fome – diz ela a Daphne. – Vou esquentar uma sopa para você.

Quando ela deixa o quarto e fecha a porta, Bairre solta um suspiro profundo.

– Eu queria esperar – diz ele. – Assim que herdasse o trono, eu poderia recusá-lo. Teria sido um final fácil, mas lorde Panlington, minha mãe... todos, na verdade... discordaram. Então, nada mudou quando fui nomeado herdeiro. Era uma coroa que eu sabia que nunca usaria, independentemente do que acontecesse. A única coisa que mudou, de fato, foi você.

Ele faz uma pausa por um momento e parte de Daphne quer que essa pausa continue para sempre, porque ela sabe onde isso vai dar e, embora seja exatamente o que sua mãe quer... o que *ela* quer... ela também sabe que, se eles continuarem por esse caminho, os dois vão se machucar.

– Depois do veneno, quando você estava delirando e febril, você falou algumas coisas – comenta ele, lentamente.

Daphne assente, pressionando os lábios em uma linha fina.

– Minha memória está um pouco confusa – replica ela. – Mas me lembro que você disse algumas coisas também.

– Daphne... – diz ele, em um tom gentil, mas que ainda assim soa como um aviso.

Ela o ignora e estende a mão para a dele, pegando-a e apertando-a com força, da maneira como fez antes de entrarem na floresta, como se dissesse: *Estou aqui, não vou a lugar nenhum.* Outra mentira, ela pensa, mas que gostaria que fosse a verdade. Ele aperta a mão dela de volta, levando-a aos lábios para roçar um beijo em seus dedos.

Daphne compreende, de repente, o que ela é – não uma garota, não uma princesa, não uma espiã nem uma sabotadora. Ela é um veneno, fabricada, destilada e fermentada ao longo de dezesseis anos, trabalhada por sua mãe para trazer ruína a quem ela toca. Afinal, veneno é uma arma de mulher, e aqui está ela, uma mulher que é uma arma.

E Bairre vê isso, talvez sempre tenha visto, desde o segundo em que a tirou daquela carruagem na fronteira de Friv. *Relâmpago*, assim ele a chamou antes, e isso sem que a tivesse visto esfaquear um homem e atirar em um segundo, mas talvez haja uma parte dele que sempre soube do que ela era capaz.

Ela começa a puxar a mão da dele, mas ele a surpreende, estendendo a mão para segurar seu rosto. E então ele a está beijando, e ela corresponde.

Não é o primeiro beijo dela. Quando ela e as irmãs tinham 15 anos, a mãe as desafiou a ver quem conseguia beijar mais meninos na corte ao longo de um mês. Beatriz ganhou, é claro, beijando cinco, e Sophronia ficou nervosa demais para beijar um só que fosse, mas Daphne conseguiu uma marca perfeitamente respeitável: três. *Prática*, sua mãe chamara o desafio, para prepará-las para esse momento inevitável.

A ideia parece ridícula agora, porque nada poderia tê-la preparado para isso. Não tem nada a ver com aqueles beijos para praticar, que eram estranhos, desajeitados e razoavelmente agradáveis, pensa Daphne. Mas beijar Bairre não parece estranho ou desajeitado, e *razoavelmente agradável* não chega nem perto de descrevê-lo. É um beijo que ameaça consumi-la, um beijo que lhe parece tão necessário quanto o oxigênio, mas à medida que cresce faminto e desesperado, com o toque gentil da mão de Bairre em seu rosto, o braço dele em sua cintura, faz com que ela se sinta segura, desejada e talvez até mesmo amada.

É um sentimento novo, ela percebe, mas no qual ela se afogaria se pudesse. Eles se separam quando a mãe dele volta, uma tigela de sopa na mão, a testa franzida. Quando passa a tigela para Daphne, ela hesita.

– Eu não entendo como você não morreu – diz ela, devagar.

Daphne franze a testa.

– Achei que tínhamos atribuído esse mérito a você.

Aurelia balança a cabeça.

– Eu lhe disse que as estrelas falam comigo. Ultimamente elas têm quase gritado. *O sangue de estrelas e majestade derramado.*

– As estrelas disseram isso? – pergunta Daphne.

Aurelia dá de ombros.

– É difícil explicar, mas é o que eu ouço, pelo menos. As palavras estão ecoando em minha mente há semanas. Desde que você veio para Friv. A princípio, temi que se referissem a Bairre; então, quando ele apareceu carregando você com o que era quase uma ferida fatal...

– *O sangue de estrelas e majestade* – repete Daphne. – Você usou a magia das estrelas para conceber Bairre.

– Assim como sua mãe usou a mesma magia para conceber você – diz Aurelia. – É por isso que vocês têm os mesmos olhos: tocados pelas estrelas. O sangue de estrelas e majestade, significando alguém ao mesmo tempo tocado pelas estrelas e da família real.

– Minhas irmãs – diz Daphne, cada músculo de seu corpo ficando tenso. – Uma delas está em Cellaria, com olhos como os meus. A última vez que nos falamos, ela estava em apuros... ela pareceu certa de que poderia se livrar, mas... Eu preciso falar com elas. Já fiz isso antes, com Beatriz, usando poeira estelar. Você tem alguma?

Daphne está sentada de pernas cruzadas na cama com um frasco de poeira estelar em cada mão e Bairre empoleirado ao lado dela. Ela abre os frascos e espalha a poeira estelar nas costas de ambas as mãos.

– Queria falar com a princesa Beatriz e a rainha Sophronia – diz ela, fechando os olhos.

Por um momento, nada acontece; então o mundo ao seu redor amolece e silencia, e ela ouve o rugido distante de uma multidão aplaudindo.

– Sophie? – pergunta Daphne, hesitante. – Triz?

– Daphne, é você? Graças às estrelas – responde Beatriz. – Tantas coisas aconteceram...

– O que está acontecendo? – pergunta Sophronia, a voz mais cansada do que surpresa. – Por que estou ouvindo vocês?

– É poeira estelar... coisas demais para explicar, temos apenas alguns momentos – responde Daphne. – Vocês duas estão bem?

– Nem um pouco – diz Beatriz. – Isso é uma multidão aplaudindo, Sophie?

Por um longo momento, Sophronia não fala.

– É – diz ela por fim, a voz tensa. – Creio que estão aplaudindo a minha execução.

Sophronia

Sophronia estreita os olhos quando os guardas a levam para a luz do sol, uma rajada de dor explodindo em sua cabeça com a claridade repentina. Afora isso, ela está entorpecida. Os gritos furiosos da multidão de estranhos que a olham, as tábuas de madeira lascadas sob seus pés descalços, o medo avassalador que ela sabe que deveria estar presente em seu peito – ela não sente nada disso.

A execução fora adiada por um dia enquanto Kavelle e as áreas circundantes eram vasculhadas à procura de Leopold, mas, quando não encontraram nenhum sinal dele, Ansel informou que seguiriam com o plano esta tarde. Sophronia sentiu-se quase aliviada ao ouvir isso – a espera lhe pareceu um tipo de tortura.

– Sophie, do que você está falando? – pergunta Daphne, a voz soando baixinho na mente de Sophronia, mas alta o suficiente... misericordiosamente... para abafar os gritos da multidão, gritos clamando por sua cabeça.

– É uma história um tanto longa – diz Sophronia, baixinho, os olhos focados à frente, na plataforma de madeira no centro da praça da cidade, na prata cintilante da lâmina da guilhotina. – Eu só tenho um momento.

– Sophie, não – diz Beatriz, a voz falhando. – Não pode ser. Mamãe vai salvá-la.

Sophronia solta um riso histérico.

– Não vai – diz ela. – Mas fico feliz que vocês duas estejam aqui, mesmo que eu não compreenda como. Amo muito vocês duas. E sinto muito por ter falhado com vocês.

– Do que você está falando? – pergunta Daphne. – O que está acontecendo?

Mas não há tempo para explicar – não quando Ansel está ali, pegando seu braço e guiando-a em direção ao bloco de madeira, ainda molhado de um sangue vermelho-escuro. Quantos foram executados hoje?, ela se pergunta. Eles a deixaram por último?

– Não há tempo – diz Sophronia, concentrando-se nas vozes das irmãs, na presença de ambas que ela sente em sua mente. Ela se deixa impelir a ficar de joelhos, permite que seu pescoço seja colocado no sulco da madeira. Ela fecha os olhos. – Tenho amigos indo ao seu encontro: Leopold e Violie. Por favor, ajudem-nos. Há muito mais em jogo do que imaginávamos. Eu ainda não entendo tudo, mas, por favor, tenham cuidado. Amo muito vocês duas. Eu as amo até as estrelas. E eu...

Margaraux

A imperatriz Margaraux entende o valor dos segredos melhor do que a maioria das pessoas, e ela sabe que seus próprios segredos são inestimáveis. Ela não os confia a seus conselheiros mais próximos, nem a suas filhas, nem mesmo a Nigellus – as estrelas sabem que ele também não lhe revela os seus. Não, há apenas uma pessoa no mundo a quem Margaraux conta seus segredos.

E assim ela desce de sua carruagem dourada, com um elaborado vestido de luto de seda preta, tão carregado de contas de ônix que se assemelha a uma armadura. Seu rosto está coberto por um véu preto, embora não seja opaco o suficiente para esconder os olhos secos ou a dureza da boca.

Seis dias se passaram desde que a lâmina da guilhotina desceu e Temarin se dissolveu no caos, quatro dias desde que seus exércitos invadiram em retaliação pelo assassinato de Sophronia, dois dias desde que os rebeldes se deram conta de que foram traídos, que eram inferiores em número de homens e armas, um dia desde que ela aceitou a rendição deles e Temarin se tornou dela. Margaraux conquistou um país sem jamais pôr os pés nele.

A imperatriz olha para a imponente fortaleza de pedra da Sororia de Santa Elstrid, um lugar formidável e frio, muito diferente, embora esteja a apenas vinte minutos dos portões. Por mais fria e formidável que seja essa Sororia, pelo que ela ouviu dizer, aquela em que Beatriz está agora a faz parecer um palácio.

Ela range os dentes ao pensar em sua primogênita, que deveria estar morta junto com Sophronia. *Logo*, diz a si mesma.

A porta de madeira sem verniz se abre e a madre superiora sai ao sol. Madre Ippoline sempre pareceu à imperatriz a encarnação viva da Sororia, tão fria, dura e inflexível quanto a construção. No entanto, pela primeira vez nas quase duas décadas em que se conhecem, há um traço de piedade nos olhos da mulher. A imperatriz não se importa com isso.

– Vossa Majestade – diz madre Ippoline, fazendo uma breve reverência. – O que a traz à Sororia hoje?

– Estou precisando de consolo, madre Ippoline – diz Margaraux.

A imperatriz repassou as palavras em sua mente tantas vezes no caminho até aqui que elas saem espontâneas. Não é como se também fossem uma mentira. No entanto, ela deixa madre Ippoline preencher as lacunas por si mesma, deixa-a fazer suposições.

– Claro – diz madre Ippoline, curvando a cabeça. – Ficamos todos devastados ao saber da morte da rainha Sophronia. Por favor, receba todo consolo possível dentro dessas paredes.

– Muito gentil de sua parte, madre – diz Margaraux. – Presumo que a irmã Heloise esteja aqui...

– Onde mais ela estaria? – retruca a mulher, erguendo as sobrancelhas. – Está no lugar de sempre.

– Sim, claro que está – diz Margaraux, olhando para trás, para o cocheiro, o lacaio e o restante da comitiva que a acompanhou nesta curta excursão. – Estarei de volta em uma hora – informa.

Sem esperar resposta, ela segue madre Ippoline para o interior da Sororia, atravessando corredores escuros, frios e sem janelas, iluminados apenas por algumas arandelas espalhadas com velas se extinguindo.

– Não creio que a irmã Heloise aprecie suas visitas, Majestade – diz madre Ippoline.

É uma coisa ousada de dizer, mas Margaraux aprecia a honestidade.

– Também não aprecio minhas visitas a ela. Mas a irmã Heloise e eu nos entendemos. E imagino que ela não receba outros visitantes.

Madre Ippoline não nega. Ela para diante de uma porta de madeira comum e a abre, deixando Margaraux passar. A imperatriz não precisa pedir privacidade, não mais. Madre Ippoline fecha a porta atrás de si e Margaraux ouve o ruído regular de seus passos voltando pelo corredor.

Somente então ela observa o espaço – a capela, tão escura e úmida quanto o restante da Sororia, mas com o benefício de uma única janela com vitral acima do altar, um céu azul-escuro com pontinhos de vidro dourado como estrelas. Ela não deixa passar muita luz, mas Margaraux supõe que seja esse o sentido – um ambiente onde é sempre noite, onde as imitações de estrelas sempre brilham.

Uma mulher se ajoelha diante do altar, seu vestido simples de tecido rústico espalhado em torno dela e os cabelos presos embaixo da touca e do capuz. Seus cabelos já foram puro ouro, a inveja de todas as mulheres da corte, embora Margaraux suponha que agora deva estar ficando grisalho, não muito diferente do seu.

– Irmã Heloise – chama ela.

As costas da mulher enrijecem ao chamado, mas ela não se vira. Margaraux tenta novamente, usando um nome que a mulher não ouve há quase duas décadas, desde que fez os votos e ingressou na Sororia.

– Seline – chama Margaraux, a voz mais afiada.

Com um suspiro pesado, a mulher se levanta e se vira para encará-la. Ela leva mais tempo do que deveria, pensa Margaraux, antes de perceber quanto tempo se passou. A mulher não é mais a figura régia e imponente que em mais de uma ocasião intimidou uma jovem Margaraux, levando-a às lágrimas. Ou melhor, ela ainda é aquela mulher, só que agora envelheceu, a pele enrugada e pálida pelo tempo passado nesta capela, a coluna curvada pelas muitas horas ajoelhada diante do altar.

Margaraux se dá conta de que ela também envelheceu. O tempo, ao que parece, não poupa ninguém, nem mesmo as imperatrizes.

– Você sempre foi uma criatura insolente – diz a mulher, as palavras pingando veneno.

– Sim – concorda Margaraux placidamente, sentando-se no banco da frente e jogando o véu para trás. – É por isso que eu tomei seu trono e você foi enviada para cá.

A idade não tirou a capacidade da mulher de arquear uma única sobrancelha escura, de direcionar um olhar tão fulminante que uma mulher inferior se transformaria em cinzas a seus pés. Mas Margaraux não é uma mulher inferior. Não mais.

– E eu aqui pensando que foi porque você dominou um empyrea e fez descer os céus para servir ao seu propósito – diz ela.

Margaraux dá de ombros.

– Sim, mas fui *insolente* o bastante para fazer isso e você não teve forças para me impedir.

– Forças eu tinha, Margaraux – retruca a mulher, a voz calma. – Mas não tinha alma para isso... ou melhor, talvez eu tivesse alma demais.

– Sua alma lhe fez muito bem mesmo – replica Margaraux. – E, para você, é *imperatriz*.

O fantasma de um sorriso cintila na boca da mulher.

– Sim, eu sei – diz ela. – O título era meu antes de ser seu, afinal. Antes que você mexesse seus pauzinhos e reescrevesse nossos destinos, antes que eu fosse enviada para cá enquanto você roubava minha vida, meu marido, meu país.

– Nada disso era seu de fato, já que você não conseguiu segurar – rebate Margaraux.

– Talvez você tenha razão – diz a mulher, não parecendo muito incomodada com isso. – Soube que Sophronia morreu.

Ela diz isso de forma indiferente, sem rodeios. Não há desculpas em sua voz, nenhuma afetação, nenhuma piedade em seus olhos. Margaraux leva um segundo para lembrar que se sente grata por isso, que esse é o motivo por que está aqui.

– E Temarin é meu – acrescenta ela, suavemente. – Assim como Cellaria e Friv serão em breve.

– *Três filhas no chão, três terras na mão* – cita Seline. – É a promessa que lhe fizeram há muito tempo, não?

Margaraux não nega. Essa foi a primeira confissão que ela fez à antiga rival, pouco mais de dezesseis anos atrás, quando sua barriga estava tão inchada que ela não conseguia ficar de pé por mais de um minuto e tinha que ser carregada para toda parte como uma baleia encalhada. Ela odiou verdadeiramente estar grávida, mas esse foi o preço do poder, então ela o pagou.

Três filhas no chão, três terras na mão. Isso foi o que Nigellus lhe prometeu e cumpriu uma parte agora. Ela não duvida que as outras duas seguirão rapidamente – Beatriz já evitou por pouco uma sentença de morte e depois há Daphne. Após a morte precoce do príncipe Cillian, Margaraux ficou impaciente, temendo que o irmão bastardo dele viesse a ter o mesmo destino. Ela esperava conseguir matar Daphne antes que ela se casasse com Bairre. Teria sido mais simples, sem vincular sua dinastia ao reinado fracassado de Bartholomew ou à linhagem contaminada de Bairre, e o assassinato de Daphne por si só teria dado a ela motivos mais do que suficientes para enviar suas tropas a Friv – e agora as de Temarin também. Elas teriam feito um trabalho rápido com a rebelião desorganizada de Friv.

Talvez tenha sido tolice contratar aqueles assassinos – talvez ela tivesse treinado bem demais a filha para escapar deles –, mas ninguém mais em Friv parecia almejar a morte de Daphne. Estrelas do céu, os rebeldes com que Margaraux inicialmente contava para matá-la vieram a *gostar* dela. Margaraux temia que, se esperasse demais, os rebeldes pudessem se unir em torno dela.

– Você criou essas garotas como cordeiros para o abate – acusa Seline, trazendo-a de volta ao presente.

É uma acusação, munida com pontas de faca, mas o golpe não a acerta. Ele desliza pelas costas de Margaraux como água nas asas de um pato.

– Sim – confirma ela simplesmente. – É para isso que servem os cordeiros. Suponho que você vai me dizer que vai orar por suas almas...

Se Seline percebe a zombaria na voz de Margaraux, não demonstra.

– Eu faria isso se elas fossem humanas – responde ela, a voz calma. – A magia das estrelas pode fazer muitas coisas extraordinárias, admito, mas não consegue criar uma alma.

Isso surpreende Margaraux e ela se inclina para trás, examinando a outra mulher, pensativa.

– Você acha que elas não são humanas?

Seline vacila por um instante antes de recuperar o equilíbrio.

– Você esquece que fui casada com o imperador por mais de duas décadas e nunca engravidei.

– Talvez você seja estéril, então – replica Margaraux.

– Talvez – concede Seline. – E quanto a todas as muitas amantes que vieram antes de você? Elas eram estéreis também? Porque ele nunca gerou um único bastardo. Eu sempre pensei que fosse ele o estéril.

Margaraux franze os lábios e não responde.

– O que você está falando é traição – diz ela, depois de um momento.

– Nossas breves conversas sempre foram cheias de traição, não é? Traição, filicídio e todos os seus esquemas covardes.

– Filicídio implica que eu as matei. Eu não matei Sophronia... foi Temarin.

– Você assinou a sentença de morte dela antes mesmo de a menina nascer, antes mesmo que fosse concebida, criada ou como quer que ela tenha sido feita.

Margaraux não fala por um momento. Em vez disso, ela pousa as mãos no colo e fixa a antiga imperatriz com um olhar pensativo.

– Concebida – diz, finalmente. – Você não está errada... o imperador não podia ter filhos, não sem ajuda, sem uma boa dose de magia das estrelas, mais do que até mesmo ele tinha acesso. Foi aí que Nigellus entrou. Eu lhe asseguro, Seline, elas são humanas, minhas e do imperador, embora, sim, talvez haja também uma terceira parte nelas que seja outra coisa. Acho que isso não vai ter qualquer importância em alguns meses.

Uma série de emoções atravessa o rosto de Seline e Margaraux as lê uma a uma. Surpresa. Horror. Nojo.

– Você é um monstro – diz Seline, parecendo quase estupefata.

Margaraux nem pisca.

– Todos os poderosos são monstros – comenta ela, baixinho. – Se esse é o preço que eu pago, que seja.

– Você não paga um preço – retruca Seline, com uma risada áspera. – *Elas* pagam. Suas filhas, sua própria carne e seu próprio sangue, e elas nem sabem disso. Devem pensar que você as ama...

– E eu amo – interrompe Margaraux, a voz afiada.

Seline examina seu rosto e solta outra risada.

– Elas são um meio para um fim e você as está sacrificando, o futuro delas, a vida delas, para garantir a sua. Isso não é amor.

– Eu não esperaria que você soubesse nada sobre filhos, Seline – responde Margaraux, a voz fria.

A antiga imperatriz fica em silêncio, lançando um olhar por cima do ombro para a janela com o céu de vitral.

– Por que você está aqui? – pergunta. – Por que insiste em me arrastar para isso, me contando seus segredos horríveis quando sabe... – Ela se interrompe, balançando a cabeça. – *Porque* você sabe.

– Que ninguém vai acreditar em você – diz Margaraux. – A esposa ciumenta e rejeitada do imperador morto, banida para uma Sororia para dar lugar a uma noiva mais jovem, mais bonita e mais fértil? É claro que você está amargurada e com raiva, é claro que não quer nada além de me ver abatida. Ninguém vai acreditar em uma só palavra que você disser contra mim.

– Eu não estou amargurada – diz Seline depois de um segundo. – Nem com raiva. Você estava disposta a sacrificar mais pelo trono, então você o tomou. Descobri que não sinto falta de ser imperatriz. Não quero ver você abatida, Margaraux. Eu simplesmente tenho pena de você.

– Pena? – repete Margaraux, os lábios se retorcendo com desgosto. – *Você* tem pena de *mim*?

– Tenho. Porque um dia, quando você tiver matado as três únicas pessoas que já a amaram, perceberá o que fez e se arrependerá até a morte, quando estará sozinha, sem amor e indesejada entre as estrelas. Você conquistou controle suficiente para escrever a história da sua vida. Eu a parabenizo por isso, sim, mas a história que você criou para si mesma é uma tragédia.

Margaraux não diz nada durante um longo momento.

– Nossas conversas me cansam – diz ela, por fim, levantando-se.

– E mesmo assim você vai voltar – afirma Seline. – Você sempre volta. Na próxima vez que a vir, estou certa de que haverá outra filha no chão.

Ela diz aquelas palavras com a intenção de ferir, mas Margaraux nem pisca.

– Daphne e Beatriz cumprirão seu dever. Assim como Sophronia o fez. Afinal, criei bem minhas filhas.

Ela se vira e começa a atravessar o corredor em direção à porta, mas não a alcança antes que Seline fale novamente, determinada a ter a última palavra:

– Você não as criou, Margaraux. Você as fabricou. E agora vai enterrá-las.

Agradecimentos

Dizem que escrever livros nunca fica mais fácil; tampouco escrever agradecimentos. Tentar agradecer a todos que ajudaram a tornar este livro o melhor que ele poderia ser parece, como sempre, uma tarefa impossível, mas vou me esforçar ao máximo.

Obrigada à minha editora absolutamente estelar, Krista Marino, por me encorajar a deixar minha zona de conforto com este livro e por me oferecer um mapa quando me perdi. Por mais difícil que tenha sido dar forma a este livro, sei que saí dele uma escritora melhor, graças a você.

Obrigada ao meu agente maravilhoso, John Cusick, por todo o apoio e incentivo e por se manter sempre calmo e racional diante de meus muitos e-mails ansiosos.

Obrigada a toda a equipe da Delacorte Press – Lydia Gregovic e Beverly Horowitz, em particular – por acreditarem neste livro tanto quanto eu.

Obrigada à Random House Children's Books – à fenomenal Barbara Marcus; minha incrível assessora de imprensa, Jillian Vandall Miao (desculpe ter dado o nome de Margaraux à vilã – juro que é uma coincidência!); Lili Feinberg; Jenn Inzetta; Emma Benshoff; Kelly McGauley; e Caitlin Whalen.

Obrigada ao meu pai e à minha madrasta por estarem sempre a um telefonema de distância, e obrigada ao meu irmão, Jerry, e à minha cunhada, Jill, por me apoiarem. Obrigada também à minha família de Nova York, Deborah Brown, Jeffrey Pollock e Jesse e Eden.

Obrigada aos amigos cujos conselhos me ajudaram a atravessar os momentos difíceis neste livro e que comemoraram cada acerto e cada avanço: Sasha Alsberg, Lexi Wangler, Cara e Alex Schaeffer, Katherine Webber Tsang, Alwyn Hamilton, Samantha Shannon, Catherine Chan,

Cristina Arreola, Arvin Ahmadi, Sara Holland, Elizabeth Eulberg e Julie Scheurl.

E por último, mas não menos importante, obrigada aos meus leitores. Eu literalmente não poderia fazer isso sem vocês.

CONHEÇA OUTRO LIVRO DA AUTORA

Princesa das Cinzas

A jovem Theodosia tem seu destino alterado para sempre depois que seu país é invadido e sua mãe, a Rainha do Fogo, assassinada. Aos 6 anos, a princesa de Astrea perde tudo, inclusive o próprio nome, e passa a ser conhecida como Princesa das Cinzas.

A coroa de cinzas que o kaiser que governa seu povo a obriga a usar torna-se um cruel lembrete de que seu reino será sempre uma sombra daquilo que foi um dia. Para sobreviver a essa nova realidade, sua única opção é enterrar fundo sua antiga identidade e seus sentimentos.

Agora, aos 16 anos, Theo vive como prisioneira, sofrendo abusos e humilhações. Até que um dia é forçada pelo kaiser a fazer o impensável. Com sangue nas mãos, sem pátria e sem ter a quem recorrer, ela percebe que apenas sobreviver não é mais suficiente.

Mas a princesa tem uma arma: sua mente é mais afiada que qualquer espada. E o poder nem sempre é conquistado no campo de batalha.

CONHEÇA OS LIVROS DA AUTORA

Trilogia Princesa das Cinzas
Princesa das Cinzas
Dama da Névoa
Rainha das Chamas

Trilogia Castelos em seus Ossos
Castelos em seus ossos

Para saber mais sobre os títulos e autores da Editora Arqueiro,
visite o nosso site e siga as nossas redes sociais.
Além de informações sobre os próximos lançamentos,
você terá acesso a conteúdos exclusivos
e poderá participar de promoções e sorteios.

editoraarqueiro.com.br